dtv
premium

Sigrid Markl

# *Chérubin*

oder

Die Krone der Schöpfung

Roman

Deutscher Taschenbuch Verlag

Originalausgabe
Juni 2001

www.dtv.de
Umschlagkonzept: Balk & Brumshagen
Umschlaggestaltung unter Verwendung von
Gemälden von Lorenzo Lippi (© Bavaria)
und Antoine Pezey (© Photo RMN/Gérard Blot)
Satz: Fotosatz Reinhard Amann, Aichstetten
Gesetzt aus der Bembo 10,5/12,5˙ (QuarkXPress)
Druck und Bindung: Kösel, Kempten
Gedruckt auf säurefreiem, chlorfrei gebleichtem Papier
Printed in Germany · ISBN 3-423-24257-4

»Ich denke, wir Menschen machen uns gar nichts aus einander, und das ist eigentlich ganz natürlich.«
*Giacomo Casanova, ›Memoiren‹, 1774*

»Man soll nicht glauben, daß man sich nichts erwartet.«
*Maria Wetter,*
*Postkarte aus Mallorca, 1998*

# *Ein gemachter Mann*

Da ist der Saal – nicht groß, aber er faßt genug Menschen, um mich zu erschrecken.

Da sind die Ankläger, die Verteidiger, die Zeugen und alle anderen Mitwirkenden in meinem Leben.

Und da ist der Richter – ihn kannte ich bis jetzt noch nicht, aber er wird sein Urteil fällen.

Nach allem, was gesagt wurde.

Nach allem, was gehört wurde.

Jeder hat ein Bild von mir.

Wen soll da die Wahrheit kümmern?

Das Urteil wird hart sein, spricht der Richter, denn es gibt nichts, das Milde rechtfertigen würde. Nichts, das ehrenhaft und aufrichtig zu nennen wäre. Der Angeklagte hat, solange wir ihn kennen, ein verdorbenes Leben voll Anmaßung und Arroganz geführt. Er hat die Frauen verachtet und Männern den Respekt verweigert. Große Hoffnungen sind in ihn gesetzt worden, und er hat sie alle enttäuscht. Es wird Zeit, daß er die Konsequenzen trägt.

Herzlichen Dank, Euer Ehren, Ihr habt recht in allem, was Ihr mir zum Vorwurf macht.

Aber ich hatte meine Gründe.

Mag sein, daß alle Menschen unschuldig geboren werden – »er« aber hatte längst alle Unschuld verloren, bevor er auch nur daran dachte zu leben.

»Er« – das bin ich: Chérubin von Ebenstein.
Das ist mein Name, so nennt man mich.
Aber ich bin es nicht.

Dennoch: Wenn mich der Tod schon treffen soll, möchte ich wenigstens eine Meinung dazu haben dürfen: Er kommt zu früh, aus den falschen Gründen, und er betrifft die falsche Person. Das würden natürlich auch alle anderen sagen, wenn es ihr Tod wäre. Aber die Dinge, die mich an diesen Punkt führten, bedürfen einer differenzierteren Betrachtung als die durch andere Menschen.

Meiner.

Ich allein habe das Recht und das Wissen, dies alles eine Komödie zu nennen. Doch um die Pointe zu verstehen, müssen wir ganz von vorn beginnen ...

Aus den Protokollen des Gerichts

Die Aussage der Jungfer Josephine, vormals in Diensten der Herren Franz von Leutgeb und Rudolf von der Hall:

Sie haben ihn gefunden, mitten im Winter. Oder mehr am Anfang. Schnee ist jedenfalls schon gelegen. Glaub ich. Sie haben ihn aufgelesen und mitgenommen. Er war, mit Verlaub, ziemlich besoffen, Euer Ehren, ich mein, er hat viel getrunken gehabt, ich hab schon Angst gehabt, er macht mir das Bett dreckig. Ich mein ...

Hat er dann doch nicht.

Aber er war wirklich hinüber, hat gar nicht gemerkt, wie wir ihm den Rock und die Stiefel ausgezogen haben, damit wir alles zum Trocknen mitnehmen können. Durch das Hemd hat er sich ganz mager angefühlt, wie ein Huhn, damals. Die Mizzi hat noch gesagt: Nix wie Knochen.

Aufgewacht ist er dann bestimmt erst so gegen Mittag. Wir haben ihm was zum Waschen und seine Kleider gebracht. Er hat zuerst gar nicht reden können. Eine Stimme wie ein Reibeisen hat er gehabt. Wir sind richtig erschrocken, wie er uns angesprochen hat.

»Guten Morgen, der Herr, zu Diensten.«

»Morgen ...?«

Zwei ältere Frauen in Dienstbotentracht sahen mich an, als ob ich von den Toten auferstanden wäre. So, wie ich mich fühlte, konnten sie recht haben.

»Wir sollen Euch ausrichten, daß sich die werten Herren darauf freuen, mit Euch im Salon das Frühstück einzunehmen.«

Die beiden knicksten und schoben sich rückwärts aus dem Zimmer.

»Sie werden immer jünger«, sagte eine von ihnen leise.

Dann fiel die Tür ins Schloß.

Ich hatte keine Ahnung, wer und wo ich war, geschweige denn, welchen Tag wir hatten. Das legte nahe, mich wach zu machen, bevor ich irgend etwas von größerer Wichtigkeit unternahm.

Aus den Protokollen des Gerichts

Die weitere Aussage der Jungfer Josephine, vormals in Diensten der Herren Franz von Leutgeb und Rudolf von der Hall:

Er hat sich dann gewaschen, aber nicht rasiert. Er hat sogar gelacht, als er das Rasierzeug in der Waschschüssel gesehen hat.

Richter: Woher weiß Sie das?

Jungfer Josephine: Wir haben durch das Schlüsselloch geschaut.

(Im Auditorium wird gelacht.)

Ich mein, er war eben so komisch, da wollten wir ihn nicht aus den Augen lassen. Und es war ja auch seltsam, wie diese rotbraune Soße zwischen seinen Fingern beim Waschen durchgekommen ist. Ich hab zuerst geglaubt, es ist Blut, was er sich da vom Gesicht wäscht. Aber es war Farbe, haben wir nachher gesehen. Dieselbe, wie sie auf den Bettbezügen war. Er hat lange in den Spiegel geschaut und sein Gesicht angefaßt. Wahrscheinlich ist er auch über die Farbe in der Waschschüssel erschrocken gewesen.

Richter: Und Sie hat die Farbe nicht seltsam gefunden?

Jungfer Josephine: O ja, damals schon, aber nachher haben wir ja gehört, was das mit der Farbe war. Die Leute, mit denen er da unterwegs war, die malen sich ja alle an. Dann hat er jedenfalls den Rock und die Stiefel angezogen und ist in den Salon gegangen.

Schöner Holzboden. Schöne Stofftapeten. Bilder an den Wänden und in den Nischen kleine Bronzefiguren – Athleten größtenteils.

Ein edles Ambiente, ein tröstliches Ambiente.

Alles, was mir von der letzten Nacht ins Gedächtnis kam, konnte hier und jetzt nicht mehr wahr sein. Das war nicht *ich* gewesen. Ein schlechter Mensch geht nicht einen solchen Korridor entlang.

Die beiden Männer, die mich im Salon begrüßten, mußten Adelige sein. Kein Bürger saß um eine solche Zeit beim Frühstück.

Ich erinnerte mich nur vage an die Herren. Waren es Vater und Sohn? Bei Tageslicht betrachtet eher unwahrscheinlich.

»Wie geht es Euch?« fragte der Ältere. »Ihr seht angegriffen aus.«

Er bot mir einen Platz und ein Glas verdünnten Weins an. Ich nahm beides, obwohl mir nicht danach war.

Die Männer starrten mich an. Ich mußte wohl etwas sagen.

»Meine Herren, ich fürchte, ich bin noch nicht ganz bei mir. Der gestrige Abend hat seine Spuren an mir hinterlassen.«

»Das kann ich mir denken. Euer Freund scheint Euch übel mitgespielt zu haben.«

»Mein Freund? Was für ein Freund?« Ich schaute das erste Mal bewußt an mir herab. Keine Chance zu entfliehen. Ich steckte mitten drin. In seinen Kleidern! – verflucht - in seinen Kleidern!

Ich hob den Blick wieder und begegnete den Augen der beiden Männer. Vor allem der ältere sah mich mit einer mitleidigen Herzenswärme an, die mich fast tötete.

Nein, ich bin kein schlechter Mensch! Es ist passiert, passiert, passiert ...

»Der Kerl wollte Euch betrunken machen. Wir haben es gesehen.«

»Ist ihm offenbar gelungen.«

Ich habe mich gewehrt. Das ist es! Nichts sonst. Es war Notwehr, der Rest hat sich ergeben ... Die Kleider, die ich dem Kerl abgenommen hatte, waren unauffällig. Sie konnten jedem gehören, also auch mir. Dezent griff ich in die Rocktasche. Leer. Natürlich. Die Enttäuschung darüber war bitterer als der Schreck der Erinnerung.

»Männer dieser Art sind reichlich unangenehm«, sagte der Ältere und lachte.

»Ich bin nur nicht in Übung, was das Feiern betrifft. Das ist alles.« Der Ältere lachte noch lauter; der andere verzog keine Miene. Die Richtung des Gesprächs wollte sich mir nicht so recht erschließen. Mußte ich mich darauf einstellen, daß demnächst die Constabler an die Tür klopfen würden?

»Na, dann bleibt erst mal bei uns, Chérubin, und Ihr werdet bald wieder in Übung sein.«

Was sagte er da zu mir: CHÉRUBIN?

»Schaut nicht so entsetzt. Ihr seid hier unter Freunden. Könnt Ihr Euch denn nicht erinnern? An gar nichts? Ich bin Franz von Leutgeb, und das ist Rudolf von der Hall, Offiziere in der hiesigen Garnison.«

»Sehr erfreut.«

»Ebenfalls.«

Jetzt öffnete der Jüngere zum ersten Mal seinen Mund, doch er klang durchaus nicht erfreut.

»Vergebt meine Ignoranz, Herr Chérubin, Euer hübscher Taufname in Ehren, aber an den Namen Eurer Familie kann ich mich wiederum nicht erinnern.«

Improvisation. Jetzt!

»Tja – seht Ihr, da geht es Euch wie mir!«

»Wie bitte?«

»O mein Gott. Es ist alles weg! Ich kann mich beim besten Willen nicht mehr an meinen Namen erinnern!«

Die beiden Herren sahen einander an, dann mich.

Stegreif war noch nie meine Stärke gewesen.

»Der gestrige Abend scheint Euch wirklich nicht bekommen zu sein.«

»Rudolf, ich muß schon bitten ... Herr Chérubin, Ihr scheint von Eurem Sturz ernsthaften Schaden genommen zu haben. Oder hat Euch gar dieser Kerl attackiert?«

Ich zuckte hilflos die Achseln.

»Egal, wir werden nicht weiter in Euch dringen. Ihr könnt natürlich so lange bleiben, wie Ihr wollt. Zumindest, bis es Euch besser geht.«

»Zu freundlich. Aber ich habe jetzt schon ein schlechtes Gewissen. Je eher ich aufbrechen kann, desto lieber wird es mir sein.«

Rudolf sah Franz erwartungsvoll von der Seite an. Der aber war in seiner Hilfsbereitschaft nicht zu erschüttern.

»Wohin wollt Ihr denn gehen, wenn Ihr Euch an nichts erinnern könnt? Das kann ich nicht zulassen! Ein paar Tage Ruhe sind das mindeste, was ich Euch anbieten kann.«

Ein paar Tage Ruhe. Ein paar Tage verschwinden. Warum eigentlich nicht? Meine Truppe würde weiterziehen, was mich wenig kümmerte. Die Constabler würden mich hier nicht suchen, was mir wesentlich schwerwiegender erschien. Eigentlich war ich gar nicht in der Position, mich zu zieren.

»Ich danke Euch von Herzen, meine Herren, aber ich bleibe nur, wenn ich Euch nicht zur Last falle.«

»Ich bitte Euch!«

Franz' Geste war die Großzügigkeit in Vollendung.

Rudolf sah zum Fenster hinaus. Sein Blick war frostiger als die gestrige Nacht. Und das wollte etwas heißen. Die letzte Nacht war nämlich verdammt kalt gewesen ...

»Warum muß *ich* eigentlich immer den Mann spielen?«

»Wer stellt sich diese Frage nicht ab und zu?«

Des Maîtres Antwort war müde wie der Maître selbst. Der Beruf eines Wandertheaterprinzipals hatte an sich wenig erfrischende Aspekte (von der Temperatur in der Garderobe mal abgesehen), und ich nutzte darüber hinaus die Zeit der Vorbereitung stets, um ihm die Ohren voll zu singen. Das zehrte an ihm.

»Was willst du hören, Chérubin? Daß du unsere von Gott geschickte Rettung bist? Unser Messias, wenn's um schwindsüchtige Liebhaber, kleine Gauner und kriecherische Neffen geht? Jaaa, das alles bist du. Der Krieg hat so viele junge Männer gefressen, da muß man froh sein um alles, was man bekommen kann. Zufrieden?«

»Geht so.«

»O nein, schau mich nicht so an! Wir fangen jetzt nicht wieder mit dem Geld an, ja? Mehr gibt's nicht, basta! Deinetwegen riskier ich doch keinen Aufstand in der Truppe. Wo sind wir denn?

»Bei *mir* klatschen die Leute.«

»Ja, weil ich dich kaum etwas sagen lasse. Du hast kein Talent zum Drama. *Du* spielst mir keine Charakterrollen! Willst du etwa Monologe halten, damit ja jeder sieht, was du bist?«

Susette lachte blöd neben mir. Von wegen Charakter ...

»Sollen sie doch! Sollen sie sehen, wer ich bin und was ich kann. Ich spiel dir alles, was du willst, Maître. Ich kann das. Ich leg dir sogar ein Kammerkätzchen hin wie nichts.«

Wieder lachte Susette, diesmal aber etwas spitzer. Kammerkätzchen waren ihre Spezialität.

Der Maître zog seine Perücke zurecht und fiel in ihr Lachen ein.

»Also, *das* Stück ist noch nicht erfunden, wo man dich als Weib an den Mann bringen könnte!«

Dann stand er auf und ging.

Susette warf etwas auf den Boden. Das kannte ich im Fall einer heftigen Gefühlsregung bereits von ihr.

»Du bist wirklich eine üble Kreatur! Und wenn ich dir etwas raten darf: In meine Kammerkätzchen pfuschst du mir nicht hinein!«

Ich drehte mich um, nahm mein Hemd vom Haken und schlüpfte hinein. Am Kragen hatte es Spitzen, unter der Achsel ein Loch. Ich hob den Arm und betrachtete es. Das Loch war größer als gestern. Und viel größer als vorgestern. Ich mußte etwas tun, bevor der ganze Ärmel abfiel. Der Flickschneider würde einiges für seine Arbeit verlangen. Von *mir*, versteht sich. Dem Maître war das alles ganz egal.

Im Hintergrund keifte Susette weiter: »Ich möchte wirklich wissen, worauf du dir was einbildest. Ich meine, deine Augenbrauen sind vielleicht sensationell. Schön buschig, von einem Auge zum andern. Und von diesem nicht gerade zarten Schatten über deinen Lippen wollen wir ja gar nicht erst anfangen! Spart doch eine Menge Geld für die Schminke, mein *Herr*. Was für ein Jammer, wenn du ihn stutzen müßtest, nur um mir meine Rollen wegzunehmen!«

Vielleicht dachte ich zu kompliziert. Es war eigentlich sinnlos, das Hemd flicken zu lassen, wenn ich den Rock auf der Bühne ohnehin nie auszog. Besser gleich Spitzenkragen und Manschetten abschneiden und auf den Rock nähen. Dann ginge es auch mit dem Umziehen schneller. Allerdings würde der Schneider dafür sicher noch mehr haben wollen als für die Reparatur.

»Hörst du mir eigentlich zu? Weißt du was – jemand sollte dir einmal eins aufs Maul geben, damit du weißt, wo Gott wohnt. Zum Bescheid-Stoßen wird sich wohl so schnell keiner finden.«

Ich hatte in meinen praktischen Überlegungen gar nicht mitbekommen, wie zornig Susette geworden war. Plötzlich fuhr ihre kleine Hand durch die Luft, doch sie kam nicht weit. Ich fing sie ab und drückte sie zusammen, bis es knirschte.

»Mademoiselle, Ihr langweilt mich mit Euren Ausführungen zu Tode. Bleibt bei Euren naturgegebenen Talenten! Die sind stumm und machen sich in jedem Mieder hervorragend.«

Susette war leichenblaß geworden und taumelte. Dann fand sie ihre Stimme wieder und quiekte wie ein Ferkel. Ich ließ los. Totschlagen durfte ich sie ja nicht, und alles andere wäre unbefriedigend gewesen.

Sie fiel zurück auf ihren Sessel und starrte mich an. Ich setzte mich in aller Ruhe hin und machte meine Maske fertig.

»Du bist ein Monster«, sagte sie. »So etwas wie dich bringt keine Natur hervor.«

Ich dankte lächelnd für das Kompliment.

Die Wirtsstube war voller Bauern von Herkunft, Aussehen und Benehmen. Gesunde, glückliche Menschen. Kein Krieg, kein Hunger, keine Pest. Ein Garten Eden für schlichte Gemüter. Nur an den hinteren Tischen saßen ein paar übriggebliebene Soldaten. Es gab sie überall im Land. Im besten Fall waren es von den Schlachtfeldern zurückgekehrte Hiesige, im schlimmsten Fall Vagabunden, die immer irgendwann zu randalieren anfingen.

Der Maître lehnte am Ausschank, trank Wein und unterhielt den Wirt mit Witzen. Jeder gute Eindruck, den man hinterlassen konnte, war die halbe Miete für die nächste Saison.

Neben den beiden lehnte einer, der auf den ersten Blick aussah, als ob er dazugehörte. Auf den zweiten Blick erkannte man ihn als einen, der schon jetzt so betrunken war, daß er sich an seinem Stock festhalten mußte. Seine Neigung in Richtung Maître und Wirt war eher zufällig.

Susette drängte sich an mir vorbei durch die Tür, tänzelte in ihrem Kolumbinenkostüm in den Raum und mischte sich unters Volk. Die Bauern glotzten, die Soldaten johlten. »Stimmung machen« nannte der Maître das. Königinnengleich ignorierte Susette alle. Lediglich zwei feine Herren, die im hintersten Gewölbebogen an einem eigenen Tisch saßen, fanden ihre Gnade. Zielstrebig steuerte sie auf die beiden zu. Die Herren saßen dicht beieinander und unterhielten sich offenbar prächtig. Von ferne betrachtet konnte man sie für Vater und Sohn halten. Die Soldaten schienen die beiden zu kennen, jedenfalls drehten sie sich des öfteren zu ihnen um.

Ein Hüftschwung mit ihren weiten Röcken, und schon saß Susette auf der Kante des Tisches. Man mußte sie nicht hören, um zu wissen, was sie sagte – Susette war effizient, aber nicht originell. Die Herren reagierten zurückhaltend.

Ich richtete das Revers meines Rocks und hielt Arme und

Schultern gerade, um das Loch unter der Achsel nicht zu sehr zu spüren. Dann ging ich mit großen Schritten zum Ausschank und rief mit tiefer Stimme nach einem Becher Wein. Der Wirt gab ihn mir ohne den geringsten Zweifel an meiner Männlichkeit. Eigentlich ein Triumph. Wenn ich ein sensibles Wesen gewesen wäre, hätte ich trotzdem beleidigt sein müssen.

Die Kolumbine ließ von den Herren ab. Ihre Anbiederung hatte offenbar keinen Eindruck auf sie gemacht. Susette rauschte an mir vorbei in den anderen Teil der Wirtschaft.

»Na, das war ja kein großer Sieg.«

»Sodomistenpack, widernatürliches!«

»Vielleicht. Aber auf alle Fälle eins mit Stil.«

»Pah!«

Und weg war sie.

»Das ist mir ja ein schönes Luder.« Der Besoffene, der zwischen mir und dem Maître lehnte, lallte so unvermittelt, daß ich erschrak.

»Gehört die Euch?«

Ich räusperte mich.

»Gott bewahre!«

Ich wandte ihm den Rücken zu. Mit Besoffenen rede ich nicht. Zumindest nicht, solange ich selbst noch nüchtern bin. Aber dieser Besoffene dachte nicht daran, sich mit meinem Rücken zu begnügen. Er legte mir die Hand auf die Schulter und drehte mich wieder zu sich um.

»Weiber!«

»Ich glaube nicht, daß es dazu viel zu sagen gäbe, mein Herr.«

»Kommt schon, ein Mann erkennt doch den anderen. Ihr paßt nicht zu diesem Pack, und auch ich bin hier fast fremd. Redet mit mir!«

»Ich wüßte nicht, was es zu reden gäbe.«

»Zeigt mir nicht die kalte Schulter, mein Herr. Ich komme von weit her, aus Quebec, Neu-Frankreich.«

»Oh, die Neue Welt ...« Erbarmen! Nicht schon wieder eine von diesen Geschichten! Zu spät ...

»Ach, die Neue Welt«, seufzte er. »Wildnis. Tiere. Jede Menge

Pelze. Man verdient viel im Pelzhandel. Es gibt dort auch nicht viel mehr als die Jagd. Ihr werdet es vielleicht merken, mein Herr, aber man kommt völlig aus der Übung, wie man sich in zivilisierter Gesellschaft zu benehmen hat.«

Ich wünschte mir, der Maître würde endlich das Spiel beginnen, aber noch war er ganz dem Wirt zugewandt.

»Ich brauche Gesellschaft, mein Herr. Allein ist schlecht trinken, und ich muß noch viel trinken, bis ich Mut habe. Mein Vater ist ein strenger Mann.«

Der Besoffene legte drei Münzen auf den Tisch.

Einfach so. Drei Münzen.

Ich hatte mich wegdrehen wollen, aber jetzt hielt ich inne.

»Ihr ladet mich ein?«

»Natürlich. Habt Ihr was dagegen?«

»Wer bin ich, daß ich Eure Freundlichkeit zurückweisen könnte!«

Ich bedeutete der Magd, zwei Schnäpse zu servieren. Dafür reichten zwei Münzen. Die dritte streifte ich mit einer beiläufigen Bewegung vom Schanktisch und steckte sie ein. Das konnte die Rettung meines Kostüms sein.

»Wie heißt Ihr?«

»Chérubin.«

»Das klingt wie vom Theater.«

»Könnte sein.« Der Besoffene merkte wirklich nichts. Wir kippten die Schnäpse hinunter, und er fuhr fort, über die Neue Welt zu sprechen. Die dichten Wälder. Die Wilden. Vielleicht war er wirklich dort gewesen. Während er erzählte, legte er noch ein paar Münzen auf den Schanktisch. Ich bestellte nach wie vorher. Wenn ich lange genug durchhielt, konnte das vielleicht ein komplett neues Kostüm werden.

»Ihr seid nicht von hier, Herr Chérubin, oder?«

»Nein.«

»Dacht ich mir's doch. Ich hätte Euch sonst erkannt. Wenn nicht Euch, dann Eure Familie. Kenne jeden. Bin nämlich von hier.«

»Ich dachte, Ihr seid hier fremd?«

»Ich war lange, lange weg, das ist fast dasselbe, aber nicht ganz ...«

Neue Runde. Ich warf einen Blick auf den Maître. Noch immer kein Spielbeginn. Ich sah mich nach Susette um. Sie war an einem Tisch mit besser gekleideten Bauern angelangt. Die beiden Herren im Hintergrund, die zuvor ihre Opfer gewesen waren, schauten zu mir herüber. Ich schien ihnen leid zu tun. Das tat ich mir auch, aber es machte sich bezahlt. Der Mann aus der Neuen Welt griff wieder in seine Rocktasche. Für einen Augenblick klaffte die Falte des Gewandes auseinander, und ich konnte in die Tasche sehen.

Geld. Sehr viel Geld. Und beileibe nicht nur kleine Münzen.

»Ich will zu meinem alten Herrn, hab ihm geschrieben, aber er ist wirklich sehr streng. Wahrscheinlich kennt er mich gar nicht mehr. Weiß gar nicht, daß es mich noch gibt. Ich hab ihm früher nie geschrieben.«

»Tatsächlich?«

Der Besoffene war kurz davor, in Tränen auszubrechen.

Diese Rocktasche! Gott, laß mich schnell genug sein ... Ich wollte zugreifen, aber ich konnte nicht. Der Besoffene bewegte sich einfach zuviel, er schwankte immerzu. Vielleicht war's aber auch ich, Gott, ein Griff!

»Herr Chérubin!« lallte der Besoffene neben mir und griff nach meinem Arm.

Der ältere der beiden vornehmen Herren ging an uns vorbei. Unsere Blicke kreuzten sich. Der Herr zwinkerte mir zu und lächelte. Ich senkte den Blick und schüttelte die Hand ab. Es war mir nicht recht, daß der vornehme Herr glauben könnte, ich würde zu dem Besoffenen gehören. Der Herr entschwand durch die Tür ins Freie, wohin man bei diesen Temperaturen nur eines dringenden Bedürfnisses wegen ging. In der kurzen Zeit der Ablenkung war im Inneren des Besoffenen einiges vor sich gegangen. Nicht nur seelisch.

»Mir ist nicht gut«, sagte er, nun etwas blaß. Ich wich vorsichtshalber zurück.

»Ich glaub, ich muß mal kurz raus.«

»Soll ich Euch helfen?«

Er antwortete nicht, sondern pflügte sich rasch einen Weg durch die Menge, die Hand fest vor den Mund gepreßt. Die Tür fiel hinter ihm zu. O nein. Was für ein Mist! Da ging es hin, das schöne Geld.

Ich blieb beim Ausschank stehen und starrte auf die Tür. Nach so viel Schnaps wollte ich mich nicht einfach geschlagen geben.

Ein paar Leute traten ein. Der Besoffene war nicht dabei.

Ein weiterer Pulk kam durch die Tür – unter anderem der feine Herr, der mich auch jetzt wieder verständnisvoll anlächelte –, aber nicht der Besoffene.

Als wieder jemand hinausging, hielt der Luftzug die Tür für einige Augenblicke offen, und ich sah, wie etwas auf allen vieren im Schnee würgte. O Gott, das war ja mein Besoffener – und es sah böse aus. Ich ging hinaus.

Kein schöner Anblick im Mondlicht: auf den Knien, halb die Böschung hinuntergerutscht, hing der Besoffene da und kotzte sich die Seele aus dem Leib. Die Luft um ihn herum dampfte von seiner Anstrengung. Das dünne Eis am Flußufer war bereits unter dem Ansturm seiner Körpersäfte geschmolzen. Sein Stock lag neben ihm im Schnee.

»Wie geht es Euch, mein Herr?«

Er würgte.

»Geht es Euch gut, mein Herr?«

Dieser Geruch war fürchterlich und wurde höchstens durch den Anblick überboten. Ich mußte meine Augen abwenden. In der Wirtschaft begann man gerade mit Fäusten auf die Tische zu trommeln – das Spiel sollte endlich beginnen.

Ich atmete tief durch und fühlte mich plötzlich seltsam befreit. Der Schnaps wirkte mit der kalten Luft zusammen Wunder in meinem Hirn. Alle Angst war verschwunden, und plötzlich war es ganz klar: Der da hatte viel, ich hatte nichts. Nur ein bißchen ausgleichende Gerechtigkeit, das war alles, was ich wollte.

Und so nutzte ich den nächsten Anfall des Besoffenen, beugte mich mit ihm vornüber und griff in seine Rocktasche. Es waren verdammt große Münzen darin. Der Besoffene fuhr auf. Zäher Speichel floß ihm aus dem Maul.

»He!«

Er brüllte wie ein Tier. Ich erschrak, aber ich konnte die Münzen nicht loslassen. In der freien Hand hatte ich plötzlich seinen Stock.

»He!«

Ich wollte keinen Streit. Alles, was ich wollte, waren seine Münzen. Ich zog ihm eins mit dem Stock über und hoffte, daß er sein Bewußtsein verlieren würde.

»He!«

Der Besoffene blutete, aber er blieb aufrecht stehen. Mit seinen Armen fuchtelte er durch die eiskalte Luft, um mich zu packen.

»He!!!«

Er bekam den Stock zu fassen, aber ich riß ihn los und schlug wieder zu.

»He!!!!«

Das Blut lief unter der Perücke des Besoffenen hervor und tropfte ihm von der Nase. Ich schlug zu und zu und wieder zu. Ich wollte nicht aufgeben. Nicht schon wieder und nie mehr.

Das Gesicht des Besoffenen war schwarz von Blut, aber er röchelte noch. Ich trat gegen seine Brust. Vielleicht ließ sich das Herz ja wirklich brechen, wie die Dichter das immer besangen. Es krachte. Das waren wohl doch eher die Rippen gewesen. Der Besoffene würgte noch einmal, und roter Schaum trat ihm über die Lippen. Er gurgelte. Er stöhnte. Dann kam ihm die Luft endgültig abhanden.

Es wurde still.

»Heee!«

Ich wachte auf.

Diese Stimme kam aus der Wirtschaft, und sie gehörte dem Maître. Er rief nach mir.

Ich trat den Besoffenen über die Böschung und duckte mich. Ein Lichtschein traf uns. Jemand hatte die Tür aufgerissen, der Maître wahrscheinlich. Er schrie noch einmal nach mir, aber er konnte uns zum Glück nicht sehen. Die Tür schloß sich wieder, und der Lichtschein verschwand.

Ich setzte mich in den Schnee und wischte mir das Blut von den Händen.

Jetzt gab es kein Zurück mehr.

Ich drehte den Besoffenen auf den Rücken, fuhr in seine Taschen und schaufelte die Münzen in meine. Sie kollerten alle wieder heraus – nicht nur mein Hemd hatte Löcher. Immerhin lag der Besoffene so günstig, daß ich ihm ohne größere Schwierigkeiten den Rock ausziehen konnte. *Seine* Taschen faßten die Münzen, so viel war sicher.

Dann nahm ich ihm sein Halstuch ab. Seine Ringe. Seine Stiefel. Ein bißchen zu groß, das alles, aber wenn ich mich aufplusterte, paßte ich schon hinein.

»Heee!« Der Maître brüllte jetzt wie ein Tier. Seine Stimme war noch durch die geschlossene Tür zu hören. Ich trat den Besoffenen durch die freigekotzte Eislücke in den Fluß. Er hing kurz an den Rändern fest, dann nahm ihn die Strömung auf und zog ihn weg. Mit einem schabenden Geräusch trieb er an der Eisdecke entlang, das Hemd von Luftblasen gebauscht. Von der Böschung aus starrte ich ihm nach.

War ich wahnsinnig geworden? So würde er nicht untergehen. Ich hätte ihn mit Steinen beschweren sollen! Aber jetzt konnte ich ihn nicht mehr zurückholen. Ich mußte ihn fahren lassen und hoffen.

Lieber Gott, ich bitte dich: Er muß versinken! Er muß!

Er schabte weiter. Ich folgte ihm.

Sauf ab, du Idiot! Sauf ab!

Von ferne glaubte ich Schritte zu hören, aber das Schaben war noch lauter.

Du wirst noch alles ruinieren, du Dreckskerl! Mir wurde kalt. Die Hitze der Anstrengung war verglüht, die des Schnapses auch. Der neue Rock war hübsch, bot aber keinen Schutz vor der Kälte. Zähneklappernd stolperte ich dem abtreibenden Toten hinterher.

Versink, du Hurensohn! Die Luft gefror vor meinem Mund. Das Wirtshaus war bereits weit weg. Der Besoffene trieb jetzt so schnell dahin, daß ich nicht mehr mitkam.

Im Schnee knirschte etwas, ja, das waren jetzt wirklich Schritte. Ich drehte mich im Laufen um und fiel hin, bevor ich sehen konnte, wer hinter mir war.

»Mein Herr?« sagte jemand.

Mir schwanden die Sinne.

Die feinen Herren nahmen mich also auf und kümmerten sich um mich. Das heißt, Franz von Leutgeb kümmerte sich um mich. Rudolf von der Hall hielt sich bedeckt.

Natürlich war es höchst seltsam, als Mann zu leben, bei jedem Wort und jeder Geste mitdenken zu müssen, aber als Komödiantin war mir dieses Gefühl nicht gänzlich unbekannt. Außerdem kann ich nicht behaupten, daß ich die erste Zeit nach meinem »Unfall« sonderlich bei mir gewesen wäre. Wer eine solche Grenze überschreitet, betritt ein neues Land.

Nach einigen Wochen war mir das Gefühl für jegliche Natürlichkeit endgültig abhanden gekommen.

Aus den Protokollen des Gerichts

Die Aussage der Jungfer Josephine, vormals in Diensten der Herren Franz von Leutgeb und Rudolf von der Hall:

Er war bescheiden und freundlich. Ein bißchen ein Leisetreter halt. Ich habe mir gleich gedacht, daß der sehr jung ist, auch weil er doch noch keinen Bart gehabt hat. Ist ihm später aber auch keiner gewachsen. Das kommt vor, besonders in Familien, die schon etwas – wie soll ich das sagen – überfeinert sind. Auf alle Fälle hat er wenig gesprochen. Wir haben ihm dann auf Anweisung abgelegte Kleider gegeben, damit er etwas zum Wechseln hat, und der Herr von Leutgeb hat ihm sogar ein Paar neue Stiefel geschenkt. Der junge Herr hat sich gefreut wie ein Kind.

Es gibt wenige Leute, die so schön Freude zeigen können, das muß ich schon sagen.

Natürlich wäre ich gern auf dem laufenden geblieben, vor allem, was die Constabler betraf, aber ich traute mich nicht, irgendwelche Fragen zu stellen. Ich traute mich nicht einmal, meine verschwundenen Tascheninhalte anzusprechen. Es war bitter, daß das Geld und die Ringe weg waren, zugleich war ich damit aber auch die belastendsten Beweise losgeworden. Ich tröstete mich mit der Aus- und Absicht, bei meinem Weggang ein paar Stücke aus dem mich beherbergenden Haushalt mitzunehmen, die meinen Verlust ausgleichen würden.

Um die Dinge in Bewegung zu halten, begann ich mein Gedächtnis wiederzufinden, das heißt, ich wartete stückchenweise mit den Erzählungen des Besoffenen auf. Wenn ich mir seine Kleider angezogen hatte, konnte ich mir auch seine Erinnerungen nehmen. Er brauchte sie nicht mehr, und mir kamen sie gerade recht. Mit den Geschichten aus dem fernen Neu-Frankreich war ich einzigartig und unüberprüfbar.

Aus den Protokollen des Gerichts

Die Aussage der Jungfer Josephine, vormals in Diensten der Herren Franz von Leutgeb und Rudolf von der Hall:

Er konnte nicht reiten, obwohl er ein feiner Herr war.

Richter: Woher wußte Sie das damals?

Jungfer Josephine: Er hat gesagt, er kann nicht reiten, weil der Wald in Neu-Frankreich so dicht ist, daß man nur auf allen vieren zur Jagd kriechen kann.

Richter: Ich meine, woher hat Sie gewußt, daß er ein feiner Herr ist.

Jungfer Josephine: Ach, das! Das sieht man doch. Das haben alle gesagt.

Franz brachte mir höchstpersönlich im Hof des Hauses den Umgang mit Roß und Zügel bei. Das Pflaster war hart und kalt, folglich unterließ ich es nach einigen Malen, vom Pferd zu fallen. Außerdem mußte Franz mir Unterricht im Schießen geben, weil in Neufrankreich bekanntlich alles mit Pfeil und Bogen erlegt wird.

Reiten und Schießen war ein guter Anfang. Ich nahm, was ich kriegen konnte – und versteckte, was ich nicht ablegen konnte: Zumindest einmal im Monat wurde ich daran erinnert, daß ich eine Frau war. Dann schlich ich in der Nacht durchs Haus, fand alte, halbwegs saubere Tücher, zerriß sie, benutzte sie und ließ sie in der nächsten Nacht wieder unauffällig verschwinden. Niemand bemerkte etwas, und es blieb zu hoffen, daß keiner auf die Idee kam, im Mist herumzustochern. Er hätte sonst glauben müssen, da verblute einer in diesem Hause heimlich, still und leise.

Es wurde Advent. Franz befand meinen »Zustand« für besser und nahm mich mit auf seine Spaziergänge durch die Stadt. Der Kälte wegen pflegten wir nach ein paar Schritten einzukehren und Punsch zu trinken. Es waren stets eine Menge von Franzens Kompaniekumpanen in der Gastwirtschaft, aber er setzte sich nie zu ihnen.

»Das sind lauter Hiesige. Grobiane, wenn du meine Meinung hören willst. Wernswald ist ein Nest. Grauenhaft.«

»Und was machst du dann hier?«

Die Antwort kam verzögert und klang sehr überlegt. »Versetzung.«

»Warum?«

»Frag Rudolf...«

Über Franz' Kopf hinweg sah ich, wie die Hiesigen uns beobachteten. Einer aus der Gruppe prostete mir zu. Ich prostete zurück, weil ich dachte, daß sich das so gehörte. Die Gruppe lachte, und Franz wurde rot, weil das Lachen der Männer durchaus kein freundliches war.

Nach dieser Begebenheit beschloß ich, das Zuprosten in Zukunft sein zu lassen, ungeachtet eventueller Wernswalder Gebräuche. Wer weiß, vielleicht war mein Auftreten doch noch nicht überzeugend genug und mein männliches Betragen zu plump, als daß es ernst genommen werden konnte? Mir lag nichts daran, von diesen Bauern akzeptiert zu werden, aber natürlich waren sie eine Mahnung an mich, etwas gewissenhafter an meiner neuen Rolle zu arbeiten. Reiten und Schießen war nicht genug. In der Welt der Gentilhommes durfte ich mir keinen Ausrutscher leisten, wenn ich zumindest so weit reüssieren wollte, daß es sich auszahlte!

Sicherheitshalber bat ich Josephine, mir ein paar Stunden in guten Manieren zu geben. Dienstboten hatten ja durchaus stets ein waches Auge auf ihre Herrschaften und schnappten einiges auf.

Aus den Protokollen des Gerichts

Frage des Richters an die Jungfer Josephine, vormals in Diensten der Herren Franz von Leutgeb und Rudolf von der Hall:

Und in all der Zeit gab es nichts Auffälliges? Nichts, das Sie stutzig gemacht hätte?

Jungfer Josephine: Nein.

Richter: Nun gut, wenn Sie es sagt … Und wie ging es dann weiter?

Es fing an, langweilig zu werden. Was meine Gastgeber mir an Wohltaten hatten zukommen lassen, war genossen. Der Tratsch der Dienstboten, heimlich von mir belauscht, deutete nicht im geringsten an, daß die Constabler nach einem Totschläger suchten. Den Besoffenen vermißte niemand, und Blut im Schnee kam schon einmal vor, wenn die Dörfler einander im Suff die Gesichter einschlugen.

Ich mußte mich langsam auf meinen Abgang vorbereiten, wenn ich hier nicht verfaulen wollte.

Einmal in der Woche, immer dienstags, hielt eine Postkutsche vor dem Wirtshaus am Wernswalder Marktplatz. Es sollte nicht so schwer sein, sich im Moment der Abfahrt unter die Leute zu mischen und als Passagier zu verschwinden. Schwieriger würde es allerdings sein, die Wartezeit unauffällig zu überbrücken.

Schließlich hatte ich vor, mit Gepäck zu reisen, das nicht unbedingt das meine sein würde …

Ich brauchte wertvolle Gegenstände, die schön klein und leicht transportierbar waren. In den Stunden, in denen Franz und Rudolf im Salon zusammensaßen, streifte ich durchs Haus und warf dezente Blicke in Laden, Truhen und Kästen, um das Gewünschte zu finden. Meine Ausbeute war mager. Entweder gab es Geheimfächer in diesem Haushalt, oder meine Gastgeber waren tatsächlich so verschuldet, wie man es allgemein von Offizieren erwartete.

Doch ohne Geld gab es keine Reise in die Residenzstadt und keine neue Zukunft bei den besten Theatern. Gut, das geforderte Talent war keine Frage für mich, aber wie sollte ich mir die kostbaren Kostüme kaufen, die mir als »Mitgift« die Aufmerksamkeit der Prinzipalen verschaffen sollten? Wer auf eigene Kosten Glanz in eine Truppe brachte, war gefragt. Wer nicht – nun ja … Es konnten ruhig Männerkostüme sein, warum nicht? Mit allem, was ich bis jetzt gelernt hatte, gab ich einen besseren Gentilhomme ab als die meisten Kerle, die ich kannte. Außerdem waren Männerrollen ohnehin immer die interessanteren.

Ich schloß mich enger Franz an, weil ich hoffte, über ein gerüttelt Maß an Kumpanei doch das eine oder andere wertvolle Geheimnis aus ihm herauszubekommen. Ich begleitete ihn ins Gasthaus, zum Ballspiel, auf kleinen Ausritten. Er nahm mich sogar einmal in die Kaserne mit, aber ein Haufen demoralisierter Soldaten im Schnee ist kein schöner Anblick.

»Was willst du, Chérubin, so ist das Leben. Zumindest meines.«

»Zahlt es sich wenigstens aus?«

»Ich bitte dich. Und die Ehre kann man sich ohnehin in den Arsch schieben!«

Nach der Ehre hatte ich eigentlich nicht gefragt.

»Ich sage dir, Chérubin, geh zurück in deine Neue Welt. Die alte ist eng und zwickt bei jeder Bewegung.«

Das mit der Kumpanei gelang mir einfach nicht. Man fing an, mich zu beobachten. Blicke folgten mir innerhalb und außerhalb des Hauses. Rudolf nahm Franz ständig beiseite und redete auf ihn ein. Josephine machte, wann immer ich das Zimmer betrat, eine Miene, als ob sie Alarm schlagen müßte. Irgend etwas braute sich da zusammen. Ich mußte mich wappnen. Da ich vorerst nicht wußte, womit, zog ich mich in jenen Raum des Hauses zurück, in dem es sich am besten allein sein ließ: die Bibliothek.

Eine Bibliothek war auf dem Lande eher ungewöhnlich, zumal für einen Soldaten. Aber Franz war durchaus ein Freund der schönen Künste. Er sammelte neben Büchern auch Bronzefiguren von Kriegern und Athleten aus dem alten Rom und besaß bemerkenswerte Gemälde, deren beeindruckendstes einen Adler mit einem Jüngling zeigte. Damals verstand ich nichts davon, aber heute weiß ich, daß es einiges wert war. Naturgemäß hielt niemand in diesem Provinzhaushalt viel von alldem. Man betrachtete das Zeug im besten Falle als »Staubfänger«. Hier war ich passend aufgehoben.

Aus den Protokollen des Gerichts

Die Aussage der Jungfer Josephine, vormals in Diensten der Herren Franz von Leutgeb und Rudolf von der Hall:

Natürlich habe ich ihn bald durchschaut. So schwer war das nicht. Ich meine, ich habe seinen Rock geputzt und die Ringe gefunden. Es war auch etwas Geld in den Taschen, wie es halt so ist bei vornehmen Herren. Ich habe nur auf die rechte Zeit gewartet, hab mich versichert, weil ich doch nicht das Falsche tun wollte, aber dann, dann hab ich zugeschlagen.

Richter: Zugeschlagen? Sie ist ja eine geradezu gewaltsame Person.

(Im Auditorium wird gelacht.)

Jungfer Josephine: Wenn es um die höhere Gerechtigkeit geht, soll man sich nicht zurückhalten.

Ich fand das zusammengebundene Taschentuch eines Tages auf dem Lesepult in der Bibliothek. Es enthielt ein paar Münzen und Ringe. Viel zu wenige Münzen – aber auf alle Fälle die Ringe jener Nacht.

Mein Schreck war größer als mein Erstaunen. Einerseits, weil ich mich wieder an alles erinnerte; andererseits, weil diese Präsentation wohl nur eine hinterhältige Absicht verfolgen konnte: Nahm ich die Ringe an mich, ohne etwas zu sagen, mußte ich einer sein, der Dreck am Stecken hatte. Machte ich Aufhebens um die Sache, konnte ich mit Fragen rechnen, die mich genauso schnell verdächtig machten.

Nachdenklich lief ich so lange in der Bibliothek auf und ab, bis ich eine Kerze brauchte, um nicht über die Möbel zu fallen. Ich läutete nach einem Dienstboten, und Josephine kam herein.

»Kann Sie mir eine Kerze bringen? Ich möchte noch etwas lesen.«

»Sehr gerne, mein Herr.«

Sie deutete den Knicks nur an. Da war er wieder, dieser alarmiert-alarmierende Blick.

Ich mußte angreifen, bevor sie es tat.

»Übrigens, Josephine, da fällt mir ein ... Was soll das da auf dem Pult? Hat Sie etwas damit zu tun?«

»Ich weiß nicht, was Ihr meint, mein Herr.«

Ich nahm das Tuch mit den Ringen und den Münzen und hielt es ihr unter die Nase. »Das da meine ich. Wieso liegt das plötzlich auf dem Pult? Kennt Sie diese Ringe? Weiß Sie, woher die sind?«

»Kennt *Ihr* sie, mein Herr?«

»Schlag Sie nicht einen solchen Ton an. Ich weiß, daß mein Stand in diesem Haus kein glücklicher ist, aber deswegen muß ich mir keine Frechheiten bieten lassen!«

Sie knickte etwas ein. Gut so.

»Ob ich diese Ringe kenne!? Sie gehören mir. Ich konnte mich zwar nicht erinnern, was ich überhaupt besessen hatte vor jener Nacht, als man mich fand, aber jetzt, da ich sie sehe, erkenne ich sie selbstverständlich wieder.«

Ich nahm den größten Ring, sah ihn kurz an, weil ich im ersten Moment gar nicht wußte, was außer seiner Größe Besonderes an ihm war, und hielt ihn dann in die Höhe.

»Schau Sie her: Das ist ein Wappen. *Mein* Wappen. So etwas vergißt man nicht einmal im Tod.«

Sie sah mich an, als ob gerade die personifizierte Offenbarung über sie gekommen wäre. Ich fühlte mich ein bißchen unbehaglich (nichts ist irritierender als ein gänzlich hingegebenes Publikum), aber ich machte weiter.

»Den Wappenring hat mir mein Vater auf dem Sterbebett gegeben, ganz so, wie ich ihn meinem Sohn übergeben werde, wenn die Zeit gekommen ist. Er ist mir mehr als kostbar. Er ist alles, was ich bin. Deswegen habe ich ihn auch zusammen mit den anderen Ringen wohlverwahrt in der Rocktasche getragen. Dieses Land ist ja voller Diebe! Wenn ich es bedenke, weiß ich gar nicht, warum ich eigentlich zurückgekehrt bin.«

Inzwischen war ich völlig außer Atem, so sehr hatte ich mich ereifert. Josephine starrte mich an wie den leibhaftigen Engel mit Feuerschwert. Dann senkte sie den Blick. Gut. Sollen sie mich fürchten. Solange sie mir nur glauben.

»Verzeiht, Herr Chérubin, bitte verzeiht mir. Es waren unachtsame Worte. Wer bin ich denn, daß ich Euch beleidigen könnte! Ich gehe gleich und bringe die Kerzen.«

Ich wickelte die Ringe wieder ein und steckte das Bündel in meinen Ärmel.

»Nein, laß Sie's gut sein. Wenn ich es recht bedenke, bin ich müde. Ich werde kurz meine Gebete sprechen und hoffen, daß ich für heute meine Ruhe finde. Es ist nicht angenehm, mit einem Gedächtnis zu leben, das aus lauter schwarzen Löchern besteht. Aber vielleicht werde ich ja eines Tages wieder ganz und gar wissen, wer ich bin. Gute Nacht, Josephine.«

Ich hätte sofort aus Wernswald verschwinden können. Die retournierte Summe, wenn auch dezimiert, reichte zumindest für eine Fahrt mit der Postkutsche, und mit dem Erlös für die Ringe war ich ein gemachter Mann.

Allein, es war mitten im Winter, und mit der Woche, die uns Weihnachten bringen sollte, kamen auch Tonnen von Schnee vom Himmel herab. Der letzte Rest von öffentlichem Leben erstarb in Wernswald. Die Menschen saßen in ihren Häusern und warteten auf den Heiland. Ich saß derweil in meinem Zimmer und wartete auf die Postkutsche. Über beider Ankunft ließ sich nur spekulieren.

Aus den Protokollen des Gerichts

Frage des Richters an die Jungfer Josephine, vormals in Diensten der Herren Franz von Leutgeb und Rudolf von der Hall:

Hat Sie das mit den Ringen denn nicht gleich gemeldet?

Jungfer Josephine: Nein, es hat sich nicht ergeben. Außerdem ist der Herr von Leutgeb damals sehr krank geworden.

Richter: Ach ja? Davon hat man aber gar nichts gehört. Was hat ihm denn gefehlt?

Jungfer Josephine: Nichts Besonderes. Es war halt Winter und sehr kalt ... Da kann man sich schon eine Schwäche holen.

Am Weihnachtsabend waren Rudolf und Franz in der Garnison, um mit ihren Soldaten in die Messe und anschließend zur allgemeinen Feier zu gehen. Die Dienstboten hatten Ausgang. Sogar Josephine verbrachte »die Nacht der Nächte« bei ihrer Schwester. Das Haus war leer und ohne die geringste Festlichkeit. Ich kam mir sehr zurückgelassen vor, also aß ich etwas von dem süßen Christbrot, das aufgeschnitten in der Küche lag, und trank viel von dem Glühwein, der noch auf dem warmen Ofen stand. Dann ging ich schlafen.

Ich weiß nicht, wie spät es war, als ich wieder aufwachte. Es war völlig dunkel. Eine Unmenge von Schritten war auf dem Gang zu hören. Im Spalt unter meiner Tür bewegten sich Schatten in seltsamer Abfolge. Stimmen flüsterten durcheinander, eine davon stöhnte entsetzlich.

Ich zog die Decke über den Kopf und hoffte, daß ich träumte. Aber das Scharren und Zerren im Korridor hörte nicht auf. Die Stimmen wurden lauter.

Es war nicht auszuhalten.

Da sprang ich aus dem Bett, fuhr in die Kleider und riß die Tür auf. An mir vorbei zog eine Prozession von Männern, die sich von meinem plötzlichen Auftauchen nicht stören ließ und geradwegs in Franzens Schlafzimmer strömte.

Von dort kam das grauenhafte Stöhnen.

Ich drängte mich den Gang entlang und betrat das Zimmer. Franz, von vielen Polstern gestützt, saß fast aufrecht im Bett. Josephine, die man geradewegs aus der Kirche geholt haben mußte (sie trug einen Umhang, auf dem die Schneeflocken noch schmolzen), saß neben ihm auf dem Bett und hielt eine Waschschüssel auf den Knien. Der Inhalt dieser Schüssel war eindeutig rot.

»Er war noch nie ein guter Fechter«, sagte einer der Männer.

»Er ist ein guter Schütze, aber kein Fechter. Er hätte sich auf die Wahl der Waffen nicht einlassen sollen.«

»Es ging um die Ehre«, sagte ein anderer.

»Die Ehre, die Ehre – am Arsch! Wenn die Constabler davon Wind bekommen, sind wir alle dran! Die warten doch nur darauf! Wir können von Glück sagen, wenn uns der Reunig nicht gesehen hat, der krumme Hund.«

Rudolf stand hinter Josephine, leichenblaß. Er hatte wohl einiges an Blut in seinem Leben gesehen, aber wahrscheinlich noch keines, das ihm so nahegegangen war.

Eine Flasche wurde gebracht und geöffnet. Der Geruch von hochprozentigem Alkohol verbreitete sich im Raum. Einer, der aussah, als ob er sich auskennen würde, flößte Franz etwas davon ein. Dann schüttete er das restliche Zeug auf seine Brust, über die quer ein häßlicher Schnitt verlief.

»Das brennt das Gift aus«, sagte Josephine zu Rudolf, der noch weißer wurde.

Franz verlor sofort das Bewußtsein. Mit kaltem Wasser wurde

er ins Leben zurückgebracht. Er übergab sich. Rudolf hielt seinen Kopf und Josephine eine neue Schüssel. Danach packten sie ihn zu dritt in kalte Wickel, damit das Fieber nicht stieg.

»Kann ich irgend etwas tun?« fragte ich Rudolf, als sich die Menge zwischen uns plötzlich so teilte, daß wir einander sehen konnten.

»Verschwinden!« sagte er, und obwohl er das Wort leise gesprochen hatte, klang es recht deutlich.

Während der nächsten Tage dämmerte Franz in seinem Bett vor sich hin. Rudolf überlegte, den Arzt zu rufen, ließ es aber bleiben. Der hiesige Doktor war in seiner Unwissenheit ohnehin keine Hilfe, und eine Duellverletzung durfte unter keinen Umständen publik werden. Man mußte warten und auf Franz' kräftige Konstitution hoffen. Josephine pflegte ihn, so gut sie konnte.

Im Haus machte sich eine seltsame Stimmung breit. Hämische Bemerkungen wurden ausgetauscht, und die Dienstboten zeigten etwas, das Schadenfreude ziemlich nahe kam.

Ich zog mich um des lieben Friedens willen zurück. Die Mahlzeiten nahm ich allein in meinem Zimmer ein. Meistens bediente mich Josephine. Sie schien immer etwas sagen zu wollen, aber ich gab ihr keine Gelegenheit dazu. Bloß keine weiteren Verwicklungen! Bald ging mich das alles sowieso nichts mehr an. Irgendwann mußte es schließlich zu schneien aufhören ...

Aber irgendwann war nicht jetzt, und mit dem neuen Jahr kam noch ein eisiger Wind auf, der den letzten Gedanken an Flucht abtötete.

Nach einem knappen Monat konnte Franz aufstehen. Rudolf kehrte in das Quartier seiner Einheit zurück, und ich übernahm es, dem Genesenden Gesellschaft zu leisten. Ich versuchte, mich und ihn aufzuheitern und an jene freundschaftlichen Gespräche anzuknüpfen, die wir vor seinem Unglück geführt hatten. Aber Franz war reserviert und einsilbig. Als Besuch kam, wurde ich sogar aus dem Haus geschickt.

Ich flüchtete mich in die Gastwirtschaft, die wir des öfteren gemeinsam besucht hatten, und verbrachte zwei ausgesprochen unerfreuliche Stunden bei schlechtem Punsch und in urwüchsiger Wernswalder Gesellschaft. Ein unerträgliches Volk. Allein dieser Dialekt! Das klang wie durch einen Saurüssel gepreßt.

Aus den Protokollen des Gerichts
Die Aussage der Jungfer Josephine, vormals in Diensten der Herren Franz von Leutgeb und Rudolf von der Hall:

Es hat mich schon bedrückt, weil ich mit niemandem habe reden können. Ich meine, ein Mensch allein kann sich ja auch irren. Deswegen habe ich auch die Kathi gefragt, die kennt sich aus. Sie hat sich ihn angeschaut, wie er damals in die Gastwirtschaft gegangen ist, weil viel ist er ja nicht rausgegangen, und sie hat gleich gesagt: Er ist es.

Als ich in das Haus zurückkehrte, stand ein Frauengeruch im Salon, der in zweierlei Hinsicht bemerkenswert war: Erstens hatte ich in diesem Hause noch nie eine Frau gesehen außer zum Zweck der Haushaltsführung. Zweitens war Maiglöckchenduft mitten im Winter doch ziemlich übertrieben. Es fühlte sich jedoch niemand im Hause bemüßigt, mir irgend etwas zu erklären.

An einem der nächsten Nachmittage traf ich Franz im Salon an. Das Fenster war geöffnet, er saß in Daunendecken gewickelt davor und starrte hinaus auf die Straße, wo es nichts zu sehen gab. Als ich eintrat, drehte er sich nicht um, obwohl er mich gehört haben mußte.

»Mein Gott, ist es kalt hier!«

»Ich ersticke, wenn ich nicht aus dem Haus kann.«

Weder Temperatur noch Empfang standen dafür zu bleiben. Um mich nicht überstürzt zurückzuziehen, machte ich eine Runde durch das Zimmer, als ob ich etwas suchte, und blätterte im Vorübergehen in einem Buch, das auf dem Tisch lag. Das

Deckblatt zeigte junge Männer im Ringkampf. Franz' Begeisterung für das alte Griechenland war wirklich obsessiv.

Er hörte es rascheln und drehte sich abrupt um.

»Laß das liegen. Es gehört mir!«

»Schon gut. Ich gehe ja schon. Allein erfriert es sich mit Sicherheit am besten.«

Ich war beleidigt und zeigte es. Billige Triumphe soll man nie ungenutzt vorbeistreichen lassen.

Franz sah weiter aus dem Fenster. Er holte hörbar Luft, bevor er schließlich sprach. »Hör zu. Du verstehst das nicht, Chérubin. Ich will dich nicht verletzen. Aber je weniger wir zusammen sind, desto besser. Und am allerbesten wäre es, wenn du uns ganz verlassen würdest.«

Da war er also, der Rausschmiß. Zumindest seine Einleitung. Jetzt war mir *richtig* kalt!

»Ich werde bald heiraten, und ich glaube nicht, daß meine Frau einen Drei-Männer-Haushalt schätzen würde.«

Meine Verblüffung war so groß, daß ich gar nichts sagte. Bis jetzt hatte ich nichts von einer Heirat gehört, weder als Gerücht noch als Witz noch als Stoßseufzer.

»Es ist nichts Persönliches. Auch Rudolf wird das Haus verlassen. Er wird in die Garnison ziehen, bis er etwas anderes gefunden hat.«

Franz schälte sich aus den Decken, stand auf, machte das Fenster zu, setzte sich hin und wickelte sich wieder ein. Dann starrte er weiter auf die leere Straße.

Grußlos verließ ich das Zimmer.

Ich schäumte! Ich tobte! Ein unbekanntes Weib hatte meinen Plan ruiniert, bevor er überhaupt begonnen hatte! Ich konnte zwar in die Poststation ziehen, bis es wieder eine Verbindung in die nächste Stadt gab, aber das würde mich meine gesamte Barschaft kosten. Für die Fahrt bliebe mir dann nur der Eintausch eines Rings. Das war eine unfaßbare Verschwendung – und eine auffällige noch dazu. Halb Wernswald würde sich das Maul darüber zerreißen – und der Postillion, der ja von Berufs wegen auch nicht gerade zu den großen Schweigern gehörte, würde die Nachricht noch in die Nachbarschaft hinaustragen: Schaut her, würde er schon in der nächsten Wirtschaft herausposaunen, der Herr, der da mitfährt – *der* muß es haben, mein Lieber! Wenn man mich dann lediglich ausrauben würde, hätte ich unter Umständen vielleicht sogar noch Glück gehabt!

Aus den Protokollen des Gerichts

Die Aussage der Jungfer Josephine, vormals in Diensten der Herren Franz von Leutgeb und Rudolf von der Hall:

Ja, es war eine gewisse Unruhe im Haus, aber das ist ja nur natürlich. Man verlobt sich schließlich nicht alle Tage. Was haben wir uns für den Herren gefreut! Niemand hat viel geschlafen, am wenigsten der Herr von Leutgeb, der es ja hätte brauchen können, wegen seiner Krankheit. Ich selbst habe gehört, wie er auf dem Gang auf und ab gelaufen ist, dort, wo die Zimmer der Herren waren. An einem Abend, kann ich mich erinnern, hat er mit dem Herrn Chérubin sprechen wollen, aber er ist dann doch nicht in sein Zimmer gegangen, weil es war schon spät, und er hätte ja schon schlafen können. Was der aber nicht getan hat.

Richter: Nein? Woher weiß Sie das?

Jungfer Josephine: Wenn das Bettzeug am nächsten Tag ganz verdreht ist, dann hat der Mensch keine gute Nacht gehabt, das weiß man als Dienstbote. Obwohl sich der Herr Chérubin an diesem Abend früh zurückgezogen hat. Vielleicht wollt er halt für sich sein.

Gegen Mitternacht ist dann der Herr von der Hall aus der Garnison gekommen. Er hat mich mit dem Türklopfer und seinen schweren Stiefeln aufgeweckt. Ich bin hinterher, weil ich gedacht habe, er könnte noch etwas wollen, aber er ist nur zum Herrn von Leutgeb gegangen, der noch immer auf dem Gang gestanden ist. Sie haben kurz gesprochen, dann sind sie in den Salon gegangen und haben dort weitergeredet.

Beim Frühstück eröffneten mir Franz und Rudolf ganz offiziell, daß ich das Haus verlassen mußte.

»Es ist nicht so, daß unsere Gastfreundschaft erschöpft wäre«, sagte Rudolf, dessen Erleichterung unübersehbar war, »aber es gibt Gründe, die nicht bei uns liegen.«

Franz sagte gar nichts. Er starrte mich an und war sehr unglücklich.

Ich machte ein förmliches Kompliment und verließ den Salon. In meinem Zimmer packte ich die wenigen Dinge zusammen, die man mir geschenkt oder die ich gestohlen hatte. Dann setzte ich mich aufs Bett und versuchte vernünftig zu denken. Bis jetzt hatte sich noch immer etwas ergeben. Warum sollte es diesmal anders sein?

Aus den Protokollen des Gerichts

Die Aussage der Jungfer Katharine, in Diensten derer von Ebenstein:

Ja, also, dann haben wir uns ein Herz gefaßt. Die Josephine hat es mir ja schon gesagt, ganz im Vertrauen. Da bin ich auch neugierig geworden. Ein Blick, und er war durchschaut. Ich habe es melden müssen.

Die Tür quietschte und Josephine trat ein. Sie war in Straßenkleidern und hatte einen schwarzen Umhang über dem Arm.

»Kommt schnell, Herr, sie debattieren schon wieder. Keiner wird uns beachten.«

Sie zerrte mich vom Bett hoch und warf mir den Mantel über.

»Was soll das, Josephine?« fuhr ich sie an. »Ich verbitte mir das. Ich muß nachdenken und bin zu keinen Spaziergängen aufgelegt!«

»Spazierengehen? Nichts da. Wir gehen jetzt dorthin, wo Ihr hingehört«, antwortete sie ungewohnt barsch.

Das war ein schrecklicher Satz in meinen Ohren. Sie hatte mich also verraten. Diese elende Kreatur hatte mich verraten!

Josephine nahm mein Bündel, öffnete die Tür und sah auf den Gang hinaus.

»Wir gehen!«

Sie schnappte meine Hand. Ich wich zurück, aber ihre Kräfte waren enorm.

»Kommt jetzt, Herr, stellt Euch nicht an. In einer halben Stunde ist alles vorbei. Es ist nicht weit.« Sie drehte sich um und sah mein Gesicht. Ihre Entschlossenheit bekam einen mütterlichen Unterton.

»Ich schwöre Euch, junger Herr, es wird Euch nichts geschehen.«

Jetzt war ich ganz sicher, daß dies mein Ende war.

Wir betraten das große Gebäude hinter dem Marktplatz, wie wir das andere verlassen hatten: durch die Hintertür. Der Innenhof war stilvoller, als es die Fassade hätte vermuten lassen. Ich erwartete Wachen, aber es kamen keine. Im Schnee stand nur eine schwarze Kutsche mit verhängten Fenstern. Die weiße Haube, die ihr der Winter verpaßt hatte, milderte ihre düstere Erscheinung nicht.

Gott gib, daß es bloß um den Betrug geht. Laß sie nichts von dem Besoffenen wissen, bitte! BITTE!

Im Geiste sah ich die Schnapsleiche aus den Tiefen des Flusses auftauchen, grünblau vom Wasser und rot von meinen Schlägen. Leute versammelten sich am Ufer und betrachteten sie, wie sie, einem stolzen Schiff gleich, vorüberzog, getrieben von geblähten weißen Hemdsegeln. Sie erkannten die Leiche, auch wenn sie fast kein Gesicht mehr hatte: »Das ist doch der, na, du weißt schon, wie hieß der gleich? Der in die Neue Welt gegangen ist ...«

Jetzt war der Besoffene ganz sicher in einer anderen, besseren Welt, aber er würde keine Ruhe geben, er würde mich zerstören, er würde mir nicht gönnen, was ich ihm in dieser Welt genommen hatte!

»Herr von Ebenstein führt kein großes Haus mehr«, sagte Josephine unvermittelt. »Er geht auch nicht aus. Früher hat er zumindest noch korrespondiert, aber inzwischen gibt es niemanden mehr, dem er schreiben könnte.«

*Herr von Ebenstein.* Kommandierender? Richter? Henker?

Wir hatten den Hof überquert, und Josephine pochte an eine kleine Seitenpforte. Ein Mann in Dienerlivrée öffnete, und wir betraten das Haus. Es war finster und kalt, und jeder Schritt hallte. Die Marmorgänge, die wir entlanggeführt wurden, waren leer, die hohen Türen links und rechts verschlossen. An der dunklen Holzdecke liefen goldene Bänder kreuz und quer. Ein Gefängnis war das nicht. Schlimmstenfalls eine Behörde.

Wir stiegen die Treppe in den ersten Stock hinauf, wo eine Dienstbotin auf uns wartete, in Alter und Aussehen Josephine ganz ähnlich. Sie begrüßte mich mit einem Knicks und einem »Kathi, dem Herrn zu Diensten!«. Dann flüsterte sie mit Josephine, die mir plötzlich die Kapuze des Mantels vom Kopf zog.

»Er ist es!« rief Kathi und hielt sich die Hand vor den Mund, um den Schrei nicht zu laut werden zu lassen. Es war schön, daß zumindest *sie* wußte, wer ich war. *Ich* war mir da schon lange nicht mehr sicher.

»Ihr seid verwirrt, junger Herr – das verstehe ich, aber Ihr müßt nichts erklären. Der Herr von Ebenstein wartet schon auf Euch.«

*Wer zum Teufel ist Ebenstein?*

Die beiden Frauen nahmen mir den Mantel ab, öffneten eine Tür und schoben mich hindurch, bevor ich weiter darüber nachdenken konnte.

Das Zimmer war klein und nicht viel wärmer als der Rest des Hauses. Ein Bett. Ein Tischchen mit Flaschen und Tiegeln. Ein Ohrensessel vor dem Kamin. Es roch wie in einer Apotheke. Herr von Ebenstein saß vor mir und trug einen Morgenmantel, in dem er fast vollständig verschwand. Er war sehr, sehr alt.

Aus den Protokollen des Gerichts

Die Aussage der Jungfer Katharine, in Diensten derer von Ebenstein:

Es war bewegend. Herr von Ebenstein war so gerührt, daß er geweint hat. Das tat er sonst eigentlich nie. Nicht einmal im hohen Alter, wo der Mensch doch eher weich wird.

Richter: Hat Sie auch geweint?

Jungfer Katharine: Sicher! Und die Josephine auch!

Richter: Und was hat der Herr von Ebenstein getan?

Jungfer Katharine: Der alte Herr hat seine Hand ausgestreckt und nur immer gesagt: »Mein Sohn, mein Sohn, ich habe gewußt, daß dieser Tag kommen wird. Nur dafür habe ich gelebt. Mein Sohn!«

Richter: Sie mißversteht mich. Was hat Herr Chérubin getan?

Jungfer Katharine: Nicht viel. Er hat sich hingekniet, die Hand des alten Herrn von Ebenstein genommen und sie geküßt. Was hätte er denn sonst tun sollen?

Noch niemals war ich in einer Rolle derart aufgegangen. Schon gar nicht in einer, die ich noch nicht einmal kannte. Ich heulte also mit, was das Zeug hielt, während ich mich fragte, wie dieser alte Zausel darauf kam, daß ich sein Sohn wäre? Ich war viel zu jung. Ich zeigte keine Zeichen nennenswerter Abstammung. Bis jetzt hatte mich die Welt für einen zwanzigjährigen Burschen von nirgendwo gehalten.

»Ich habe den Brief gelesen, mein Sohn. Gott weiß, ich wollte es nicht, nach allem, was geschehen ist, aber mein Herz war stärker als der Verstand.«

Ich weinte weiter, nickte nur und sagte nichts. Stegreif war ja noch nie meine Stärke gewesen. Dem alten Mann kam ein neuer Schwall von Tränen, und er nickte mir in einem fort zu.

»Ich spürte gleich, der Brief war von einem anderen Menschen. Das war nicht der Sohn, der mich verlassen hatte. Nie hätte der so zu mir gesprochen: mit solcher Liebe, solcher Zärtlichkeit. Das war ein neuer Ton. Ein neuer Anfang.«

Herr von Ebenstein bedeckte seine Augen für einen Moment mit den Händen.

»Er ist tot, nicht wahr? Ich habe es gefühlt. Da war nichts Lebendiges mehr, wenn ich an meinen Sohn dachte. Aber er hat mir sein Kind hinterlassen – komm her zu mir, mein neuer Sohn, mein Enkel!«

Der alte Herr nahm die Hände vom Gesicht und streckte sie

mir entgegen. Sie waren feucht und glitschig von seinen Tränen, aber ich ergriff sie voller Bewunderung: Diese Geschichte war wunderbar, herzzerreißend – was für eine Erfindungsgabe!

Ich war so gerührt, daß ich fast vergessen hätte, daß ich jüngst meinen »Vater« erschlagen hatte.

Aus den Protokollen des Gerichts

Die Aussage der Jungfer Katharine, in Diensten derer von Ebenstein:

Der junge Herr hat sich zu Füßen des alten Herrn auf den Teppich gesetzt und sich alles angehört, was ihm der Herr von Ebenstein zu erzählen hatte. Von früher. Von der Familie. Von seinem Vater, bevor er weggegangen war. Es war ihm sicher kalt, aber alte Leute haben nun einmal viel zu erzählen, und er hat aufmerksam zugehört. Weil es so lange gedauert hat, ist die Josephine schließlich heimgegangen, und ich habe dem jungen Herrn ein Kissen und eine Tasse Tee gebracht.

Richter: Ich habe gehört, daß der Sohn vom alten Herrn von Ebenstein ein Filou gewesen ist. Ein Glücksritter, wie es viele in die Neue Welt verschlägt. Das Erbe hat ihn, so sagt man, nie interessiert. Die Gebote von Etikette und Anstand, die damit einhergehen, noch weniger.

Jungfer Katharine: Das klingt hart, Euer Ehren – aber er hat die Künste geliebt. Die Oper, das Theater. Schon immer. Daher hat der junge Herr von Ebenstein auch seinen Namen gehabt. Seine Mutter war eine gefeierte Sängerin in der berühmtesten Truppe Neu-Frankreichs gewesen. Sie ist bei seiner Geburt gestorben, und man gab ihn dann zu einer alten Frau in Pflege. Den Vater hat er selten gesehen. Er hat kaum etwas von ihm gewußt. Vielleicht hat der junge Herr deshalb so interessiert zugehört.

Richter: Woher weiß Sie das alles?

Jungfer Katharine: Der junge Herr hat's mir nachher erzählt.

Richter: Und der Herr Chérubin war ein legitimes Kind?

Jungfer Katharine: Wie bitte?

Richter: Waren seine Eltern verheiratet?

Jungfer Katharine: Selbstverständlich. Was erlaubt Ihr Euch? Ihr wollt ihn ja nur schlechtmachen, die ganze Zeit schon.

Richter: Ich will gar nichts. Paß Sie nur auf, daß Sie nicht das Hohe Gericht beleidigt. Dafür kann man ins Gefängnis gehen. Und jetzt weiter!

Als der alte Mann schließlich zu Bett gebracht wurde, hatte Chérubin von Ebenstein einen Lebenslauf, einen Charakter und eine Zukunft, um die man ihn nur beneiden konnte. Er würde ein besserer Enkel sein, als ihn diese Welt je hätte hervorbringen können – eine Zierde der Familie, eine strahlende Knospe am Stammbaum, ein Träger von Anstand und Kultiviertheit. Zumindest bis der Frühling kam. Zumindest bis ich genug an mich genommen hatte. Der Besoffene war nicht umsonst gestorben. Das gab der Geschichte doch eine versöhnliche Note.

Was nun folgte, war ein Leben als offiziell anerkannter Erbe in Herrn von Ebensteins städtischem Haushalt. Edel? Sicherlich. Luxuriös? Nicht unbedingt. Ernst, Sittsamkeit und Gottergebenheit bestimmten mein neues Leben.

»Unser Stand vertritt eine höhere Ordnung«, erklärte der Alte gern. »Gott und sein Wille ist es, dessen wir bedürfen. Alles andere ist leerer Wahn.«

Natürlich wäre mir der leere Wahn lieber gewesen, aber was nimmt man nicht für geistige Werte in Kauf, wenn es um die materiellen geht.

Die Welt wurde aus meinem Leben verbannt. Kaum, daß ich sie mir angeeignet hatte, wurden mir die Dinge, mit denen ich gekommen war, schon wieder weggenommen. Ein Brüderpaar kleidete mich auf Ebensteins Geheiß ein – in dunklen Farben und mindestens ein Jahrhundert zu altmodisch. Immerhin sah ich sehr männlich aus in der strengen Tracht, und ich mußte den altväterlichen Schneidern meine Schamhaftigkeit bei den Anproben gar nicht erst erklären. Es genügte die Andeutung, daß ich ein, wenn auch unbedeutendes, körperliches Gebrechen hätte, das ich lieber nicht entblößt sehen wollte. Ich durfte mich daraufhin sogar ohne Kammerdiener an- und auskleiden. Der alte Ebenstein wollte seinen neuen Enkel schließlich nicht als Krüppel entdeckt sehen.

Darüber hinaus konnte ich mir in dem leeren großen Haus unbemerkt einen Vorrat an Tüchern zulegen, der für einige meiner Monate reichen sollte.

Zwei Lehrer wurden ins Haus geholt: ein Herr Rochecourt, der mich in der Kunst des Fechtens unterweisen sollte, und Hochwürden Gruber, der meine geistige Bildung übernahm. Der Fechtlehrer war entsetzt über meinen Mangel an Kraft, aber angetan von meiner Begeisterung. Warum sollte ich auch nicht begeistert sein? Die Aussicht, stark zu werden, hatte durchaus etwas für sich. Ich war bereit, einiges dafür auf mich zu nehmen – und ich bekam, was ich brauchte. Rochecourt traktierte mich bis zum Umfallen mit Übungen, die meinen Körper stärken sollten, und seine Befehle erteilte er in einer Lautstärke, die klarmachte, warum das Innere des Ohrs »Trommelfell« genannt wird.

Hochwürden Gruber hingegen, mein geistiger und geistlicher Beistand, war von ganz anderer Natur. Zwar war er der Stadtpfarrer von Wernswald, doch er war kein Landpfaffe, der mit stechendem Auge und umklammerter Bibel Gläubige niedermachte. Im Gegenteil: Er hatte Bildung und Stil, er war ein Mann, der etwas vom Savoir-vivre verstand und so nebenbei die bestgeschnittene Soutane trug, die ich je in meinem Leben gesehen hatte. Die Engelszungen, mit denen er sprach, waren geschliffen. Beidseitig.

»Wir sind doch alle Menschen«, pflegte er zu sagen. »Ihr könnt offen mit mir reden, vergeßt das nicht, junger Herr. Lehrer zu sein bedeutet auch, zuhören zu können. Ein wahrer Hirte kennt die Dinge, die seine Herde bewegen. Betrachtet mich als Freund.«

Mein Auftauchen mußte ihn ungemein ärgern. Ich brachte ihn schließlich um den Triumph, das Ebensteinsche Erbe persönlich in den Schoß der Kirche heimzuführen. Wenn er mich »mein Sohn« nannte, dachte ich mir, daß Anteilnahme doch auch etwas recht Geierhaftes an sich haben konnte ...

Der Winter ging. Der Frühling kam. Man bildete mich an Körper und Geist – das war der Preis, den ich für meine zweite Jugend als Mann zu zahlen hatte. Eine Stunde des Tages mußte ich mit meinem »Großvater« verbringen, um Rapport über meine Fortschritte zu geben. Alte Menschen können so abstoßend sein, wenn die erste Rührung verflogen ist. Sie sind ein Monument dafür, was einem unweigerlich bevorsteht. Ebenstein war nicht mehr fähig, aus eigenen Kräften eine Mahlzeit zu sich zu nehmen. Man mußte ihn mit Brei füttern, der zur Hälfte wieder aus ihm heraustropfte. Die Geschichten, die er nebenher erzählte und die mir am ersten Abend interessant erschienen waren, wiederholten sich tagtäglich. Es war unmöglich, ihn auf andere Dinge zu bringen. Wie sein Mund, behielt auch sein Gehirn nur eine gewisse Menge, der Rest floß wieder heraus.

Ich muß gestehen, daß ich ihm am liebsten zuhörte, wenn er davon sprach, daß es ihn bald nicht mehr geben und dann alles, alles, alles mein sein würde.

Es wurde Sommer, ein kühler, regnerischer, trüber Sommer, der kaum seinen Namen verdiente. Man sagte mir, daß ich froh sein solle, ihn nicht auf Schloß Kreuzbach verbringen zu müssen. Die Feuchtigkeit stiege dort so böse in den alten Mauern auf, daß sogar ein Jüngling wie ich die Gicht bekommen könnte.

Das war gut gemeint, heiterte mich jedoch in keinster Weise auf. Seitdem ich erfahren hatte, daß das Stadtpalais mitnichten das Großartigste war, womit die Ebensteins aufwarten konnten, hatte ich versucht, wenigstens einmal zum eigentlichen Familiensitz vorzudringen. Aber der alte Herr ließ mich nicht weiter als eine Meile über die Stadtgrenze. Offenbar war er der Meinung, wenn *ihm* das Stadtpalais genüge, müßte es auch für meine Bedürfnisse reichen. Wie wenig mich dieser Mann kannte! Das wiederum war beruhigend ...

So blieb mir nichts anderes übrig, als mein Pferd vor den Stadttoren zu »bewegen« und ab und zu im Steigbügel aufzustehen, um in der Ferne zwischen Baumkronen die Stammhäuser der Vornehmen dieses Landkreises wenigstens zu erahnen – große Portale, hohe Türme, weitläufige Gärten.

Wie wunderbar es war, etwas zu besitzen. Ein großes Stück Land und ein Schloß darauf, und man mußte niemandem mehr beweisen, wer man war! Mochten sich die Bürger in der Stadt redlich nähren und ihren Teil der Welt erarbeiten – wieviel mehr Eleganz hatte doch Reichtum, an dem kein Schweiß klebte!

Ich hatte einmal mit meiner gloriosen Truppe das Vergnügen gehabt, anläßlich eines Sommerfestes auf einem gräflichen Familiensitz spielen zu dürfen. Nur für diesen einen Abend waren große Hecken herangeschafft worden, die als Kulissen für die Opernaufführung dienten. Ein Triumphbogen aus Früchten, die ich nie zuvor gesehen, geschweige denn gegessen hatte, rahmte den Auftritt der Demeter. Das Feuerwerk zum Finale kostete mehr Geld, als wir zusammen in unser aller Leben je verdienen konnten.

Unser Maître war begeistert, an einem solchen Ereignis teilnehmen zu dürfen. Er begriff nicht, daß man uns nur von der Straße geholt hatte, um die Dienerschaft zu unterhalten. Erst spät in der Nacht, als alle schon betrunken waren, holte man uns aus dem Schloßhof, und wir durften einen Umzug durch den herrschaftlichen Park machen, mit Tanz und Gesang. Die Herren und Damen grölten vor Vergnügen, sobald sie uns sahen: ein Trüppchen abgerissener halbtalentierter Straßenkomödianten, die wie toll hüpften und ordinäre Lieder zum besten gaben. Man klatschte und warf mit Geld nach uns. Der Maître war außer sich vor Freude und erzählte uns am nächsten Tag, daß wir so viel verdient hätten wie noch nie.

Was für ein Trottel. Ich kann gar nicht sagen, wie wenig er mir fehlte. Es ging mir nur kurz durch den Kopf, daß ich an diesem verregneten Sommer auch hinsichtlich der Theatersaison nicht viel verloren hatte.

»Ich weiß, daß es Sitte ist, einen jungen Herren mit einem Fest einzuführen«, sagte der alte Ebenstein eines Tages im August. »Es entspricht nicht meiner Art, aber an manchen Gepflogenheiten kommt man nur schwer vorbei. Wir werden also einen Ball veranstalten. Und um die Sitte mit einem Zweck zu verbinden, laden wir die jüngste Seiberfeldt-Tochter dazu ein. Sie ist Debütantin. Ihr werdet euch gut verstehen.«

Er lachte, wie nur alte Männer es tun, wie heilig sie auch sein mögen, und hob sein Glas mit verdünntem Wein in meine Richtung.

»Auf daß unser Geschlecht leben und prosperieren möge!«

Unseres? Meins! Ich witterte Morgenluft in einem Maße, daß es mich fast hysterisch machte. Aber ich schrie nicht auf, ich tanzte nicht auf dem Tisch. Ich prostete zurück und lächelte, so nett ich nur konnte.

Aus den Protokollen des Gerichts

Die Aussage der Jungfer Katharine, in Diensten derer von Ebenstein:

Oh – der Ball! Mein Gott, war das ein Aufstand. So etwas habe ich noch nicht erlebt. Nicht, solange ich beim alten Herrn in Diensten war.

Richter: Das war also das erste Mal, daß der junge Herr sich in der Öffentlichkeit zeigte?

Jungfer Katharine: O ja, natürlich! Im ganzen Haus hat es gerappelt. Alle Räume sind aufgesperrt und gelüftet worden. Die Möbel hat man verschoben, die Lüster abgestaubt, die Bilder abgedeckt. In der Küche war ein Höllenfeuer los, damit alles rechtzeitig fertig wird. Ich glaube, an dem Tag haben wir im Palais mehr Leute zum Helfen gehabt, als es in der ganzen Stadt überhaupt gibt. So ein Ball ist halt viel Arbeit.

O ja, ich hatte es in den Wochen zuvor weiß Gott erfahren.

»Unhöflichkeit aus Absicht ist schockierend, Unhöflichkeit aus Mangel an Geschicklichkeit mitleiderregend. Und Mitleid ist das Letzte, was wir erregen wollen.«

Herrn Bitzls Augen waren stechend, seine Stimme spitz. Er kritisierte, was er sah. Und er sah einfach alles. Herr Bitzl war mein eigens für den Ball engagierter Anstandslehrer, und er traktierte mich weitaus schlimmer, als es ein Fechtlehrer je gekonnt hätte.

»Ihr seid intelligent, junger Herr, also wollen wir uns nichts vormachen. Ihr werdet unter meiner demütigen Anleitung nicht zu Gold, aber Ihr werdet glänzen. Das wird erwartet, und das werden wir erfüllen.«

Ich mochte diesen Mann von Anfang an, ich respektierte ihn. Er dankte es mir mit zahllosen Aufgaben und Übungen.

Ich bekam Grußformeln und Phrasen eingebleut, Bewegungen und Blicke. Nach der zwanzigsten Wiederholung eines Eintritts in ein Zimmer, wo anzunehmenderweise a) eine Herrenrunde, b) eine Damenrunde, c) eine große Gesellschaft zu Tische saß und gerade a) eine Vorspeise, b) die Hauptspeise, c) ein Dessert zu sich nahm, wußte ich nicht einmal mehr, wie ich als *Ich* in dieses vermaledeite Zimmer gekommen wäre. (Da dieses *Ich* jedoch ohnehin nicht ich war, konnte es mir eigentlich egal sein.)

»Damit kann man einen jungen Menschen völlig verwirren. Ich glaube nicht, daß Herr von Ebenstein dies alles billigen würde.«

Hochwürden Gruber schien ernsthaft besorgt. Er war während der Lektionen immer anwesend.

»Hochwürden, die wahre menschliche Natur ist Euer Hoheitsgebiet«, antwortete Bitzl. »Mir obliegt es lediglich, ihre Hülle zu gestalten. Herr von Ebenstein ist ein Mensch mit einer tiefen Seele, deshalb habt folgerichtig *Ihr* sein Herz, nicht ich. Trotzdem muß ich in ernsthafter Erfüllung meiner Pflicht den jungen Herren« – er deutete eine leichte Verbeugung vor mir an – »vor den Oberflächlichkeiten der Gesellschaft warnen und ihm eine Souveränität geben, auf daß er sich nicht in den Fallstricken des weltlichen Lebens verfangen möge.«

Hochwürden machte ein verblüfftes Gesicht. So etwas Freches war er von seinen Schäfchen nicht gewohnt. Herr Bitzl war offensichtlich nicht aus Wernswald.

Aus den Protokollen des Gerichts
Es wurde mehrmals versucht, Herrn Bitzl als Zeugen zu gewinnen, aber sein derzeitiger Aufenthalt konnte nicht ausfindig gemacht werden. Wir gehen davon aus, daß er aus Wernswald fortgegangen und womöglich in die Residenzstadt gezogen ist.

Der Tag der Tage war gekommen. Lange bevor der Ball beginnen sollte, wurde es auf dem Hof lebendig. Kutschen fuhren vor, Gäste stiegen aus. Ganze Familien gaben sich die Ehre. Es war mir nicht bewußt gewesen, wie viele Vornehme es in Wernswald gab – ganze Dynastien geradezu! Ich starb vor Lampenfieber.

Herr Bitzl holte mich ab. Der alte Ebenstein, der schon geraume Zeit mit dem Begrüßen der Gäste beschäftigt war, wartete in einem Vorraum der Galerie, die heute als Ballsaal fungierte. Neben ihm standen die Seiberfeldts mit ihren Töchtern. Sie sollten gemeinsam mit uns das Entrée machen.

»Der jetzige Herr von Seiberfeldt hat das Pulver nicht erfunden, aber dafür muß man sich bei ihm auch nicht vor etwaigen Querschlägern in acht nehmen«, raunte Herr Bitzl, als wir auf die Gruppe zugingen.

»Eine friedliche Familie also.«

»Das nun auch nicht gerade. Das Schießen besorgt Madame.«

Ich begrüßte den alten Ebenstein mit der angemessenen Unterwürfigkeit und machte mein Kompliment zu Madame von Seiberfeldt, die tatsächlich etwas Strenges um den Mund hatte. Sie bedankte sich mit einer Grazie, die eine exquisite, wenn auch schon etwas länger zurückliegende Erziehung erkennen ließ.

Herr von Seiberfeldt war geistesabwesend, herzlich und formlos. Niemand nahm ihn ernst, das schien er gewohnt zu sein.

»Und hier wären die beiden Rosen des Hauses Seiberfeldt: Mademoiselle Constanze und unsere liebe Debütantin Elise. Die beiden jungen Damen waren bis vor kurzem zur Erziehung im Kloster. Ihr Vater hat sie soeben erst in sein Haus zurückgeholt.«

Die liebe Debütantin vollführte einen ungelenken Knicks. Ihre ältere Schwester, ein ernsthafteres Wesen, tat nichts dergleichen.

Ich zog meine Ärmel zurecht und bot Elise pflichtschuldigst den Arm. Sie krallte sich fest wie ein Vogel auf der Stange. Ich konnte fühlen, wie sie unauslöschliche Eindrücke im Stoff meines Ärmels hinterließ. Das ärgerte mich für einen kurzen Moment, denn ich hatte diesen schmucken Rock den Ebensteinschen Schneidern sowie dem lieben Großpapa nicht ohne Mühen abgetrotzt.

Der Zeremonienmeister brüllte etwas Unverständliches. Ich nahm vorsichtshalber Haltung an, und Elise neben mir holte Luft, als ob sie in ein tiefes Gewässer tauchen müßte. Die Flügeltüren öffneten sich.

So hatte ich mir immer das Paradies vorgestellt: Keine Apfelbäume, sondern Gold – Gold und Marmor, so weit das Auge reichte. Und dazu das Licht von tausend Kerzen!

Dort im Saal knisterte die Seide, leuchtete der Brokat. Spitzen faßten Hälse ein, an denen alter Familienschmuck baumelte.

In diesem Moment drehten sich alle zu uns um und verharrten. Jede Bewegung erstarb. Sogar die Fächer hielten inne.

Ich glaube kaum, daß ich in diesem Augenblick ein sonderlich intelligentes Gesicht machte.

Doch schon begann der alte Herr vor mir, sich über das Parkett zu ziehen. Herr Bitzl stützte ihn. Ich folgte mit erhobenem Haupt und einer Debütantin, die mit gesenktem Kopf den Boden abzugrasen schien. Mutter Seiberfeldt, die mit Mann und zweiter Tochter hinter uns ging, flüsterte etwas, aber niemand hörte ihr zu.

Das Stoffmeer teilte sich vor uns. Die Damen knicksten, die Herren verbeugten sich.

Noch nie in meinem Leben war ich so vielen ungeheuer bedeutenden Leuten auf einmal begegnet. Genaugenommen war ich bislang überhaupt noch nie irgendwelchen ungeheuer bedeutenden Leuten begegnet. Ich versuchte mit größtmöglicher

Eleganz zu grüßen, aber ich spürte, daß ich grinste wie ein frisch lackiertes Holzpferd.

Das änderte sich nicht einmal, als wir zu Hochwürden Gruber kamen, der am Ende der Galerie stand und sich nicht die Gelegenheit zu einem weithin sichtbaren Segen entgehen ließ.

»Mein Sohn!« sagte er laut und deutlich.

Ich blickte dem Pfarrer aufrecht ins Gesicht. Er schaute mir tief in die Augen. Dann traf sein Blick den von Madame von Seiberfeldt. Er wiederholte seine huldvolle Segensgeste, das Entrée war beendet.

Die Menge entspannte sich. Der alte Ebenstein war sehr zufrieden, setzte sich auf einen Sessel und bekam ein Glas verdünnten Weins von Hochwürden Gruber, der sich rührend um ihn kümmerte und mich fürs erste ziehen ließ.

Herr Bitzl begann nun, mich herumzuführen und überall vorzustellen. Elise von Seiberfeldt hätte wahrscheinlich mitkommen sollen, aber sie war so unbeweglich, daß ich sie nach zwei Begrüßungen verloren hatte, was mir und meinem Rockärmel nicht unrecht war.

Ich traf auf Noble. Ich traf auf Reiche. Manchmal traf ich sogar auf Reiche, die zugleich nobel waren. Sie alle beneidete ich um ihre Natürlichkeit. Vielleicht ist das nicht ganz der passende Ausdruck für ein Benehmen in Gesellschaft, aber diese Leute hatten unleugbar die Bewegungen, die es für einen solchen Abend brauchte, ebenso wie das Vokabular und die Stimme dazu. Es mußte in ihnen stecken wie in anderen eine Krankheit.

Bitzl ließ sich von all dem nicht beeindrucken. Er passierte in kurzer Folge die minder Wichtigen, schritt weiter zu den Bedeutenden und führte mich schließlich einer Gruppe von Männern zu, die in einem Seitenraum versammelt waren. Dies waren wohl die Herausragenden. Jedenfalls hatten sie es nicht nötig, sich für den Tanz, die Frauen oder das üppige Büfett zu interessieren, und sprachen miteinander, als ob es sonst nichts gäbe auf der Welt.

Der Kopf der Runde waren die Brüder von Hohenschott, namentlich Johann und Ludwig. Der eine redete, der andere schwieg.

»Die Jagd«, sagte der redende Bruder, »ist die einzig angemessene Beschäftigung für den Mann. Außer dem Kampf natürlich, aber wie oft gibt es schon eine Sache, für die zu kämpfen es sich lohnen würde.«

Kurzer Beifall, der aus Nicken und gedämpftem Lachen bestand. Ich erkannte nicht einmal den Ansatz einer Pointe und wußte nicht, ob ich begriffsstutzig war oder die anderen Vollidioten.

Hohenschott, der Redende, ließ mich gar nicht erst zu einer Entscheidung gelangen. Er wandte sich mir mit einer abrupten Bewegung zu, als ob er mich gerade entdeckt hätte, und sprach:

»Mon Cousin! Wir haben uns schon lange gefragt, wann Ihr unseren Kreis bereichern würdet.«

Es war nicht auszumachen, ob er das allgemein oder auf den heutigen Abend bezogen fragte. Und es war schon gar nicht zu verstehen, ob er das ernst meinte. Mir lag zwar etwas Schneidiges auf der Zunge, etwas, das beides abgeschmettert hätte – aber es wollte einfach nicht heraus. Ich lächelte statt dessen, wie ich es als Frau immer getan hatte, wenn mir nichts eingefallen war. Das konnte im besten Fall als geheimnisvoll gelten, im schlimmsten Fall als blöde.

Hohenschott, der Redende, sprach weiter:

»Ich hoffe jedenfalls, mon Cousin, Euch demnächst auf einer meiner Jagden begrüßen zu können.«

»Ist denn schon Saison?« fragte ich.

»Es ist Saison, wenn es unterhält.«

»Aber gibt es jetzt schon die rechten Tiere, ich meine, das rechte Wild?« Herr Bitzl zog seine Augenbrauen hoch, was mir wohl etwas sagen sollte. Die Herren sahen einander an und lächelten. Hohenschott, der Redende, klopfte mir auf die Schulter.

»Für einen Braten reicht es immer, falls das Eure größte Sorge ist.«

Wieder Gelächter, eine Spur lauter. Auch diesmal verstand ich die Pointe nicht.

Aus den Protokollen des Gerichts

Die Aussage des Herrn Diegel, Apotheker und Händler von Chemikalien zu Wernswald:

Oh – das war wirklich nur die beste Gesellschaft. Die besten Herren. Herrschaften! Den alten Ebenstein habe ich gut gekannt – seine Medizin war immer von mir. Deswegen war ich auch eingeladen an dem Abend. Habe gerade geliefert gehabt, und der alte Ebenstein hat mich gleich gefragt, ob ich nicht bleiben will. Das war schon ein sehr feiner Herr, der alte Ebenstein.

Richter: Ihr liefert in Ballgarderobe?

Herr Diegel: Na ja, man hat ja gewußt, was an diesem Abend los war im Palais. Ich hätte mich da nicht ohne die richtige Kleidung sehen lassen wollen. Und das hat dann ja auch gut gepaßt.

Richter: Und Ihr habt den jungen Herrn von Ebenstein kennengelernt?

Herr Diegel: Ach, gekannt habe ich den schon. Öfter gesehen. Aus der Ferne halt.

Richter: Bei Eurem Schwiegersohn?

Herr Diegel: Was? Nein! Nein – der hat damit gar nichts zu tun gehabt. Beim Liefern habe ich den jungen Herrn von Ebenstein im Palais gesehen.

Richter: Wer hat Euch offiziell vorgestellt?

Herr Diegel: Wenn ich ehrlich sein darf, Euer Gnaden, eigentlich niemand. Ich meine, wenn man darauf warten wollte …

Diegel tauchte auf und war einfach da. Die Runde reagierte auf seine Ankunft mit einer Unterbrechung des Gesprächs und einer Neuformierung, die ihn, Herrn Bitzl und mich, plötzlich zum Gegenüber eines Halbkreises machte.

Es war wohl an der Zeit, meine Souveränität zu beweisen. Ich tat so, als ob ich nichts bemerkt hätte, und fing ein Gespräch mit dem Apotheker an, den ich ab und zu im Zimmer meines

Großvaters gesehen hatte. Das konnten ja durchaus gebildete und belesene Menschen sein, diese Apotheker.

»Herr von Hohenschott sprach gerade von der Jagd. Ich glaube, es ist fast noch zu früh. Was glaubt Ihr, Herr Diegel?«

Diegel glotzte mich an. Nein, zu diesem Thema wußte er nichts beizutragen. Dafür fing er unvermittelt einen Vortrag über Farben, Firnis und ähnliche Malutensilien an, mit denen er ebenfalls Handel betrieb. Offenbar hielt er mich für einen kunstsinnigen Menschen, den so etwas interessieren könnte. Die Herrenrunde lauschte seinen Vorträgen mit ironischer Hingabe. Diegel merkte nichts und blühte auf. Ich stand auf glühenden Kohlen. Herrn Bitzls Augenbrauen stießen am Haaransatz an.

»Es ist schön, junger Herr, daß ich so frei mit Euch sprechen kann«, sagte Diegel und war offenbar glücklich. »Es heißt, daß Ihr zwar von der Kunst herkommt, aber Ihr denkt vernünftig und steht mit beiden Beinen auf der Erde. Fast schon wie ein Bürgerlicher.«

»Ich danke, Herr Diegel – kann mir kein schöneres Kompliment denken.«

Die Kunst und das Bürgertum. Wie viele Todesurteile wollte dieser Kerl noch über mich aussprechen?

Die Herren vor mir grinsten nun unverhohlen. Ihr Halbkreis schloß sich langsam wieder. Ohne den Apotheker und mich, versteht sich.

Herr Bitzl tat, was er tun mußte. »Meine Herren, ich weiß, es ist nicht höflich, zu unterbrechen« – was für ein Euphemismus, keiner außer Diegel hatte mehr gesprochen –, »aber ich fürchte, ich muß Euch den jungen Herrn entführen! Zumal die Damen noch überhaupt nichts von ihm gehabt haben ...«

Ich verneigte mich, wenn auch nicht tief. Die Runde verneigte sich kaum merklich zurück, was nach Bitzls Regelschule fast schon einem Affront gleichkam. Dann gingen wir. Diegel blieb elend vor den Schlachtreihen zurück. Keine neuen Geschäfts- oder sonstigen Verbindungen.

Herr Bitzl zog mich aus dem Seitenzimmer zurück in den Ballsaal, meinen Ellbogen fest umklammernd.

»Das war knapp«, zischte er zwischen zusammengebissenen Zähnen, die nach außen hin gerade noch als Lächeln gedeutet werden konnten. »Tut das nie nie wieder, bitte schön!«

»Was denn?«

»Euch anbiedern!«

Ich blieb abrupt stehen: »Ich habe mich nicht angebiedert! Ganz im Gegenteil!«

Seine Augen waren erbarmungslos.

»Glaubt ja nicht, man könnte Euer Verlangen nach Anerkennung übersehen, junger Herr!«

Er packte meinen Ellbogen, der ihm entglitten war, und zog mich weiter. Die Gästeschar drängte sich, wir schoben uns quer durch sie hindurch. Man sah uns an und flüsterte. Ich war nicht in der Verfassung, den Blicken mit Gelassenheit zu begegnen.

Wir betraten den Blauen Salon. Er war gleichsam die Verlängerung der Galerie, ein Gegenstück zum Vorraum. Im Durchgang standen einige Männer, Splitter der großartigen Herrenrunde – sie beachteten uns kaum. Im Salon selbst gab es nur Frauen, die in Grüppchen beisammensaßen und ihre Stimmen dämpften, sobald wir näherkamen. Hochwürden Gruber tauchte plötzlich hinter uns auf, überholte noch in der Tür und ließ uns mit den Worten »Ah, hier ist ja unser junger Graf!« den Raum betreten. Die Frauen hörten ganz zu reden auf und sahen uns an.

*Weibervolk*. Mein Volk.

Denen mußte man geben, was sie wollten. Das wußte ich aus meinem früheren Leben. Wenn ich als junger Liebhaber auf der Bühne schlecht gewesen war, hatten die Männer gelacht. Die Frauen aber hatten mit möglichst harten Gegenständen nach mir geworfen.

»Die Damen sprechen von nichts anderem als von dem jungen Grafen«, fuhr Hochwürden Gruber fort. »Ich müßte Euch direkt zürnen, daß Ihr mich, Euren Lehrer, so lange mit all den Fragen alleingelassen habt.

Herr Bitzel sah ihn an. Hochwürden Gruber ignorierte ihn. »Mein Sohn, darf ich vorstellen – ... kennt Ihr ja ...«

Die Mutter streckte trotzdem ihren Arm zum Empfang des Handkusses aus. Eiserne Erziehung.

»... und hier Madame Debrimont ...« Eine pompöse alte Dame, die allein mit ihrem Hörrohr ein Sofa besetzte.

»... Mademoiselle Antonia von Matzart ...« Eine betont feine Dame saß etwas abseits und streichelte ihr Schoßhündchen. Ich hatte schon von ihr gehört: Sie war die reichste adelige alte Jungfer in Wernswald und Umgebung.

»... und ihre Nichten: Annette von Himmsbiegel und Marie von Matzart. Sie leben in der Residenzstadt, erfreuen uns aber zur Zeit mit ihrem Besuch.«

Marie, die jüngere Nichte und ein wirklich schönes Mädchen, war demonstrativ erhaben über meine Anwesenheit. Annette, die Verheiratete, grüßte prompt und freundlich. Es folgten nahtlos weitere Töchter, Frauen, Schwestern und Mütter von irgend jemandem, dem ich vorhin bereits vorgestellt worden sein mußte. Ich verbeugte mich, bis ich Kreuzschmerzen hatte.

Dann trat endlich eine Pause ein.

Der Fächerwald vor mir bewegte sich im Takt. Die Frauen sahen mich an, als ob etwas Phantastisches von mir zu erwarten wäre. Leider konnte ich mir nicht vorstellen, was das sein sollte.

»Kommt doch, junger Herr«, sagte die Witwe Debrimont schließlich und klopfte neben sich auf das Sofa. »Setzt Euch her zu mir. Ich bin noch nicht so alt, als daß mich nur noch Männer in langen schwarzen Kleidern interessieren würden.«

Hochwürden Gruber verlor geringfügig an Haltung. Herr Bitzl lächelte.

»Und Herr Bitzl soll sich einen Sessel holen. Ich habe ihn schon lange nicht mehr gesehen.« Bitzls Lächeln verschwand. Ich setzte mich also auf das Sofa, Herr Bitzl nahm auf einem Sessel Platz, der immer noch weit genug von der Debrimont entfernt war, und Hochwürden Gruber blieb bei Madame von Seiberfeldt stehen. Sie tuschelten kurz und schienen nicht glücklich über das Arrangement.

Aus dem Augenwinkel konnte ich sehen, wie Constanze, die ältere Seiberfeldt-Tochter, den Raum verließ.

Aus den Protokollen des Gerichts

Madame von Seiberfeldt enthält sich der Aussage, da es ihr unmöglich ist, als unbeteiligte Zeugin in diesem Fall vor Gericht zu stehen.

Madame von Seiberfeldt stellte einen weiteren Sessel zu uns und setzte Elise darauf – auch die war ja immerhin neu in dieser Gesellschaft, man konnte sie nicht einfach beiseite lassen. Ich machte ihr ein Kompliment, weil das offenbar erwartet wurde. Sie reagierte nicht und zupfte an ihrem Kleid herum. Die Debrimont hob ihr Hörrohr und fragte mich:

»Was?«

»Ich habe gesagt, daß Mademoiselle Elise heute sehr hübsch aussieht!«

»Natürlich, wie soll sie sonst aussehen.«

»Schönheit ist eine Gabe, die man würdigen sollte.«

»Wie nett, daß Ihr sie ausgerechnet bei Mademoiselle Elise gefunden habt.«

Die Damen hatten plötzlich etwas Stechendes im Blick.

Oh, das war ein Sprung in den Fettnapf gewesen!

Herr Bitzl tat seine Arbeit und lancierte ein Ablenkungsmanöver, indem er eine fast spontane Unterhaltung mit der alten Mademoiselle von Matzart begann. Die Witwe Debrimont versuchte daran teilzunehmen, wurde aber von beiden ignoriert. Hochwürden Gruber und Madame von Seiberfeldt redeten leise auf Elise ein, die nicht wußte, ob sie den Blick auf mich gerichtet halten oder sich zu den beiden umdrehen sollte. Marie von Matzart tuschelte mit ihrer Schwester.

Plötzlich redeten alle miteinander, nur niemand mit mir.

Aus den Protokollen des Gerichts

Die Aussage der Mademoiselle Elise von Seiberfeldt:

Also, ich habe den jungen Herrn von Ebenstein von Anfang

an gern gemocht. Er war sehr nett. Sehr zuvorkommend. Ich glaube, er war nervös, aber das war ich auch. Alle sehen einen an, und man muß sehr aufpassen, daß man nichts falsch macht.

Richter: Hat er etwas falsch gemacht?

Mademoiselle Elise von Seiberfeldt (denkt lange und gewissenhaft nach): Nein.

Ich stand auf, wahrscheinlich zu abrupt, und verbeugte mich, wahrscheinlich zu tief.

»Es tut mir leid, meine Damen, aber ich fürchte, ich bin heute keine gute Gesellschaft. Mein Großvater braucht Ruhe und sollte so bald wie möglich zu Bett gehen. Ich muß mich daher verabschieden. Es tut mir leid, habt Nachsehen mit mir.«

»Was?«

»Ich sagte, ich gehe jetzt!!«

Die Debrimont verabreichte mir einen schmerzhaften Klaps mit dem Fächer, der kokett gemeint war.

»Wie grausam, uns zu verlassen. Ich verzeihe Euch nur, wenn Ihr mir versprecht, mich bei meinem nächsten Diner mit Eurem Besuch zu erfreuen.«

»Versprochen!«

Sie strahlte, was ihre lückenhaften Zahnreihen hergaben, und hielt mir die Hand zum Abschied hin. Ich nahm sie und deutete den Handkuß an.

»Seiberfeldt, Seiberfeldt!« zischte Herr Bitzl in absoluter Panik hinter mir. Natürlich hätte ich mich zuerst von der Debütantin verabschieden müssen, die hatte ja längst die Hand ausgestreckt. Ich blieb in der Verbeugung, drehte mich um ein paar Grade und gab einen weiteren Handkuß. Um nun ganz sicherzugehen, versah ich auch die Mutter mit einem.

Hochwürden Gruber lächelte triumphierend und gab meinem Abgang noch den finalen Segen.

»Was denkt Ihr Euch eigentlich? Ihr könnt doch nicht einfach gehen! Ihr seid der Gastgeber!«

Wenn ich weit ausschritt, hatte Herr Bitzl keine Chance nachzukommen. Seine Stimme blieb jedoch auch auf Abstand und im größten Gewühl schneidend genug.

»Zumindest Marie von Matzart hätte sich gefreut, wenn sie noch ein paar Worte mit Euch hätte wechseln können. Sie ist eine durchaus ansprechende junge Dame, die man neben den Seiberfeldt-Töchtern nicht vernachlässigen sollte.«

»Mich hat sie nicht angesprochen.«

»Ihr habt ihr auch keine Gelegenheit gegeben.«

»Ich bin müde.«

»Das muß Euch egal sein.«

»Wenn ich müde bin, kann ich mich nicht konzentrieren. Ich werde einen Fehler nach dem anderen machen und Euch blamieren.«

»Ihr steht ganz für Euch. Blamieren könnt Ihr nur Euch selbst.«

»Also steht es mir frei, die Blamage in Grenzen zu halten. Ich ziehe mich zurück.«

»Und wer soll die Rolle des Gastgebers übernehmen?«

Ich blickte mich um. Der alte Ebenstein saß noch immer auf seinem Sessel und hielt sich am Weinglas fest. Er sah nicht gut aus, aber das würde sich in seinem Alter auch nicht mehr ändern.

»Mein Großvater ist Hausherr und Gastgeber, das sollte keiner von uns vergessen.«

Ich drehte mich zu Herrn Bitzl um und sah ihn mit aller Ernsthaftigkeit und Arroganz an, derer ein wahrer Erbe fähig war. Er verstummte. Ich war mir nicht sicher, ob das nun ein Sieg gewesen war.

### Aus den Protokollen des Gerichts

Die Aussage der Jungfer Katharine, in Diensten derer von Ebenstein:

Der Ball hat noch bis in den Morgen gedauert. Er war wirklich sehr schön, wißt Ihr. Und wenn der Mond scheint, muß auch keiner Angst haben vor einer Heimfahrt im Dunkeln. Also, bis zwei oder drei sind die Herrschaften schon geblieben.

Aber es war alles zuviel für den Herrn von Ebenstein. Den alten, meine ich. Er hat zu husten angefangen und nicht mehr aufgehört. Nach ein paar Tagen ist es ihm schon so schlecht gegangen, daß er praktisch im Sterben gelegen ist. Wir waren alle bei ihm: Hochwürden, der Herr Bitzl, der junge Herr und ich (Zeugin weint und schneuzt sich).

Als der alte Herr sein Testament aufsetzen hat wollen, war er schon so schwach, daß der Notar ihn gar nicht mehr hat verstehen können. Hochwürden hat schon quasi übersetzen wollen, aber der junge Herr hat den alten Herrn von Ebenstein gestützt, und da hat Hochwürden nicht mehr hin können. Ich meine, das war nicht schlimm, denn der junge Herr hat eh alles weitergesagt …

»All mein Vermögen, meine Ländereien und mein Titel gehen an meinen Enkelsohn Chérubin«, flüsterte der alte Ebenstein, und ich gab es buchstabengetreu weiter. »Er ist der Sohn meines Sohnes und hiermit rechtmäßiger Erbe. Jedoch, bis er den Zustand der Volljährigkeit erreicht …«

»Großvater, ich *bin* volljährig!«

Der Greis hob den Kopf und öffnete seine fast schon gebrochenen Augen.

»Ja?«

»Ja! Aber das hab ich dir doch schon am ersten Abend erzählt!«

Der Alte hustete und spuckte Blut auf die Bettdecke. Hochwürden Gruber und der Notar wichen zurück. Ich blieb standhaft. Jetzt war nicht die Zeit, zimperlich zu sein.

»Nun gut, volljährig, ja, ja.«

Er hustete weiter.

»Trotzdem möchte ich, daß Hochwürden Gruber ein Mitspracherecht in allen Belangen hat.«

O nein, bitte, bitte nicht!

»Was hat er gesagt?«

Der Pfarrer rückte wieder etwas näher.

»Hochwürden Gruber – 1000 Gulden.«

Der Notar notierte.

»Ihr seid so gütig, Herr von Ebenstein!«

Freiheit ist ein teures Gut. Gesicht und Stimme von Hochwürden Gruber zeigten, daß ich die richtige Summe getroffen hatte.

»Die Gemeinde wird es Euch danken.«

Der Alte wedelte abwehrend mit der Hand. Er mußte das Mißverständnis bemerkt haben. Ich packte seine Hand und hielt sie fest.

»Ist dir nicht wohl, Großvater?«

»Ich möchte noch etwas sagen . . .«

Doch dazu kam es nicht mehr. Ein Blutklumpen verschlug ihm die Sprache. Er hustete und würgte noch einmal, und roter Schaum trat ihm über die Lippen. Er gurgelte. Er stöhnte. Dann kam ihm die Luft endgültig abhanden.

Es wurde still. Es war vollbracht.

Der alte Ebenstein hatte verfügt, daß er als einfacher Sünder in der Gruft seiner Väter beigesetzt werden sollte. Also wurde er eingesegnet, im Sarg verschlossen und mit einem Leiterwagen aus der Stadt gebracht.

Zusammengepfercht mit Hochwürden und einem halben Dutzend Meßdienern, fuhr ich in der Kutsche hinterher. Ich wäre gern allein gewesen, aber Hochwürden Gruber wäre eher tot umgefallen, als mich im Moment der Besitznahme allein zu lassen.

Schloß Kreuzbach ist, das muß man wohl zugeben, ein überwältigender Anblick. Generationen hatten es wachsen lassen, mitunter in gewagten Stilkombinationen, aber allein seine Größe machte es über jeden Zweifel erhaben. Die Menschen, die links und rechts am Straßenrand standen und ihre Hüte zogen, wirkten dagegen winzig. Zumindest kam es mir so vor, als wir vorüberfuhren.

Wir fuhren in den Schloßhof ein, wo Herr Rustinger mit dem gesamten Hauspersonal auf der Eingangstreppe wartete. Er war der Verwalter, den der alte Ebenstein immer mit einer gewissen

Zurückhaltung, wenn auch unter Betonung seiner Verläßlichkeit, erwähnt hatte.

Der Sarg wurde vom Leiterwagen gehoben und über den Hof in die Kapelle getragen. Einige Dienstboten schluchzten, die meisten aber schlossen sich trockenen Auges dem Trauerzug an.

Eigentlich hätte ich in meiner Neugier lieber den Weg über die Treppe in das Schloß und von dort in die Kapelle genommen, aber der Aberglaube sagt, es bringe Unglück, eine Leiche durchs Haus zu tragen: Man fordere sie damit auf, wiederzukehren – und wer konnte das schon wollen? Ich war nur mehr eine Messe von meinem Besitz entfernt.

Die Kapelle war so prunkvoll, daß sogar die Totenköpfe auf der Familiengruft goldene Augenhöhlen hatten. Riesige Bilder hingen links und rechts an den Wänden und über dem Altar. Sie waren mit großen Tüchern bedeckt, violett wie in der Fastenzeit.

Ein Nonnenchor sang. Er kam aus dem nahe gelegenen Kloster, das der alte Ebenstein stets großzügig unterstützt hatte. Die Äbtissin war ebenfalls anwesend. Sie sprach mir ihr Beileid aus und nahm unaufgefordert neben mir in der ersten Bank Platz. Hinter uns saß Herr Rustinger. Die Dienstboten standen hinter der Gitterwand ganz am Ende der Kapelle.

Hochwürden Gruber hielt den Gottesdienst, der durchaus ergreifend war. Die Musik, das Licht in den bunten Fenstern, die getragene Stimme – ich weinte ein wenig, ganz gegen meinen Willen. Mochte alles ein Schauspiel sein – der Alte, der tot und einsam in seinem Sarg lag, der war echt, und er tat mir leid. Der Tod ist kein schönes Ende.

Nach dem Gottesdienst ging es zum Leichenschmaus: Dienstboten, Meßdiener und Nonnen begaben sich in die Küche; Hochwürden Gruber, Herr Rustinger, die Äbtissin und ich in den Grünen Salon.

Im Vorbeigehen sah ich einen Gelben Salon und einen Roten und einen Blauen (wie im Palais, war wohl die Lieblingsfarbe des alten Ebenstein gewesen), einen großen Festsaal, ein Musikzimmer mit einem Cembalo, ein Spielzimmer mit einem Schachbrett sowie diverse Räume, die keinen Namen hatten. Alles verstaubt und altmodisch, aber von einer Grandeur, die mir noch einmal die Tränen in die Augen trieb. All das war mein. Endlich mein!

Nach dem Essen verabschiedete sich die Äbtissin und nahm ihre Nonnen mit. Sie war wohl etwas enttäuscht, daß ich ihr keine Spende versprochen hatte. Herr Rustinger wollte mir unbedingt noch den ältesten Teil des Schlosses zeigen – vielleicht um mich an die Quelle meiner Wurzeln zu führen oder um mich allgemein besinnlich zu machen, was weiß ich. Hochwürden Gruber folgte.

Den »Alten Turm«, wie dieser Teil von Kreuzbach durchaus treffend hieß, hatte der Gründer des Geschlechts derer von Ebenstein erbaut. Er wurde nur noch als Speicher benutzt. Durch seine Schießscharten konnte man aber weit ins Land hinausschauen, bis zu den Besitzungen der Hohenschotts. Der Kreuzbach, nach dem das Schloß benannt war, schützte die gesamte Rückseite wie ein Burggraben. Aus dieser schwindelnden Höhe betrachtet, war keine Bewegung in ihm zu erkennen – er war schwarz wie ein stehendes Gewässer.

Herr Rustinger liebte diesen Ort. Er verschränkte die Arme hinter seinem Rücken und richtete sich auf. Ein großer Ernst bemächtigte sich seiner.

»Herr von Ebenstein, seht nur hinaus und Ihr werdet verstehen, was nun durch die Generationen auf Euch überkommt.«

Herr von Ebenstein! Das war ich!

»Erweist Euch dessen als würdig, junger Herr!«

»Das wird er – mit Gottes Hilfe!« warf Hochwürden Gruber ein. Ich ließ sie reden und genoß die Aussicht. Ich hätte hineinbeißen mögen. Auffressen, das alles. Es war so schön!

Natürlich kehrte ich nicht mehr in die Stadt und in das Palais zurück. Das war vorbei. Ich blieb auf Schloß Kreuzbach und richtete mich ein. Herr Rustinger schien befremdet, aber was sollte er gegen meine Anwesenheit tun? Ich war der Herr, er der Verwalter. Hochwürden Gruber zeigte ebenfalls Erschrecken über den Umzug und meine plötzliche Abwesenheit. Er schickte Brief für Brief aus Wernswald, um sicher zu sein, daß ich auch allein, ohne ihn, mit der immensen Last, die nun auf meinen Schultern ruhte, zurecht käme.

Ich kam, ich kam – auch wenn die Erbschaft so groß war, daß sie sich nur in Dokumenten erfassen ließ. Allein die Aufzählung meiner Goldreserven war ein ganzes Buch von Zahlenkolonnen! Und das war noch der kleinste Teil von allem …

Für einen kurzen Moment dachte ich daran, an mich zu raffen, was zu raffen war, und zu verschwinden. Aber wer konnte eine Beute hinter sich lassen, die ein Vielfaches von allem ausmachte, was ich je davontragen konnte? Dieser Platz in der Weltordnung gefiel mir. Ich wäre verrückt gewesen, das alles wieder aufzugeben. Also beschloß ich zu bleiben.

## *Der Herr meiner Sinne*

Aus den Protokollen des Gerichts

Die Aussage des Herrn Rustinger, Verwalter auf den Ländereien zu Kreuzbach, in Diensten derer von Ebenstein:

Er liebte seinen Besitz, von Anfang an – da bin ich mir ganz sicher. Es gibt viele, die mit Besitz nichts anfangen können. Herr von Ebenstein war da anders, würde ich sagen.

Richter: Der alte oder der junge?

Herr Rustinger: Beide. Auf verschiedene Arten. Der alte Herr von Ebenstein wußte, woher er kam. Der junge Herr von Ebenstein wußte, wohin er wollte ...

Richter: Es heißt, der alte Herr von Ebenstein hätte einige Eurer Ideen mißbilligt.

Herr Rustinger: Er war eben noch ein Herr der alten Schule. Immerhin scheine ich ein gewisses Vertrauen genossen zu haben. Ich war und blieb der Verwalter.

Man soll die Götter nicht versuchen – und die Nachbarn schon gar nicht. Wer in Trauer ist, muß sich in Zurückgezogenheit üben. Ich machte das Beste daraus und widmete mich ganz Kreuzbach.

Herr Rustinger führte mich durch die Stallungen und ritt mit mir durch die Felder. Er legte mir die Pachtverträge der Bauern vor und erklärte mir deren Prinzipien.

»Wenn die Leute wissen, daß ihnen etwas bleibt, arbeiten sie härter, und alle profitieren.«

»Und sie betrügen uns nicht?«

»Warum sollten sie? Jeder hat seinen Platz, seine Aufgabe und das Recht auf Anhörung, wenn ihm etwas mißfällt. Ein Vertrag bindet und schützt alle in gleichem Maße – Pachtherrn wie Pächter.«

»Wenn Ihr mich fragt: Sie betrügen uns so oder so, aber wenn uns Fleißige betrügen, bleibt uns mehr. Jeder denkt, er hätte den anderen hereingelegt, und alle sind zufrieden.«

»Ihr seid reichlich zynisch für Euer Alter.«

»Man kann nie früh genug damit anfangen.«

Hochwürden Gruber verschwand nicht aus meinem Leben, wie ich gehofft hatte. Er brachte es sogar fertig, mich fast täglich zu besuchen. Ich setzte mich nicht zu Wehr, schließlich hatte ich eben eine Schlacht gewonnen und wollte mich nicht durch ein Scharmützel gefährden. Einem Erben in Trauer stand Unterricht gut an. Zeit genug hatte er jedenfalls. Warum also nicht jetzt all die toten Männer hinter sich bringen, die sich in diesen Haufen von Büchern verewigt glaubten? Soweit es mich betraf: kein Respekt, keine Tradition, keine Unsterblichkeit. Ich hatte nicht vor, die Herren in meine Freiheit mitzunehmen.

»Ich habe gestern die Familie Seiberfeldt besucht«, durchsetzte Hochwürden Gruber nach nur wenigen Tagen die Schöngeistigkeit mit Konversation. Das war keine Überraschung, denn von ungefähr kam seine neue Kutsche mit den bestickten Kissen darin sicher nicht. »Man hat dort bereits mit der Weinlese begonnen«, fuhr er fort. »Herr von Seiberfeldt ist kaum daheim anzutreffen.« Er machte eine Pause, wie jemand, der sich auf die Zunge beißt. »Natürlich habe ich Madame von Seiberfeldt nicht allein gesehen. Ihre Töchter sind immer bei ihr. Mademoiselle Elise läßt Euch grüßen.«

»Ich grüße gern zurück.«

»Das ist aber sehr kühl. Mademoiselle Elise ist ein entzückendes Mädchen, und ein hübscher junger Mann gefällt eben – wenn Ihr wißt, was ich meine.«

Aus den Protokollen des Gerichts

Die Aussage des Hochwürden Gruber, Pfarrer zu Wernswald:

Herr von Ebenstein zeigte als mein Schüler immer jene Ernsthaftigkeit, die man mit Recht erwarten kann. Er hat mich nie enttäuscht, und ich kann zu keiner Zeit etwas Schlechtes über ihn sagen. Er hat es nie an Strebsamkeit mangeln lassen und hat auch in gesellschaftlichen Belangen alle Erwartungen erfüllt. Es ist schade, daß Herr Bitzl nicht mehr unter uns, ich meine: bei uns, weilt, aber er hätte nichts anderes bestätigen können.

Es steht mir in meinem Amt vielleicht nicht zu, aber natürlich ließ mich meine Position als Lehrer und Vertrauter auch ein gewisses Interesse von außen an meinem Schüler bemerken, was im Grunde nicht verwundern konnte. Es gibt in unserer Gegend kaum ledige Herren von Stand.

Verspätete Kondolenzbriefe trafen ein, in zierlicher weiblicher Handschrift und voll gefühlvoller Formulierungen. Die Namen sagten mir nichts, aber alle beriefen sich auf den Ball, wo wir einander angeblich kennengelernt hätten. Es waren ziemlich viele Briefchen, und das, obwohl Herr Rustinger heimlich manches abfing und aussortierte. Ich hatte ihn dabei beobachtet und fand es eigentlich empörend. Aber ich sagte nichts. Ich wollte keinen unnützen Verdruß in meinem Haus heraufbeschwören. Manche der unbekannten Fräuleins kamen unter Verwendung ihrer Familien sogar bis in den Hof meines Schlosses, um mich zu besuchen und mir ihr Mitgefühl höchstpersönlich auszusprechen. Ich empfing sie selbstverständlich nicht (kein respektabler Erbe in Trauer hätte das getan), aber ich ging hinter den Fenstern auf und ab, damit sie mich bemerkten. Dann stellte ich mich dicht hinter die Vorhänge und sah hinunter, bis sie ihre erröteten Köpfe senkten und mit beschleunigtem Atem auf das Pflaster starrten.

Hochwürden Gruber ließ mich während des Unterrichts immer wieder in Haupt- und Nebensätzen wissen, wie schön, wie faszinierend man mich fand. Ich verstand das zwar nicht, aber es tat gut, ihm zu glauben. Er hatte als Generalbeichtvater den direktesten Zugang zu den Herzen der jungen Damen von Wernswald.

Nach kurzer Zeit gab ich es auf, mich gegen den Gedanken zu wehren – warum auch? Ich ließ neue Schneider holen, die mir, unter Wahrung der nötigen Distanz, zeitgemäßere Kleider anfertigten. Ich ließ ein paar Perücken zur Auswahl machen, um mein Gesicht zu betonen. Ich investierte in Schuhwerk, Strümpfe, Handschuhe, feine Hemden und Parfüm. Wahrscheinlich gab ich in diesen Wochen insgesamt mehr aus als der alte Ebenstein in seinem ganzen Leben.

Hochwürden Gruber, der vielleicht aus Pietätsgründen etwas hätte dagegen einwenden können (schließlich war ich noch in Trauer), war nur insofern interessiert, als daß er mich in meinem neuen Putz gleich bei den Seiberfeldts vorführen wollte. Ich weigerte mich lächelnd. Warum sein Publikum künstlich klein halten?

Eine Vorfreude auf irgend etwas packte mich. Ich übte viele Stunden des Tages Umgangsformen vor dem Spiegel. Mir schwebte etwas von einer überlegenen Kühle mit einem Schuß Esprit vor, geheimnisvoll wollte ich sein, aber nicht abweisend; einnehmend, aber nicht anbiedernd.

Ich ließ Herrn Bitzl holen. Eigentlich hatte ich vorgehabt, seinen Anblick zu meiden, um nicht an die grauenhafte Ballnacht erinnert zu werden, aber jetzt brauchte ich ihn. Er kam sofort und wurde nur ein paar Zimmer von meinen privaten Räumen entfernt einquartiert, damit er immer in der Nähe war, wenn ich ihn benötigte.

Herrn Rustinger gefielen weder die eintreffenden Rechnungen noch die Tatsache, daß meine Zeit nun ganz zwischen Hochwürden Gruber und Herrn Bitzl aufgeteilt wurde. Er sprach selten mit mir, und wenn, dann in einem Ton tadelnder Reserviertheit.

»Bei allem Verständnis für die Repräsentation Eures Standes, Herr von Ebenstein, glaubt Ihr nicht, Ihr solltet Euch auch mit anderen Dingen befassen? Ein Mann lebt nicht nur davon, was er ist, er lebt auch davon, was er tut.«

»Und was soll ich tun?«

»Ich denke nicht, daß das so schwer zu erraten ist. Ein Herr kümmert sich um sein Gut. Das wird erwartet in Wernswald.«

»Ich bin ja da, weithin sichtbar. Und Ihr seid mein Verwalter. Der beste, den man sich wünschen kann. Ich vertraue Euch ganz und gar.«

Ich klopfte ihm auf die Schulter, er zuckte zusammen. Irgendwie konnte ich das noch nicht so richtig.

Die Wochen vergingen. Ich machte für jeden Tag, der mich aus der offiziellen Trauerzeit herausführte, eine kleine Kerbe in den rechten hinteren Pfosten meines Betts. Natürlich war die volle Spanne ein Jahr, aber es gab eine strenge Trauerzeit, eine nicht-ganz-so-strenge und eine gleichsam vernachlässigbare. Und sobald es mir erlaubt war, aus dem Schatten meines toten Großvaters herauszutreten, wollte ich bereit sein. Mein Spiegel zeigte mir die Fortschritte, die ich machte. Schon bald würde ich mich präsentieren können.

In der nächsten Zeit begann man meine Zurückgezogenheit zu akzeptieren. Sogar die Zudringlichkeit der unbekannten Fräulein hielt sich mit der Zeit in Grenzen.

Angst packte mich. Vielleicht war schon jetzt alles zu spät? Immerhin war ich als Erbe eines Mannes angetreten, der als ernst und asketisch bekannt gewesen war. Was, wenn mich nun alle für seinen wahrhaftigen Nachfolger hielten? Was, wenn ich mich mit meinem täppischen Auftreten auf dem Ball schon vorzeitig als nicht gesellschaftsfähig gezeigt hatte und mich alle schon längst beiseite geschoben hatten (von ein paar Backfischen abgesehen), ohne daß es mir gewahr geworden war! Langsam begann ich, die Einsamkeit des Schlosses zu hassen.

Für Unterricht jeglicher Art kam mir die Aufmerksamkeit abhanden. Herr Bitzl und Hochwürden Gruber, die sonst nie miteinander sprachen, erörterten, in dunkle Winkel zurückgezogen, meine Zerstreutheit. Sie hatten keine schlüssige Erklärung dafür, und das gönnte ich ihnen. Ich gönnte überhaupt allen alles, was sie unglücklich und verwirrt machte. Ich brüllte Dienstboten an, ich züchtigte Haustiere, ich übte mich mit einem Stallburschen im Fechten, bis ihm der rechte Arm abfiel. Warum sollte ich allein leiden? Wozu hat man einen Hofstaat?

Aus den Protokollen des Gerichts
Frage des Richters an Hochwürden Gruber, Pfarrer zu Wernswald:

Nun gut, ich frage Euch als Lehrer und Vertrauten – diese Launen, von denen wir noch einiges hören werden, die zeigte er doch von Anfang an, nicht wahr?

Hochwürden Gruber: Das kann ich nicht bestätigen. Jeder junge Mensch hat so seine Zeiten, in denen er etwas unausgeglichen ist. Sonst konnte der junge Herr von Ebenstein überaus vernünftig sein.

Richter: Konnte sein oder war es?

Der Herbst schritt fort. Aus meiner Verzweiflung wurde Niedergeschlagenheit und schließlich wieder Hoffnung: Die gesellschaftliche Saison war in vollem Schwange, es würden sich bald Gelegenheiten für neue Auftritte ergeben. Durch die obligatorische Trauer gedämpft, aber immerhin ... Wenn sich nichts anderes bot, würde ich sogar eine der Seiberfeldtschen Offerten annehmen, mit denen mich Hochwürden Gruber Tag für Tag mürbe zu machen versuchte. Was sollte schon passieren? Für dynastische Pläne war ich wohl schwerlich das passende Objekt. Jedenfalls war ich damals noch so naiv, das zu glauben.

Die Weinlese begann auch auf meinem Gut. Herr Rustinger war den ganzen Tag außer Haus, um die Arbeit in den Weingärten zu beaufsichtigen. Wenn er heimkehrte, war er so müde, daß er schon beim Abendessen einschlief und mehr als einmal den Löffel laut klirrend in den Suppenteller fallen ließ.

Ein paarmal versuchte er mich mitzunehmen, aber mein Interesse an den Weingärten war so gering, daß ich mir – zusammen mit meinem Pferd – bloß den Bauch mit süßen Trauben vollschlug, was uns beiden nicht gut bekam. Herr Rustinger war offensichtlich enttäuscht und bat mich nicht mehr, ihn auf seinen Kontrollen zu begleiten.

Es mag widersinnig sein, aber in mir keimte plötzlich ein gewisser Neid auf. Es hatte durchaus seinen Reiz, Dinge zu tun, von denen man überzeugt war. Etwas, das man hinstellen und sagen konnte: »Das ist es. Das habe ich gemacht.«

Aber ich wollte kein Gutsherr sein. Mich interessierte nicht, was Herr Rustinger in den Weingärten machte. Oder seine Bauern auf den Feldern. Oder meine Eltern in der Werkstatt, aus der ich fortgelaufen war. Oder die Schauspieler im Theater. Oder sonst jemand auf der Erde. Mich interessierte eigentlich überhaupt nichts. Also ließ ich es bleiben.

*Wir hoffen, mon Cousin, Ihr befindet Euch wohl, und erlauben uns hiermit, Euer Hochwohlgeboren, Herrn Chérubin von Ebenstein zu Kreuzbach, zu unserer Jagd am 9. dieses Monats einzuladen. Die Treiber werden zur Verfügung stehen. Pferde und – so es genehm ist – Hunde ersuchen wir höflichst, selbst nach Wunsch und Laune mitzubringen. Gezeichnet: J. + L. Hohenschott.*

Aus den Protokollen des Gerichts

Die Aussage des Herrn von Hohenschott, Ludwig:

Meinem Bruder wurde Schande angetan. Meinem Haus wurde Schande angetan. Das möchte ich zuallererst festhalten. Niemand konnte das vorhersehen. Wir kannten ihn ja nicht. Nun, den Ball wollen wir nicht richtig zählen. Bei so etwas kann man einen Mann schwerlich kennenlernen. Aber wir haben Herrn von Ebenstein zur nächsten Jagd eingeladen. Im Herbst, da sind immer die großen Jagden – obwohl, eigentlich wäre auch unterm Jahr Gelegenheit genug, nun ja, jedenfalls, darauf haben wir uns wirklich schon gefreut, mein Herr Bruder und ich.

Richter: Herr von Hohenschott, erlaubt – im Sinne dieses Gerichts muß ich fragen, ob die Schilderung dieser Jagd zur Klärung des vorliegenden Falles beitragen wird.

Ludwig von Hohenschott: Wie sich ein Mensch unter seinesgleichen gibt, sagt doch einiges aus über seinen Charakter, oder? Jedenfalls: Die gesamte Nachbarschaft von Wernswald war eingeladen, eine große Jagd sozusagen. Das wird auch jedes Jahr von uns erwartet, wenn ich das sagen darf, und wir obliegen dieser Pflicht gern. Ich weiß gar nicht, ob Herr von Ebenstein schon im Jahr zuvor um diese Zeit in Wernswald war – wahrscheinlich nicht, sonst wäre er ja auf der vorjährigen Einladungsliste gewesen. Wir pflegen niemanden zu übersehen, das ist wichtig, man will ja um Gottes willen niemanden beleidigen. Die Leute legen einem so schnell etwas zum Nachteil aus.

Der Einladungsbrief an sich war korrekt verfaßt und verbarg auch nichts zwischen den Zeilen. Wahrscheinlich war er in dieser Form an die gesamte adlige Umgebung verschickt worden. Schließlich gab es rundum noch genug Leute von Stand, die nichts mit ihrer Zeit anzufangen wußten und folglich diese sowie diverse Kreaturen totschlagen mußten. Ich nahm mit einem höflichen Antwortschreiben an. Mir blieb gar nichts anderes übrig.

Die Jagd begann harmlos; früh morgens begrüßte man sich bei einem Umtrunk. Es waren wirklich alle da, ganz wie auf meinem Ball. Die Leute, die mich ansprachen, waren äußerst vorsichtig.

Wahrscheinlich respektierten sie meine »Trauer«. Oder ich hatte mir mit meinem läppischen Auftritt auf dem Ball einen ganz »besonderen« Ruf erworben. Meine Versuche, charmant zu sein, waren nicht souverän. Für konstanten Charme braucht es eiserne Disziplin oder ein sonniges Gemüt. Ich hatte zur Zeit keines von beidem. Erstens, weil ich Sonnenaufgänge nur von meinem Bett aus schön fand. Zweitens, weil ich mir tagelang umsonst eingeredet hatte, daß ich hysterisch sei und die wenigsten dieser Landeier Meister zu Pferde und an der Büchse sein würden: *Alle* saßen zu Pferde wie auf bequemen Stühlen, und *alle* hatten ihre Schießprügel im Arm, als ob sie ein trautes Instrument zu einem gemeinsamen Konzert ausführten! Selbst die Frauen dieser Jagdgesellschaft waren besser als ich. Das würde das endgültige Ende sämtlicher Anbetung sein – selbst die Backfische würden ihre Blicke schamhaft abwenden, sobald ich im ersten Graben lag ...

Jemand stieß in ein Horn und brachte einen gellenden Laut zustande. Die Jagdgesellschaft ritt los. Menschen, Rösser, Hunde liefen durcheinander, und alle machten einen Höllenlärm. Für Augenblicke glaubte ich, Rudolf von der Hall zu sehen. Da einige Offiziere von Stand unter den Jägern waren, konnte das ja durchaus möglich sein.

Am Waldrand wurden die Hunde losgelassen. Sie stürmten mit serviler Begeisterung los. Im Unterholz schrien und klapperten die Treiber. Die Menschenmeute preschte in den Wald, als ob es nur ein einziges Stück Wild darin zu erlegen gäbe.

Mein Pferd und ich waren derart erschrocken, daß uns ein heftiger Luftsprung fast getrennt hätte. Ich konnte den Abwurf gerade noch verhindern, aber ich kam erst mit einiger Verzögerung ins Gehölz. In der Ferne heulten schon die ersten Jäger im Triumph auf, während ich noch mit der Eroberung einer Böschung kämpfte. Ich richtete mich im Steigbügel auf, um etwas zu sehen, aber das Blätterwerk war zu dicht. Ich gab meinem Pferd mit Nachdruck die Sporen, um nicht heil- und hilflos zurückzubleiben – da krachte dicht neben mir ein Schuß! Mein Pferd verlor endgültig die Nerven, bäumte sich auf, warf mich ab und tobte im Kreis herum. Ich kroch, so schnell ich konnte, aus der Reichweite seiner Hufe und kollerte die Böschung wieder hinunter.

»Trottel«, sagte einer. »Schon für weniger Blödheit sollte man Leute füsilieren.«

Ein Mann mit Gewehr trat aus dem Gebüsch. Ich hatte vorhin recht gesehen.

»Chérubin!« sagte Rudolf von der Hall, die Büchse hoch erhoben in der Hand, und sein Ausruf klang nicht sonderlich erfreut. »Unser schöner Junge, unser verlorener Sohn!«

Damit drehte er sich um und verschwand wieder im Gebüsch.

Es gab keine Situation, nicht einmal die unmöglichste, in der sich dieser Kerl nicht einfach wie ein Falott benahm! Das konnte man nicht auf sich beruhen lassen! Dieser Hundsfott konnte mir vielleicht sein Haus verbieten (das noch nicht einmal das seine gewesen war), aber doch nicht den Wald! Als ob mir nicht ein grinsender Hohenschott im Nacken genügen würde! Was glaubten diese Menschen eigentlich, wer sie waren?

Ich ließ also mein Pferd Pferd sein, stand auf, klopfte den Dreck ab und zwängte mich, Rudolf folgend, durch die Büsche. Nach einigen Metern – eine Lichtung.

Plötzlich stand ich vor zwei Männern mit angelegten Büchsen. Einen von ihnen kannte ich aus der Nacht, in der man Franz mit der Duellverletzung heimgebracht hatte. Der andere war Franz selbst. Beide erschraken und ließen im selben Moment die Büchsen sinken. Rudolf aber drehte sich in aller Ruhe zu mir um und gab ohne zu zögern einen Schuß in das Gebüsch hinter mir ab. Ich erstarrte. Dann schrie ich ihn an:

»Bist du wahnsinnig! Gibst du denn keine Ruhe, bis ich tot umfalle?«

»Da war etwas hinter dir.« Rudolf setzte sich ins Gras und lud nach. »Jetzt ist es weg.« Seine Hand zitterte, als er mit der Büchse hantierte. Wie er mich hassen mußte! Aber jetzt würde er doch wohl nicht mehr schießen? Nicht, wenn sein heiliger Franz herübersah. Und *wie* der mich anstarrte.

Kurzzeitig standen wir wie angewurzelt da.

Konversation. Jetzt. *Angenehm überraschtes Entrée*, hörte ich Herrn Bitzl in meinem Kopf sagen*, sie sollen uns nicht von Anfang an am Kragen haben*. Also los:

»Franz! Was für eine Freude, dich zu sehen! Und welch ein Zufall! Ich habe gar nicht gewußt, daß ihr auch eingeladen seid. Wie geht es dir, Franz? Wie geht es euch? Wir haben uns ja lange nicht mehr gesehen ...«

Keine Reaktion, obwohl Herr Bitzl sehr stolz auf mich gewesen wäre. Stegreif ist eben nicht meine Stärke. Ich mußte wohl zur Sache kommen. Lügen hatte keinen Sinn, denn Rudolf und Franz wußten mit Sicherheit, was seit meinem Weggang geschehen war. In Wernswald wissen immer alle alles.

»Also gut. Ihr denkt wahrscheinlich, ich hätte euch ausgenutzt und wäre dann verschwunden. Aber es war ganz anders.«

»Ach ja?« Rudolf hatte seine Büchse schußfertig gemacht und war aufgestanden. Es blieb still. Ich mußte weiterreden, wenn irgend etwas weitergehen sollte.

»Glaubt es mir oder glaubt es mir nicht: Ich habe keine bösen Absichten gehabt. Es war sehr schmerzlich für mich, als plötzlich dieser Bruch da war.« Sie ließen mich auflaufen.

»Ihr wolltet mich doch loswerden. Deshalb habe ich auch nichts mehr gesagt, als ich zum alten Ebenstein gegangen bin. Es hat ja keinen mehr interessiert!«

Franz verzog das Gesicht auf eine seltsame Art.

»Du warst niemals unerwünscht«, sagte er leise.

Rudolf stand neben ihm und sah auf den Boden, dann ins Gebüsch. Er war starr vor Haß. Gott sei Dank – andernfalls hätte er in diesem Moment vermutlich endgültig auf mich angelegt und abgedrückt.

»Denkt, was ihr wollt, aber *ich* möchte, daß ihr mich als Freund betrachtet. So – ich muß jetzt mein Pferd einfangen. Auf Wiedersehen!«

Ich drehte mich um und ging.

Aus den Protokollen des Gerichts

Die Aussage des Herrn von Hohenschott, Ludwig:

Nein, also umgänglich, das würde ich jetzt nicht sagen. Wir hätten uns mehr von Herr von Ebenstein erhofft, wenn ich das so formulieren darf. Da war immer etwas Distanziertes. Vielleicht sogar etwas Unbeholfenes. Gut, er war nicht von hier, vielleicht muß man ihm da einiges nachsehen. Er war bemüht, das schon. Immerhin: Gegen die Familie an sich kann wohl niemand etwas sagen. Das würde ich auch nie wagen.

Richter: Wir wären aber sehr an Eurer geschätzten Meinung interessiert, Herr von Hohenschott. Deshalb haben wir Euch auch hierher gebeten. Leider haben sich sonst nicht viele Zeugen von Stand eingefunden.

Ludwig von Hohenschott: Nun, das ist auch ein schwieriger Fall, das müßt Ihr schon zugeben. Es tut immer weh, wenn es solche Dinge in den eigenen Reihen gibt. Das ist man nicht gewohnt.

Die unselige Jagd zog sich den ganzen Tag hin. Zu Mittag wurde eine Pause gemacht, und man dinierte in einem Zelt am westlichen Waldrand. Zu essen gab es, was wir erlegt hatten. Das heißt: was alle anderen erlegt hatten. Mir war lediglich ein verwirrter Hase vor die Flinte gelaufen, den meine Schrotladung bis zur Unbrauchbarkeit zerrissen hatte. Es war anzunehmen, daß mich die hohe Herrenrunde bereits für tot erklärt hatte, aber das war mir zu diesem Zeitpunkt auch schon egal. Ich war müde, unglücklich und hungrig und für keine weiteren Empfindungen zu haben.

Nach dem Mahl wurde geruht. Unentwegte nutzten die Zeit für gesellschaftliche Umtriebe. Die alte Mademoiselle von Matzart, die nicht an der Jagd teilgenommen hatte, tauchte auf, um hofzuhalten. Ihr folgten Herr Bitzl (was ich mit Befremden zur Kenntnis nahm, immerhin logierte er noch immer bei mir!), der mit ihr plauderte, und ihre ältere Nichte Annette, die vor sich hinlächelte.

Marie, die jüngere Matzart-Nichte, arrogant und schön, war auch mitgekommen. Sie schloß sich dem Troß ihrer Tante nicht an und saß abseits in der Sonne. Ein Mann kniete vor ihr im Gras und machte Skizzen für ein Porträt. Blicke wurden nicht gewechselt. Eine hübsche Szene. Auch Annette schien sie zu gefallen. Sie löste sich von ihrer Tante, trat hinter den zeichnenden Mann und legte die Hand auf seine Schulter. Er nahm ihre Hand und küßte sie elegant, ohne sich umzudrehen. Dann legte er Blatt und Stift beiseite, verbeugte sich vor Marie und spazierte mit Annette davon. Die jüngere Schwester gab ihre

Haltung auf und sah ihnen nach. Ihr Gesicht war wie versteinert.

»Habe ich Euch zuviel versprochen, Herr von Ebenstein?«

Die Hohenschotts standen neben der Bank, auf der ich mich ausgestreckt hatte. Johann und Ludwig. Ich wußte schon wieder nicht, welcher der Redner war und welcher der Schweiger.

»Es geht nichts über einen Tag in Gottes freier Natur. Herr von Himmsbiegel ist extra aus der Residenzstadt gekommen, um ihn mit uns zu genießen. Seine Frau freut sich sehr, ihn zu sehen. Die Schwägerin natürlich auch.«

Ich rappelte mich auf und beschattete mit einer Hand meine Augen, um nicht direkt ins Sonnenlicht schauen zu müssen. Hohenschott, der Redende, hatte mich schon wieder abgeschossen. Stunden hatte ich damit zugebracht, mir vorzustellen, was ich ihm beim nächsten Treffen sagen würde.

»Tratsch interessiert mich nicht«, sagte ich schließlich mit Würde.

Hohenschott zuckte zusammen. Es war keine Absicht, aber offenbar hatte ich ins Schwarze getroffen.

»Ich tratsche nicht, mon Cousin, ich habe nur etwas festgestellt.« Das stimmte, wenn man ihn beim Wort nahm. Aber das ist so ziemlich das letzte, wo man einen Mann nehmen sollte.

»Dann tut es mir leid, Herr von Hohenschott, Euer Interesse an den Menschen mißverstanden zu haben. Ich für meinen Teil denke da etwas reservierter.«

»Wernswald ist eine kleine Stadt. Wir kümmern uns umeinander. Reserviertheit ist da nicht immer angebracht.«

Hohenschott, der Redende, ließ mich links liegen, um sich dem vorbeiflanierenden Himmsbiegel anzuschließen. Wahrscheinlich klatschte er jetzt über mich. Seine Frau folgte mit Abstand und plauderte mit Annette, wie es Ehefrauen tun, wenn sich die Männer bereits im Gespräch gefunden haben – herzlich, aber ohne tieferes Interesse für einander.

In der Ferne sprach die alte Matzart mit Marie ein ernstes Wort.

Nach der Mittagsruhe wäre ich fast nicht mehr aufs Pferd gekommen. Bis zum Abend schaffte ich noch mit aller Gewalt eine altersschwache Wildsau, die wahrscheinlich jemand anderer aus Barmherzigkeit hatte leben lassen. Mir tat sie auch leid, aber ich war nicht in der Position, sie ziehen zu lassen.

Die Jagd wurde schließlich abgeblasen und die »Strecke« auf der Wiese zwischen Wald und Schloß präsentiert. Von Hirsch bis Hase wurde alles nach Art und Größe auf Tannenreisig gelegt. Links und rechts rammte man Fackeln in den Boden. Des einen Triumph, des anderen Totenmesse. Und über allem senkte sich der Abend, und es wurde eine wundervolle Vollmondnacht.

Wieder gab es einen Umtrunk. Ehefrauen und Töchter, die nicht an der Jagd teilgenommen hatten, schlossen sich an. Endlich erntete ich wieder ein paar von jenen Blicken, die ich so sehr vermißt hatte. Diese Frauen wußten nichts von meiner heutigen Niederlage – vielleicht war es ihnen auch egal. Es ist ein männlicher Irrtum, zu glauben, Frauen würden nur die Sieger lieben. Sie lieben vor allem die Sieger, die sie zu solchen machen. Allerdings konnte ich mir nicht vorstellen, wie das in meinem Fall zu bewerkstelligen sein sollte ...

Auch Madame von Seiberfeldt und Elise sahen hoffnungsvoll zu mir herüber. Ich grüßte, machte aber keine Anstalten, auf sie zuzugehen. Sie akzeptierten das wohl oder übel und blieben, wo sie waren.

Tische und Bänke wurden aufgestellt, Drehspieße beladen. Für heute konnte ich kein Fleisch mehr sehen. Ich versuchte, mich zu verabschieden. Hohenschott, der Redende, war schneller.

»Ihr seid doch nicht etwa müde?«

»Ich? Nein. Ich meine natürlich, das Gelände war gänzlich ungewohnt für mich, aber es war nicht über Gebühr anstrengend, nein.«

»Dann verstehe ich nicht, warum Ihr gehen wollt. Rufen Euch die Pflichten mehr als unsere Gesellschaft?« Er grinste mich dreist an.

»Pflichten? Ich bin in der glücklichen Lage, keine zu haben.«

»Nun, dann macht uns doch die Freude und beraubt uns nicht schon jetzt Eurer Gesellschaft.«

Also nahm ich wieder Platz und ließ mir Wein servieren. Die Witwe Debrimont tauchte auf, pompös und doch ignoriert von allen, wie immer. Und wie stets war sie über diese Ignoranz eisern erhaben. Sie grüßte freundlich zu mir herüber, aber es war Gott sei Dank kein Platz an meiner Seite frei, den sie hätte einnehmen können. Es reichte völlig, daß mich Franz über drei Tischreihen hinweg fixierte. Ich wollte ihm neutral begegnen, aber sein Blick war so intensiv, daß ich ihn unwillkürlich erwiderte. Es geschah, was zu befürchten gewesen war: Franz wischte seine Hände ab, nahm einen Weinbecher und kam zu mir herüber. Er bat meinen Sitznachbarn, etwas Platz zu machen, und setzte sich. Franz war einfach kein Mensch, zu dem man unfreundlich sein konnte.

Die Witwe Debrimont schaute scheel aus dem Hintergrund. Vielleicht, weil sie in der Nähe des Matzart-Clans gelandet war, der sie dort offenbar nicht haben wollte ...

Franz und ich begrüßten einander erneut, diesmal so, wie es sich unter Freunden gehört. Ich bemühte mich, ein vernünftiges Maß an Distanz zu demonstrieren, Franz bemühte sich, ein vernünftiges Maß an Verständnis dafür aufzubringen.

»Wo ist Rudolf?«

»Schon gegangen. Wollte früh schlafen gehen.«

»Ach! Ich wußte gar nicht, daß Boshaftigkeit müde macht.«

»Hör doch auf – Rudolf ist nicht so. Er drückt sich nur manchmal unglücklich aus.«

»Und das nicht nur mit Worten! Kannst du ihm nicht den Schießprügel wegnehmen, wenn ich in der Nähe bin? Es wäre mir wohler.«

Franz seufzte.

»Chérubin, ich bin ihm in gewisser Weise verpflichtet.«

»Ich weiß.«

»Nein, das tust du nicht.« Franz nahm einen Schluck Wein. »Hast du schon gehört, daß ich geheiratet habe?«

»Natürlich. Wie die Leute halt so reden ... Wenn ich ehrlich bin, habe ich mich nicht sehr darum gekümmert. Ich hatte anderes zu tun. Der alte Ebenstein und das alles ...«

»Ja, ich weiß – mein herzliches Beileid.«

»Danke. Meine Gratulation.«

»Danke.« Franz stellte den Weinbecher hin. »Ich glaube, ich werde jetzt gehen. Meine Frau wird sich fragen, wo ich bleibe.« Er lachte, aber es klang gar nicht lustig. »Daran muß ich mich erst gewöhnen, daß sich jemand um mich Sorgen macht.«

Ich schaute mit Absicht an ihm vorbei und traf per Zufall auf den Blick der Debrimont.

»Ich wünsche dir einen schönen Abend, Franz. Wir sehen uns sicher bald wieder.«

»Du kannst mich besuchen.«

Ich starrte weiter zur Debrimont hinüber.

»Meine Frau würde sich sicher freuen, dich kennenzulernen. Weißt du, man redet durchaus gern über dich in der Stadt.«

Ich mußte lachen.

»Sei versichert: Was immer man von mir glaubt – es ist falsch.«

Franz sah mich etwas irritiert an und stand auf. Wir gaben uns die Hand. Dann ging er, und ich sah ihm lange nach. Die Witwe Debrimont glotzte indes wie ein Uhu aus dem Halbdunkel. In einer plötzlichen Eingebung drehte ich mich zu ihr um und zeigte ihr die Zunge. Sie blinzelte nicht einmal.

Wir rekapitulieren: Ich war mein eigener Herr. Ich war von Adel, reich und in gewisser Hinsicht sogar begehrt. Ich konnte (eigentlich) tun, was ich wollte. Aber ich bekam nicht, was mir zustand. Nicht, daß ich es hätte benennen können, aber die Hohenschotts hatten es, die Matzarts hatten es, die Seiberfeldts und von mir aus auch die Himmsbiegels hatten es – alle, alle, nur nicht ich! Weder auf dem Ball noch auf der Jagd hatte man mich akzeptiert. Gab es denn gar keine Möglichkeit, zu ihnen zu gehören?

Ich war wieder einmal böse mit mir und der Welt und ließ meine Verbitterung vornehmlich an Herrn Bitzl aus, dem ich wenigstens seinen Auftritt mit der alten Matzart auf der Hohenschott-Jagd vorwerfen konnte. Alte Freundin? Lang zurückreichende Verbindlichkeiten? So brauchte er mir gar nicht erst zu kommen! Ich bezahlte ihn, und seine Besuche außerhalb des Unterrichts hatten sich gefälligst auf ein Mindestmaß zu beschränken! Die Matzart, dieses alte Schlachtroß, brauchte gar nicht zu glauben, sie könne mir als »Emporkömmling« den Bitzl nach Belieben wegnehmen und wieder zurückgeben! Die hatte das personifizierte Benehmen gerade nötig, mit ihren renitenten Nichten und dem angeheirateten Neffen dazwischen – soll bloß aufpassen, die Alte, ein Skandal kommt schneller, als man denkt, und dann ist die ganze edle Herkunft mit einem Schlag dahin.

Herr Bitzl war allerdings ein schlechtes Objekt für Gemeinheiten. Er schmetterte meine Sottisen elegant ab, worauf ich nur noch böser wurde.

Schließlich warf ich ihn einfach hinaus. Das heißt, ich ließ ihm mitteilen, daß ich seine Dienste nicht mehr benötigte.

»Es war mir eine Freude, in Euren Diensten gewesen zu sein, Herr von Ebenstein. Wir haben doch einigermaßen schöne Ergebnisse erzielt. In Hochwürden Grubers Händen weiß ich Euch ja in der besten Obhut. Ich wünsche noch viel Vergnügen in Eurem Leben ...«

Dann quälte ich noch ein paar Dienstboten und versuchte es auch mit Herrn Rustinger, der mir in Anspielung auf frühere Vorkommnisse Launenhaftigkeit zumindest leise zum Vorwurf machte. Das ließ mich endgültig die Contenance verlieren, und ich bekam einen Tobsuchtsanfall, dessen Ausläufer noch Hochwürden Gruber im Hof kehrtmachen und seinen obligatorischen Besuch ausfallen ließen.

An einem Montag, bevor die Postkutsche wieder nach Wernswald kommen sollte, beschloß ich, es nicht mehr auszuhalten. Der Weg in die Residenzstadt war noch immer frei, auch wenn mich die Theater nicht mehr interessierten. Ein Junker vom Land, ein verschollener Cousin vielleicht, dem Entrée gewährt werden würde – ich konnte alles sein, das wußte ich jetzt. Die passenden Familien dazu gab es überall. Warum sollte ich zurückstecken und mich mit einer Bretterbühne begnügen? Ich stopfte die allerkostbarsten Dinge in meine Taschen (mittlerweile wußte ich ganz genau, welche das waren), ließ mir »zu einer kurzen Inspektion« ein Pferd satteln, saß auf und ritt zum Tor hinaus. Es war Mittag und noch Zeit genug, um rechtzeitig in die Stadt zu kommen.

In Wernswald war nichts los. Und das war auch gut so, weil mich so kaum jemand beachtete. Es war aber auch schlecht, weil ich für jemanden, der mich zu keiner Zeit und um keinen Preis hätte übersehen wollen, leichte Beute war.

»Mein Freund!« brüllte Franz quer über den Marktplatz, kaum daß ich ihn betreten hatte. »Mein lieber Freund! Wie schön, daß Ihr uns so bald besuchen kommt.« Er fuchtelte mit beiden Armen. Die Frau an seinem Arm winkte heftig mit einem Spitzentaschentuch. Die Szene erregte ein gewisses Aufsehen. Ich hatte keine andere Möglichkeit, als zu den beiden zu reiten, abzusteigen und meine Honneurs zu machen. Franz schien überglücklich und schüttelte meine Hand ohne Unterlaß und legte mir dabei auch noch seine freie Hand auf die Schulter.

Die Frau an seiner Seite war definitiv seine Ehefrau. Sie kannte mich nicht persönlich, aber sie hatte schon »viel von mir gehört«. Sie war keine Zwanzig und ohne die Würde, die sie gern gehabt hätte, aber hübsch, wie es nur junge Frauen sein können. Ihr Name war Klara, und ihr Vater, weil die Welt eine kleine ist, der Apotheker Diegel. Es gab Gerüchte, daß der Schwiegervater die Kaution für die Ehe-Erlaubnis des adligen Offiziers aus eigener Tasche bezahlt hatte.

Ich konnte mir nicht helfen, aber Franz sah an Klaras Seite schon wieder wie ein Vater aus, diesmal eben mit Tochter.

Die Leutgebs lebten noch immer in der Wohnung, die auch mich beherbergt hatte. Rudolf war einige Häuser weiter gezogen. Ich war nicht erstaunt, ihn trotzdem bei den Leutgebs anzutreffen, als ich mit meinen Gastgebern den Salon betrat. Er tat, als ob er mich seit meinem Weggang zum ersten Mal sähe.

»Der Graf! Ich habe mich gefragt, wie lange es dauern würde. Und nachträglich mein herzliches Beileid Euren Großvater betreffend. Ich bin sicher, Ihr habt einen schweren Verlust erlitten.« Ich sah ihn an. Er sah mich an. Der Haß war geblieben.

Wir nahmen Platz bei Wein und Gebäck. Klara verließ immer wieder den Salon, um im Gang die Dienstboten anzuherrschen, kam dann wieder herein, lächelte und versuchte am Gespräch teilzuhaben, was mühsam war, weil ihr weder Thema noch Stand der Konversation verständlich waren. Also sprang sie wieder auf, huschte hinaus, scheuchte Dienstboten mit neubelegten Tellern herein, setzte sich, hörte zu, versuchte mitzureden, sprang wieder auf – und so weiter. Alles bewegte sich, alles lief. Die alte Josephine, die mich einst aus dem Haus und in mein Glück gebracht hatte, getraute sich nicht einmal, das Servieren für jenen Augenblick zu unterbrechen, den es zu einer persönlichen Begrüßung gebraucht hätte.

Franz, so würde ich sagen, nahm seine kleine Frau nicht ernst, aber er war stolz auf sie. Vielleicht beeindruckte ihn einfach ihr funktionierender Haushalt.

Klara war so perfekt, daß sie sogar Gesellschaft heranschaffte: Zwei Freundinnen kamen, um den Männerüberhang wettzumachen. Es waren Backfische, nicht sonderlich interessant, aber begeistert vom Zusammentreffen mit »dem Herrn Grafen, Durchlauchtigst«. Beide behaupteten, mir schon auf dem Ball vorgestellt worden zu sein, ich konnte mich nicht erinnern. Der Nachmittag verging. Es wurde später und später, und ich wurde langsam unruhig. Die Postkutsche pflegte gegen Abend anzukommen. Auch wenn es erst am nächsten Morgen weiterging, war es ratsam, sich sofort eines Platzes zu versichern: Wer zu spät kam, mußte auf dem Dach sitzen, was im Spätherbst kein Vergnügen war. Ich überlegte mir eine höfliche und unauffällige Abschiedsformel, aber ich kam nicht dazu, sie auszusprechen.

Es klopfte an der Tür: Ein weiterer Gast wurde angekündigt und trat unverzüglich ein.

Aus den Protokollen des Gerichts

Frage des Richters an den Zeugen Eugen Wenz, Unteroffizier der Armee seiner Majestät:

Er hat den Herrn von Ebenstein also im Haushalt des Herrn Franz von Leutgeb kennengelernt? Ist das richtig?

Wenz: Ja.

Richter: Ist Ihm dabei etwas aufgefallen?

Wenz: Nein.

Richter: War der Herr von Ebenstein höflich?

Wenz: Ja.

Richter: Auch zu den Damen?

Wenz: Ja.

Richter: Und wie war er zu den Herren?

Wenz (zuckt mit den Achseln): – –

Richter: Was – auch höflich?

Wenz: Ja.

Die Backfische kicherten verlegen, Franz und Rudolf hoben nur kurz die Hand, Klara wahrte die Form (wie schwer es ihr bei diesem deutlich nicht-vornehmen Kerl auch fallen mochte), stand auf, gab Wenz die Hand und stellte ihn mir ganz förmlich vor. Ich versuchte eine gewisse Jovialität an den Tag zu legen, war aber aus unerfindlichem Grund nervös. Wenz reagierte zurückhaltend, wahrscheinlich war ihm ein Graf nicht ganz geheuer. Er fragte jedenfalls zweimal, ob ich tatsächlich ein Ebenstein sei.

Klara bot dem neuen Besucher Wein an. Er lehnte ab und blieb stehen: »Wir geh'n ja ohnehin gleich – oder?«

Franz und Rudolf nickten und erhoben sich. Sie mußten etwas ausgemacht haben.

»Wenn die Damen erlauben?« sagte Franz leichthin. »Wir werden uns jetzt verabschieden. Ihr habt sicher viel zu besprechen, und wollt uns Männer gar nicht dabeihaben.«

Er küßte seine Frau auf die Stirn und drückte ihre Hand. Dann sagte er: »Gehen wir!« Wenz nickte erleichtert und verließ das Zimmer als erster. Ich ging mit, obwohl ich Besseres zu tun gehabt hätte.

Das »Ballhaus« hatte nichts mit Tanz oder sonstigen anmutigen Zerstreuungen zu tun. Es war vielmehr ein schäbiger Kasten neben der Schmiede und beherbergte im vorderen Teil einen großen Schankraum sowie weiter hinten einen Spielsaal, in dem – eben – Ball gespielt wurde. Dieser Spielsaal bestand aus einer freien Fläche in der Mitte, die durch ein Netz geteilt war. Links und rechts davon traten die Spieler gegeneinander an. Rund um das Spielfeld verlief ein überdachter Gang, von dem aus die Zuschauer, geschützt durch Holzgitter, das Spiel beobachten konnten. Ein geschäftstüchtiger Wirt hatte nachträglich auf das Dach des Gangs eine Galerie bauen lassen, die nunmehr der bevorzugte Platz der Vornehmen war, wofür sie auch Eintritt zahlen mußten.

Dann gab es noch, über einen kleinen Hof erreichbar, die »Badestube«. Dort konnte man sich auch waschen, wenn es sein mußte, aber eigentlich war das der hiesige Puff.

Das Gedränge im Schankraum war gewaltig, als wir ankamen. Männer, wohin mein Auge sah. Nur die Bedienungen waren weiblich – gestandene Weiber mit großen Weinkrügen und vielen Bechern in den Händen. Es schien ein ungeschriebenes Gesetz zu sein, daß man sie dumm anreden und sogar begrapschen durfte, letzteres allerdings auf eigene Gefahr.

Wir kämpften uns zum Spielsaal vor und landeten im Zuschauergang. Rudolf verschaffte sich mit beiden Händen einen Platz nahe dem Spielfeld und wurde sofort ein Teil des rasenden Publikums. Das entsprach nicht seiner sonstigen Art, stand ihm aber besser als die ewige altkluge Griesgrämigkeit. Franz sah ihn an und lächelte.

Wenz, der so sehr auf den Besuch des Ballhauses gedrängt hatte, blieb von alldem unberührt. Er stellte sich an eine eher uninteressante Stelle des Zuschauerganges, besorgte sich Wein und trank ihn gleich aus dem Krug. Darin schien er Übung zu haben. Auf dem Spielfeld lief unterdessen ein halbes Dutzend Männer mit aufgekrempelten Ärmeln umher und drosch mit Schlägern nach einem kleinen Ball, der über das Netz in der Mitte auf die gegnerische Seite mußte. Ich winkte einer Bedienung und ließ mir Wein kommen, allerdings nur einen Becher.

Ich hatte nicht vor, länger zu bleiben. Natürlich wäre es auch möglich gewesen, Wenz zu fragen, ob ich aus seinem Krug mittrinken dürfte, aber irgendwie brachte ich es nicht über mich, ihn anzusprechen.

Es fiel mir sogar schwer, ihn direkt anzuschauen. Ich sah nur aus den Augenwinkeln zu ihm hin, doch das bemerkte er gar nicht. Sein Gesicht war emporgewandt zur Galerie, es strahlte. Denn in einer Loge, flankiert von zwei Herren, saß eine wunderschöne Frau. Das heißt, ob sie wirklich so schön war, konnte ich auf die Entfernung gar nicht sehen, aber die Aura, die sie verbreitete, war spürbar bis dorthin, wo ich stand. Für einen Moment sah die Frau beiläufig in unsere Richtung. Wenz hielt den Atem an und nahm einen großen Schluck Wein. Das war eine gewagte Kombination und brachte ihn prompt zum Husten. Der Blick der Frau wanderte weiter.

»Schau dir das an, Graf. Dieses Weib, eine Göttin!« Seine Stimme war weich, auch wenn sein Dialekt grauenhaft blieb. Ich war gerührt. Ich war verletzt. Eigentlich wollte ich so etwas gar nicht von ihm hören. Wenz konnte noch immer nicht richtig atmen. »Sie ist jeden Tag in der Messe, immer am Morgen. Ich bin auch immer dort.«

Ich mußte einfach niederträchtig werden, ich brauchte das jetzt: »Kann mir gar nicht vorstellen, daß die so dringend Gott sucht. Das einzig Religiöse, was die wahrscheinlich regelmäßig überkommt, ist die Missionarsstellung.«

So schnell, wie ich eine Hand am Kragen und die andere vor dem Gesicht hatte, konnte ich gar nicht schauen. Wäre Franz einen Augenblick zu spät gekommen, wäre meine Nase eine Ein- statt einer Ausstülpung gewesen.

»Laß ihn, Wenz! In jungen Jahren ist halt leicht zynisch sein.«

Wenz zog mich noch näher an sein wütendes Gesicht, aber als ich meine Augen nicht abwandte, ließ er mich los und wurde sogar ein bißchen rot.

»So ist es brav, meine Herren!« rief Franz. »Wenn ihr euch austoben wollt, wählt doch die einzige Art, die eines Mannes würdig ist: das Spiel!«

Das war genau, was ich jetzt brauchen konnte. Vom Ballspiel hatte ich genauso viel Ahnung wie vom Reiten und Schießen. Außerdem hatte ich vorhin schon gehen wollen, und das aus gutem und dringendem Grund – die Postkutsche wartete schließlich nicht auf mich. Und überhaupt wollte ich weg von diesem ordinären Wenz ...

Doch der Becher Wein tat seine Wirkung nach einer langen Zeit der Abstinenz. Ich ging also nicht, dachte mir »Was soll's!« und machte mich fertig zum Spiel. Franz teilte die Partner ein: Er spielte mit Wenz, ich mit Rudolf. Der verlor seinen eben erst gefundenen Enthusiasmus wieder und war sofort sauer. Wir begaben uns trotzdem in Position und fingen an. Wenz schlug auf und Rudolf parierte. Franz übernahm und brachte den Ball in meine Richtung. Ich holte aus, traf und schnalzte den Ball in eine Ecke, die keiner erreichen konnte. Punkt für uns. Alle waren überrascht.

Nettes Spiel.

Rudolf schlug auf, Wenz überholte Franz, nahm sich des Balls an, der kam zu uns, ich rannte Rudolf fast nieder, schlug auf den Ball und erwischte ihn so stark, daß er durch das Holzgitter in den Gang hinter der gegnerischen Seite flog. Die Zuschauer sprangen beiseite, lachten und applaudierten.

»Fehler!«

»Wieso Fehler? Das war ein toller Schlag!«

»Zu weit, Graf, der ist draußen.«

»Ihr müßt es machen wie bei den Weibern!« schrie einer aus dem Gang. »Mit Kraft *und* Gefühl!«

Alles grölte. Die Dame zwischen den zwei Herren lächelte müde. Wenn schlechte Liebhaber nur genauso selten wären, wie Männer sie für lustig hielten.

Wenz war mit dem Aufschlag dran. Er zog sein Hemd aus – offenbar war ihm heiß geworden – und streckte sich ausgiebig, bevor er den Ball mit aller Wucht wegschlug. Diesmal kam es zu einem längeren Wechsel, bei dem ich zunächst nicht mitmischen konnte, weil mir Rudolf ständig im Weg war, aber schließlich entschied ich den Satz wieder für mich, weil ich am schnellsten laufen konnte. Mein Blick fiel zwischendurch immer wieder auf die Galerie.

Die Dame dort oben plauderte mit einem ihrer Begleiter. Kopf und Körper waren ihm zugewandt, aber der Blick, der immer zu wandern schien, folgte Wenz und Franz. Man hätte spekulieren können, wen von beiden sie beobachtete, aber ich glaubte kaum daran, daß es Franz war.

Unser Aufschlag. Ballwechsel. Ich begann mein Handgelenk zu spüren. Ich ignorierte das und drosch den Ball durch die Gegend wie ein Berserker. Manchmal war er draußen, meistens traf er. Es ging noch ein paarmal hin und her. Rudolf und ich gewannen schließlich.

Franz, am Rande der Erstickung, gratulierte uns wort- und blicklos per Handschlag und machte sich auf in den Schankraum. Wenz zog sein Hemd wieder an und verschwand in der Menge (die Dame auf der Galerie war inzwischen gegangen). Rudolf nahm seine Jacke und heftete sich an Franz' Fersen. Er wollte etwas sagen, schwankte aber zwischen Streit und Sorge. Er entschied sich für beides und machte Franz Vorwürfe. Ich blieb allein mit dem Platzwart zurück, der nach dem Spiel Geld sehen wollte. Mir war alles recht, solange es nur zu Ende war.

Ich verließ den Spielsaal, setzte mich an einen Tisch, um mich zu beruhigen und mit dem Schwitzen aufzuhören, und rief nach einem Becher Wein. Eigentlich war mir nicht mehr nach Trinken zumute, aber ich mußte die Zeit totschlagen. Die Reservierung eines guten Platzes in der Postkutsche hatte ich mit dem Ballspiel endgültig verpaßt, und bis zur Abfahrt dauerte es noch eine ganze Weile.

Ich blickte mich um, massierte mein schmerzendes Handgelenk und wartete darauf, daß Wenz noch einmal aus der Menge auftauchen würde. Es wäre eine kleine Genugtuung gewesen, ihn dezent spüren zu lassen, wie wenig es mich interessiert hatte, seine Bekanntschaft zu machen.

Doch Wenz kam nicht.

Statt dessen erschien Franz und setzte sich zu mir. Er hatte einen Krug Wein mitgebracht und war ganz enttäuscht, daß ich mich selbst versorgt hatte.

Aus den Protokollen des Gerichts
Frage des Richters an die Schankmaid, die Tine genannt wird:

Man hat Herrn von Ebenstein oft mit Franz von Leutgeb zusammensitzen sehen?

Tine: Der Ebenstein, der war überhaupt oft da. Später halt, als was wir jetzt reden, aber mit allen möglichen Leuten dann. Da war der Leutgeb noch einer der Besten davon, egal, was jetzt alle sagen. Wenn der Herr von Ebenstein nicht ein Graf gewesen wäre, hätte ich mich schon gefragt, ob der kein Zuhause hat, so oft war der immer da.

Richter: Und was hat Herr von Ebenstein mit den anderen besprochen? Zum Beispiel mit dem Herrn von Leutgeb?

Tine: Ich schau mir die Männer nicht an, und ich hör ihnen nicht zu. Dafür werd ich nicht bezahlt.

»Wo hast du denn die anderen gelassen?« fragte ich Franz.

»Im Badehaus.«

»Das hätte ich mir denken können. Schaut ihm ähnlich.«

»Wem? Dem Rudolf?«

»Nein, diesem Wenz oder wie der heißt.«

»Er heißt Wenz. Und er ist nicht ganz so blöd, wie du ihn hinstellst, mein Lieber. Du kennst ihn ja gar nicht!«

»So etwas wie den kenne ich, glaub's mir.«

Meine Stimme hatte einen falschen Klang bekommen. Franz sah mich von der Seite an. Mir wurde heiß vor Schreck. Nicht jetzt noch so ein dummer Fehler!

»Und was ist mit Rudolf?« fragte ich, um das Gespräch weiter zu bewegen.

»Der ist auch im Badehaus. Man kann dort tatsächlich auch baden, ob du's glaubst oder nicht.«

Ich glaubte es nicht. Franz wurde rot und knetete einen Brotkrümel am Tisch, der ihm in die Finger gekommen war.

»Schön – man kann sich dort treffen, ohne daß Gott und die Welt ihre Nasen hineinstecken. Viel Dampf. Viele Vorhänge. Viele Männer. Die meisten sind mit den Bademägden beschäftigt, und die anderen fallen nicht auf…« Franz ließ den Brotkrümel fallen und schaute mich wieder auf diese spezielle Art an: »Man muß klug sein, um zu überleben, und wissen, wem man trauen kann.« Ich hielt diesen anzüglichen Blick nicht aus und senkte die Augen.

»Ich traue niemandem.«

»Da hast du wahrscheinlich recht.« Franz rutschte auf seiner Sitzbank zurück, als ob er sich zu weit vorgebeugt hätte.

»Es wäre so schön, nicht immer darüber nachdenken zu müssen, wem man was sagt, wem man was zeigt.«

»Ist das den Wernswaldern nicht ohnehin ziemlich egal, dumpf wie sie sind?«

»Haha – daß du dich bloß nicht täuschst. Die lieben Wernswalder sind Schlangen. Sie lauern lange, aber dann –« er griff blitzartig nach meinem Handgelenk, als ob er mich arretieren würde, »dann schlagen sie zu, und du blutest dich zu Tode. Ich kenne da einen Constabler, einen Kommandierenden sogar, Reunig, glaube ich, heißt er, der beobachtet uns schon eine ganze Weile, und der würde weiß Gott was drum geben, uns *Mores* zu lehren. Ein Hinweis, mit dem er etwas anfangen kann, und wir wären alle samt und sonders verloren.«

Franz ließ mich los.

»Du meinst: er will euch wirklich wegen *Widernatürlichkeit* drankriegen?«

»Oh, das würde er nie offiziell sagen. Wie peinlich! Stell dir vor – Naturfeinde hier in Wernswald!« Wir mußten beide lachen. Wenn man es so aussprach, war es einfach lustig.

»Nein, nein, mein lieber Chérubin, wenn der uns drankriegen will, wird ihm schon was Besseres einfallen, so etwas wie Hochverrat oder was weiß ich. Denk dran, wenn du meinen Kopf vom Richtblock fallen siehst: Ich werde nie jemanden verraten, auch wenn ich nie jemandem trauen darf.«

Franz wirkte plötzlich alt. Ich hatte ihn immer von jungen

Leuten umgeben gesehen. Wenn man ihn ganz für sich betrachtete, waren seine Falten zu tief und die Eleganz zu gestrig. Er tat mir leid, obwohl er mir herzlich egal sein konnte.

Wir setzten die Unterhaltung fort, und sie wurde netter und harmloser. Später am Abend kam auch noch Wenz an unseren Tisch. Er war besoffen wie tausend Mann. »Huren!« war alles, was er von sich gab, es war eine einzige Enttäuschung. Dann ließ er sich auf den Sessel neben mir fallen, legte Mantel und Jacke auf den Tisch und seinen Kopf gleich dazu.

Damit war der Abend vorbei. Man konnte Wenz nur noch abtransportieren und hoffen, daß er nicht zwischendurch aufwachte und ausfällig wurde. Franz und ich hoben ihn hoch, schleppten ihn zum Ausgang, stemmten ihn auf sein Pferd und eskortierten ihn in die Garnison, wo Franz noch ein paar Groschen für die Bestechung des Torwächters spendierte, damit Wenz ohne Aufsehen in sein Quartier und Bett gebracht werden konnte. Dann trennten sich meine und Franz' Wege. Ich gab ihm die Hand, und er widerstand der Versuchung, mich zu fragen, was ich in dieser Nacht noch vorhätte. Er ritt heim zu seiner Frau und ich zur Poststation.

Es war kalt und nebelig, und ich war zum ersten Mal seit langer, langer Zeit wieder betrunken. Vor der Poststation setzte ich mich auf ein Faß und band mein Pferd an. Die Augen fielen mir fast zu. Hoffentlich würde die Kutsche bald kommen und ihre Gäste aufnehmen. Und hoffentlich gab es noch einen Platz, der nicht auf dem Dach war. Meine Zähne schlugen jetzt schon aufeinander.

Langsam graute der Morgen. Die Uhr am Kirchturm schlug. Ich brachte es nicht fertig, mitzuzählen. Einige Händler kamen, um ihre Waren auf dem Marktplatz auszupacken. Wenig später folgten die ersten Einkäufer: Küchenmägde, Dienstboten und Hausfrauen aus den Häusern, in denen es kein Personal gab. Sie trugen riesige Körbe und schleppten auf dem Heimweg wie die Maultiere. Die Uhr schlug wieder, dann läuteten die Glocken. Ein paar Leute gingen zur Morgenmesse.

Ich wuchtete mich von dem Faß hoch und betrat die Wirtschaft, um nach der Postkutsche zu fragen. In der Stube roch es streng nach der letzten Nacht. Der Wirt war nicht da. Die Mägde, die aufräumten, wußten von nichts.

Ich ging wieder hinaus, aber ich setzte mich nicht mehr. Mir war so kalt geworden, daß ich das Sitzen nicht mehr aushielt. Ich kaufte mir ein Brot, weil es so schön warm in der Hand lag, und aß davon. Die Glocken läuteten noch mehrere Male zum Fortgang der Messe. Ich ging auf und ab. Die Leute auf dem Markt, Händler wie Kunden, begannen sich für mich zu interessieren.

Schließlich kam eine Kutsche, viel zu klein für eine von der Post, aber sie hielt wenigstens. Drinnen saß Hochwürden Gruber, noch ganz in Weihrauch gehüllt. Er kam von der Arbeit.

»Herr von Ebenstein! Hab ich's mir doch gedacht, als ich in die Sakristei ging! Was macht Ihr denn hier?« Schicksal – also ergab ich mich ihm. Mit meinem treuesten Augenaufschlag, der den Umständen entsprechend schwer ausfiel, erklärte ich, mit Freunden die Nacht durchgemacht zu haben und jetzt auf dem Marktplatz übriggeblieben zu sein. Hochwürden Gruber bot an, mich nach Kreuzbach mitzunehmen. Er sei bei den Seiberfeldts zum Frühstück eingeladen. Ich kroch in die Kutsche. Sie war warm, und es gab sogar eine Decke für mich.

»Wißt Ihr, Herr von Ebenstein, ich sage das ungern, aber eine gewisse Art von Abenteuer ist ebenso leicht zu erleben, wie eine gewisse Art von Frauen zu bekommen ist. Beides ist nichts wert und kann großen Schaden anrichten. Das ist keine Moralpredigt, nein, beileibe nicht, aber ich weiß, wovon ich spreche, und ich möchte Euch die Enttäuschung ersparen, von großen Dingen zurückstehen zu müssen, nur weil Ihr für eine kurze Weile den falschen Weg gewählt habt.«

Er schaute melancholisch drein, was ihm überhaupt nicht stand.

»Hochwürden, nichts für ungut, aber ich bin ein Graf. Von welchen großen Dingen soll mich noch einer abhalten?«

Hochwürden Grubers Melancholie verschwand schlagartig.

»Vielleicht seid Ihr momentan nicht ganz in der Stimmung,

ernstere Gespräche zu führen, Herr Chérubin, aber Hochmut ist weder vor den Menschen noch vor Gott gefällig.«

»Das tut mir aber leid«, sagte ich. Wir banden mein Pferd hinter der Kutsche fest und fuhren los. Ich schlief sofort ein.

Herzen brechen nicht, Schädel platzen nicht, Blut kommt weder in Wallung noch gefriert es. Empfindsame Seelen mögen enttäuscht sein, aber der Tod ist eine medizinische Sache, und bis dahin überlebt man alles: jeden Rausch, jede Hoffnung, jeden Reinfall, jeden Verlust. Es könnte einem nur übel werden, wie wenig erhaben man über Wiederholungen ist, und von diesem Standpunkt aus besehen ging es mir richtig schlecht. Hatte ich es nicht schon oft genug erlebt? Mußte es mich bis in mein neues Leben verfolgen? Alles in und an mir schwebte. Mein Magen womöglich noch höher als der Rest. Ich konnte nichts dagegen tun, und es gab keinen Grund außer – Wenz. Vielleicht hatte ich Glück, und es war nur mein Kater. Oder die Freude, endlich Gesellschaft jenseits der Hohenschotts, Matzarts und Seiberfeldts gefunden zu haben. Vielleicht hatte ich Pech, dann war es wirklich nur – Wenz.

In Kreuzbach angekommen, verabschiedete ich mich von Hochwürden Gruber, der mich völlig zu Recht für diesen wie den nächsten Tag für nicht unterrichtsfähig befand, ließ mich in mein Zimmer bringen, stieg ins Bett und blieb dort.

Das erste Mal seit langer Zeit spürte ich wieder, daß ich mit einem Körper, mit *meinem* Körper, zwischen den Decken lag. Gott, wie schwer er war, wie unbrauchbar, ein ewiger Ort der Niederlage. Natürlich, es hatte auch schöne Momente mit ihm gegeben – Leidenschaften, wie man so sagt. Aber es waren immer Kämpfe gewesen, um mich für ein paar Momente an warmes Menschenfleisch zu schmiegen. Irgendwann war es der Mühe nicht mehr wert gewesen. Ich gab auf und vergaß.

Und jetzt das.

Jetzt wieder das, verdammt noch mal!

Ich mußte mich abreagieren. Es war schwierig, die richtigen

Bilder zu finden, weil ich völlig aus der Übung war, aber ich setzte mir in meiner Phantasie schließlich etwas aus dem Perversesten zusammen, das mir einfiel, kam schnell und undramatisch zum Höhepunkt und schlief dann sofort zwischen zerwühlten Bettlaken ein.

Der Winter kam bald. Kreuzbach wurde kalt und öde. Wenn man atmete, hatte man Dampf vor dem Mund. Wenn man aus dem Fenster sah, hatte man braune Wiesen und nackte Bäume vor den Augen. Hochwürden Gruber hatte Probleme mit den winterlichen Straßen und tauchte deshalb selten auf. Die Bauern hockten in ihren Häusern. Herr Rustinger wollte mit mir Schach spielen und über Politik reden. Es war mit einem Wort Zeit, in die Stadt zu ziehen, was auch fast alle von Stand taten, wenn der Winter kam. Schließlich waren die Palais in der Stadt besser zu beheizen, und von einem Fest zum nächsten war es nicht weit. Es gab viele Feste, solange es nicht schneite. Die feinen Familien Wernswalds rückten zusammen. In der Kälte suchte man die Nähe des anderen.

Ich tat nichts dergleichen. Wozu sollte ich ihnen nachlaufen und mir wieder eine Abfuhr in den erlauchten Kreisen holen, die mich so viel interessanter zu finden schienen, wenn ich nicht greifbar war?

Außerdem brauchte es mehr als eine Jahreszeit, um mich wieder in die Nähe des Herrn Wenz zu treiben.

So folgte ich einer alten Neigung und verschanzte mich in der Bibliothek, die auch in diesem Hause nicht überfrequentiert war. Nur Herr Rustinger kam öfter hierher, um etwas in lateinischen oder griechischen Klassikern nachzuschlagen. Herr Bitzl hatte sich einmal einen Gedichtband ausgeborgt (und vergessen, ihn zurückzugeben). Hochwürden Gruber betonte gern, daß er all die wichtigen Bücher auch daheim hätte.

Die meisten Bände in der Bibliothek stammten noch aus Großvaters Zeiten, was bedeutete, daß es viel Religiöses und sonstwie Uninteressantes gab. Wenn man sich ablenken wollte, tat man am besten daran, sich an die alten Familienchroniken und Stammbäume zu halten. Sie enthielten genug Witziges und Skurriles, auch wenn sich die Schreiber oft große Mühe gegeben hatten, die gröbsten Schnitzer derer von Ebenstein zu kaschieren. Besonders lustig fand ich den über Generationen reichenden Streit mit den Hohenschotts, der sich um ein unbedeutendes Stückchen Land drehte, das am Wenzer lag (so hieß, nicht eben zu meiner Freude, der Hügel an der gemeinsamen Grenze). Keine von beiden Parteien war sich zu vornehm gewesen, mit Zeugen, Urkunden und Plänen darum zu kämpfen. Eigentlich lächerlich, aber ich freute mich, daß schon meine »Vorfahren« die Hohenschotts nicht hatten leiden können. Ich fühlte fast so etwas wie Familienstolz.

Mein Lieblingsstück in der Sammlung war allerdings ein großer Plan von Schloß Kreuzbach, der gefaltet in der Familienchronik lag und in seinem oberen Teil eine alte Ansicht zeigte. Das Gebäude war zu dieser Zeit offenbar noch ein bißchen kleiner gewesen, aber davor sah man einen großen Garten mit Blumen, Hecken und Bäumen. Ich fand es wunderschön, poetisch geradezu – auch wenn Herr Rustinger lachte und meinte, so einen Garten habe es nie gegeben, er sei eine reine Erfindung des Künstlers gewesen.

»Und wir wissen doch, wie Künstler sind ...«

Nun, ich hätte mir keine andere Meinung von einem Verwalter erwartet, aber *ich* fand, daß der Zeichner des Plans recht gehabt hatte: Wenn es diesen Garten nie gegeben hat, dann war das ein Fehler gewesen, denn eigentlich hätte er hierher gehört. Ein großer, festlicher, üppiger Garten – ganz so, wie ich ihn damals als Komödiantin bei dem Fest gesehen hatte. Nur, daß er diesmal mir gehören würde.

Herr Bitzl hatte mir einmal von dem Garten der alten Mademoiselle von Matzart erzählt, den man von der Terrasse ihres Schlößchens aus überblickte, und der schöner und eleganter war als so mancher Park, den man in der Residenzstadt bewundern konnte. Ich hatte diese Mitteilung damals eher brummig aufgenommen, da ich weder gern hörte, daß Herr Bitzl schon wieder, zumindest in Gedanken, bei der Matzart weilte, noch daß sie etwas hatte, das es in Kreuzbach nicht gab. Es ist irritierend, die Grenzen des Haben-Könnens zu erkennen. Und plötzlich verstand ich, warum reiche Leute gierig waren.

Aus den Protokollen des Gerichts

Von Mademoiselle Antonia von Matzart liegt dem Hohen Gericht keine Aussage vor. Mademoiselle von Matzart hat zu diesem Fall nach eigenen Worten nichts Wesentliches beizutragen und zieht es aus gesundheitlichen Gründen vor, ihr Haus nicht zu verlassen. Das Gericht sieht keine zwingende Notwendigkeit in einer Aussage und hat dieser Bitte stattgegeben.

Ich lud mich bei der alten Matzart gleichsam zum Essen ein. Hemmungen zu haben war unangebracht, weil ich wußte, daß sie meine Gesellschaft wünschte. Sie war neben mir die einzige von Stand, die auf dem Lande zurückgeblieben war.

Schon bei der Vorspeise fragte ich sie, wer ihren Garten angelegt habe. Es sei einer der Gärtner gewesen, die in ihren Diensten standen, antwortete sie. Ich betonte meine Bewunderung und fragte, ob sie nicht so freundlich sein würde –? Natürlich war sie. Der Gärtner stünde mir selbstverständlich zur Verfügung.

»Ihr seid überaus entgegenkommend, Mademoiselle. Ich wünschte, die gesamte Wernswalder Gesellschaft hätte Euer Format. Mich eingeschlossen.« Das war sogar ehrlich gemeint gewesen. Ich war selbst überrascht.

Die alte Matzart lächelte. »Ihr habt wirklich den Charme, von dem Herr Bitzl immer so schwärmt.«

»Herr Bitzl schwärmt? Von mir?«

»Natürlich. Er liebt Dinge, die perfekt sind. Er hat eine angeborene Neigung dazu.«

»Dann scheint Herr Bitzl noch nicht viel gesehen zu haben.«

»Mehr, als Ihr denkt.«

Der Hauptgang wurde serviert. Er war köstlich, aber nicht

viel üppiger als die Vorspeise. Opulenz hatte in diesem Hause keinen Stand. Ich kratzte mit der Gabel auf dem Teller herum, um alles aufzupicken.

»Es ist schade, daß Marie schon in der Stadt ist«, sagte die alte Matzart. »Etwas Abwechslung hätte ihr sicher gutgetan.«

»Sie ist bei ihrer Schwester in der Residenzstadt, nehme ich an?«

»Wo sonst?« Die Frage war süffisant. Die Antwort auch. Herr von Himmsbiegel mußte nicht gesondert erwähnt werden. Ich konnte mir das Familienidyll zu dritt auch so vorstellen.

»Marie ist ein sehr eigenständiger Charakter«, sagte die alte Matzart, und sie schien sich in Gedanken zu verlieren. »Es ist schwer, ihr gute Ratschläge zu geben. Da kommt sie leider ganz nach mir.«

Meine Gabel verursachte einen scheußlichen Quietscher auf dem Teller. Wir zuckten beide zusammen, und die alte Matzart wechselte sofort das Thema.

Das Dessert nahmen wir im Salon, der elfenbeinfarben war. Es wurden kandierte Früchte und Likör gereicht. Ich bat um Kaffee. Die alte Matzart fand, daß dies eine vorzügliche Idee sei und ließ sich auch ein Täßchen bringen. Wir rührten schweigend darin herum. Es war erst früher Nachmittag, aber draußen begann es bereits, dunkel zu werden. Schade, daß jetzt nicht die Jahreszeit war, um etwas von dem legendären Garten zu sehen.

»Es tut mir leid, Herr von Ebenstein«, sagte die alte Matzart plötzlich. »Was müßt Ihr jetzt von meiner Familie denken? Wißt Ihr: Wir sind auch nicht verrückter oder unglücklicher als andere. Aber ein paar von uns erlauben sich halt zu träumen.«

Ich hatte plötzlich das Gefühl, sie trösten zu müssen.

»Nicht jeder kann von Geburt an Realist sein, Mademoiselle. Marie wird es schon noch lernen.«

Die Matzart lächelte ein zweites Mal an diesem Nachmittag.

»Ich dachte eigentlich an mich, aber Marie? Nun ja, auch sie träumt, nehme ich an.«

»Wovon?«

»Von Dingen, die man nicht haben kann.«
»Man kann alles haben, wenn man nur will.«
Sie seufzte. »Das ist leider nicht wahr.«

Aus den Protokollen des Gerichts
Die Aussage des Herrn Rustinger, Verwalter auf den Ländereien zu Kreuzbach, in Diensten derer von Ebenstein:

Die Sache mit dem Garten gefiel mir nicht, das muß ich schon zugeben. Ideen können ja an sich auch etwas Gutes sein, und ich bin prinzipiell aufgeschlossen – aber ein Garten? Die Kosten sind beträchtlich, und was den Nutzen angeht, so war ich von Anfang an skeptisch.

Richter: Warum wollte Herr von Ebenstein dann diesen Garten? Sollte es sein »unbalanciertes« Gemüt beruhigen? Oder war es nur wieder eine seiner, sagen wir, Launen?

Herr Rustinger: Gemüt und Launen muß ein jeder selbst bändigen, das geht niemanden sonst etwas an. Herr von Ebenstein sagte, er wolle nur, daß auch etwas von ihm in Kreuzbach übrigbliebe. Er wollte sich, wie man so sagt, verewigen.

Richter: Mit Grünzeug?

Herr Rustinger: Das habe ich ihm auch gesagt, aber er wollte nichts bauen lassen, das dauere ihm zu lange. Er wollte auch keine Statuen. Er weigerte sich sogar lange Zeit, ein Porträt malen zu lassen.

Richter: Wieso sollte er sich malen lassen?

Herr Rustinger: Das ist üblich. Alle Ebensteins haben sich malen lassen. Wir haben eine schöne Ahnengalerie in Kreuzbach.

Richter: Und was haltet Ihr davon?

Herr Rustinger: Eine Erbfolge ist keine Marotte, und meine Meinung tut nichts zur Sache. Ich habe Herrn Chérubin gleich nach dem Begräbnis des alten Herrn von Ebenstein gesagt, er soll sich nach einem Künstler seiner Wahl umschauen. Und dann kommt er mir mit einem Gärtner! (Im Auditorium wird gelacht.)

»Ich glaube, Herr Rustinger, wir reden ein bißchen aneinander vorbei. Ihr sagt doch immer, ich solle etwas für mein Gut tun – nun gut, jetzt tue ich etwas, und es paßt Euch wieder nicht! In der Kapelle gibt es eine Menge verhüllter Bilder. Deckt sie doch ab, wenn Ihr unbedingt etwas Gemaltes um Euch haben wollt.«

»Diese Bilder waren nie zu sehen. Euer Großvater fand sie nach ihrer Fertigstellung unpassend.«

»Kann ja kein großer Freund der Malerei gewesen sein, der alte Graf. Gott packte er ein, und *ich* soll mich ausstellen lassen.«

»Gott hat es wohl kaum nötig, sich ausstellen zu lassen.«

»Ich auch nicht.«

»Niemand hält ein Gut, indem er sich versteckt. Wollt Ihr wirklich alles den Füchsen rundum vorwerfen? Die werden nämlich Euer Schicksal sein, wenn Ihr nicht beizeiten etwas dagegen tut. Laßt Euch malen – ein großes Porträt für die Galerie, ein paar kleine zum Verschicken. Schon in der nächsten Stadt gibt es einige interessante Familien, mit denen sich eine Verbindung lohnen würde. Ihr habt das Zeug, die Menschen anzuziehen. Warum soll man das nicht nutzen?«

Oh – jetzt war mir alles klar! Kein Wunder, daß Herr Rustinger in letzter Zeit so griesgrämig gewesen war: Mein erfolgloses Entrée in die höhere Gesellschaft, meine Zurückgezogenheit, mein mangelndes Gutsherrentum, meine Garten-Flausen – das alles waren zeitraubende Hindernisse auf dem Weg zu meiner wahren Berufung gewesen.

»Ich denke nicht im Traum ans Heiraten«, sagte ich, und mir fiel ein, daß ich dies schon einige Male gesagt hatte, vor langer Zeit. Ich würde mich doch jetzt nicht fangen lassen – wo noch nicht einmal jemand etwas mit dem Fang hätte anfangen können!

»Ich weiß, das alles ist Euch ein Graus. Aber irgendwann muß es sein, und dann haben wir eine von der Pfaffen-Partie oder von der des Tanzlehrers hier sitzen. Keine Verbindung mit einer Familie, die nur aus Frauen besteht, sage ich Euch! Über kurz oder lang haben wir es mit diversen angeheirateten Schwägern zu tun, die auf der Lauer liegen. Prinzen ohne Land, die endlich etwas eigenes haben wollen. Ihr könntet vor der Zeit sterben. Ihr könntet keine Söhne bekommen. Oder auch die könnten vor der Zeit sterben. Dann landet Kreuzbach bei irgendwem, und wie stehen wir dann da?«

Wenn ich einmal tot bin, stehe ich gar nicht mehr da, mein Lieber. Nach mir die Sintflut.

Ich ließ in der Bibliothek Tische zusammenschieben und einen Plan von den Wiesen rund um das Schloß sowie die alte Ansicht mit dem entworfenen Garten darauf ausbreiten.

Der Matzart-Gärtner kam und machte sich sofort an die Arbeit. Er war ein stiller und äußerst konzentrierter Mensch, der nichts brauchte als grüne Holzklötzchen, die als Markierung für Bäume, Büsche und Hecken dienten. Eigentlich hatte ich daran gedacht, einige Ideen zur Inspiration zu unterbreiten, aber der Gärtner duldete keinerlei Einmischung – er hörte nicht zu und rückte seine Klötzchen wie eine Uhr ihre Zeiger. Ich versuchte, ihm klarzumachen, daß ich hier der Herr war, aber dann sah ich, daß es gut war, was er machte, und hatte keinen Grund mehr zu Einwänden.

Zwischendurch kam Herr Rustinger in die Bibliothek, offiziell, um sich einen Lateiner oder Griechen für die Abendlektüre auszuborgen, inoffiziell natürlich, um nach dem Rechten zu sehen. Ich haßte seinen abschätzenden Blick, und als er dann auch noch einmal mit den vermaledeiten Porträts anfing, bekam ich wieder einen meiner Anfälle. Ich schnappte mir ein paar Dienstboten, lief mit ihnen in die Kapelle und ließ sie die Gemälde auspacken, um Rustingers Bilderwahn zu verhöhnen. Als dies geschehen war, mußte ich allerdings zugeben, daß sie großartig waren, und vergaß meinen Zorn. Die Bilder waren phantastisch. Dramatisch. Die ›Maria in der Verkündigung‹ sah aus, als ob sie ihr Todesurteil empfangen würde, und der Engel hatte Schwingen, mit denen man jemanden erschlagen konnte.

Die Bilder paßten zu meiner Stimmung wie, nun ja, die Faust

aufs Auge. Herr Rustinger sollte sein Porträt haben – von diesem Maler oder keinem.

Aus den Protokollen des Gerichts

Die Aussage des Hochwürden Gruber, Pfarrer zu Wernswald:

Ach ja, diesen Maler kannte ich. Ich konnte mich noch an den Skandal seinerzeit erinnern. Der alte Herr von Ebenstein hatte mich damals gefragt, ob er die Bilder besser verhüllen solle oder nicht. Ich habe ihm sehr dazu geraten – sie waren so beunruhigend.

Richter: Hat Herr Rustinger die Wahl gebilligt?

Hochwürden Gruber: Ich weiß nicht. Ich war zu dieser Zeit nicht oft in Kreuzbach, da der Winter die Straßen zwischen Wernswald und dem Schloß oft unpassierbar machte. Wahrscheinlich entsprach der Maler Berthold nicht ganz Herrn Rustingers Vorstellung von einem Porträtmaler. Seine Geistesverfassung war recht heikel.

Richter: Unbalanciert?

Hochwürden Gruber: Mehr als das. Viel mehr. Man mußte ihn seinerzeit ins Kloster bringen, wo sich Schwestern um Leute wie ihn kümmern. Ich konnte mir nicht vorstellen, daß die Äbtissin seine Entlassung erlauben würde.

Sie erlaubte es, und die Summe, derer es dazu bedurfte, war nicht einmal besonders groß. Die Äbtissin war schon zufrieden, mich überhaupt in ihrem Empfangsraum zu sehen. Mit dem Tode des alten Ebenstein war ihr ein bedeutender Gönner abhanden gekommen, und ich hatte ja bis jetzt noch nicht viel, genaugenommen gar nichts, von mir hören lassen.

»Euer Interesse überrascht mich zwar, aber unser Berthold ist sicher in gewisser Hinsicht ein Meister. Er ist auch ein umgänglicher Mensch. Wir lieben ihn. Wir wissen nur nicht mehr, wo wir ihn einsperren sollen. Sobald er eine leere Wand sieht, malt er sie an.«

Die Äbtissin ließ eine Nonne holen, die mich zu dem Maler brachte. Er war in dem hintersten Winkel eines alten Gewölbes untergebracht, das hin und wieder als Besuchsraum für die Nonnen verwendet wurde. Alles war ziemlich heruntergekommen. Berthold selbst hingegen war adrett und sauber. Man schien ihn gut zu behandeln. Als ich hereinkam, saß er hinter einem vergitterten Bogen auf einem Stuhl, die Beine nebeneinandergestellt, die Hände auf den Knien. Hinter ihm war ein geschlossenes Fenster, um das Flammen gemalt waren. Die Wände waren von Engeln und Blumen bedeckt. Die Ausführung der letzteren zeigte deutlich, wer die alte Schloßansicht mit dem phantastischen Garten gezeichnet hatte ...

Ich war mir nicht sicher, wie ich mit Berthold reden sollte. Einfache Worte für einfache Gemüter?

»Das ist recht anständig, was Er da malt, Berthold. Noch schöner als die Kapelle in Schloß Kreuzbach. Erinnert Er sich noch an sie?«

»Ich bekomme noch Geld von Euch.«

»Wie bitte?«

»Ich bekomme noch Geld von Euch. Der Alte hat nur die Hälfte bezahlt.«

»Der Alte war mein Großvater. Er ist tot. Ich weiß, daß ihm die Bilder nicht gefallen haben. Vielleicht hat er Ihm deshalb nur die Hälfte bezahlt?«

»Schimpft der Alte noch immer? Schickt er Euch deshalb?«

»Der Alte ist tot!« sagte ich noch einmal mit Nachdruck.

Berthold schien das nicht zu beeindrucken.

»Ich werde nicht mit Ihm schimpfen, im Gegenteil. Mir gefallen Seine Bilder so gut, daß ich Ihn gerne als meinen Porträtisten haben möchte.«

»Und Ihr werdet zahlen?«

»Er wird zufrieden sein. Außerdem kommt Er mit mir auf Schloß Kreuzbach – Er wird leben wie ein Fürst!«

In Bertholds Kopf schien einiges in Bewegung zu sein. Schließlich willigte er ein: »Gut, ich komme mit«, sagte er, »aber ich gehe nicht mehr hierher zurück.«

Ich hatte eigentlich nicht vorgehabt, mir dauerhaft eine Ménagerie zuzulegen.

»Aber Meister!« versuchte ich ihn zu locken. »Will Er denn nicht zu Seinen Blumen und zu Seinen Engeln zurück?«

»Nein. Sie fressen mich auf.«

Aus den Protokollen des Gerichts

Frage des Richters an Herrn Diegel, Apotheker und Händler von Chemikalien zu Wernswald:

Es gibt in Wernswald und Umgebung wohl nicht viele Händler, bei denen man auch Farben und Firnis erwerben kann?

Herr Diegel: Nein, Euer Ehren, da bin ich der einzige und, mit Verlaub, auch der beste.

Richter: Es ist wohl nicht schwer, als einziger der beste zu sein. Aber sagt: Ist Euch bei dieser Lieferung nach Schloß Kreuzbach etwas Besonderes aufgefallen?

Herr Diegel: Nein, Euer Ehren.

Richter: War der Maler nicht etwas seltsam?

Herr Diegel: Nein, Euer Ehren.

Richter: Und der Herr von Ebenstein?

Herr Diegel: Ich habe nichts Ungewöhnliches an ihm bemerkt.

Richter: Ihr habt ihn doch schon vom Ball gekannt. War er verändert? *Unbalancierter* als sonst?

Herr Diegel: Nein.

Richter: Und Euer Schwiegersohn, der Euch bei den Auslieferungen geholfen hat – hat der etwas bemerkt? (Im Auditorium wird heftig geflüstert.)

Richter: Ich bitte mir Ruhe aus! Also, Herr Diegel?

Herr Diegel: Mein Schwiegersohn hat mit alledem nichts zu tun gehabt.

Berthold inspizierte die Lieferung genau. Er war nicht mit allem zufrieden, aber er meinte, man könne damit arbeiten.

Diegel war beleidigt, daß ein Irrer eine Meinung zu seiner Ware haben durfte, aber er bewahrte Haltung. Die Verteidigung seiner Standesehre stand für ihn in diesem Moment nicht an erster Stelle. Er erwartete sich eher eine gewisse, seine Reputation anhebende Aufmerksamkeit meinerseits. Die sich zum Beispiel darin zeigte, daß er bewirtet und zum kurzen Verweilen aufgefordert wurde. Immerhin war sein Schwiegersohn Franz ja mein Freund – auch wenn er nur dabeistand, auf den Boden starrte und vor Verlegenheit verging.

Überflüssig zu erwähnen, daß ich keine Einladung aussprach. Diegel war entsprechend enttäuscht, packte seine Behälter und Traghilfen zusammen, pfiff nach dem Lehrjungen, der unten im Hof stand, und brachte mit ihm die Sachen zum Leiterwagen.

»Jetzt bist du entsetzt, mein Graf, nicht wahr?«

Franz hatte die Gelegenheit genutzt, um kurz mit mir allein zurückzubleiben.

»Ich – ein Krämer! Tja, mein Lieber, ich werde Abschied nehmen von der Armee. Ich werde mich niederlassen und endlich Ruhe haben.« Dagegen ließ sich nichts einwenden.

»Ich bin eben kein junger Mann mehr.« Dagegen ließ sich noch weniger einwenden.

»Und was ist mit Rudolf? Nicht, daß es mir ein persönliches Anliegen wäre . . .«

»Er ist ein eifriger Mann. Demnächst gibt es sogar eine Beförderung, heißt es. Er wird Wernswald verlassen. Das ist gut so. Man soll die Chancen nutzen, solange man jung ist. Er hat viel zuviel Zeit mit mir vertan.«

»Weiß er, daß er alleine gehen wird?«

»Nein – und du wirst es ihm nicht verraten! Er kann mir nicht überallhin folgen.«

»Ich habe nichts mit Rudolf zu besprechen. Er haßt mich.«

»Du bist ihm völlig egal. Er interessiert sich nur für mich.« Er lächelte wehmütig. »Er hat Angst um mich. Mit einer Versetzung werden sie sich bei einem weiteren Fauxpas nicht begnügen. Dieses Mal wäre mein Kopf dran.«

Ich lachte gezwungen. »Franz, bitte! Behalte deinen Kopf – mit mir wird es keinen Fauxpas geben, das versichere ich dir ein für allemal!«

Etwas schabte im Hintergrund. Berthold kritzelte etwas auf ein Blatt Papier. Ich dachte, er hätte uns beobachtet und stürmte auf ihn zu. Er schnappte nach dem Papier, ließ es dann aber fallen. Auf dem Blatt waren zwei Linien, die einander kreuzten. Ich zerknüllte es und warf es ins Feuer.

Die Staffelei für das Porträt ließ ich neben den Gartenplänen in der Bibliothek aufstellen. Es war der angenehmste Raum im ganzen Schloß. Hier hatte Berthold Licht und ich Wärme, wenn ich Modell stehen mußte.

Es war nicht sonderlich beruhigend, mit zwei Irren in einem Zimmer zu sein. Wenn man sich aber beherrschte und weder Gärtner noch Maler genauer beobachtete, konnte man es durchaus ertragen – von den Geräuschen einmal abgesehen. Neben mir raschelte der Gärtner mit den Klötzchen über die Pläne. Vor mir kratzte Berthold mit dem Stift über das Papier. Dazu murmelte der eine Zahlen (wahrscheinlich irgendwelche Maße), der andere pfiff etwas, das man auch bei bestem Bemühen nicht als Melodie bezeichnen konnte.

Ich hätte mir gern die Ohren zugehalten, aber das war nicht die Pose, in der ich verewigt werden wollte.

Berthold machte viele Skizzen. Er ließ mich in dieser oder jener Position stehen, sitzen oder lehnen, drückte mir Requisiten in die Hand und nahm sie mir wieder weg. Schließlich saß ich in einem großen gepolsterten Stuhl, beide Hände auf der Lehne, den Blick geradeaus. Klassisch. Einfach. Nichtssagend. Ich war überrascht, daß Berthold sich damit zufrieden gab.

Diese Skizze übertrug er auf die Leinwand und fing dann zu malen an. Meine Anwesenheit war, außer für Korrekturen, nun nicht mehr vonnöten. Sie war, wenn es nach dem Meister ging, sogar unerwünscht. Auf das unfertige Bild ließ mich Berthold keinen Blick werfen.

»Das macht mich nervös«, sagte er.

Ich begann scheußlich zu träumen. Früher hatte ich nie Träume gehabt, aber jetzt ging es los, sobald ich die Augen schloß. Die Geräusche aus der Bibliothek blieben in meinem Kopf, unwichtige Dinge machten sich breit, alles um mich herum wurde zu handelnden Personen. Der Engel aus der Kapelle stieg durch das flammende Fenster in das Besucherzimmer des Klosters und erschlug Maria mit der Lilie in seiner Hand. Daraufhin fielen alle Bilder in der Kreuzbachschen Ahnengalerie von den Wänden. Nur mein Porträt blieb als einziges übrig. Ich war seltsamerweise erleichtert, daß mein Gesicht von einem häßlichen Strauch überwuchert war.

Am schrecklichsten aber war der Traum, in dem ich Wenz wiedertraf. Ich war diesmal eine Frau, eine schöne sogar. Das Gesicht so zart wie eine Rose. Er saß neben mir und tat nichts, als meine Wange zu streicheln. Ich zitterte.

Dann wachte ich auf und merkte, daß ich weinte.

Auch das war mir schon lange nicht mehr passiert.

An den darauffolgenden Tagen wurde es nicht mehr hell. Die Dämmerung blieb einfach stecken. Abergläubische Seelen in meinem Haushalt sagten, das seien die Tage des Teufels, wenn er kommt, um uns zu verwirren, auf daß wir nicht mehr wüßten, was Licht und was Finsternis sei.

Ich fand, es sei ein Sauwetter.

Berhold ließ mich zur Porträtsitzung holen. Ich kam, weil ich nichts anderes zu tun hatte. Sobald ich vor ihm saß, machte er jedoch kaum Korrekturen. Vielleicht hatte er in der dunklen Bibliothek auch nur Gesellschaft gebraucht.

»Ich liebe es, lebende Menschen zu malen«, sagte er, »und ich hasse die Toten. Sie haben immer einen Platz, sie bewegen sich nicht.«

Manche Menschen beneide ich nicht um ihre Gedanken.

»Er muß sich nicht fürchten, Berthold. Er malt doch keine Toten. Ganz im Gegenteil: Gerade was *Er* malt, scheint mir äußerst lebendig.«

»Doch, Herr, ich male Tote. Die Heiligen, die Engel. Gott. Jeden dort, wo er hingehört. Den Sebastian am Baumstamm, die Maria in der Kammer, Christus am Kreuz. Gott im Himmel. Keiner kommt davon.«

Das war ein solcher Schwachsinn, daß ich ihn nicht ertragen konnte. Ich sprang aus meinem Sessel auf, rief eine Entschuldigung und verließ fluchtartig die Bibliothek. Berthold brüllte, ich solle gefälligst bleiben, damit er endlich sein Bild fertig machen könne. Ich lief weiter, bis ich nichts mehr hörte.

Die Nacht brachte ich schweißgebadet hinter mich.

Als ich am nächsten Tag aufwachte und die Sonne wieder über den Himmel schien, ließ ich sofort die Pferde vor den Schlitten spannen und fuhr in die Stadt, bevor mich die Dunkelheit wieder einholen konnte.

Zugegeben: Die Wernswalder Kirche ist kein Hort des Lichts. Und schon gar nicht der Wärme. Und um der Trostlosigkeit noch eine weitere Facette zu geben, ist sie auch noch groß: Sie sieht immer leer aus, sogar an Sonntagen.

Was also zog mich, nach allem, was ich eben geschildert habe, dorthin? Gott? Der ist, so weiß man, allgegenwärtig. Ich hätte ihn auch im privateren und gemütlicheren Rahmen meiner Kapelle im Stadtpalais treffen können. Hochwürden Gruber wäre beim kleinsten Wink zu mir geeilt. Die Männer, die unsere Gedanken fesseln, sind jedoch nicht überall. Ihnen müssen wir folgen. Und Wenz saß, ganz wie er gesagt hatte, jeden Tag – in der Wernswalder Kirche.

Herrscht jetzt Enttäuschung über meine Rückgratlosigkeit? Pardon, aber ich habe nie behauptet, ein Vorbild zu sein. Ich wollte nur mein Glück und das mit allen Mitteln. Und zu diesem Zeitpunkt war ich fast gegen meinen Willen zu der Überzeugung gekommen, daß Wenz mein Mittel zum Glück war. Allein seine romantische Hingabe berührte mich, auch wenn sie dummerweise nicht mir galt: Morgens und abends, Kälte und Dienstplan zum Trotz war er in der Kirche, verschlafen, verkatert, versonnen – aber unbeachtet. Es war wie immer bei solchen Geschichten: Ich wollte ihn, er wollte sie, und sie hatte ganz andere Absichten.

*Sie*, die Schöne von der Ballhausgalerie, saß stets vor einem der Seitenaltäre, die Augen fest auf die ersten Bankreihen gerichtet. Dort hatten die wichtigen und reichen Männer Wernswalds ihren Platz, also auch ich. Schon die mittleren Reihen, wo sich Wenz hingeschwindelt hatte, hatten keine Chance mehr auf einen einzigen Blick der Dame. Ihre Profession erlaubte ihr keine andere Aufmerksamkeit, und auch Madame Debrimont, unter deren Schutz sie stand, hätte sich alles andere verbeten – wer ein offenes Haus führt und trotzdem zur Gesellschaft gehört, muß doppelt auf sich achten.

»Die Debrimont? Eine große – na ja – *Madame!* Laßt es mich so ausdrücken, Herr Graf«, hatte mein Fecht-Stallbursche auf Kreuzbach einmal zu mir gesagt, »man muß immer wissen, wem man den Arsch hinhält und wem das Gesicht, dann spielen alle mit.«

»Aber der Herr Bitzl kennt sie immerhin auch.«

»Man kann sich die Leute, die man kennt, halt nicht immer aussuchen. Sie soll ja auch an Eurer Bekanntschaft recht interessiert sein ...«

»Tatsächlich? Und warum?«

»Na ja, Herr Graf«, grinste er. »Sie will halt überall dabeisein. Und das hat sie bis jetzt auch immer geschafft.«

Während der Messgänge konnte ich bei der schönen Dame kein Anzeichen geschäftlicher Tätigkeiten entdecken. Es mußte ein höheres System der Kontaktaufnahme geben, das sich mir nicht offenbarte. Mein Versuch, ihre Aufmerksamkeit mit penetrantem Starren auf mich zu lenken, schlug fehl. Die Dame blieb neutral, fast hoheitsvoll.

Aus den Protokollen des Gerichts

Die Aussage des Hochwürden Gruber, Pfarrer zu Wernswald:

Herr von Ebenstein hat sich als guter Christ und Mitglied dieser Gemeinde erwiesen, egal, was die Leute später von ihm gehalten haben – das muß ich jetzt einmal ganz ausdrücklich sagen. Als ich im Winter keine Möglichkeit mehr hatte, zu ihm zu kommen, kam er zu mir. Dieses ganze Gerede, diese bösen Gerüchte, alles schamlos übertrieben, wenn man mich fragt. So schamlos, daß man es sogar fertiggebracht hat, ihm einen Prozeß anzuhängen, wegen nichts und wieder nichts.

Richter: Ich muß doch sehr bitten, Hochwürden. Diese Beurteilung steht nur dem Gericht zu!

Hochwürden Gruber: In Wernswald war Herr von Ebenstein jedenfalls immer wieder in meinem Haus.

Richter: In Eurem Haus?

Hochwürden Gruber: Der Kirche.

Richter: Ich verstehe.

Hochwürden Gruber: Er hat mir immer wieder gern seine Aufmerksamkeit geschenkt. Vor und nach der Messe habe ich häufig mit ihm gesprochen. Wir waren vielleicht nicht mehr Lehrer und Schüler, aber uns verband Achtung und Interesse.

Es war unmöglich, Hochwürden Gruber zu entkommen. Seine Plaudereien waren zunächst unverbindlicher Natur, was ihn dementsprechend nicht weit brachte. Dann verfiel er auf die Idee, mir ein väterlicher Freund zu sein: Ob mir, bei allem Respekt, klar sei, daß dies nun schon die zweite Unterbrechung im Unterricht sei, und das, wo ich der Umstände halber sehr spät damit angefangen habe.

»Ich weiß, in Eurem Alter hört man das nicht gerne, aber eines Tages, wenn das Äußere nicht mehr maßgeblich ist, muß man etwas haben, das einem Respekt verschafft.«

Das war meines Erachtens nach das Geld, wovon ich genug hatte, aber das wollte ich mit ihm nicht erörtern.

Herr Bitzl sah mich zweimal mit Hochwürden Gruber: einmal, als er selbst aus der Messe kam, und ein weiteres Mal, als er drei junge Damen (Schülerinnen offenkundig) über den Platz begleitete. Er grüßte immer mit angemessener Höflichkeit, schien sich aber einiges zu denken. Was, das konnten weder Hochwürden Gruber noch ich wissen, aber Hochwürden parierte sicherheitshalber sofort.

»Arme Mademoiselle von Matzart! Die Nichten in der Residenzstadt, Herr Bitzl bei neuer Kundschaft – wer wird die feinsinnige Frau nun auf dem Land unterhalten?«

»Nun, es wird immer kälter und ungemütlicher. Ich denke,

wir werden Mademoiselle von Matzart auch bald in der Stadt begrüßen können, nicht wahr?«

»Sie kommt nie in die Stadt, Herr von Ebenstein. Es gibt Gesellschaften, die sie meidet.«

»Mademoiselle von Matzart ist eben ein zurückgezogener Charakter. Daran ist doch nichts Falsches.«

»Nein, natürlich nicht. Wenn es nicht in Arroganz ausartet.«

»Das ist aber eine unfreundliche Bemerkung für einen Hirten. Welches Schäfchen ist schon perfekt?«

»Das ist nicht meine persönliche Meinung, das ist allgemein bekannt. Fast schon Geschichte. Es ist ja auch lang genug her. Die schöne Matzart, der alles und jeder zu gering war ...«

Interessant – aber ich fand es ungebührlich, daß ausgerechnet Hochwürden Gruber so etwas anmerkte.

»Sie hat eben auf etwas Besonderes gewartet, und manchmal kommt es nicht. Das ist Pech, aber kein Charakterfehler.«

»Vielleicht, Herr von Ebenstein, aber es zählt sicher nicht zu den edelsten Zügen, wenn man eigene Fehler anderen Menschen nachträgt.«

»Der Debrimont, zum Beispiel?« Der Name war mir spontan eingefallen. Ich hatte mich an die Haltung der beiden alten Damen zueinander erinnert.

Hochwürden Gruber war überrascht. »Sie sind sich einmal in die Quere gekommen, vor langer Zeit, das stimmt. Woher wißt Ihr das? Habt Ihr mit der Dame Kontakt?«

Ich zuckte mit den Achseln. »Aber woher denn. Reine Intuition!«

Hochwürden Gruber wurde vorsichtig.

»Nun, Elefanten und Frauen haben eben ein gutes Gedächtnis.«

»Ich wußte gar nicht, daß ein Priester etwas von Elefanten versteht.«

»Man soll Frauen nicht unterschätzen, mein Sohn. Es gibt keine Waffe, die bösere Verletzungen zufügen kann. Sie sind uns in vielem voraus, wenn auch leider nicht in der Moral.« Das klang bedeutungsschwanger. Namentlich für einen Geistlichen.

»Hochwürden Gruber, nichts für ungut. Ich schätze Eure reiche Lebenserfahrung sehr. Aber ein Mann, der über eine Frau fällt, kann nicht weit über sich hinausgekommen sein.«

Eines Sonntags, es war wieder ziemlich leer in der Kirche, stand Herr Rustinger neben dem Eingangstor. Man stelle sich vor: Herr Rustinger! Herr Bitzl hatte seine Beobachtungen offenbar nicht für sich behalten. Der Platz ganz hinten in der Kirche war zwar unter Rustingers Stand, aber er hatte wohl nicht vor, lange zu bleiben. Ich tat, als ob ich ihn nicht bemerkte. Auch kein Blick zu Wenz und schon gar keiner zu Hochwürden Gruber auf der Kanzel. Nur kein Öl ins Feuer! Ich ließ meinen Blick auf der Dame vor dem Seitenaltar ruhen. Das war plausibel und unverfänglich.

Nach dem Empfang des Leibes Christi war Herr Rustinger schon wieder weg. Das war mir recht, denn ich hatte nicht vor, bis nach dem Schlußsegen zu bleiben. Hochwürden Gruber sollte mich diesmal nicht abfangen können. Es galt, Interessen zu wahren und zu verschwinden, bevor mir noch mehr Sympathien für Hochwürden Gruber und seine Schützlinge angedichtet werden konnten.

Ich stand auf, deutete Kniefall und Kreuzschlag an und ging auf das Tor zu. Hinter mir bemerkte ich ein Stocken in Hochwürden Grubers Sprachfluß. Sicher war er entsetzt, mich gehen zu sehen.

Die Blicke der schönen Dame wanderten für ein paar Schritte mit mir mit. Auch Wenz, der Richtung ihrer Augen folgend, sah mich für einen Moment an. Ich wurde rot und trat so schnell wie möglich ins Freie.

In den nächsten Tagen verhielt ich mich ruhig und unauffällig und blieb im Palais. Von Herrn Rustinger hörte ich nichts.

Erst kurz vor Weihnachten schickte er mir einen Boten, der mich nach Kreuzbach bat, um die traditionelle Feier mit dem Personal abzuhalten und die Abrechnungen des Jahres zu begutachten. Ich war nicht begeistert, aber es gab ein gewisses Maß an Pflicht, dem nachzukommen war.

Die Fahrt zum Schloß war beschwerlich und kalt. Kaum angekommen, trank ich pflichtschuldigst mit der Dienerschaft Punsch, verteilte ein paar Kuchen und steckte meine Nase in die Bücher, die mir Herr Rustinger hinhielt und von denen ich noch immer nichts verstand. Ich erwartete, daß er irgend etwas Bedeutungsvolles sagen würde, und präparierte mich für einen Gegenangriff. Aber es kam nichts.

Für den Rest des Tages verbarrikadierte ich mich bei Wein und Tabak in der Bibliothek, nachdem ich Berthold von dort hatte entfernen lassen. Das fast fertige Bild ließ ich zugedeckt. Ich hatte kein Bedürfnis, es mir anzuschauen. Gegen Abend bekam ich Appetit. Ich orderte eine kleine Mahlzeit und vernahm mit Befremden, daß sie mir im Blauen Salon serviert worden war. Was sollte diese Umständlichkeit?

Aus den Protokollen des Gerichts

Die Aussage der Jungfer Katharine, in Diensten derer von Ebenstein:

O Gott, diese Geschichte! Nein, der junge Graf hat nichts davon gewußt, dafür leg ich meine Hand ins Feuer. Das war nicht seine Art.

Das erste, was mir auffiel, sobald ich den Blauen Salon betrat, waren *zwei* Weingläser auf dem Tisch – eindeutig eines zuviel.

Jemand hüstelte, um sich bemerkbar zu machen. Ich drehte mich um und sah eine Gestalt aus den Fenstern schauen, von denen aus man einen schönen Blick auf den Kreuzbach hatte. Die Gestalt kehrte mir den Rücken zu.

»Guten Abend, Graf«, sagte die Gestalt. »Schade, daß Ihr erst jetzt kommt. Der Fluß war gerade ganz rot von der untergehenden Sonne. Jetzt sammeln sich schon die Nachtnebel.«

Ich habe selten in meinem Leben eine aufregendere Stimme gehört. Tief und heiser, die Worte wohl akzentuiert und in einem leichten Dialekt.

»Mit wem habe ich denn das Vergnügen?«

»Nennt mich Giselle.«

Die schöne Frau, die aus dem Schatten trat, war Wenzens Angebete.

Ich hätte wohl kaum erschrockener sein können.

Aus den Protokollen des Gerichts

Von der Frau, die sich Giselle nennt, liegt dem Hohen Gericht keine brauchbare Aussage vor. Die Frau ist seit einiger Zeit krank und kann weder Geist noch Körper unter Kontrolle halten. Angesichts des wohlbekannten Verlaufs einer solchen Krankheit müssen wir davon ausgehen, daß Frau Giselle nicht mehr vor Gericht zitiert werden kann.

Ja, Giselle war schön, wenn auch nicht im Sinne der Backfische, die mich von ferne umwimmelt hatten. Mit einem tiefen Atemzug machte ich mich so groß, wie ich konnte.

»Mademoiselle!« Wie sollte ich sie ansprechen? Sie war eine Dienstbotin, weniger sogar, aber wie sie da vor mir stand, hatte sie so gar nichts Unterwürfiges an sich. »Ich fühle mich geehrt und geschmeichelt, Euch hier anzutreffen. Ich entsinne mich jedoch nicht, Euch gerufen zu haben.«

»Herr von Ebenstein, Ihr habt einen klugen Verwalter, der durchaus um Euer Wohl bemüht scheint.«

»Ich habe einen Verwalter, der glaubt, wenn Ihr hier seid, hätte ich keinen Grund mehr, in die Stadt oder vielmehr in Hochwürden Grubers Kirche zu gehen. Ihr könnt getrost antworten, falls er nachfragt: Ich interessiere mich nicht für Hochwürden und seine Trabanten – die Seiberfeldts und ihre Töchter sind mir völlig egal. Ebenso die Matzarts übrigens, falls das den Herrn Bitzl interessiert, der offenbar glaubt, in Rustinger einen nützlichen Laufburschen gefunden zu haben.«

Sie schüttelte den Kopf. Bei meinen letzten Worten hatte sie schon gar nicht mehr zugehört.

»Von all dem weiß ich nichts, und es kümmert mich auch nicht. Herr Rustinger bat mich, Euch Gesellschaft zu leisten, und Madame Debrimont hat ihn bestärkt. Das ist alles.«

»Madame Debrimont?«

»Sie läßt Euch grüßen und wünscht Euch mehr Freiheit, als Ihr bis jetzt hattet. Denkt an sie, wenn Ihr noch mehr davon wollt . . .«

Dahin also ging der Wernswalder Mann, um seine Freiheit zu haben. Kein Wunder, daß ich sie bis jetzt noch nicht erlebt hatte. Obwohl ich mir persönlich unter Freiheit etwas anderes vorgestellt hatte, als mit einer Frau zu schlafen.

So begaben wir uns also zu Tisch. Schön, ein Essen – und damit sollte es sich haben! Giselle dachte allerdings nicht daran, sich auf ihren Stuhl zu setzen und Messer und Gabel zur Hand zu nehmen. Sie nahm vielmehr auf der Lehne meines Stuhls Platz, griff nach der Weinflasche und schenkte ein.

»Ich bitte Euch, Mademoiselle, dafür gibt es doch Diener.«

»Aber nein. Ich habe sie weggeschickt.«

»Oh, ich sehe, Ihr habt das Kommando bereits übernommen!«

Das war der Ton, den ich an Männern immer gehaßt hatte: Halb charmant, halb ignorant.

Sie blieb souverän: »Für heute nacht – ja.«

Ich wollte aufstehen, aber sie hielt mich fest. Das heißt: eigentlich hielt sie mich nicht wirklich, sondern strich bloß über meine Wange – und so mußte ich sitzen bleiben.

Es war die erste Berührung seit Monaten. Es war wie in meinem Traum, nur daß diese Hand nicht Wenz gehörte.

Ich schloß die Augen.

»Mein Gott, wie jung Ihr seid. Ihr habt noch nicht einmal einen Bart.«

Meine Antwort trug ich panisch, aber mit leiser Stimme vor: »Ich bin nicht mehr so jung. Aber aufgrund der langen Linie meiner Vorfahren wird mir kein Bart mehr wachsen. Wir sind ein überfeinertes Geschlecht, wißt Ihr.«

Sie streichelte mich weiter, und ich mußte sie ansehen. Aus der Nähe war sie noch weniger schön, aber ihre Aura war lähmend.

»Kennt Ihr eigentlich einen Wenz?« fragte ich plötzlich.

Ihre Hand stockte, was schade war. Ich hatte mich gerade daran gewöhnt.

»Seltsame Themen schlagt Ihr an, mein Herr. Aber nein – man kann ja nicht jeden kennen.«

Ich war nun wieder hellwach.

»Ihr kennt ihn!«

»Ich kenne sehr viele, aber das hat nichts zu bedeuten. Ich muß auf meinen Ruf achten. Sagt selbst: Was hat eine Frau schon anderes als ihren Ruf?«

Da versuchte sie mich zu küssen, woraufhin ich entsetzt aufsprang und sie mit dem Stuhl um- und auf den Boden fiel.

»Mademoiselle, verzeiht – aber ich kann nicht!«

Ich packte die Weinflasche und ein Glas und zog mich in das Dunkel vor der Fensterfront zurück. Giselle rappelte sich vom Boden auf und strich ihre Kleider glatt. Sie war wütend.

»Wie ich sehe, scheint sich der Herr Rustinger getäuscht zu haben!«

»Inwiefern?«

»Hinsichtlich des Grads Eurer Reife. Er dachte, daß Eure Kirchenbesuche und mein Bild in Eurem Gedächtnis etwas mit dem zerwühlten Bettlaken in Eurem Bett zu tun haben könnten, von dem ihm eine besorgte Dienstbotin erzählt hat. Er hat sich wohl geirrt!«

Sie machte Anstalten aufzubrechen. Das erleichterte mich. Und sie war ziemlich böse. Das beunruhigte mich. Dieser Auftritt konnte nicht gut sein für den Ruf eines jungen, schneidigen Grafen.

»Mademoiselle!!«

Ich reichte ihr den Schal, den sie in ihrem Zorn rund um den Sessel suchte.

»Ich bitte Euch: Was immer in diesem Zimmer geschehen ist – vergeßt es.«

Sie riß mir den Schal aus der Hand und schlang ihn fest um Hals und Schultern.

»Das ist Teil meiner Profession, mein Herr.«

»Ich bitte Euch um mehr – vergeßt es in einem weiterführenden Sinne. Man kann *Euch* nicht belügen, Mademoiselle, die Welt aber schon.«

Giselle hielt in ihrem Wüten inne. Ich trat einen Schritt an sie heran und nahm ihre Hand.

»Giselle, ich bin kein ... Könner auf diesem Gebiet. Vielleicht nur ein vorübergehender Zustand, man wird sehen, auf alle Fälle aber peinlich genug. Ihr werdet die erste sein, die ich rufen lasse, sobald es mir bessergeht. Ich wüßte keinen schöneren Einstand. Schließlich ist nichts demütigender, als eine Frau mit Euren Reizen ziehen zu lassen, ohne der Schönheit angemessenen Tribut zollen zu können.« Oh, war das widerlich, aber es tat seine Wirkung. Giselle war gerührt und versuchte, sich wieder zu nähern. Ich nahm sie bei den Schultern und schob sie weg.

»Nein, bitte, erspart mir die Blamage! Ich kann nur eine finanzielle Entschädigung für Eure Enttäuschung bieten. Sagen wir das Dreifache dessen, was Euch Herr Rustinger für meine Unterhaltung geboten hätte.«

Giselle lachte.

»Schön. Er hat mir einen Vertrag für drei Monate angeboten. Bis der Frühling kommt.«

Ich war beeindruckt. Was für eine Investition! Herr Rustinger mußte wirklich in Panik sein.

»Einen Vertrag kann ich Euch nicht bieten, das ist klar, aber sagen wir für die besonderen Qualitäten Eurer Dienste – das fünffache einer Abendgage? Ihr könnt es ruhig weitererzählen. Talente sollte man nicht unter den Scheffel stellen.«

Sie dachte kurz nach. Es war nicht schwer zu verstehen, welche Vorteile sie aus dieser seltsamen Begegnung für sich ziehen konnte: gutes Geld und eine Heiligenlegende der besonderen Art. *»War es nicht Giselle, die den jungen Grafen zum Mann machte? Es muß berauschend gewesen sein. Schließlich hat er das Fünffache bezahlt!«* Reiche Pilger würden in Scharen zu ihr kommen, auf ein Wunder durch diese ganz besondere Heilige hoffend.

Sie reichte mir die Hand, und wir besiegelten den Handel.

»Graf, Ihr seid ein Mann von Ehre, und ich werde es zu verbreiten wissen. Allerdings: Wie erklären wir, daß ich nur so kurz in Eurer werten Gesellschaft war?«

Ich zog sie so nahe an mich, wie dies ohne Gefahr der Entdeckung möglich war (diesen Triumph mußte ich haben!), und sah ihr listig in die Augen.

»Wißt Ihr denn nicht mehr, Mademoiselle? Ich bin wie ein Eber über Euch hergefallen, sobald sich die Türen geschlossen hatten. Beherrschung ist noch nie meine Sache gewesen!«

Damit packte ich das Tischtuch, und mit einem Ruck lag alles am Boden, was auf dem Tisch gestanden hatte. Die Verwüstung war angemessen.

Wenn ich bis jetzt noch nicht gewußt hatte, wie leichtgläubig die Welt ist, dann würde ich es jetzt erfahren haben. Giselle tat bessere Dienste für mein Geld, als es unter *normalen* Umständen je möglich gewesen wäre. Das Flair der kindlichen Süße fiel von mir ab (was der weichherzige Teil meines Haushalts sehr bedauerte). Jetzt war ich ein Mann.

Nach den Feiertagen kehrte ich wieder in die Stadt zurück. Auf Kreuzbach hatte es für mich nichts mehr zu tun gegeben. Die Pläne für den Garten waren abgeschlossen und zur Ausführung von mir genehmigt. Die finanzielle Seite kümmerte nur Herrn Rustinger, und der war sowieso beleidigt, weil er mich mit Giselle nicht auf dem Schloß hatte festnageln können.

Berthold malte noch immer ganz für sich an meinem Porträt. In lichten Augenblicken stellte er die Vollendung für März in Aussicht. Bis dahin mußte und wollte ich nicht weiter daran denken und ließ eine mäßig begeisterte Äbtissin wissen, daß sie ihren Schützling bald wiederhaben konnte.

In Wernswald angekommen, ließ ich sämtliche Möbel im Palais umstellen, das war zumindest eine kleine Veränderung. Die Idee, ein Fest zu veranstalten, mußte ich leider verwerfen. Es wäre zwar eine nette Ablenkung gewesen, aber während der offiziellen Trauerzeit völlig unmöglich.

Die Kirche und vor allem Hochwürden Gruber mußte ich meiden, wenn ich etwas Ruhe in mein Umfeld bringen wollte. Weder Herr Rustinger noch Herr Bitzl sollten einen Grund für neuerliche Attacken haben. Und Wenz? Es war zu auffällig, seine Nähe zu suchen, auch wenn niemand wissen konnte, was er mir bedeutete. Gefühle waren immer gefährlich.

Ich beschloß, mir etwas Raum zu verschaffen und meine Rückkehr in die Gesellschaft langsam vorzubereiten. Zu diesem Zweck nahm ich ein paar unverfängliche Einladungen von unwichtigen Leuten an, die es kaum fassen konnten, daß ich ihre Häuser beehrte. Ab und zu lief mir dabei auch Herr Bitzl über den Weg, was nicht zu verhindern war. Er plauderte mit mir, als wäre ich einer seiner vielen Schüler. Von den Matzarts sprach er nie. Das lag vielleicht auch daran, daß nunmehr alle in der Residenzstadt waren. Die alte Mademoiselle war vor ein paar Tagen relativ eilig abgereist, um ihre Nichten zu besuchen, was Anlaß für Spekulationen gab.

Nachts ging ich ins Ballhaus, wo ich mich um keine Etikette kümmern mußte, umgab mich mit wohltuend fremden Menschen und wagte hin und wieder ein Spielchen. Rudolf sah ich oft, aber ich grüßte nur, wenn es unmöglich war, ihn zu ignorieren. Er war immer allein. Es hieß, Franz arbeite so viel im Kontor seines Schwiegervaters Diegel, daß er kaum in seinem eigenen Haus anzutreffen sei.

Wenz sah ich nie.

Aus den Protokollen des Gerichts

Eine Aussage von Klara von Leutgeb liegt dem Hohen Gericht nicht vor. Frau von Leutgeb hat Wernswald verlassen, um mit ihrem Kind bei Verwandten zu leben. Ihr derzeitiger Aufenthaltsort ist unbekannt.

»Er geht völlig auf in seiner Pflicht, er denkt an fast nichts anderes. Eine Frau kann sich glücklich schätzen, wenn sie einen solch braven Mann hat. Es ist allerdings schön, wenn man ein wenig Abwechslung hat, Herr von Ebenstein, und ich fühle mich durchaus geehrt, daß Ihr diese Abwechslung seid.«

Ich hatte in Klaras Haus vorgesprochen, weil ich wider besseren

Wissens gehofft hatte, Franz zur späteren Nachmittagsstunde dort zu finden. Jedoch: Er war nicht da, und mir, im Gegensatz zu ihm, die Flucht unmöglich. Zumindest in diesem Augenblick.

»Gott, das hätte ich mir als junges Mädchen nicht träumen lassen, daß ein Herr von Schloß Kreuzbach einmal in meinem Salon sitzen würde. Manchmal, das muß ich schon sagen, bin ich doch recht einsam. Franz geht nicht oft aus. Und außer Euch kennt er fast niemanden in Wernswald.«

»Ich bin mir sicher, daß Herr Rudolf des öfteren vorbeischaut.«

»Aber nein. Mein Vater sagt, er kommt auch nie im Geschäft vorbei. Die Karriere, wißt Ihr, und obendrein hat er eine kleine Erbschaft gemacht, die ihm neue Möglichkeiten bietet.«

Eine Erbschaft? Rudolf hatte keine Verwandten mehr. Das hatte mir Franz in jener Nacht im Ballhaus erzählt.

»Und Wenz? Läßt der sich denn gelegentlich blicken?«

»Ach, Wenz!«

Klara war enttäuscht über die Wendung des Gesprächs. Sie konnte nicht wissen, daß dies der eigentliche Grund meines Besuchs war.

»Er soll wieder einmal seine Launen haben, sagt Franz.« Sie beugte sich vor und senkte die Stimme. »Eine Frauengeschichte. Herzschmerz, Eifersucht, all das.«

Ich sah sie etwas fassungslos an.

»Tja, Monsieur von Ebenstein, nicht jeder kommt so gut bei den Frauen an wie Ihr.«

»Davon merke ich kaum etwas, mit Verlaub. Außerdem ist das eine gewagte Bemerkung für eine verheiratete Frau ...«

Sie lachte und wurde ganz rot.

»Ich bin verheiratet, aber deswegen darf ich doch noch eine gute Gesellschaft schätzen?«

Eine wahre Tochter ihres Vaters, das verehelichte Fräulein Diegel.

»Ihr urteilt allerdings etwas hart über den Freund Eures Mannes, Madame. Wenz sagt ja selbst, daß er ein Bauer ist. Stimmt das auch – ich meine: wortwörtlich?«

»Das müßt Ihr doch am besten wissen: Seine Eltern lebten auf Eurem Gut. Am Wenzer, da wo früher die Ziegen herumgelaufen sind. Seine Großeltern waren sogar noch Leibeigene.«

»Tatsächlich?«

»Er ist der einzige in der Familie, der zur Armee gegangen ist, hat mir Franz erzählt. Bei Nacht und Nebel fortgelaufen und sich noch als halbes Kind den Truppen angeschlossen.«

»Ein ehrgeiziger Mann!«

»Ein dummer Mann!«

Klara wurde energisch. Das Thema schien ihr auf die Nerven zu gehen.

»Durch sämtliche Schlachten ist er gezogen, und was hat es ihm gebracht? Er hat nichts, er ist nichts, mit seiner Herkunft kann er nicht weiterkommen in der Armee, und zurück will er auch nicht. Sein jüngerer Bruder bearbeitet jetzt das Land. Euer Land. Wißt Ihr denn das alles nicht?«

Der Mann, den ich mit Rudolf und Franz bei der Jagd gesehen hatte, kam einige Abende später im Ballhaus nach einem Spiel auf mich zu und fing an, mit mir zu plaudern. Ich war überrascht, da wir einander nicht wirklich kannten, aber er war ein höflicher und zuvorkommender Mensch, und ich unterhielt mich eine Weile mit ihm. Er erzählte mir en passant, daß Franz, wenn er nicht in seinen neuen Geschäften aufging, auf den Wiesen vor der Stadt anzutreffen sei, zumindest um die Mittagszeit. Diese Zeit nähme er sich immer frei, um »etwas frische Luft zu schnappen«.

»Ach, das würde mich schon freuen, die alten Freunde wieder einmal zu sehen«, sagte ich leichthin. »Ich nehme an, der Rudolf ist auch dabei. Und der Wenz, und wie sie alle heißen.«

»Mitunter«, antwortete der Mann, der nicht verstand, worauf ich hinauswollte, was vielleicht gut so war.

Am nächsten Tag folgte ich dem freundlichen Hinweis – und siehe da, ich fand Franz. Zusammen mit Rudolf, natürlich, leider jedoch ohne Wenz.

Franz freute sich, mich zu sehen, und wir verabredeten, daß wir uns ab jetzt öfter um diese Zeit und an diesem Ort treffen würden. Solange der zu Ende gehende Winter es erlaubte, konnte man es hier draußen ja ganz lustig haben. Und vielleicht käme ja auch der Wenz mal vorbei ...?

Bei schönerem Wetter machten wir kleine Ausritte, veranstalteten Wettschießen und Fechtkämpfe, wobei ich speziell bei letzteren nicht gut abschnitt – nicht einmal gegen Franz, der kein guter Fechter und bekanntlich nicht mehr der Jüngste war. Sicher war es eine Übung für mich (um so mehr, als ich die Dienste des Fecht-Stallburschen schon länger nicht mehr in Anspruch nahm), aber der Erfolg hielt sich in Grenzen. Auf einen knappen Sieg kamen fünf katastrophale Niederlagen.

»Guter Stil, Graf«, sagte Rudolf zum wiederholten Male und meinte es nicht so. »In einer Schlacht würdest du aber keine zwei Schläge durchstehen.«

»Ich habe keinen Ehrgeiz, ein Kämpfer zu sein. Mich interessiert die sportliche Seite.«

»Dann solltest du vielleicht lieber beim Ballspielen bleiben.«

»Nicht so spitz, Rudolf, immerhin habe ich dir schon zu einer ganzen Menge Geld verholfen. Du wettest doch immer auf mich, wenn ich spiele, oder?«

Rudolf machte ein bitterböses Gesicht. Leugnen konnte er es nicht. Er wußte genau, daß der Kerl, der die Wetteinsätze verwaltete, gern tratschte.

»Ich bin dir vielleicht nicht der liebste Mensch auf der Erde«, fuhr ich fort, »aber es ist schön zu wissen, daß du wenigstens meine Qualitäten als Spieler anerkennst.«

»Wenn man so oft im Ballhaus ist, kann man einer gewissen Übung kaum entkommen. Auch wenn es nicht unbedingt die Übung ist, die du dort suchst.«

»Was soll das heißen?«

»Wer weiß? Es gibt dort schöne Frauen, die für die richtige Summe gern einen gewissen Umgang pflegen, wie man hört. Es gibt aber auch Herren, denen an diesem Umgang eher weniger liegt, was dumm ist, zumal man sie nicht mit Geld kaufen kann.«

Wen meinte er jetzt? Redete er von Franz? Redete er von

Wenz? Was wußte dieser Kerl? Mir wurde übel vor Schreck und Zorn, aber ich ließ es mir nicht anmerken.

Franz, der zwischen mir und Rudolf stand, wurde ganz still.

»Ist ja schön, daß Herr Rudolf so weit über pekuniären Dingen steht. Was hat Euch plötzlich in diesen Stand versetzt? Jene Erbschaft, von der man hört?«

Franz packte mich am Arm und hielt mich fest.

»Chérubin, hör auf! Um Himmels willen!«

»Du dreckiger kleiner Bastard!« brüllte Rudolf los, und seine Stimme überschlug sich. »Was bildest du dir ein, auf andere Leute herabzuschauen!«

Er ging auf mich los wie ein Bauernflegel bei einer Wirtshausrauferei. Ich duckte mich. Franz erwischte ihn bei der Schulter, drückte ihn zurück und hielt ihn weg von mir.

»Laß gut sein, Rudolf! Du weißt, was er immer daherredet. Beruhige dich und laß es einfach gut sein!«

Rudolf löste sich abrupt. Franz taumelte nach vorn und riß mich fast mit. Er wollte etwas sagen, aber Rudolf hatte sich schon umgedreht, war aufgesessen und sprengte durch Matsch und Schnee davon.

Franz war weiß im Gesicht. Lange Zeit sagte er gar nichts und atmete nur schwer.

»Du hättest nicht mit dem Geld anfangen sollen«, brachte er schließlich heraus.

Ich glaube, er ließ meinen Arm nicht los, weil er sich irgendwo festhalten mußte.

»Er hat nichts geerbt. Das Geld ist von mir. Wenn er geht, soll er ohne Schulden gehen und neu anfangen können.«

»Woher hast du plötzlich Geld? Hat dich dein Schwiegervater schon zum Kompagnon gemacht?«

Ich sah Franz an, aber er wich meinen Blicken aus. »Die Mitgift! Wir reden hier von der Mitgift, nicht wahr? Damit hast du ihn ausbezahlt, du Mistkerl! Mit dem Vermögen deiner Frau zahlst du Rudolf aus wie eine abgelegte Hure! Du hast es natürlich anders dargestellt, aber er weiß es. Glaubt er vielleicht sogar, daß ich in aller Heimlichkeit seinen Platz einnehmen werde, sobald er gegangen ist und sich die Sache mit Klara eingespielt hat? Glaubt er das wirklich, Franz?«

Franz sagte nichts.

Wie konnten diese Kerle es wagen, mich in ihr Spiel hineinzuziehen! Ich war derart außer mir, daß ich am liebsten einen Brief an Klara geschickt hätte, um sie alle samt und sonders auffliegen zu lassen. Ich setzte die Zeilen sogar auf, aber als ich daran zu feilen begann, war mein Zorn schon wieder verraucht. Wer war schließlich Klara? Ein ehrgeiziges Wesen ohne Substanz und Ehrgefühl. Soll man Spinnen gegen Schlangen tauschen? Jeder nimmt, was er kriegen kann. Es kam mir nicht zu, die Rationen aufzuteilen.

Aus den Protokollen des Gerichts
Frage des Richters an Hochwürden Gruber, Pfarrer zu Wernswald:

Also, das mit dem Kirchenbesuch hat dann ja aufgehört. Er war ab einer gewissen Zeit überall, nur nicht mehr dort.

Hochwürden Gruber: Aber ich war bei ihm. Ein junger Mann von Stand hat eben viele Pflichten.

Hochwürden Gruber war immer schon hartnäckig gewesen, aber irgendwann wurde er penetrant. Der Teufel, der ihn dabei ritt, konnte nur Madame von Seiberfeldt sein.

»Was für eine Freude, Euch einmal wieder in Ruhe gegenüber zu sitzen, Herr von Ebenstein!« rief er, als er sich im Besucherstuhl niederließ. »Ich habe Euch schon lange nicht mehr gesehen. Habt Ihr meinen Rat erwogen und Eure Studien fortgesetzt?«

»Es gibt auch noch andere Verpflichtungen.«

»Von diesen *Verpflichtungen* auf Kreuzbach habe ich gehört.« Es war nicht anzunehmen gewesen, daß er in der Zwischenzeit harmloser geworden wäre.

»Außerdem heißt es, daß Ihr Euch porträtieren laßt. Das ist sehr löblich. Und ein neuer Gärtner soll in Euren Diensten sein? Der Gärtner von Mademoiselle von Matzart?«

»Ich will nur die Wiesen rund um das Schloß neu gestalten lassen: Hecken, Büsche, Springbrunnen. Allemal unterhaltsamer als ein grüner Rasen. Vielleicht gebe ich nach der Trauerzeit auch ein angemessenes Fest in dem neuen Ambiente.«

»Mademoiselle von Matzarts Gärtner ist ein verschrobener Mensch, hört man. Habt Ihr schon einmal die Stadtgärten der Seiberfeldts gesehen? Ihr Gärtner ist Italiener und hat wahre Wunder vollbracht. Eine schöne natürliche Landschaft, wie ein Garten Eden.«

Ah ja, jetzt waren wir endlich wieder dort, wo er hinwollte. Sich jetzt nur auf keinen Besuch einlassen. Wir sahen einander über die Ränder unserer Teetassen an.

Er lächelte. Ich lächelte zurück.

»Hochwürden, laßt es uns doch kurz machen: Ich soll die Seiberfeldts besuchen.«

»Oh, das wäre eine gute Idee. Was hieltet Ihr von morgen nachmittag?«

Aus den Protokollen des Gerichts

Die Aussage der Mademoiselle Elise von Seiberfeldt:

Herr von Ebenstein hat sich mir gegenüber immer gut betragen. Das habe ich schon gesagt. Es war eine Freude, in seiner Gesellschaft zu sein, und ich habe mich dort nie unwohl gefühlt.

Richter: Hat Eure Mutter seine Gesellschaft gebilligt?

Mademoiselle Elise von Seiberfeldt: O ja. Am liebsten hätte sie ihn jeden Tag eingeladen. (Im Auditorium wird gelacht.)

Ich meine, sie hielt ihn für einen außergewöhnlichen jungen Mann. Das hat sie gesagt.

Richter: Sie wollte also, daß Ihr in seiner Gesellschaft seid?

Mademoiselle Elise von Seiberfeldt: Meine Güte, was soll ich darauf sagen?

Richter: Ja oder nein.

Mademoiselle Elise von Seiberfeldt: Ja. Ich glaube.

Richter: Und Eure Schwester?

Mademoiselle Elise von Seiberfeldt (sehr schnell): Die hat ihn nie gemocht! Nie!

Die Front des Seiberfeldt-Palais war überhaupt nicht schön. Der Bau war alt wie der Kreuzbach-Turm und orientierte sich wie dieser mehr an praktischen denn an ästhetischen Kriterien. Von einem Garten war von außen nichts zu sehen.

Nur die Ruhe! Ich würde mit allem Nachdruck den Seiberfeldts und Hochwürden Gruber zeigen, daß ich auch nicht das geringste Interesse an einer Verbindung hatte, dann würde hoffentlich Ruhe sein!

Kaum waren Hochwürden Gruber und ich in den Salon geführt worden, rauschten Madame von Seiberfeldt und Elise auf uns zu, zwei Fregatten in vollen Rocksegeln. Ich machte mein Kompliment allein schon, um sie zum Stehen zu bringen.

»Madame, Mademoiselle – hier bin ich also, ganz wie Ihr befohlen habt.«

»Wir sind glücklich, daß Ihr endlich unserer Einladung gefolgt seid.«

»Es bleibt einem auch gar nichts anderes übrig, wenn man so sehr gebeten wird.«

Madame von Seiberfeldt blitzte Hochwürden Gruber an. Offenbar hatte er ihr von meiner Geneigtheit einen falschen Eindruck vermittelt. Elise hingegen strahlte und kicherte und war ganz und gar »entzückendes Kind«. Schon auf dem Ball wäre sie mir unter normalen Umständen gar nicht aufgefallen, und auch jetzt stach sie nur deshalb heraus, weil ihre Mutter völlig indiskutabel war.

»Nun denn, Madame! Ich brenne darauf, Euren Garten zu sehen. Es gibt nichts, was mich sonst interessieren würde!«

Madame von Seiberfeldt lächelte gezwungen.

»Wenn Ihr gestattet, Graf, kann Euch Elise den Park zeigen. Hochwürden Gruber und ich werden Euch begleiten.«

Ich bot Elise den angewinkelten Arm. Sie stand da und kicherte weiter, besann sich schließlich, nahm meinen Arm und sagte mit einer für meine Ohren definitiv zu hohen Stimme:

»Danke.«

Ihre Finger krallten sich wie auf dem Ball im Stoff meines Ärmels fest. Wieder ein schönes Stück, das daran glauben mußte.

Wir verließen den Saal und stiegen über die Freitreppe in den Park hinab. Obwohl die Sonne schien, war es noch recht kühl, was in dieser Jahreszeit nicht überraschte, aber alle um mich herum taten so, als ob es vor lauter Wärme kaum auszuhalten wäre. »Was für ein milder Frühling!« rief Madame von Seiberfeldt ein ums andere Mal, während Gänsehaut meinen Rücken hinauf- und hinunterwanderte.

Aus den Protokollen des Gerichts

Die Aussage des Hochwürden Gruber, Pfarrer zu Wernswald:

Der Park der Seiberfeldts ist ein sehr schönes Beispiel für die neueste Mode bei Gartenanlagen. Er ist wirklich hübsch, ein Palais geradezu mit akkurat gestutzten Hecken, weißen Kieswegen, Nischen und Springbrunnen. Es war eine Freude, ihn dem jungen Herrn in so angenehmer Gesellschaft vorzuführen.

Richter: War Constanze von Seiberfeldt auch dabei?

Hochwürden Gruber (stutzt): Nein. Sie war an diesem Tag nicht anwesend.

Richter: Dann sind diese Ausführungen für das Gericht nicht weiter interessant.

Natürlich war noch nichts im Garten grün. Die Springbrunnen hatte man wahrscheinlich nur mir zu Ehren in Gang gebracht. Das Wasser jedenfalls dampfte, weil es erwärmt worden war.

Elise strahlte, umfaßte meinen Arm noch fester und schwieg beharrlich. Hochwürden Gruber und Madame von Seiberfeldt plapperten belanglos vor sich hin, doch irgendwann ging allen der Gesprächsstoff aus, was auch daran lag, daß ich die Wege mit erheblichem Tempo abschritt und mich in keiner Weise am Gespräch beteiligte. Der Kies knirschte unter unseren Füßen, die Damen atmeten schwer unter ihren Miedern, und Hochwürden Gruber hatte Not, nicht über seine Soutane zu stolpern. Schließlich setzten wir uns auf eine Steinbank. Elise rückte etwas zu dicht an mich heran. Ich versuchte, sie mit dem Ellbogen etwas wegzuschieben, aber sie gab kaum nach.

»Meine Tochter und ich freuen uns ganz außerordentlich, daß

wir den Nachmittag mit Euch verbringen dürfen. Wißt Ihr: So manche junge Dame in Wernswald ist seit Eurem ersten öffentlichen Auftreten äußerst von Euch eingenommen.« Madame von Seiberfeldt lächelte breit und bedeutungsvoll. Ich wollte gerade Anlauf zu einer ersten Breitseite nehmen – aber Hochwürden Gruber war schneller und schnitt mir das Wort ab.

»Wir könnten, mit Verlaub, wieder ein paar Schritte gehen. Es ist doch ein wenig kühl, wenn man so ruhig dasitzt.«

Also gingen wir in den hinteren Teil des Parks, der ganz natürlich aussah. Hohe, unbeschnittene Bäume, keine Statuen und Springbrunnen mehr.

Der Weg endete an einem Teich. Die Luft hier war herrlich, feucht und frisch, gänzlich unbewegt von allem, was sich sonst in der Welt abspielen mochte. Ein paar Schwäne saßen am Ufer in der Sonne und steckten ihre Schnäbel hinter die Flügel. Zwischen den Hängeweiden, die den Teich säumten, hatte sich der italienische Gartenarchitekt einen römischen Tempel einfallen lassen. Der stand da wie ein Zeichen, wenn auch nicht unbedingt guten Geschmacks.

»Von dort hat man einen wunderbaren Ausblick!« sagte Madame von Seiberfeldt, also mußten wir wohl hingehen. Wir stiegen die Wendeltreppe zum Plateau des Tempels hinauf. Dort hatten wir tatsächlich einen großartigen Ausblick vor Augen – und ein Chaos zu Füßen! Der Boden war mit Land- und Himmelskarten, Linealen, Farbkreiden und Meßgeräten übersät. Auf dem großen Tisch in der Mitte des Plateaus lag ein Haufen Papiere, auf denen nichts als Zahlen zu sehen waren.

Constanze, die ältere Tochter, stand in ihrem Arbeitsmantel da und machte ein unendlich böses Gesicht.

»Ihr stört«, sagte sie zur Begrüßung. Madame von Seiberfeldt schaute sie entsetzt an. Es hatte ihr tatsächlich für ein paar Augenblicke die Sprache verschlagen, dann brachte sie eine flötende Entschuldigung hervor und nahm Constanze unsanft beiseite. Es folgte eine kurze Konversation zwischen Mutter und Tochter, die vermutlich nicht für meine Ohren bestimmt war.

»Ich hab dir doch gesagt, daß wir kommen werden.«

»Und ich habe dir gesagt, daß ich arbeiten werde.«

»Muß das heute sein?«

»Ja.«

Madame von Seiberfeldt ließ Constanze los und tauschte vielsagende Blicke mit Hochwürden Gruber. Sie schienen beide entsetzt über dieses Verhalten, für derartige Situationen gab es wohl kaum Verhaltensregeln im begrenzten Repertoire ihrer Benimmbücher.

Elise blieb an meinem Arm und sah mich ab und zu aus dem Augenwinkel an. Sie strahlte schon etwas weniger. Constanze begann in aller Ruhe aufzuräumen. Ich hätte mich gern gesetzt, um nicht im Weg zu sein.

»Tut mir leid«, sagte Constanze, kaum aufblickend, während sie einige Gerätschaften in die Taschen ihres Mantels stopfte. »Es gibt leider keine Sitzmöbel. Man kann sich aber zur Not auf die Brüstung setzen.«

»Ich bin untröstlich, daß wir Euch gestört haben, Mademoiselle Constanze. Es war nicht meine Absicht. Ich interessiere mich einzig und allein für die Gartenanlage.«

Hochwürden Gruber und die beiden Seiberfeldt-Damen schienen mich mit ihren Blicken erdolchen zu wollen.

»Ach!? Seit wann seid Ihr denn ein Freund der Botanik, Herr von Ebenstein?«

Die Blicke richteten sich schlagartig auf Constanze.

»Wofür interessiere ich mich denn sonst in den Augen der Leute, Mademoiselle Constanze?«

»Das hat bis jetzt noch niemand herausgefunden.«

»Dann scheine ich ja ein langweiliger Kerl zu sein.«

»Das habe ich nicht gesagt.«

Langsam fand ich das alles durchaus amüsant.

Elises Gesicht verfinsterte sich. Madame von Seiberfeldts Mieder hob und senkte sich rascher. Das alles schien ihr zu entgleiten. Sie sah voller Entsetzen Hochwürden Gruber an, aber der wagte keinen Mucks. Also mußte sie selbst zur Tat schreiten:

»Constanze, Liebes, ich glaube wir gehen – es wird Zeit.«

Ich verneigte mich vor Constanze, sie knickste andeutungsweise und beugte sich weiter über ihre Papierbögen, die sie nun wieder ungestört entrollen konnte. Dann klemmte ich mir Elise unter den Arm, die sofort wieder zu strahlen anfing, und wir kehrten zurück zum Palais.

»Madame, es war mir ein außerordentliches Vergnügen, mit Euch und Eurer Tochter in diesem wundervollen Park promeniert haben zu dürfen. Ich werde mir dieses beeindruckende Beispiel an Gartenarchitektur gewiß durch den Kopf gehen lassen. Jetzt aber, so leid es mir tut, muß ich gehen. Au revoir et à bientôt!«

Elise strahlte noch immer, während ich mich, den Hut in der Hand und Hochwürden Gruber an meiner Seite, im Foyer verabschiedete. Der alten Seiberfeldt aber gefror das Lächeln im Gesicht. Sie verstand die Sprache der Gesellschaft.

»Wir danken ergebenst für Euren Besuch, Herr von Ebenstein. Und bitte: beehrt uns bald wieder!«

Darauf konnte ich bis auf weiteres sehr gern verzichten.

Die Damen Seiberfeldt aber beschlossen trotz meiner Unhöflichkeit, den Besuch exakt so auszulegen, wie er keineswegs beabsichtigt war. Fortan bombardierten sie mich bis an den Rand der Unschicklichkeit mit Einladungen: zu kleinen Teegesellschaften, Kartenspielen, Gesellschaftsabenden. Alle Billetts trugen Elises Unterschrift, aber Madame von Seiberfeldts Handschrift.

Ich lehnte ab und ab und ab und gab vor, an einem heftigen Husten zu laborieren, den ich mir durch die allzu kühle Frühjahrsluft zugezogen hatte.

Wohin sollte das alles führen? Wohin konnte es führen? Langsam wurde mir mulmig in meiner – neuen – Haut. Am besten wäre es vermutlich, ich würde mir einen Arzt kaufen, der mir physische Unfähigkeit attestierte. Ein tragischer Jagdunfall in Neu-Frankreich vielleicht. Eine Fuchsfalle, die zugeschnappt hatte, als ich mich nach einem Bad an das Ufer des Flusses setzen wollte.

Aber will man tatsächlich als Eunuch dastehen, wenn einem die Wonnen des Mannseins doch gerade erst zuteil geworden sind? Das ganze schöne Giselle-Manöver umsonst? Was also konnte mich dann für eine Heirat disqualifizieren? Eine böse Krankheit aufgrund unmäßigen Liebeslebens? Ein provozierender Gedanke – aber man soll die Götter lieber nicht herausfordern ...

Kein Freund der Frauen? Wenn es in die falschen Ohren kam, ein Todesurteil. Und im übrigen keine wirklich gute Ausrede – man mußte nur an Franz denken.

Ich konnte es drehen, wie ich wollte: Mir fiel nichts ein, das mich zwingend, aber ehrenhaft der Ehenötigung enthob. Ich hätte in die Schuhe eines Filous steigen sollen! Wer nichts hatte, mußte nichts vererben, mußte folglich auch nicht heiraten und Kinder zeugen. Andererseits: Warum sollte ich jemand werden wollen, der nichts besaß? Das war ich ja schon vorher gewesen, und es hatte mir gar nicht gefallen.

Hochwürden Gruber tauchte wieder im Palais auf, erkundigte sich nach meinem Husten und wollte einen Arzt holen. Offenbar hatte er Angst, meine neu erwachte Verbindung mit den Seiberfeldt-Damen könnte wieder einschlafen. Ich wehrte mit gleichbleibender Bestimmtheit ab.

Der Strom der Einladungen versiegte trotzdem nicht. Ich stapelte Briefchen um Briefchen neben meinem Bett und sah dem Wachsen der Säule mit grimmigem Vergnügen zu. Wenn sie nicht so hoch geworden wäre, bis sie schließlich umfiel, hätte ich nie bemerkt, daß zwischen all den unbedeutenden Billetts auch ein Umschlag von Constanze war. Er war dicker als die anderen und roch nach Wiese statt nach Parfum.

Ich öffnete das Kuvert und fand darin ein Säckchen mit Kräutern und eine Karte mit Genesungswünschen. Das Säckchen war nicht mit einem Band, sondern mit einer Schnur zugebunden, aber Constanze hatte sie immerhin zu einer hübschen Schleife geformt.

Ich war gerührt und hätte sofort einen ebenso freundlichen wie unverbindlichen Dankesbrief schreiben sollen, aber die Politik und auch eine gewisse Schüchternheit hemmten mich. Ich wollte weder Mißverständnisse heraufbeschwören noch mich lächerlich machen. Constanze – mit all ihren Zahlen und Formeln. Mit ihrer Intelligenz und ihrem Mundwerk. Dagegen war ich eine Bäuerin, ein Trottel, der nur von einem Fettnäpfchen ins nächste treten konnte. Fast so wie Wenz. Ach, Wenz ...

Lange hatte ich nicht mehr an den gedacht, doch plötzlich sah ich sein Gesicht wieder vor mir. Ich mußte ihn sehen.

So beschloß ich, spontan zu gesunden.

Ich ging wieder ins Ballhaus (in der Kirche konnte ich mich nicht sehen lassen).

Den Wettenmacher, der seinen Tisch im Zuschauergang aufgebaut hatte, fragte ich gleich unverhohlen nach Wenz. Doch er schien nicht zu wissen, von wem ich sprach.

Ich ging an ihm vorbei und sah mich um. An der Längsseite des Gangs standen ein paar junge Unteroffiziere und Soldaten, von denen ich wußte, daß sie zu Wenzens Einheit gehörten. Ich ging ein paarmal um sie herum, konnte mich aber nicht entschließen, sie anzusprechen.

Da sah ich Franz auf mich zukommen. Er schien es eilig zu haben, zum Ausgang zu kommen. Hinter ihm erkannte ich Rudolfs rotes Gesicht und darin diesen Ausdruck von Trotz und Verzweiflung des Zurückgewiesenen.

Ich versuchte mich unsichtbar zu machen – und lief dabei zwei Herren in die Arme, die ich nicht in diesem Etablissement anzutreffen erwartet hatte. Ihr Thema: Wie man am besten einem Hirsch den Fangstoß versetzte. Um ein Haar wäre ich in das Messer gelaufen, das Hohenschott, der Redende, zur Untermalung seiner Worte benutzte.

Aus den Protokollen des Gerichts

Die Aussage des Herrn von Hohenschott, Ludwig:

Nein, wir haben uns nicht oft getroffen. Herr von Ebenstein war selten dort, wo man die Familien von Wernswald findet. Wenn man ihn hätte finden wollen, hätte man schon andere

Orte aufsuchen müssen. Er schien keine ausgeprägte Sehnsucht nach einem standesgemäßen Umgang zu haben.

Richter: Und wie stand es um den unstandesgemäßen?

Herr von Hohenschott, Ludwig: Woher, bei allem Respekt, sollte ich das wissen? Ich habe andere Dinge zu tun, als Herrn von Ebenstein zu beobachten. Das haben von Anfang an ohnehin eine Menge anderer Leute getan, die genau hinsahen und vieles zu berichten wußten.

Richter: Habt Ihr den Berichten geglaubt?

Herr von Hohenschott, Ludwig: Herr von Ebenstein gab niemandem Anlaß, es nicht zu glauben. Ich denke, die Gerüchte kümmerten ihn nicht einmal.

»Die Herren von Hohenschott – was für eine Freude, Euch zu sehen.«

Da standen sie, die beiden Brüder. Ich hatte sie nie zuvor im Ballhaus gesehen.

»Die Freude ist ganz unsererseits! Wir haben Euch vermißt, mon Cousin. Ihr seid auf keiner Jagd mehr zu sehen gewesen. Fast hätten wir uns Sorgen gemacht.«

»Tja, meine Herren, Verpflichtungen, Verpflichtungen ...«

»Das haben wir auch gehört. Sieht so aus, als ob *Ihr* zur Zeit der Gejagte seid. Alle höheren Töchter können nicht mehr sitzen, wenn sie Euren Namen hören.«

Er lachte ziemlich vulgär.

»Nichts für ungut, Herr von Ebenstein! Jeden von uns erwischt es einmal. Je eher man es hinter sich gebracht hat, desto besser. Unser Johann wäre eigentlich auch fällig. Aber er will noch nicht so ganz, nicht wahr?«

Johann schüttelte heftig den Kopf, als ob man ihm eine Hinrichtung angetragen hätte.

»Schön, meine Herren, ich muß weiter. Es war nett, mit Euch geplaudert zu haben.« Ich setzte zum Abschiedskompliment an, doch Ludwig packte mich plötzlich und zog mich dicht zu sich:

»Herr von Ebenstein – nichts für ungut, aber ich muß Euch

etwas fragen! Es heißt, Ihr würdet Constanze von Seiberfeldt den Hof machen. Ist das wahr?«

Ich konnte gerade noch eine unpassende Bemerkung zurückhalten und zuckte nur unbestimmt mit den Achseln. Ludwig rang mit den Worten: »Nun, Absprachen gibt es zwar nicht. Aber Johann hat schon lange ein Auge auf Mademoiselle Constanze geworfen, wißt Ihr? Sie ist eine gesunde und gerade Person, und ihr Land grenzt an unseres – Ihr versteht.«

Ich verbiß mir das Lachen und sagte kühl:

»Es grenzt auch an meines – Ihr versteht.«

»Ich bitte Euch, Graf, diese alten Geschichten wollen wir doch lassen.«

Ludwig machte eine beschwichtigende Handbewegung.

»Im übrigen, lieber Herr von Hohenschott, gibt es ja auch noch Elise, ein aufgewecktes junges Mädchen.«

»Elise? Ich bitte Euch. Dieses Kind! Wer die heiratet, hat die Alte mit im Bett. Constanze ist ein Volltreffer, aber solange sie nicht will, wird der Vater sie nicht ins Rennen schicken. Andererseits: Fleisch wird nicht frischer, wenn es liegenbleibt. Und sie wird doch wohl kaum als alte Jungfer ins Kloster gehen wollen.«

Ich war nun doch etwas schockiert von solchen Reden.

»Wer weiß?« Ich sah Johann an. »Es gibt Optionen, die schlimmer sind.«

Niemand sah meinen winkenden Zaunpfahl.

»Noch einmal, Monsieur: Es gibt kein Vorrecht, aber der Ball scheint jetzt bei Euch zu liegen. Wenn Ihr nicht vorhabt, zu kaufen, laßt es uns wissen, bevor andere davon Wind bekommen. Wir wollen ja schließlich alle nicht, daß sich ein Dritter zwischen uns drängt.« Er zwinkerte verschwörerisch. Wir verabschiedeten uns rasch, und mich drängte es heftig aus dem Spielsaal.

Der Abend schritt voran. Ich ging suchend umher und sah mir sogar die zusammengesunkenen Figuren in den dunklen Ecken an. Wenz war nicht da, und ich verzweifelte langsam. Was, wenn ich ihn vergessen würde? Der ganze Schmerz umsonst, wie so oft. Ungeduld und Langeweile würden siegen. Ich hatte es gewußt: Es gab nichts, das mein Herz fesseln konnte – ich hatte einfach keine Ausdauer. Das war vielleicht keine moralische Niederlage, aber auf alle Fälle eine sportliche.

Ich kehrte in den Spielsaal zurück und stieg die Treppe zur Galerie hinauf, um den Hohenschotts im Parterre nicht noch einmal zu begegnen. Über die Brüstung gebeugt, schaute ich ein letztes Mal in den Saal hinunter. Im Zuschauergang tobte es. Ein Spiel entzweite wieder einmal die Gemüter, und rund um den Wettisch gab es Prügel. Ich ließ meine Augen ganz langsam wandern, um niemanden zu übersehen. Nichts. Ich richtete mich auf. Jetzt sollte ich gehen, bevor ich mich endgültig lächerlich machte. Ich drehte mich um und schaute noch einmal über die Galerie. Ein allerletzter Blick.

Auf der gegenüberliegenden Seite saß Giselle mit einem neuen Mann. Unsere Blicke trafen sich im selben Moment, und sie nickte mir dezent hinter ihrem Fächer zu.

Es sprach nichts dagegen, zu ihr zu gehen. Es konnte nur gut sein für meinen Ruf. Und vielleicht wußte sie etwas. Das war ja schließlich Teil ihrer Profession.

Ich begann die Galerie zu umrunden, kam aber nicht weit. In der Biegung des Balkons fiel ich fast über – Wenz.

Er saß allein auf einer Bank, die Füße auf dem Geländer und eine Weinflasche zwischen den Knien. Mein Kommen hatte er nicht bemerkt. Wie auch, sein Blick war starr auf Giselle gerichtet.

Meine Freude war unbeschreiblich. Mein Zorn ebenso. Ich fuhr mit einem gehässigen Genuß in seine Anbetung.

»Wenz!«

Er schaute auf, sein Blick war glasig.

»Ach du.«

Er konnte kaum sprechen. Statt dessen führte er routiniert die Weinflasche zum Mund.

»Ich habe dich lange nicht mehr gesehen, Wenz. Fast hätte ich mir Sorgen gemacht.«

»Ich hab gar nicht gewußt, daß Ihr mein Aufpasser seid, *Herr von Ebenstein*. Ich gehöre nicht mehr zu Eurem Gut, *mein Herr*.«

Er nahm einen großen Schluck.

»Wenn Ihr es unbedingt wissen wollt: Ich habe in letzter Zeit viel geschlafen. Im Traum kriegt sogar unsereiner, was er will.«

Oh, bitte keine Schwermut! Ich wollte jetzt um jeden Preis mit ihm reden.

Wenz aber trank und trank und sah mich nicht einmal an. Also blieb ich stumm neben ihm sitzen und schaute hinunter, als ob mich das Spiel dort interessierte.

Ich begann zu schwitzen. Endlich hatte ich Wenz gefunden, da konnte ich ihn doch nicht einfach gehen lassen, ganz ohne Mühe, ohne Kampf.

»War sie gut?«

Ich schreckte auf. Er sah mich noch immer nicht an, aber die Frage war eindeutig.

Sage ich nein, ist es eine Beleidigung – und er schlägt mir die Zähne aus. Sage ich ja, ist er eifersüchtig – und schlägt mir die Zähne aus.

»Was soll ich sagen? Giselle ist eine großartige Frau.« Ich war auf dem Sprung. Doch Wenz starrte nur traurig vor sich hin und trank weiter.

Nach einer Weile spürte ich, wie er mich von der Seite anschaute. Wahrscheinlich fragte er sich, was sie an mir gefunden haben konnte. Wie es sich tatsächlich abgespielt hatte? Geld, Wenz, Geld. Alles andere wäre naiv. Aber genau das war er ja. Ein Held, wie man ihn sich wünschte.

»Weißt du«, sagte er plötzlich, »ich hab sie einfach sehen müssen. Jetzt. Verstehst du das?«

»Ja, das verstehe ich.«

Er stellt die Weinflasche sanft zu Boden. Dann hängte er sich bei mir ein und legte sein ganzes Gewicht gegen meine Seite.

»Ach, ich habe genug für heute. Bring mich nach Hause, Graf.«

Ich hätte wie ein wahrer Freund tröstend den Arm um ihn legen, seine Schulter tätscheln, seinen Kopf streicheln können. Es wäre nichts dabei gewesen. Alle Welt ging so miteinander um.

Ich aber blieb nur wie versteinert sitzen und spürte Wenzens Gewicht.

# *Kleine Tode großer Männer*

Am nächsten Abend ging ich wieder ins Ballhaus, Wenz war nicht da. Ich kam immer wieder, aber außer einer größeren Übung im Ballspiel brachten mir die Besuche nichts ein. Wenz war wieder spurlos verschwunden.

Ich schämte mich, daß ich an ihn dachte. Wenz war immer bei mir, sobald ich allein war. Er sprang in meine Gedanken, sobald mein Kopf ein wenig leerer wurde, und nahm mit einer Arroganz darin Platz, für die allein ich ihn schon hätte hassen sollen.

Meine Suche ging weiter. Seine Freunde waren ratlos. Sein Kommandant kochte vor Wut und war kurz davor, Wenz als Deserteur verhaften zu lassen. Es war bekannt, daß er nicht der Verläßlichste war, aber so etwas wie in den letzten Wochen hatte man bis jetzt noch nie mit ihm erlebt.

»Er muß wohl vor etwas davongelaufen sein«, mutmaßte einer seiner Kameraden.

»Frauen!« lachte ein anderer. »Nichts anderes kann ihn sonst so erschrecken.«

Seltsamerweise erhielt ich schließlich ausgerechnet von Rudolf den entscheidenden Rat. Ich lief ihm eines Nachmittags im Schankraum des Ballhauses über den Weg, wo tagsüber nichts los war, und wir kaum vorgeben konnten, einander nicht zu sehen. Ich war auf eine Attacke gefaßt, er aber zeigte sich geradezu zivilisiert in seinem Verhalten und grüßte sogar, wenn auch reserviert. Er sagte, er habe gehört, daß ich Wenz suchte.

»Wahrscheinlich hat er sich bei seinem Bruder verkrochen. Er hat mir einmal erzählt, er habe ein gutes Versteck dort, hinter dem Haus seiner Eltern.« Er grinste. »Du mußt mir nicht danken. Ich bin der letzte, der Freunden im Weg steht,wenn sie einander finden wollen.«

Aus den Protokollen des Gerichts

Die Aussage des Herrn Rustinger, Verwalter auf den Ländereien zu Kreuzbach, in Diensten derer von Ebenstein:

Herr von Ebenstein hat das Land immer geliebt.

Richter: Dafür war er aber oft in der Stadt.

Herr Rustinger: Aber er kam immer wieder zurück. Das Land hat ihm seine Nervosität genommen. Bäume sind eben eine beruhigendere Erscheinung in der Landschaft als Menschen, wenn ich mir diese Bemerkung erlauben darf.

Richter: Ihr dürft. Wie war er denn nach seiner Rückkehr?

Herr Rustinger: Er war binnen kürzester Zeit ausgeglichen und aufgeräumt, er stand früh auf, und er verbrachte die Tage zu Pferde, sowie es die Temperaturen erlaubten. Er brachte ein enormes Interesse für sein Gut auf, und ich hatte den Eindruck, daß er sich in dieser Rolle gut zurechtfand.

Richter: War Herr von Ebenstein denn nun wirklich ein verantwortungsvoller und pflichtbewußter Mensch oder nicht?

Herr Rustinger: Er war überzeugend in seinem herrschaftlichen Interesse. Er ließ sich von mir sogar mit einigen Pächtern bekannt machen.

»Und die Wenz'?«

»Was soll mit denen sein? Das sind keine Pächter im eigentlichen Sinne. Das sind Kleinhäusler, die einer der Pächter auf seinem Grund wirtschaften läßt: ein bißchen Obst, ein bißchen Gemüse, ein paar Schweine.« Herr Rustinger überlegte. »Sie sind ganz brav, mehr gibt es dazu nicht zu bemerken.«

Er wartete, und es reizte mich, etwas zu sagen.

»Ich habe in der Stadt einen Sohn der Familie kennengelernt.«

»Ach, wahrscheinlich Eugen Wenz, den Soldaten! Der Kerl

taugt nichts. Der ist einfach auf und davon und hat seinem alten Vater viel Schmerz zugefügt, als er das Erbe ausschlug und zur Armee ging.«

»Was heißt: Erbe ausschlagen? Sein Vater hätte ihm gar nichts vermachen können. Es ist das Land eines Pächters – vielmehr: es ist *mein* Land.«

»Natürlich ist es das, aber es wird immer von den Vätern an die Söhne weitergegeben. Wir haben kein Interesse daran, die Leute ihrem Land zu entfremden.«

»Vielleicht ist Wenz, der Soldat, nicht in diese Falle gegangen. Vielleicht wollte er ein wirklicher Herr sein.«

Herr Rustinger konnte meine Sympathie für den Abtrünnigen natürlich nicht nachvollziehen.

»Die Seelenlage eines größenwahnsinnigen Bauern ist mir, mit Verlaub, egal. Und Ihr, Herr von Ebenstein, solltet Euch, ebenfalls mit Verlaub, andere Freunde suchen.«

Überflüssig zu bemerken, daß mich mein nächster Inspektionsritt, den ich allein tat, genau zum Wenzer Hügel führte.

Die Hütte dort war armselig, mehr Stall als Haus. Ich ritt einige Runden, bis ich auf ein menschliches Wesen traf. Mein Herz tat einen Sprung, als ich die Gestalt mit ihren vertrauten Bewegungen sah, doch ich täuschte mich: Sobald der Mann, der Futter vor seine Schweine streute, aufblickte, wich die Ähnlichkeit dem Unterschied. Das mußte der Bruder sein, der das Erbe angetreten hatte.

Er zog den Hut und verbeugte sich fast bis auf den Boden.

»Wenz, nicht wahr?«

»Ja, Herr.«

»Er ist der Bruder des Soldaten Eugen Wenz?«

»Ja, Herr.«

»Den sucht man, weiß Er das?«

»Nein, Herr.«

Er log.

»Ist er hier bei Ihm?«

»Nein, Herr. Er ist in der Garnison.«

»Da ist er nicht, deswegen wird er ja gesucht.«

»Mein Bruder ist ein guter Soldat, Herr. Ohne Befehl würde er nicht weggehen.«

Es wurde mir zu blöd.

»Ich suche Seinen Bruder nicht, um ihm Unannehmlichkeiten zu machen. Ich will ihm helfen. Wenn Er ihn sieht, sag Er ihm doch, daß Herr von Ebenstein ihn sprechen will.«

»Danke, Herr!«

Er verbeugte sich noch einmal tief, und ich ritt davon.

Wenz aber rührte sich nicht. Keine Nachricht, kein persönliches Vorsprechen. Er blieb verschwunden und genoß es wahrscheinlich auch noch. Gut, wenn er es so wollte: Ich besaß die Ländereien, auf denen er sich verschanzte – ich konnte warten, konnte länger und bequemer ausharren als er. Mal sehen, wer zuerst aufgeben würde.

Ich verbrachte meine Tage mit Dingen, die vor allem Herrn Rustinger freuten, auch wenn ich selbst kaum wußte, was ich da eigentlich tat. Ich verstand von Büchern, Verträgen, Stallungen genausowenig wie eh und je. Als erfahrene Schauspielerin hatte ich mir lediglich angewöhnt, Herrn Rustingers Bewegungen, Gesten und Anmerkungen in Variationen nachzumachen. Amüsant, das alles, aber nicht fesselnd.

An den Abenden nahm ich das Essen zusammen mit Herrn Rustinger im Blauen Salon ein, dessen Aussicht ich zu schätzen gelernt hatte. Ich erfreute mich am Sonnenuntergang und überblickte dabei den neuesten Stand der Arbeiten in meinem Garten. Dieser würde größer werden, als ich es geplant hatte. Herr Rustinger hatte mir eine Debatte wegen der Kosten bisher erspart. Vielleicht hoffte er auf mehr Entgegenkommen meinerseits, wenn er sich ruhig verhielt.

Er hoffte zu Recht. Ich stimmte zu, daß ein anderer, etwas weniger schwieriger Maler Miniaturen von Bertholds Porträt in größerer Zahl anfertigte. Mit ihnen sollte Herr Rustinger nach Gutdünken verfahren und sie von mir aus nach und nach an alle heiratsfähigen Töchter der Gegend verteilen. Das verpflichtete fürs erste zu gar nichts und würde ihn eine Zeitlang beschäftigen.

Bertholds Original war immerhin repräsentativ geworden, da gab es nichts auszusetzen. Es hatte nichts vom Furchterregenden der anderen Bilder, die mich zur Wahl Bertholds bewogen hatten.

»Seid Ihr enttäuscht, Herr?« hatte er gefragt.

»Überrascht ist wohl eher das Wort, Berthold.«

»Ich wollte Euch eine Freude machen. Ihr habt Euch so gefürchtet. Das wollte ich nicht zeigen.«

Am nächsten Tag hatte ich ihn gleich ins Kloster zurückbringen lassen, allerdings zu verbesserten Konditionen. Er mußte nicht mehr in den alten Besuchertrakt zurück und erhielt ein Zimmer neben dem Kreuzgang, gleich neben Gott und all den Heiligen.

Die Seiberfeldts tauchten kurz nach mir ebenfalls wieder auf dem Lande auf. Das überraschte mich nicht. Ich trug es mit Fassung. Zwischen mir und den Seiberfeldts lagen einige Meilen Land, ein paar Schloßmauern und das gute Benehmen. Ich hatte sie so oft brüskiert, daß sie sich in nächster Zeit nicht direkt nähern konnten. Aber ich war wütend, daß sie trotzdem das Recht zu haben glaubten, meine Ablehnung so gründlich zu übersehen.

Ich gebe zu, es war eine dumme Idee. Wahrscheinlich die dümmste, die ich je hatte, und das in einer ziemlich langen Reihe von ziemlich vielen dummen Ideen. Ich war gelangweilt (von Rustinger), ich war zornig (auf Wenz), ich fühlte mich bedrängt (von den Seiberfeldts), ich hatte genug (von allem).

Meine Gedankenmühle drehte sich, und schließlich verfing sich knirschend etwas darin, das ständig vor meiner Nase war: Constanzes Kräutersäckchen. Ich hatte es aufgehoben, um mich daran zu erinnern, daß ich wenigstens einen unverbindlichen Dankesbrief schreiben sollte, um der Höflichkeit Genüge zu tun. Aber ich hatte mich erst nicht getraut und es dann vergessen. So lag das Kräutersäckchen Tag für Tag auf meinem Schreibtisch und roch gut und frisch nach Sommer, Sonne und einer gewissen Aufforderung ...

Die Idee war wenigstens einfach: Ich mußte mich der falschen Tochter nähern! Keine der drei Seiberfeldt-Frauen sah so aus, als ob sie es hinnehmen würde, wenn ihre Pläne nicht aufgingen. Natürlich waren das alles Damen, aber das würde sie nicht davon abhalten, sich gegenseitig die Augen auszukratzen. Dann würden sie sich zurückziehen und wären bestens damit beschäftigt, ihre Wunden zu lecken.

Und das Schönste daran war, daß Hochwürden Gruber mit Sicherheit von allen Seiten Prügel beziehen würde!

Selbstverständlich kam meine Antwort auf Constanzes Billett ein wenig zu spät. Andererseits: Hatte ich als Frau je einen Mann gekannt, der sich umgehend gemeldet hätte? Ich schrieb folgenden Brief und ließ ihn von der alten Kathi überbringen.

*Sehr geehrte Mademoiselle – Habe dank Eurer Kräuter meine Gesundheit wiedererlangt – Würde Euch gerne persönlich danken – Nennt Ort und Zeit – Ich werde da sein – Euer Ch.*

*Morgen – Vier Uhr – Beim Grenzstein am Fluß – Eure C.*

Die Offenheit und Schnelligkeit der Antwort verblüffte mich. Constanze hätte mich nach den Regeln des Spiels ruhig genauso lange warten lassen können. Aber offenbar war sie mit ebenso wenig Geduld gesegnet wie ich, wenn sie wissen wollte, woran sie war …

Ich verbrachte den ganzen Tag damit, die richtige Kleidung für das Treffen auszusuchen. Wenn ich schon nichts von Naturwissenschaften verstand, wollte ich Constanze wenigstens als ernsthafter Mensch mit Geschmack entgegentreten. Ich probierte meine gesamte Garderobe durch, es fand sich jedoch nichts, was unprätentiös und feinsinnig zugleich wirkte. Meine Wahl fiel schließlich auf einen schlichten schwarzen Rock, eine unbestickte Weste und ein weißes Hemd mit mäßigem Spitzenbesatz.

Ich fragte mich, ob richtige Männer sich auch solche Gedanken machten. Eigentlich wußte ich so gar nichts von Hosen und ihren echten Bewohnern, und das machte mich in bezug auf Constanze nervös. Immerhin war das Mannsein der einzige Vorteil, den ich ihr gegenüber hatte.

Als ich zum Treffpunkt kam, war Constanze noch nicht da. Ich band mein Pferd an einen Baum neben dem Grenzstein: Anno Domini ... Und die Wappen der Familien von Ebenstein und von Seiberfeldt waren dort eingraviert.

Ich setzte mich darauf und sah auf den Fluß hinaus. Nachmittagsstimmung mit einer Brise Frühling. Am gegenüberliegenden Ufer wurden laut schnatternde Gänse heimgetrieben.

Constanze kam zu Fuß und trug einen riesigen Sonnenhut. Ihren Arbeitsmantel hatte sie daheim gelassen. Ich stand auf und ging ihr entgegen.

»Herr Chérubin, es tut mir leid, ich bin zu spät.«

Sie war außer Atem, was nicht der alleinige Grund sein konnte, warum sie mich so verkürzt beim Vornamen nannte.

Ich bot ihr meinen Platz auf dem Grenzstein an.

»Warum in aller Welt seid Ihr zu Fuß gegangen, Constanze? Gibt es keine Pferde auf Schloß Seiberfeldt?«

Sie nahm den Hut ab, zog ein Spitzentuch hervor und wischte sich über das Gesicht.

»Ich hasse Pferde. Außerdem habe ich meiner Mutter gesagt, daß ich nur einen kleinen Spaziergang mache.« Wie schlau! So hatte sie die obligatorische Begleitung vermieden.

»Ach, ist das schön hier. Es ist mein Lieblingsplatz, wißt Ihr das, Herr Chérubin? Zumindest noch um diese Jahreszeit. Im Sommer kommen die Mücken aus den Tümpeln. Dann halten es hier nicht einmal die Gänse am Rohrgacher Ufer aus.«

»Da drüben ist Rohrgach? Mein Großvater hat einmal den Namen erwähnt. Ich kenne gar niemanden von dort.«

»Ich auch nicht. Wir haben wenig Kontakt zu den Leuten auf der anderen Flußseite. Die nächste Brücke liegt Meilen stromabwärts, und die Wernswalder sind nicht sehr reisefreudig.«

Ich mußte lachen.

»Einen Fluß zu überqueren ist doch keine Reise.«

»Bei uns schon.«

Constanze benutzte den Hut als Fächer. Sie vermied es, mir in die Augen zu sehen. Ohne ihre Zahlen und physikalischen Instrumente verlor sie merklich an Souveränität. Sie machte Konversation wie irgendein junges Mädchen ihres Standes. Ich war mir nicht mehr so sicher, ob sie wirklich das richtige Mittel für meinen Zweck war.

Eine Pause war entstanden, ohne daß es mir aufgefallen war. Constanze hatte zu reden aufgehört. Sie schien zu spüren, daß sie meine Erwartungen enttäuschte, wenn sie auch nicht wissen konnte, wie perfide diese gewesen waren.

»Mein Gott, muß Euch das hier alles banal erscheinen. In Wernswald gibt es wirklich nichts Interessantes. Ich wollte einmal einen wissenschaftlichen Zirkel gründen, habe aber niemanden gefunden, der sich anschließen wollte.«

»Ein wissenschaftlicher Zirkel? Das wäre mir auch zu hoch.«

»Man muß sich eben bemühen!«

Ich schwieg ärgerlich. Das war jetzt nicht nötig gewesen. Dann kam Constanze mir wieder etwas entgegen.

»Aber Ihr habt immerhin schon viele Meilen hinter Euch, Herr Chérubin, nicht wahr? Man sagt, Ihr seid in der Neuen Welt geboren und aufgewachsen. Fehlt Euch das Reisen nicht? Ihr müßt Euch doch nach all den Abenteuern jetzt hier in Wernswald zu Tode langweilen!«

»Ach wißt Ihr ... es ist eigentlich ganz schön hier.«

»Woanders auch.«

»Woanders war ich lange, lange Zeit. Ich bin sehr froh, hier zu sein.«

»Das kann ich nicht verstehen. Wenn ich ein Mann wäre, würde ich reisen wollen. Ich würde nirgends länger als ein paar Tage bleiben.«

Ich zuckte mit den Achseln.

»Auch Frauen können reisen. Ich habe es selbst gesehen. Damen, die ganz ihr eigener Herr waren. Mit Dienern, Gepäck und Kutsche.«

Constanze winkte mit einer müden Geste ab.

»Das waren Witwen, Exzentrikerinnen oder Frauen mit toleranten Gatten.«

»So? Dann heiratet doch – und die Welt steht Euch offen!«

Sie sah mich an, als ob sie mir solche Späße schon noch austreiben würde.

»Wißt Ihr was? Mein Vater glaubt nicht, daß Ihr bleiben werdet. Er sagt, Ihr hättet zu sehr das Blut eines Abenteurers in Euch.«

»Tatsächlich? Und deswegen läßt er mir so sehr seine geliebte Tochter Elise empfehlen?«

Jetzt war sie eingeschnappt.

»Seid nicht naiv, das steht Euch nicht. Ihr wißt ganz genau, daß dies alles von meiner Mutter ausgeht. Für ihre Zwecke müßt Ihr ja nicht für alle Zeiten hier bleiben.«

»Nach einer Hochzeit und einem Erben könnte ich also gehen, wohin ich wollte, und Elise und ihre Mutter würden das Erbe verwalten, bis mein Sohn alt genug wäre, um auf eigenen Füßen zu stehen – so mit fünfzig, sechzig.«

Constanze konnte sich nicht halten und lachte herzhaft los.

»Ihr denkt sehr böse, Chérubin!«

»Ihr denkt wie ich!«

»Ich möchte aber nicht, daß Ihr weggeht.«

»Ich werde nicht gehen.«

Sie schaute wieder auf den Fluß hinaus.

»Das freut mich«, sagte sie.

Aus den Protokollen des Gerichts

Die Aussage der Mademoiselle Elise von Seiberfeldt:

Nein, Constanze mochte ihn nicht. Das weiß ich genau. Sie hat gesagt, daß er eingebildet und zynisch sei.

Richter: Sie hat niemals gesagt, daß sie seinen Geist wach findet?

Mademoiselle Elise von Seiberfeldt: Nein.

Richter: Daß sein Benehmen und sein Geschmack gut seien?

Mademoiselle Elise von Seiberfeldt: Nein.

Richter: Daß er zuhören konnte, wenn er wollte?

Mademoiselle Elise von Seiberfeldt: Nein. Das schon gar nicht. Wer sagt denn so etwas? (Es wird gelacht im Auditorium.)

Richter: Nun, wir haben auch mit anderen Damen gesprochen, die Herrn von Ebenstein getroffen haben.

Mademoiselle Elise von Seiberfeldt: Ach, die kennen ihn ja alle nicht.

Richter: Also, Mademoiselle Constanze fand ihn scheußlich?

Mademoiselle Elise von Seiberfeldt: Ja.

Richter: Sie hat ihm nie einen Anlaß gegeben zu glauben, er könne sich – nun ja – Freiheiten herausnehmen.

Mademoiselle Elise von Seiberfeldt: Nein!!! Warum sollte er so etwas wollen? Constanze hat ihn doch gar nicht interessiert.

Wir trafen uns immer wieder, zur selben Zeit und am selben Ort. Je länger es hell blieb, desto länger konnten wir plaudern. Niemand ahnte etwas. Die Annahme, zwischen Constanze und mir könnte es ein Einverständnis geben, war zu absurd.

Natürlich nützte die ganze Sache meinem Plan nichts, solange sie geheim blieb, aber mich mit Constanze zu unterhalten war fürs erste kurzweilig. Nachdem sie ihren Mädchen-Habitus einfach abgelegt hatte, plauderten wir frank und frei. Mir gefiel das. Stets von männlichen Gesprächen umgeben, erschien es mir geradezu als Erlösung, nachmittags von meiner Hauspolitik und ihren Vertretern befreit zu sein. Ich glaube, auch Constanze genoß unsere Treffen. In meiner Gegenwart nahm die junge Gelehrte geradezu menschliche Züge an, was ihr auf reizende Weise unangenehm war. In ihren Augen war ja alles außer den Sternen trivial, dabei hatte sie ein unvergleichliches Talent, Leute nachzumachen, einen klaren Blick und einen bösartigen Humor, den sie gern mit mir teilte.

Sie erzählte mir Geschichten aus ihrer Kindheit, zum Beispiel von einer Puppe, die sie in wissenschaftlichem Interesse zerlegt hatte: »Es kam nur Sägemehl heraus. Ich habe lange Zeit gedacht, das wäre der Saft allen Lebens.« Oder von ihrem ersten Tag in einem Mieder: »Meine Rippen haben bei jedem Atemzug seltsame Geräusche gemacht. Ich dachte, es sei etwas zerbrochen in mir und die Splitter würden sich in meinen Leib bohren. Meiner Gouvernante wurde es fast übel, als ich ihr davon erzählte.«

Sie berichtete von gescheiterten Tanzversuchen unter Anleitung von Herrn Bitzl und von Nonnen, die nicht mit ihrem wachen Geist Schritt halten konnten: »Ich habe auf ihre Ermahnungen nur auf Lateinisch geantwortet, das konnte ich schon im zweiten Jahr fließend. Sie verstanden mich nicht und schickten mich zu Hochwürden, der als einziger Latein sprechen konnte. Er sollte übersetzen, was ich gesagt hatte. Aber es stellte sich heraus, daß er nur die Texte aus den Messbüchern auswendig konnte.«

Ich erzählte nichts von mir – wie hätte ich es auch gekonnt! Außerdem war es viel netter, Constanze dabei zuzusehen, wie sie heiter und gelöst wurde. Anfangs stellte sie noch ein paar Fragen über mich, ließ es aber sein, nachdem ich jedesmal mit leichtem Spott ausgewichen war. Entweder war sie sensibel oder leicht zu beleidigen.

Leider rückte mein Plan mit jedem schönen Nachmittag mehr und mehr in die Ferne. Ich wollte ihn zwar noch nicht ganz aufgeben, aber ich mußte mir einen anderen Ansatz überlegen, der nichts mit Constanze zu tun haben sollte. Ich mochte sie, und ich mochte sie jeden Tag lieber. Hier ging es einmal nicht um Unterwerfung und Triumph. Das war das Schöne daran.

Insgeheim wünschte ich mir, ich könnte Wenz so mögen. Wenn er kein Mann wäre, würde mich dann noch irgend etwas an ihm interessieren? Würde ich mit ihm reden wollen, Scherze machen, meine Zeit mit ihm verbringen? Ab und zu? Vielleicht. Oft? Nein. Was also interessierte mich dann an Wenz?

Aus den Protokollen des Gerichts

Die Aussage des Hochwürden Gruber, Pfarrer zu Wernswald:

Dieses Frühjahr war außergewöhnlich milde und warm. Ich hatte immer wieder Gelegenheit, Kreuzbach einen Besuch abzustatten.

Richter: Habt Ihr auch unterrichtet?

Hochwürden Gruber: Nein, zu diesem Zeitpunkt war Herr von Ebenstein schon ganz und gar sein eigener Herr. Ein junger Herr zwar, aber keiner, der mehr einer besonderen Anleitung bedurfte. Er war immerhin so freundlich, mich zu empfangen, obwohl es nicht immer einfach war, ihn anzutreffen.

Richter: Gut, er war ein junger, erwachsener Mann geworden. Wußtet Ihr als sein ehemaliger Lehrer und Vertrauter – wie soll ich mich ausdrücken – über die Neigungen seines Herzens Bescheid?

Hochwürden Gruber: Wir haben über vieles geplaudert, ich kann mich aber an keine Details erinnern.

Richter: Hattet Ihr das Gefühl, daß sein Herz zu dieser Zeit schon gebunden war?

Hochwürden Gruber: Das ist schwer zu sagen, wer kann schon in das Herz eines Menschen sehen? Herr Rustinger erzählte mir jedenfalls, daß es Kontakte zu Familien außerhalb Wernswalds gab. Sie waren durchaus an einer Verbindung interessiert.

Richter: Zu welcher Gelegenheit war Herr von Ebenstein denn mit diesen Familien in Beziehung getreten?

Hochwürden Gruber: Das geht in Kreisen von Stand nicht immer über direkte Begegnungen. Soweit ich weiß, waren Porträts und Briefe ausgetauscht worden. Herr Rustinger betonte es mir gegenüber immer wieder.

»Und habt Ihr eigentlich einmal etwas von Herrn Bitzl gehört?« Hochwürden Gruber schaute mich über den Rand seiner Kaffeetasse an, die er mir einschließlich einer Unterhaltung abgetrotzt hatte. Ich lächelte. Es war ausgesprochen amüsant zu sehen, wie sehr sich Hochwürden bemühte, bezüglich seiner Konkurrenten auf dem laufenden zu bleiben.

»Nein. Ich nehme an, er wird mit der Matzartschen Familie in der Residenzstadt sein.«

»Ihr habt davon gehört?«

Ich schaute ihn fragend an. Hochwürden Gruber tat kurz, als zierte er sich.

»Nun, die ältere Nichte ist guter Hoffnung – und die jüngere scheint nicht gerade erbaut zu sein . . .«

»Grämt sie sich, weil *sie* noch nicht verheiratet ist und Mutter werden kann?«

»Ich wage zu behaupten, sie grämt sich, weil Herr Himmsbiegel nicht mehr für dergleichen zu haben ist. Ihre Schwester war da etwas schneller.«

Hochwürden Gruber genoß es sichtlich.

Ich lächelte. »Nun ja, also das ist ja wohl kein Geheimnis mehr.«

Jetzt wurde es prickelnd – und das hätte ich mir von einer Begegnung mit Hochwürden Gruber am allerwenigsten erwartet.

Ich beugte mich vor und sprach etwas leiser.

»Sagt – hat sie etwa gebeichtet?«

Hochwürden Gruber ließ sich in seinen Stuhl zurücksinken.

»Das Beichtgeheimnis ist heilig. Ihr würdet auch nicht glücklich sein, wenn ich ausplauderte, was Ihr mir anvertraut.«

Er wäre der letzte, dem ich etwas anvertrauen würde! Er glaubte doch nicht im Ernst, daß meine Beichten etwas mit mir zu tun hatten? Selbst wenn ich ich gewesen wäre, hätte ich ihm nie etwas aus meinem Leben anvertraut. Das ging weder ihn noch Gott etwas an. Schließlich half mir auch keiner von beiden dabei.

»Die junge Marie scheint sich auf gefährliche Irrwege des Herzens zu begeben, und ich kann nur hoffen, daß ich sie als Hirte zurückholen kann.«

Arme Marie! Auch wenn sie ein arroganter Besen war – da ging sie hin, geradewegs in ein Unglück, das ihr Herz brechen und ihren Ruf ruinieren würde. Dabei war dieser Himmsbiegel ja gar nichts Besonderes.

Immerhin: Hochwürden Gruber war glücklich. Eines seiner größten Probleme war gerade dabei, sich selbst aus dem Weg zu räumen. Wenn er von jenen gewußt hätte, die hinter seinem Rücken neu entstanden!

Constanze brachte indessen zu unseren Treffen Gegenstände ihrer astronomischen Ausrüstung mit: handlich zusammengelegte Himmelskarten, Meßzirkel, Uhren mit Skalen und einen kleinen »Sphärenglobus«, dessen Reifen sich in einem geschliffenen Kristallglas drehten. Sie lächelte, weil ich nichts von alldem verstand, aber ich merkte, wie es sie traurig machte, daß ich mit den Bruchstücken ihrer Leidenschaft nichts anfangen konnte. Ich versicherte ihr, daß ich ihre Freude an der Astronomie und der Mathematik faszinierend fände – sie solle mir mehr davon erzählen. Sie glaubte mir nicht.

»Ich sage das ungern, Herr Chérubin, aber manchmal seid Ihr wie meine Mutter.«

»Ich nehme an, das ist kein Kompliment.«

»Meine Mutter ist kein Mensch, der in die Tiefe geht.«

»Oder in die Höhe.«

Constanze fand es nicht lustig.

»Meine Mutter ist ungebildet und dumm. Sie schreibt die schönsten Einladungskarten, aber die Schrift ist für sie ein Zierbild wie das Muster einer Rahmenstickerei.«

Wie nett, mit ihr auf eine Stufe gestellt zu werden.

»Und was sagt dann Eure werte Frau Mutter zu Euren Zahlen und Formeln? Sie scheint seinerzeit bei unserem ersten Zusammentreffen eher erschreckt gewesen zu sein. Ich denke, ich kann mich doch rühmen, diese Hürde etwas männlicher genommen zu haben.«

»Männlicher, aber nicht besser.«

»Ihr seid wirklich recht wählerisch, was die Leute angeht, die Euch wohl wollen.«

Der Ton unseres Gesprächs wurde schärfer.

»Mein Vater unterstützt mich.«

»Er liebt die Astronomie?«

Constanze lachte, aber dieses Lachen klang nicht lustig.

»Er versteht davon ebenso wenig wie meine Mutter. Aber er liebt mich. Er respektiert mich.«

»Bildet Euch nur nicht ein, daß dies bei Männern ein und dasselbe ist!«

Das war eine unpassende Bemerkung gewesen, aber ich biß mir zu spät auf die Zunge. Constanze verabschiedete sich in einer schwer erträglichen Mischung aus Kühle und Traurigkeit.

Ich hatte ein schlechtes Gewissen. So etwas war ich nicht gewohnt, und es gefiel mir nicht. Aber es war nicht so leicht, sich bei Constanze zu entschuldigen, weil es keine offene Beleidigung gegeben hatte.

Ich dachte an eine versöhnliche Geste und verfiel auf die Idee, einen wissenschaftlichen Zirkel einzuberufen. Hatte Constanze das nicht schon immer gewollt? Der Gedanke war gut, aber die Umsetzung nicht einfach, wenn man mitten auf dem Land saß und keine Ahnung von den höheren Dingen hatte. Wäre es um Theater, um Tanz und Musik gegangen – ja, damit hätte ich dienen können, aber ich wußte, daß Constanze gerade von diesen Narreteien gar nichts hielt und ich nur den gegenteiligen Effekt erzielen würde.

Über Herrn Rustinger verschaffte ich mir schließlich Zugang zu ein paar aufgeklärten Händlern, die ihrerseits einige Leute kannten, die im Ruf standen, etwas von der Wissenschaft zu verstehen. Herr Rustinger fragte mich, ob es mir etwas ausmachen würde, wenn man ein paar Familien von Rohrgach einlüde – sie würden sich sicher sehr freuen, zumal Rohrgach noch weniger Abwechslung zu bieten hätte als Wernswald (was in der Tat eine mitleiderregende Vorstellung war). Überflüssig zu erwähnen, daß diese Familien auch junge weibliche Mitglieder hatten, von denen mich manche schon per Miniatur kannten.

Ich erlaubte ihm, Einladungen zu verschicken.

Der erste Abend wurde tatsächlich ganz interessant. Einer brachte mit Funken Froschschenkel zum Hüpfen. Ein anderer konnte mit einer Pumpe zwei leere Halbkugeln so fest aneinanderpressen, daß sie vier Pferde nicht auseinanderbrachten – ich gab für diese Vorstellung, das muß ich gestehen, allerdings nicht meine besten Pferde her. Dann gab es noch einen, der irgend etwas mit farbigen Scheiben und Prismen beweisen wollte, aber das habe ich nicht verstanden.

Aus Übermut hatte ich alle meine Nachbarn, ungeachtet der Kreuz- und Querverbindungen, eingeladen, weil ich dachte, daß die Wissenschaft ein neutrales Terrain sei. Mit anderen Worten: Die wenigsten würden sich besser auskennen als ich, was auch so war. Es gab kaum Fragen an die Vorführenden, aber ziemlich viel Tratsch beim anschließenden Umtrunk, wobei die Gesellschaft nicht ganz ausgewogen zusammengesetzt war: Die alte Matzart und Herr Bitzl fehlten, da sie noch in der Residenzstadt Herr Rustinger mußte also allein gegen die Seiberfeldt-Partei antreten, was er aber wacker mit seinen Zugereisten aus Rohrgach tat. Einige davon waren sogar recht reizvoll, wenn auch in ihrem gesellschaftlichen Auftreten ganz so, wie man es im Dutzend haben konnte.

Hochwürden Gruber und Madame von Seiberfeldt reagierten auf die neue Konkurrenz mit allgemeiner Bissigkeit. Die Matzarts bekamen aus Gewohnheit ihren Teil ab, auch über Herrn Bitzls Vergangenheit wurden einige Bemerkungen fallengelassen. Irgendwie schien er etwas mit der Debrimont zu tun gehabt zu haben. Interessant! Die Hohenschotts, das muß ich bemerken, stiegen bei diesen Gesprächen gerne ein, auch wenn sie natürlich meilenweit über Tratsch erhaben waren. Ich hatte sie nur deshalb zu diesem Anlaß hergebeten, um endlich die fällige Gegeneinladung hinter mich zu bringen und sie ein wenig mit Dingen zu beeindrucken, die nichts mit ihrer verdammten Jagd zu tun hatten. Sie nahmen beides gelassen hin, ignorierten mich, soweit sie konnten, und kreisten eher um Constanze, die darüber nicht sehr erfreut war und speziell vor dem schweigenden Hohenschott floh wie die Nymphe vor dem Faun.

Ich ging davon aus, daß sie diese Unannehmlichkeit mit der nötigen Nonchalance wegstecken würde, und strahlte sie über alle Köpfe hinweg an, um zumindest ein geneigtes Nicken von ihr zu erhalten. War dies, trotz allem, nicht ein Abend nach ihrem Geschmack gewesen? Wir hatten immerhin viele erstaunliche Dinge gesehen.

Aber Constanze war nicht beeindruckt. Das alles sei ziemlich durchschaubar und nicht sehr intelligent, was ich da täte, sagte sie in einem unbeobachteten Moment zu mir. Wenn ich Leute einladen wollte, um zu sehen, wie wer wen umschleicht, bräuchte ich keine Gaukler dazu.

Ich war ziemlich eingeschnappt, zeigte es aber nicht. Statt dessen tat ich so, als ob auch ich den ausschließlich unterhaltenden Charakter des Abends erkannt hätte und natürlich in Zukunft tiefere Auseinandersetzungen suchen würde. Constanze taute ein wenig auf und fragte voller Eifer, ob ich ihr erlauben würde, den nächsten Zirkel zu organisieren. Natürlich stimmte ich zu, damit sie endlich nicht mehr böse mit mir war.

Zwei Wochen später hatte ich neben meinen Nachbarn ein weiteres halbes Dutzend Menschen in meiner Bibliothek sitzen, die ich überhaupt nicht verstand. Erstaunt und stumm nippte ich zusammen mit den Gästen am Wein, während die höheren Herrschaften über Skizzen und Formeln dozierten.

Wahrscheinlich war dies der erste Abend in aller Anwesenden Leben, an dem sie sich als *gewöhnlich* empfanden, was keiner wirklich zu mögen schien.

Constanze war begeistert und konnte in ihrem Enthusiasmus kaum verhindern, in den Vordergrund zu geraten. Da sie aber die einzige war, die dort hingehörte, weil sie etwas von alledem verstand, war das durchaus akzeptabel. Nur Herr Rustinger konnte in hellen Momenten etwas Schritt halten. Dem schweigenden Hohenschott stand der Mund offen.

Als es später am Abend nicht mehr auszuhalten war, stand ich auf (obwohl nicht mehr ganz nüchtern) und sagte:

»Meine Herren, Ihre Ausführungen waren äußerst interessant, aber jetzt sollten wir uns den schönen Dingen des Lebens zuwenden.«

Die plötzliche Schweigsamkeit der Herren vor mir wurde vom Applaus hinter mir überdeckt, und wir gingen alle miteinander zu Tisch, wo das Essen schon leicht zerkocht auf uns wartete. Constanze war während des Diners sehr schweigsam und reagierte auf keinen meiner Witze. Wie viele Abende sollte ich denn noch veranstalten, bis sie mir wieder gnädig gewogen war, verdammt! Ich flirtete vor Zorn mit ihrer Schwester, die für die kleine Abwechslung dankbar schien. Herr Rustinger sah mit argwöhnischen Blicken um sich, aber das war mir in meinem Zustand egal. Ich wollte jetzt ein bißchen Spaß haben, wenn ich schon einen verschwendeten Abend von meiner Lebenszeit abziehen mußte.

Mademoiselle von Matzart und Herr Bitzl kamen zurück. Ganz Wernswald sprach darüber, vor allem, weil Marie nicht bei ihnen war. Ich nahm meine privilegierte Stellung als umworbener Junggeselle wahr und verpflichtete Herrn Bitzl, das erste Abendessen nach seiner Rückkehr bei mir einzunehmen. Wem, wenn nicht mir, stand es zu, die neuesten Entwicklungen rund um Marie aus erster Quelle zu erfahren. Herr Bitzl nahm meine Einladung an, hielt sich aber bedeckt. Er erzählte ganz unverbindlich nur, was ich schon wußte: Die alte Mademoiselle von Matzart sei allein aus der Residenzstadt zurückgekehrt, die ältere Nichte wolle ab jetzt bleiben, wo sie zu entbinden gedächte, nämlich in der Residenzstadt, er leiste der alten Dame Gesellschaft, damit sie nicht so allein sei ...

»Und Marie?«

Er verzog keine Miene.

»Sie kann sich noch nicht losreißen. Steht ihrer Schwester bei. Vorläufig, dann muß natürlich eine erfahrene Unterstützung her. Ihre Tante würde Marie jedenfalls gern wieder um sich haben. Sie könnte sich sogar vorstellen, für sie ein Fest zu veranstalten, nur mit den jungen Leuten der Umgebung. Gerade jetzt ist es auf ihrer Terrasse wunderbar.«

»Oh – die berühmte Terrasse! Ich werde bald selbst so einen Ausblick haben, wißt Ihr das?«

»Ja, das freut mich. Aber es entbindet Euch nicht davon, Euren gesellschaftlichen Verpflichtungen nachzukommen.«

»Ach, wißt Ihr, eben erst habe ich sämtliche größeren Einladungen der Seiberfeldts abgelehnt, um meine Gesundheit zu schonen.«

»Aber Ihr lebt, wenn ich das bemerken darf, nicht völlig zurückgezogen.«

»Meint Ihr meine Zirkel? Bildung hat noch niemandem geschadet. Ihr habt doch selbst immer wieder betont, daß ich mich ihr mehr widmen sollte.«

»Ich fürchte, Ihr bringt da etwas durcheinander: Das hat wahrscheinlich Hochwürden Gruber gesagt, aber natürlich bin ich in diesen Belangen ganz seiner Meinung. Was den allgemeinen gesellschaftlichen Umgang betrifft, so genießen die Seiberfeldts, mit Verlaub, ohnehin Eure Bevorzugung. Zumindest sagt man so.«

Ich lachte. »Ich weiß, wer das sagt, und bin über die neuen Allianzen in meinem Hause sehr amüsiert. Es erstaunt mich allerdings, daß Ihr allen Ernstes zu glauben scheint, Herr Rustinger, der Hüter meines Erbes, würde Euch erlauben, mit mir und den Matzarts freie Hand zu haben. Ihr müßt doch wissen, daß er sie genausowenig mag wie die Seiberfeldts. Er braucht nur ein paar Figuren zu haben, um das Feld zu bevölkern, und etwas zum Schlagen.«

Jetzt mußte auch Herr Bitzl lachen.

»Ich denke, man sollte keine Gelegenheit verachten, ins Spiel zu kommen. Wer am Zug ist, wird sich noch zeigen.«

Nach dem letzten Stand der Dinge spielten nun also mit:

Ich, nolens volens.

Die Seiberfeldts (Mutter und die jüngere Tochter) mit Hochwürden Gruber in abwartender, wenn auch ungeduldiger Haltung.

Constanze, theoretisch in petto, praktisch unausspielbar.

Die Matzarts mit Herrn Bitzl in schlechter Position und mit einer unwilligen Figur.

Verschiedene Rohrgacher, die aber mit Herrn Rustinger von einem denkbar schlechten Spieler vertreten würden.

Wenz in Abwesenheit.

Rudolf eventuell noch von außen, seine eigenen Interessen wahrend, und mit ihm Franz, diese Interessen mit seinen Sehnsüchten leicht untergrabend.

Und die Hohenschotts, ebenfalls ihr Revier und eine mögliche Beute verteidigend.

Das waren ziemlich viele Leute, und ich hatte langsam das Gefühl, daß es an der Zeit war, mir etwas mehr Raum zu verschaffen. Wenn sie mich schon nicht nach links oder rechts ausließen und nach oben nicht meine Richtung war, konnte ich doch zumindest ein bißchen nach unten hin verschwinden.

Was hatte Giselle von der Freiheit in Wernswald erzählt? Sie war im Hause der Debrimont daheim, zumindest solange man ein Mann war. Es war also nicht verdächtig, wenn auch ich sie dort suchte. Giselle hatte schon einmal für mich gelogen. Vielleicht fiel ihr beim zweiten Mal eine noch bessere Geschichte ein. Sie verfügte sicher über eine Phantasie, auf die man sich verlassen konnte …

Ich schickte ihr über meinen Stallburschen eine Botschaft und erhielt umgehend eine Einladung zurück, seltsamerweise gleich von der Debrimont höchstpersönlich. Das störte mich nicht, ich wußte, daß Giselle unter ihrer Protektion stand, nur daß die Alte auch Giselles Korrespondenz übernahm, war mir neu.

> *Madame Debrimont wird sich freuen, den äußerst liebenswerten M. Chérubin für ein Diner am Mittwoch abend dieser Woche in ihrem Haus begrüßen zu können. Es wird Vollmond sein und daher der Weg nicht schwer zu finden. Euer Kommen würde mich außerordentlich erfreuen. Ihr wäret ein Glanzlicht in einem kleinen Kreis von Freunden.*

Ich sagte zu.

Aus den Protokollen des Gerichts

Frage des Richters an Herrn Fieders, nach eigenen Angaben Poet, wohnhaft im Hause der Madame Debrimont:

Diese Zeilen stammen aus Seiner Feder?

Herr Fieders: Es war eine einfache Einladung. Aber Madame Debrimont war immer für die Wahrung des guten Tons.

Richter: Tatsächlich? Das verblüfft mich. Sie hat allgemein den Ruf einer legeren Person.

Herr Fieders: Leger heißt nicht stillos. Ich verfasse Einladungen, Menükarten und Abendprogramme. Darüber hinaus bin ich für die Rezitation und Auswahl oder das Verfassen der passenden Zeilen bei jedem Gastmahl verantwortlich.

Richter: Davon ist aber außerhalb des Hauses Debrimont nicht viel bekannt. Ich für meinen Teil habe jedenfalls kaum etwas von künstlerischen Genüssen gehört.

Herr Fieders: Madame Debrimont hat ihre eigenen Ansichten darüber, was sie mit Wernswald teilen will und was nicht. Sie ist eine sehr eigenständige Frau. Außerdem gibt es viele, die in dieser Stadt in Zurückgezogenheit leben. Vielleicht ist sie darin den Wernswaldern ähnlicher als in allem anderen.

Richter: O ja. Unserem Gerichtsdiener ist es nicht einmal gelungen, ihr die Ladung zu Gericht auszuhändigen. (Im Auditorium wird gelacht.)

Richter: Ich bitte mir Ruhe aus! Kann Er sich erinnern, ob Er öfter Nachrichten an den Herrn von Ebenstein verfaßt hat?

Herr Fieders: Zu dieser Zeit? Sehr oft. Grüße. Einladungen. Kurze Anfragen. Wir haben nie eine Antwort erhalten. Madame Debrimont hatte den Verdacht, daß die Briefe abgefangen würden. Aber dann kam er ja von selbst.

Richter: Warum hat sie sich so um Herrn von Ebenstein bemüht?

Herr Fieders: Ich weiß es nicht. Seelenverwandtschaft? Gemeinsame Freunde? Ich weiß es wirklich nicht.

Richter: Erpressung?

Herr Fieders: Wie bitte? Das ist eine infame Unterstellung! Madame Debrimont hat nie jemandem gedroht.

Richter: Sie scheint auch nie in diesem Maße an jemandem interessiert gewesen zu sein.

An dem betreffenden Abend verließ ich schon einige Stunden vor Sonnenuntergang das Schloß wie für einen Ausritt. Das war man mittlerweile von mir gewohnt. Aber Constanze würde heute umsonst auf mich warten. Ich ritt statt dessen nach Wernswald, langsam, um nicht pünktlich wie ein Spießer zu sein. Die Suche nach der richtigen Adresse kostete mich dann noch unfreiwillig Zeit: Das Haus der Debrimont lag zwar groß und breit am Marktplatz, der Eingang jedoch versteckt in einer Seitenstraße. Schließlich fand ich ihn, vom aufgehenden Mond beschienen. Man nahm mir an der Treppe umgehend Pferd, Hut und Mantel ab und brachte mich in den Salon.

Ich wußte sofort, daß ich wieder eine falsche Entscheidung getroffen hatte. Das war kein freier Raum, das war ein weiteres Spielfeld.

Das Licht war gedämpft, die Luft schlecht. Die anwesenden Menschen verloren sich zwischen Dämmerung und dunklen Wandbezügen.

Die Debrimont trat vor und begrüßte mich mit großer Geste. Der Schmuck, den sie trug, war eindrucksvoll. Er mußte aus der Familie ihres Mannes sein, der aus einem weit besseren Stall gekommen war als sie selbst.

»Endlich seid Ihr da, mon Cher! Ich wollte schon beleidigt sein. Nie habt Ihr auch nur ein Wort von Euch hören lassen.« Sie hielt mir die Hand hin, die ich nun wohl küssen mußte. Die Haut war warm und trocken und ließ ihre Adern erkennen. Ein paar Flecken, die das Alter bringt und die ich schon von Großvater Ebenstein kannte, waren auf dem Handrücken verteilt.

»Die Übermittlung von Botschaften läßt in Kreuzbach mitunter zu wünschen übrig. Sie haben viele Posten zu passieren, ehe sie zu mir gelangen.«

Ich mußte neben der Debrimont Platz nehmen, was so ziemlich die exponierteste Stelle im ganzen Raum war. Plötzlich wurde es ganz ruhig. Man starrte mich von allen Seiten an. Ein paar Augen glühten fast im Halbdunkel. Die einzige, deren Gesicht ich klar im Licht einer Kerze sehen konnte, war Giselle. Sie saß sehr weit weg von mir. Ich grüßte sie quer durch den Raum, und sie erwiderte den Gruß mit einem leichten Nicken. Wir würden nicht so bald ungestört miteinander reden können.

Es wurde mächtig aufgefahren: alle Gänge kamen auf einmal.

Die Tafel bog sich. Vor ein paar Monaten hätte mich so etwas beeindruckt, jetzt fand ich das alles stillos.

Die Debrimont häufte mir in Weinsauce gedünstete Muscheln auf den Teller. Gerichte dieser Art waren mir in meinem Hause nie serviert worden (geschweige denn in meinem früheren Leben). Ich versuchte, die Muscheln mit dem Messer zu öffnen, und schnitt mir dabei fast in die Hand.

»Nun, mon Cousin«, lächelte die Debrimont. »Ihr seid ja nicht gerade geschickt im – Öffnen.«

Die Gäste brüllten. Ich fand das nicht besonders lustig. Weniger wegen meiner Wohlerzogenheit – schlechte Witze waren mir schon immer ein Graus.

»Madame, ich bin Weicheres gewohnt!«

Die Runde bekam einen Lachkrampf. Die Debrimont grinste zufrieden.

»Sehr gut, Chérubin. Ich sehe mit Vergnügen, daß Ihr nicht ein solcher Langweiler seid wie Euer Großvater.«

Ich würde mich hüten, am falschen Ort das Falsche über meine »Familie« zu sagen!

»Mein Großvater, Madame, war ein Mann von Tugend. Nicht jedem ist es gegeben, ihm nachzueifern.«

»Ach, Chérubin, wir sind hier unter uns! In diesem Kreise herrscht Freiheit.«

Die Debrimont machte eine große Geste in den dunklen Raum. Die Menschen an der Tafel verbeugten sich wie eine Person.

»Seht her, Chérubin – dies alles sind meine Gäste! Sie kommen aus der ganzen Welt. Sie haben Zuflucht in meinem Haus gefunden und meiden die Wernswalder. Ich beschütze meine Gäste, wenn sie das wollen. Und meistens wollen sie es. Nicht jeder hat die harte Schale zum weichen Kern.« Alle brummten zustimmend, und ich hatte das Gefühl, das einzige lebendige Wesen unter lauter Puppen zu sein. Man konnte in dieser Gesellschaft nichts falsch machen – aber war das richtig?

Nachdem der Tisch leer gegessen war, wurden Süßigkeiten und Likör gereicht. Die Debrimont drückte mir ein Glas in die

Hand und legte wie beiläufig ihre Fingerspitzen auf meinen Oberschenkel. Ich erstarrte, wenn auch aus einem anderen Grund und auf eine andere Weise, als sie dachte.

»Herr Chérubin, wie ich Euch bewundere – Ihr aber verachtet mich.«

Sie war inzwischen nicht mehr ganz nüchtern und ihr Blick bereits waidwund. Ich nahm ihre Hand und führte sie von meinem Schenkel wieder auf das Sofa.

»Aber nein, Madame, ich verachte Euch nicht. Es ist nur alles etwas seltsam für mich. Ungewohnt.«

Die Debrimont seufzte, nahm mir das Glas aus der Hand und trank einen Schluck daraus.

»Ihr seid ja wirklich ein guter Schüler von Hochwürden Gruber. Wer hätte das gedacht?«

»Das würde ich nicht sagen. Außerdem scheint Hochwürdens Leben gar nicht so unbewegt, wie man glauben könnte. Er erzählt zu gern von Frauen und wie leicht es ist, über sie zu fallen.«

Die Debrimont schnaubte vor Verachtung.

»Der ist nicht über die Frauen gefallen – er ist in sie hineingerannt. Und er hat nie etwas gehabt, das sie ihm hätten wegnehmen können. Er ist völlig unbedeutend, der Hochwürden Gruber, da können auch die Frauen nichts dafür. Glaubt mir: Nichts ist erbarmenswürdiger als die Unmoral, die keine Konsequenz kennt!«

»Und Ihr kennt sie?«

Sie lachte. Ziemlich gewagt, bei dem Gebiß. »Ich habe ein langes, schmerzvolles Leben hinter mir, mon Cousin. Aber ich habe mich gerettet, und darauf bin ich stolz! Ich bin einem Mann gefolgt, der mich aus Rache geheiratet hat.«

»Aus Rache? Was habt Ihr denn getan?«

*»Ich?* Ihr seid wirklich naiv. Es war die Rache an einer anderen.«

Sie lachte dreckig und deutete mit einer Geste besondere Geziertheit an. Ich konnte mir denken, wen sie meinte. Wer war schon in ihrem Alter, unverheiratet und hatte makellose Manieren?

»Ich habe mein Geld bitter verdient, glaubt mir. Er wollte nicht mich, er wollte *sie* – aber die hat er nicht bekommen. Also hat er ihr gezeigt, daß ihm jede genauso gut ist wie sie. Ich war diese jene, und wenn er es auch bitter bereut hat – ich bin ihm geblieben und habe alles bekommen, nachdem er gestorben war.«

Die Debrimont hörte zu lachen auf und schaute mich plötzlich böse an.

»Ihr seid jung, Herr Chérubin, frisch geradezu, aber Ihr habt kein Recht, auf mich herabzusehen!«

»Das würde ich nie wagen, Madame!«

»Ah, wie höflich Ihr seid. Kaum zu glauben, daß Ihr unter Soldaten gelebt habt.«

Ich zog fragend die Augenbrauen hoch. Mir schwante nichts Gutes. Die Debrimont nahm noch einen Schluck und lächelte hinterhältig.

»Wißt Ihr, daß Franz geheiratet hat?«

»Ja, natürlich. Das ist allgemein bekannt. Und außerdem sind wir Freunde. Wie sollte ich es nicht wissen?«

Ich nahm auch einen Schluck aus dem Likörglas. »Ich werde jetzt gehen!«

»Oh ...« Sie neigte den Kopf und deutete einen Schmollmund an. »Beleidigt? Ich habe lediglich ein paar Nachforschungen angestellt. Man muß doch auf dem laufenden sein.«

»Spioniert Ihr mir nach, Madame? Franz von Leutgeb und Rudolf von der Hall, jene Soldaten, von denen Ihr zu sprechen scheint, sind meine Freunde. Da gibt es nichts nachzuspionieren.«

»So, so.«

»Ja, ja.«

»Sie sind auch untereinander gut befreundet.«

»Das geht mich nichts an.«

»Vielleicht. Aber ich weiß noch etwas. Es gibt Loyalitäten, die gründen sich auf Schuld. Der Ältere erweckt den Jüngeren. Der Jüngere ist unbedacht in seinem Überschwang. Der Ältere muß weg. Der Jüngere folgt. Er folgt ihm durch dick und dünn, bis in den Tod, wenn es sein muß. Auf jeden Fall bis nach Wernswald.

Ein Idyll? Ich weiß nicht. Alles kenne ich, nur keine Dauer. Der Jüngere wird auch älter. Und der Ältere wird sich nach neuen Ganymeden umschauen . . .«

Ich trank mit betonter Ruhe mein Glas leer. Die war gefährlich, verdammt gefährlich! Eine Schlange.

»Ich bin kein Ganymed, und Franz ist mit Sicherheit kein Adler. Franz ist ein verheirateter Mann. Er weiß, was das Leben von ihm fordert.«

»Er wird es nicht durchstehen. Früher oder später fallen wir alle um und sind, was wir sind.«

Ich stellte das Likörglas mit einer solchen Wucht hin, daß sein exquisiter Kristallfuß splitterte.

»Madame, das ist unter Eurem Niveau! Ein scharfer Blick, der alles sieht, nur nicht sich selbst?«

Die Debrimont zeigte sich beleidigt und amüsiert zugleich.

»Na, dann erzählt mir doch von mir.«

»Nun: Euer Haus erweckt den Anschein, als verkehrten Leute meines Standes besser nicht darin.«

»Sie verkehren hier alle, mein junger Freund!« Ihre Stimme war ein einziger Triumph. »Alle! Nur Ihr habt mir noch gefehlt.«

Großartig. Ich hatte mit der Gestaltung meiner Abende wirklich ein ausgesucht glückliches Händchen.

»Herr Bitzl hatte mich vor Euch gewarnt. Ich hätte auf ihn hören sollen.«

»So? Und wenn ich Euch sagte, daß Euer vielgeliebter Herr Bitzl in diesem Haus sogar gelebt hat? Daß er zu diesen Lemuren da gehörte!«

Die Schatten um mich sahen kaum von ihren Likörgläsern auf.

»Ein gebildeter Mann, nicht wahr, kultiviert geradezu. Jetzt meuchelt er hinter meinem Rücken, aber das zählt nicht. In mein Gesicht soll er mir's sagen!«

Sie näherte ihr Gesicht dem meinen und sah mich rätselhaft mit leicht verschwommenen Augen an.

»Wie Ihr seht, mir ist nichts Menschliches fremd. Nennt mir einen Namen – ich kenne zu jedem eine Geschichte. Nichts liegt mir ferner, werter Chérubin, als Euch zu verurteilen. Ich will nur Gewißheit haben.«

Da schnappte sie wieder zu. Das war zuviel. Mit einem Ruck stand ich auf und machte mein Kompliment.

»Madame Debrimont, ich kann Euch keine Gewißheit geben, die Euch von irgendeinem Nutzen sein könnte. Gehabt Euch wohl –«

Sie sah zu mir auf, zu betrunken, um auf die Beine zu kommen.

»Ihr seid ein eitler Schlappschwanz, mon Cousin, das ist es. Ihr wollt hören, wie schön Ihr seid, wie wundervoll, wie begehrenswert – nur, um aller Welt mit arroganter Miene nein zu sagen. Aber das wird sich rächen, glaubt mir!«

Ich verließ die im Rausch versinkende Gesellschaft, so schnell ich konnte. Den Blick der Debrimont fühlte ich noch Straßen weiter im Rücken.

»Wir werden dich in Stücke reißen!« hatte sie mir hinterhergebrüllt. »In tausend kleine Stücke!«

Ich traute mich nicht, im Palais zu übernachten. Niemand wußte, daß ich in die Stadt geritten war, und wenn es nach mir ging, brauchte das auch niemand zu wissen. Ich zahlte dem Wirt des Gasthauses, in dem Franz und ich des öfteren gewesen waren, ein paar Groschen und legte mich unerkannt auf eine der Bänke.

Ich wollte wieder im Schloß sein, bevor jemand meine Abwesenheit bemerken konnte, also mußte ich losreiten, als es noch kalt und neblig war. Die Straße ließ sich immer nur ein paar Schritte im voraus sehen. Fast hätte ich das Tor nach Kreuzbach verpaßt, und als ich es gefunden hatte, wiesen mir nur quakende Frösche und ein paar erlöschende Fackeln den Weg zum Schloß.

### Aus den Protokollen des Gerichts

Die Aussage der Jungfer Katharine, in Diensten derer von Ebenstein:

Ich habe fast nicht gehört, wie der Herr an dem Morgen heimgekommen ist. Es war ja noch ganz, ganz früh. Er war richtig verlegen, als er mich gesehen hat. Wie ein tapferer, kleiner Junge.

Richter: Das war das erste Mal, daß er so lange weggeblieben ist?

Jungfer Katharine: Ja, das hat uns alle recht verwundert.

Richter: Damals hat das begonnen mit dem, sagen wir, lasterhaften Leben?

Jungfer Katharine: Na ja, so schlimm war es auch wieder nicht.

Richter: Hat jemand in Kreuzbach gewußt, wo er gewesen war?

Jungfer Katharine: Nein, man kann ja nicht immer alles wissen. Schon gar nicht bei einem jungen Mann. Wär ja andererseits auch verwunderlich, wenn er so gar keine Neigungen gehabt hätte. Ich habe den Herrn dann gefragt, ob er ein Frühstück will. Er hat gesagt: nein, er hätte jetzt lieber noch etwas mit dem Wenz getrunken, um dann schlafen zu gehen.

Richter: Der Wenz war damals auch schon dabei? Wie ist denn der plötzlich dazugekommen?

Ich hätte die Gestalt zwischen den Alleebäumen gar nicht bemerkt, wenn mein Pferd nicht gescheut hätte. Ich erschrak, aber ehe ich mich besinnen konnte, war die Gestalt herangetreten und hatte mein Pferd bei den Zügeln gepackt.

»Was erlaubt Er sich! Weg da!«

»Begrüßt man so einen Freund, Herr Graf?«

Mein Herz war einer Ohnmacht näher, als wenn sich die Gestalt als Räuber entpuppt hätte.

»Wenz – bist du wahnsinnig! Wenn die Wachen dich sehen, muß ich dich festnehmen lassen!«

»Das ist doch denen gleich. Die kennen mich ewig. Alles dein Eigentum, Graf, von Kindesbeinen an.«

»Mach dich nicht lächerlich. Die Zeiten sind vorbei.«

»Manches bleibt, wie's ist, ganz egal wie man's nennt.«

Ich sah, wie sich etwas am Tor bewegte. Man mußte unsere Stimmen gehört haben.

»Komm, Wenz, mach jetzt keinen Aufstand. Es gibt bessere Orte zum Reden. Im Keller habe ich ein paar anständige Flaschen Wein.«

»Du willst mich mitnehmen? Da hinein?« Wenz deutete auf das Schloß.

»Warum nicht? Ich bin der Herr.«

Wir passierten die Wache, wobei Wenz den Kopf gesenkt hielt und den Hut tief in die Stirn zog.

Im Hof überließ ich einem verschlafenen Stallburschen unsere Pferde.

Aus den Protokollen des Gerichts

Die Aussage der Jungfer Katharine, in Diensten derer von Ebenstein:

Euer Ehren, ich weiß nicht, wo der Wenz plötzlich hergekommen ist, der Herr hat nur gesagt, er hat ihm Gesellschaft geleistet, und sie hätten jetzt etwas zu besprechen.

Sie sind dann in die Küche gegangen und haben Wein getrunken. Bedienung wollten sie keine.

»Die hast du jetzt um ihren Lebenszweck gebracht«, sagte Wenz, als Kathi gegangen war.

»Was weiß ich, daß die schon so früh da herumschleicht«, sagte ich. In der Küche war es noch ruhig. Ich war noch nie hier gewesen, aber es schien nicht angebracht, Wenz in einen der Salons mitzunehmen. Es hätte ihn wahrscheinlich der Schlag getroffen.

Wenz setzte sich an den großen Holztisch, der in der Mitte der Küche stand, blickte sich um und pfiff durch die Zähne.

»In so einem Saal hausen bei uns hundert Mann.«

Ich suchte nach den Weinflaschen und Bechern.

»Weißt du, Graf, ich kann's gar nicht glauben, daß ich im Schloß bin. Unsereiner kennt doch nur das Verwaltungsgebäude, wo man Abgaben leisten muß.«

Ich fand schließlich das Regal mit den Rotweinflaschen und holte zwei Holzbecher von einem Wandbord darüber. Sie rochen nach einem Gewürz und waren wahrscheinlich nicht zum Weintrinken gedacht, aber das war mir jetzt egal. Ich stellte die Becher und die Flasche auf den Tisch, setzte mich zu Wenz und stieß mit ihm an.

»Auf dich, Herr von Ebenstein! Nix für ungut. Keiner kann etwas dafür, woher er kommt.«

Wir tranken, und er schenkte sich sofort wieder nach.

»Wenz, es geht mich ja nichts an, aber du weißt schon, daß man dich, wenn dein Kommandant nicht so ein gutmütiger Kerl wäre, schon längst als Deserteur verhaftet hätte? Das weißt du doch, oder?«

Er schnaubte wie ein Roß.

»Nie im Leben, die brauchen mich.«

»Tatsächlich?«

»Ich bin gut.«

»Worin?«

»Im Kämpfen. Da bin ich besser als jeder andere.«

»Aber es gibt nichts mehr zu kämpfen. Im Frieden braucht es Disziplin und keine Helden.«

»Disziplin ist etwas für die, die sonst nichts haben.«

Wenz' Dialekt war zwar grauenhaft, aber er wußte sich auszudrücken.

»Die Armee hängt mir zum Halse raus, Graf. Seit fünfzehn Jahren bin ich bei diesem Haufen. Seit fünfzehn Jahren! Weißt du, was das heißt? Nein, das weißt du nicht. Aber mir reicht's.«

»Und was willst du machen? Ein Strauchdieb werden wie die anderen, die über die Lande ziehen?«

»Blödsinn. Ich bin kein Herumtreiber. Ich weiß, ich weiß – Rudolf sagt, du haßt Soldaten, aber wir sind keine Ungeheuer.«

Immer dieser Rudolf. Er schien eine gewisse Freude daran zu haben, Wenz und mich übereinander auf dem laufenden zu halten.

»Das kann schon sein. Auf alle Fälle seid ihr aber aus der Mode.«

»Und? Soll ich jetzt vielleicht zu meinem Hof zurück? Der gehört meinem Bruder. Der hat bekommen, was er verdient hat.«

»Red nicht so. Immerhin versteckt er dich jetzt.«

»Klar, er schämt sich für mich. Eugen, der Soldaten-Bruder, die Wildsau!«

Wenz schenkte sich einen neuen Becher ein und blickte düster vor sich hin.

»Hier ist kein Platz für mich. Wie heißt das doch in der Bibel: Wer das Schwert bringt, soll durch das Schwert sterben.« Er lachte wild auf. »Ein würdiger Abschluß.«

Ich ließ ihn noch ein bißchen weiterjammern und dachte nach.

»Hör zu, Wenz!«

Mir war eine Idee gekommen, die ich für so grandios hielt, daß es mir Herzklopfen verursachte.

»Du bist ein tapferer Mann. Es wäre tatsächlich schade, deine Talente auf einem Bauernhof zu vergraben.«

Ich stockte und versuchte, mein Herz nicht zu laut klopfen zu lassen.

»Werd doch mein persönlicher Leibwächter!«

Er starrte mich an. Ich starrte zurück. Lieber Gott, laß ihn die Idee gut finden! Es wäre so einfach, so brillant. Ich hätte ihn immer um mich, keine Ausreden mehr, kein peinliches Suchen. Und vielleicht ... Eines Tages ... Vielleicht ...

»Leibwächter? Soll ich etwa Fliegen verscheuchen? Ich glaube nicht, daß mir das gefällt.«

Idiot.

»Es ist mir egal, was dir gefällt oder nicht. Viele Leute haben eine persönliche Wache in Zeiten wie diesen. Es ist nichts dabei, und man braucht gute Leute für eine solch verantwortungsvolle Stellung.«

In seinem alkoholgeschwängerten Gehirn setzte sich etwas in Bewegung.

»Es muß ja kein Posten für immer sein, Wenz. Aber es wäre zumindest ein Anfang.«

»Das hat der Rudolf auch gesagt.«

»Was hat der schon wieder gesagt?«

»Daß es doch eine gute Idee wäre, einmal mit dir über einen Dienst zu reden.«

Da sieh mal einer an – so wollte er mich also von Franz fernhalten. Aber mir konnte das egal sein. Mein Blick hing an Wenzens Gesicht: *Bitte, du Trottel, bitte, sag »ja«! Es kann uns nichts Besseres passieren.*

»Dem Kommandanten wird das aber gar nicht gefallen«, antwortete Wenz endlich mit schwerer Zunge. Triumph!

»Dein Kommandant wird froh sein, dich loszuhaben, das sage ich dir, mein Lieber. Eine formelle Entlassung. Im schlimmsten Falle kaufen wir dich frei.«

Ich packte im Überschwang seine Hand.

»Du bist doch mein Freund.«

»Dein Freund?«

Wenz sah mich mit verschwommenen Augen an. Ich hielt noch immer seine Hand.

Lieber Gott – bitte mach ...

Meine Finger bewegten sich unwillkürlich und strichen über seinen Handrücken. Die Härchen darauf sträubten sich. Die Wärme von Hand zu Hand wurde ein kleines bißchen stärker ...

Wenz packte zu. Er quetschte meine Finger und schüttelte mir die Hand, daß wir beide gegen die Tischplatte rumpelten.

»Gut. Gut! Der Leibwächter meines Freundes. Meines Freundes, des Grafen. Gut.«

Aus den Protokollen des Gerichts

Frage des Richters an den Zeugen Eugen Wenz, Unteroffizier der Armee Seiner Majestät:

Hat Ihn das Angebot damals überrascht?

Wenz: Ja, schon.

Richter: Aber Er hat sich nichts dabei gedacht?

Wenz: Nein.

Richter: Kann man jetzt eigentlich sagen, daß Er mit dem Grafen befreundet war, oder nicht?

Wenz: Nein. Eigentlich nicht.

Richter: Aber Er war von da an ständig mit ihm zusammen?

Wenz: Ich war sein Leibwächter.

Richter: Und Er hat es bei seinem Dienstantritt nicht seltsam gefunden, daß Herr von Ebenstein plötzlich sein Leben geschützt haben wollte?

Am nächsten Tag fuhr ich in die Stadt, um die Sache mit der Armee zu klären. Es war eine delikate Angelegenheit. Es gab zwar Bestimmungen für Eheschließungen, aber keine für den Fall, daß ein adeliger Herr einen Mann für seine persönlichen Dienste freikaufte. Der Kommandant war verwirrt, aber je höher die Summe wurde, die ich ihm anbot, desto klarer wurden seine Gedanken. Zu guter Letzt fand er eine Klausel, die Wenz den Weg in meine Dienste ebnete. Als Soldat diente er schließlich dem König. Und ich, als Graf, war wiederum ein Lehnsmann des Königs. Der Soldat Wenz wurde also nur eine Instanz weitergereicht. Die höhere Ehre des Landes würde auf niedrigerer Ebene weiter vertreten werden. Wir setzten ein Schriftstück auf, unterzeichneten, das Geld wechselte den Besitzer, Wenz auch.

Ich ließ ihn sofort standesgemäß herrichten, das heißt, ich ließ ihn von meinen Bediensteten im Palais waschen, rasieren, frisieren und neu einkleiden. Er protestierte zwar leise, aber das Ergebnis war beeindruckend – wahrscheinlich auch für ihn. In den ersten Tagen seines Dienstes ging er jedenfalls verdächtig langsam an allen Spiegeln vorbei.

Nach Wenzens Zivilisierung fuhr ich gleich wieder nach Kreuzbach, selbstverständlich in seiner Begleitung. Er war mäßig angetan davon, zumal alle seine Freunde, die er beeindrucken konnte, in der Stadt waren. Auf dem Land hingegen kannte ihn jeder nur als Eugen, den Bauernsohn.

Ich verstand seine Einwände, auch wenn er sie nicht aussprach, ignorierte sie aber. Ich wollte ihm mein Schloß zeigen, meinen Garten, meine Dienerschaft. Ich wollte mit ihm reden, trinken und lachen, ohne dies alles mit seinen Kumpanen teilen zu müssen. Und ich wollte Constanze in der Nähe haben, falls Wenz mir mit der Zeit auf die Nerven fallen würde.

Als Leibwächter bekam Wenz ein Zimmer neben dem meines Kammerdieners zugewiesen und erhielt ein Pferd, das meinem nicht an Qualität nachstand. Seine Waffen durfte er behalten – sie hatten ihm in den Schlachten gedient, sie sollten auch für die neuen Zwecke genügen.

Ich überlegte mir, Herrn Bitzl anzufordern, um Wenz die erforderlichen Manieren beibringen zu lassen, aber ich nahm von dieser Idee Abstand. Herr Bitzl hätte es wahrscheinlich unter seiner Würde gefunden, einen Domestiken zu erziehen, und Wenz hätte es unter seiner Würde gefunden, überhaupt erzogen zu werden. Ich versuchte das Problem zu lösen, indem ich Wenz über den Tag verstreut mit freundschaftlichen und vorsichtig formulierten Hinweisen fütterte: Er solle mich doch bitte in aller Öffentlichkeit nicht duzen. Er solle doch bitte nicht neben, sondern hinter mir gehen. Er solle doch bitte in die dafür vorgesehenen Näpfe und nicht auf den Boden spucken ...

Wider Erwarten nahm er meine Hinweise gutgelaunt hin.

»Solange du nicht den Hochmütigen raushängen läßt, Graf, laß ich mir alles sagen. Ich will ja schließlich nicht als Trottel dastehen. So unter uns, da können wir aber frei miteinander umgehen, oder?«

»Aber ja. Von den Regeln des gesellschaftlichen Spiels habe ich den ganzen Tag über genug.«

»Du gehörst ja zu uns: Ich meine, du bist doch nicht als Graf groß geworden. Rudolf hat mir erzählt, daß du ein Wilder aus Neu-Frankreich bist. Dein Vater hat dich sozusagen im Urwald in die Welt gesetzt.«

»Na, na, ganz so war es auch wieder nicht.«

»Aber deine Mutter war eine Schauspielerin.«

»Opernsängerin.«

»Erzähl mir nichts! Das war die Debrimont auch.«

»Die Debrimont war Tänzerin in der Reichshauptstadt, heißt es – was immer man sich darunter vorstellen möchte. Das ist etwas ganz anderes.«

»Sie hat immerhin den Ehering bekommen, den sie immer haben wollte.«

»Das war aber auch alles. Solange ihr Mann gelebt hat, hat er sie nicht in die gute Gesellschaft gelassen.«

»Soll sie mir jetzt leid tun? Hat der Debrimont sich halt verspekuliert mit dieser Ehe – sie sicher nicht! Wenn ich so viel Geld erbe, gehör sogar *ich* überall dazu. Geld achtet Geld.«

Ich nahm Wenz überallhin mit. Erstens, weil dies seine Arbeit war. Zweitens, weil ich ihn vor lauter Freude keine Sekunde lang missen wollte. Ich stellte ihn auch Constanze bei unserem ersten nachmittäglichen Treffen nach längerer Zeit vor, aber sie war ganz offensichtlich nicht angetan von dieser Begegnung. Ihr Hochmut wäre unerträglich gewesen – wenn nicht Wenz mindestens ebenso arrogant gewesen wäre.

»Ein kaltes, mageres Huhn!« war alles, was er nach dem Treffen über Constanze zu sagen hatte.

Auf alle Fälle schien es ratsam, die beiden voneinander getrennt zu halten.

Constanze war mir ohnehin längst nicht mehr so wohlgesonnen wie ehedem.

Und obwohl ich mich um ihr Wohlwollen bemühte und ihr klarzumachen versuchte, daß doch meine Rückkehr und die neuerliche Kontaktaufnahme Beweis genug wären für mein aufrichtiges Interesse an ihr, dachte sie nicht daran, sich mir wieder zu öffnen. Sie konzentrierte sich nur noch auf seriöse Themen, als ob es eine Akademie zu beeindrucken gälte. Vielleicht war das ihre Rache für meine Filouhaftigkeit. Oder meinen schlechten Geschmack bei der Wahl meiner nächsten Untergebenen.

»Wißt Ihr, Chérubin, ich glaube, es ist besser, sich nicht zu sehr von seinen Gefühlen beeinflussen zu lassen.«

»Warum glaubt Ihr das?«

»Sie können nicht aufgehen in dieser Welt. Es ist eine Welt der Proportionen und Maße. Was nicht ins rechte Verhältnis gesetzt wird, wird aus der Bahn geworfen. Seht Euch den Himmel an: Er ist kalt, aber perfekt. Seine Gesetzmäßigkeit unterliegt einer höheren Ordnung. Die bedingungslose Unterwerfung unter ein Gesetz – das ist besser als ein Gott, der auf alle herabschaut.«

»Ihr wollt doch damit nicht sagen, daß Ihr Gott leugnet?«

»Er kümmert mich nicht.«

»Aber, Constanze, das ist ja Blasphemie! Das kann Euch den Kopf kosten!«

Sie sah mich kokett an.

»Ihr seid schockiert?«

»Ich weiß nicht. Vielleicht. Ich denke selten über solche Dinge nach.«

Zunächst wappnete ich mich gegen diese nachmittäglichen Philosophiestunden, indem ich vorher mit Wenz ein Schlückchen trank und mich von seinen eigenen (zugegeben, derben) Ansichten über das Leben aufheitern ließ. Herr Rustinger, der uns dabei des öfteren sah, war über diese sich entwickelnde Vertraulichkeit zwischen Domestik und Herrn nicht gerade begeistert, aber das war ein Grund mehr, mit Wenz zu lachen. Mein Verwalter sollte nur nicht glauben, er hätte mich, nachdem der Versuch mit Giselle gescheitert war, mit seinen faden höheren Töchtern aus Rohrgach an der Angel. Noch war ich frei – und was viel lustiger war: Er würde in dieser Hinsicht auch nie etwas fangen können. Es fehlte der Wurm an der Angel ...

Mein eleganter Plan, Constanze als Falle für ihre heiratswütige Familie zu verwenden, war gescheitert, und unsere Gespräche waren ebenso kein Grund mehr, die mühsamen Treffen fortzusetzen. Wie also konnte ich die Sache friedlich beenden?

»Ich sage dir, wie es ist, Graf ...«

Ich saß mit Wenz in meinem Garten unter einem noch kaum belaubten Baum und wartete, mit einer Weinflasche in der Hand, auf seine Antwort.

»Gott erschuf Adam und freute sich. Und weil er sich so gefreut hat, hat er es gleich noch einmal versucht. Aber wie bei allen Dingen, die nur beim ersten Mal schön sind, ist es halt beim zweiten Mal ein bißchen schiefgegangen.«

Er lachte dreckig.

»Wieso?« fragte ich etwas zu spitz.

Ich war nicht glücklich über solche Bemerkungen, aber *mich* konnte er damit ja nicht meinen.

»Die Frauen, die sind eine unerfüllte Hoffnung. Deshalb sind sie auch immer so unglücklich mit sich selbst. Sie brauchen schon unsereinen, um sich *erfüllt* zu fühlen.«

Er hat schon originellere Bonmots von sich gegeben, und diesmal verweigerte ich den Applaus. Das war eindeutig eine Stufe zu niedrig und außerdem keine Antwort auf meine Frage.

Als ich Constanze an diesem Nachmittag traf, war ich ziemlich betrunken und wußte noch immer nicht, wie ich ihr unsere »Trennung« eröffnen sollte.

Sie spürte etwas und sah mich mißtrauisch an, als ich mich neben sie setzte. Sie rückte sogar ein wenig ab, aber das konnte auch mit meinem Atem zu tun haben. Ihre übliche Litanei über das Leben im allgemeinen, das Leben der Frauen im speziellen fiel diesmal deutlich kürzer aus, und sie wollte ziemlich rasch gehen. In mir keimte eine Hoffnung auf, daß sie das Ganze vielleicht selbst beenden wollte.

»Was habt Ihr denn?« fragte ich sie in dem Ton, mit dem Männer Frauen wahnsinnig machen können.

»Nichts.«

»Constanze, wenn Ihr mir nicht sagt, was Euch bewegt, kann ich Euch auch nicht helfen.«

»Helfen?« Sie lachte bitter. »Wie wollt Ihr mir denn helfen?«

»Ich bitte Euch, Constanze: Hört auf damit, ständig Trübsal zu blasen. Ihr zerstört mit Euren Reden die Welt um Euch schlimmer als jede Armee.«

Ich beugte mich etwas weiter vor. Sie wich zurück. Doch dann sah sie mir in die Augen.

Eigentlich hatte ich vorgehabt, mich jetzt unangenehm zu betragen, aber eine Haarsträhne fiel zwischen unsere Blicke, und ich wischte sie weg. Die Spitze meines mittleren Fingers fuhr über ihre Wange. Die Haut war ganz fein und weich.

Gott verdamme mich, falls ihn je gekümmert hat, was ich tue, aber in diesem Moment hätte ich sie gern geküßt. So sehr, daß mir das Wasser im Mund zusammenlief.

Ich sank zurück. Ich konnte einfach nicht gemein zu ihr sein.

»Constanze, ich weiß, was Euch quält, aber glaubt mir: Der Schmerz ist es einfach nicht wert, beachtet zu werden.« Meine Stimme war so weich, wie ich es mir selten im Leben erlaubte. Constanze wurde trotzdem böse. Ich hätte es mir denken können.

»Ihr habt gar nichts verstanden. Auch darin seid Ihr wie alle anderen.«

Sie sprang auf und rannte davon.

»Du liebst sie«, sagte Wenz, als wir wieder unter dem noch immer schütter belaubten Baum saßen und über die Frauen redeten.

»So ein Unsinn! Es ist meistens sterbenslangweilig mit ihr. Oder wir streiten.«

»Warum triffst du dich dann mit ihr?«

»Ich weiß nicht. Ich muß irgendwie.«

»Und was will sie von dir?«

»Das weiß ich noch weniger.«

»Ach was, das ist Liebe, glaub's mir. Nur halt für höhere Menschen.«

Aus den Protokollen des Gerichts

Frage des Richters an Hochwürden Gruber, Pfarrer zu Wernswald:

Ich weiß, das Geheimnis der Beichte ist heilig, aber das Gericht kann wohl davon ausgehen, daß Ihr Herrn von Ebensteins Herz besser beurteilen könnt als manch anderer. Gab es dunkle Leidenschaften in seinem Herzen, von denen die Welt nichts wußte?

Hochwürden Gruber: Die Welt wußte zumindest immer viel von diesen angeblich dunklen Leidenschaften zu berichten.

Richter: Ich spreche nicht von den Gerüchten über seine

Freunde und das Frauenzimmer Giselle. Sprach er auch über Damen von Stand?

Hochwürden Gruber: Das ist eine sehr konkrete Frage, die ich als Pfarrer nicht beantworten darf – habt dafür bitte Verständnis! Er erwähnte nur einmal ein Fräulein aus Rohrgach, das es ihm angetan zu haben schien, das war alles.

Richter: Wißt Ihr den Namen?

Hochwürden Gruber: Nein, aber ich bin mir sicher, daß es eine durch und durch ehrenhafte Schwärmerei war.

Natürlich gab es kein Fräulein in Rohrgach. Das war lediglich Hochwürden Grubers ureigenste Angst. Bei jeder Beichte fragte er danach. Die Rohrgacher konnte er mit seinen Intrigen weder schrecken noch fangen. Gott bewahre, daß ich zu ihnen überliefe!

Irgendwann war ich seine Fragen einfach leid, und so erfand ich dieses Fräulein und ein paar Anekdoten dazu, damit es glaubwürdiger war.

Hochwürden Gruber schnappte die Sache auf wie ein Jagdhund und apportierte sie brav und sofort ins Seiberfeldtsche Haus.

Natürlich kam es daraufhin zu Truppenbewegungen.

Über den Vorwand der Gartengestaltung fanden sich die Seiberfeldt-Damen von nun an häufiger auf Schloß Kreuzbach ein. Nie hatte der charmante Ausdruck »etwas durch die Blume sagen« eine heimtückischere Bedeutung.

Hochwürden Gruber war immer dabei und wachte über alle Entwicklungen.

»Übrigens soll ich Euch von Herrn Diegels Tochter grüßen lassen. Ihr könnt Euch noch an Herrn Diegel erinnern? Die Tochter habe ich erst kürzlich auf dem Marktplatz getroffen.«

»Ich weiß, ich weiß. Sie ist die Frau eines Bekannten.«

»Tatsächlich? Es klang, als wäre er ein Freund. Jedenfalls scheint er ein respektierlicher Mann zu sein.«

»Seit seiner Heirat auf alle Fälle.«

»Die Dame hat ihm also etwas Ruhe und Sitzfleisch verschafft?«

»So könnte man es nennen.«

»Es scheint ihm nicht weh getan zu haben. Die junge Frau ist bereits guter Hoffnung.«

»Wie bitte?«

»Franz von Leutgeb und seine Frau Klara. Sie sind das glücklichste Paar auf Erden, das wollte ich nur sagen. Es macht Freude, Mann und Weib zusammengefügt zu sehen. Es ist nur zu bedauern, daß es in Wernswald schon lange keine Hochzeit mehr zwischen Leuten von Stand gegeben hat.«

Die drei sahen mich erwartungsvoll an.

»Nun, vielleicht wird sich das demnächst ändern. Ich habe gehört, Johann von Hohenschott hat ein Auge auf die sehr verehrte Mademoiselle Constanze geworfen.«

Das war vermutlich nicht das gewesen, was man hören wollte.

»Die Hohenschotts sind uns liebe Nachbarn«, antwortete Madame von Seiberfeldt kühl. »Eine Verbindung schiene sicherlich wünschenswert.«

Die Konversation setzte sich fort, aber die Spannung war dahin. Es war nur mehr ein kleines Gefecht, um das Feld für einen geordneten Rückzug zu bereiten. Elise hatte etwas Zorniges um den Mund und schaute mich nicht mehr an. Wahrscheinlich hatte man ihr wieder einmal zuviel versprochen. Oder sie sah mich schon in den Armen der ominösen Rohrgacherin, die hiermit nicht besiegt worden war.

Zum Abschluß geleitete ich meinen Besuch in den Hof und half Elise höchstpersönlich in die Kutsche. Sie nahm meine Hand so fest, daß es weh tat und murmelte den bedeutungsschwangeren Satz:

»Meine Schwester läßt Euch grüßen. Sie ist im Bilde und wünscht Euch alles Gute, wie immer Ihr entscheiden werdet.«

Ich wollte sie gerade bitten, den Satz zu wiederholen, weil ich mir nicht sicher war, ob ich recht verstanden hatte, aber da saß sie schon in der Kutsche und verzog keine Miene mehr.

Ich trat zurück, verbeugte mich und machte Platz, damit

Hochwürden Gruber Madame von Seiberfeldt beim Einstieg helfen konnte. Ich soll verflucht sein, wenn er ihre Hand nicht länger hielt als notwendig. Madame von Seiberfeldt nahm es gelassen.

An diesem Nachmittag wartete ich umsonst auf Constanze. Es hatte sich also alles gefunden. Wir waren erlöst. Seltsamerweise war ich trotzdem traurig, daß es vorbei war.

Ohne Constanze, die meine Zeit und mein Gewissen beanspruchte, konnte ich meine Aufmerksamkeit nun ganz und gar Wenz widmen. Gütiger Gott, er war so unkompliziert! Mag sein, daß auch er nicht wußte, was er eigentlich vom Leben wollte, aber er machte daraus wenigstens keine Debattierveranstaltung. Er war einfach da. Selbstverständlich waren die Gespräche mit ihm zehnmal weniger tiefschürfend als mit Constanze, aber ich lachte mit ihm mindestens hundertmal soviel.

Aus den Protokollen des Gerichts

Die Aussage des Herrn Rustinger, Verwalter auf den Ländereien zu Kreuzbach, in Diensten derer von Ebenstein:

Ich will kein Drama daraus machen, aber gut war dieser Einfluß nicht. Es tut mir leid, aber ich habe nie viel von den Wenzens gehalten – ehrlich gesagt und ohne damit etwas behaupten zu wollen.

Richter: Das hätte ich gern näher erklärt.

Herr Rustinger: Der alte Wenz hat einst behauptet, zu den Hohenschotts zu gehören. Die Grenze sei falsch gezogen worden. Dieser Baum sei in früheren Zeiten der Eckpunkt gewesen, nicht jener. Das war Unsinn – was wußte der von alten Urkunden! Aber der alte Hohenschott, mit Verlaub und ohne etwas Böses sagen zu wollen, war natürlich seiner Meinung. Der alte Herr von Ebenstein war ein ruhiger Mann, er hat es hingenommen, um des lieben Friedens willen.

Richter: Aber die Wenzens sind doch wieder zurückgekommen?

Herr Rustinger: Es blieb ihnen nichts anderes übrig. Der alte

Wenz wollte zuviel für sein falsches Zeugnis haben. Oder für das mitgebrachte Land, wie man es halt sehen mag. Auf jeden Fall war es das den Hohenschotts nicht wert. Sobald der alte Wenz gestorben war, ist der Sohn auf allen vieren zum alten Herrn von Ebenstein zurückgekrochen, und weil der eben ein guter Christ war, hat er ihm vergeben und ihn und seine Familie wieder aufgenommen.

Richter: Wollt Ihr damit sagen, daß der Soldat Wenz von Haus aus kein guter und treuer Bediensteter war?

Herr Rustinger: Der war so treu wie ein böser Geist, mehr sage ich nicht.

Der Frühling ging.

Der Sommer kam.

Mein Garten hatte lange gebraucht, um seine Pracht zu entfalten, aber jetzt war er schöner als alles, was ich je gesehen hatte. Aus den Beeten, die wie Grabhügel ausgesehen hatten, drängten sich jetzt hübsche Blumenmeere. Die Hecken wuchsen erstaunlich schnell und wurden zu den grünen Wänden, die ich mir gewünscht hatte – eine perfekte Kulisse für ein perfektes Theater. Jedes Schloßfest, das ich darin geben würde, konnte nur größer und schöner werden als jenes aus meinem früheren Leben.

Lediglich ein umgepflanzter Baum starb ab und hinterließ ein häßliches Loch in der Mitte der Komposition. Ich ließ noch einmal um den Matzart-Gärtner anfragen, um den Schaden zu beheben. Er kam prompt und in Begleitung der alten Matzart und ihrer Nichte Marie, die man schließlich doch wieder von der Stadt aufs Land verfrachtet hatte. War sie in dem in anderen Umständen befindlichen Haushalt im Weg gewesen? Vielleicht war sie (wenn man ihren Blick betrachtete) den anderen auch nur unheimlich geworden.

»Sie ist ein Sturkopf, das ist alles«, sagte die alte Matzart. »Vielleicht könnt Ihr mir helfen, sie etwas aufzuheitern.«

»Ich wüßte nicht, wie.«

Sie lächelte.

»Macht kein so besorgtes Gesicht, mon Cousin: Ihr müßt nichts tun, was Ihr nicht wollt.«

Ich versuchte, Marie gegenüber charmant zu sein, weil ich der alten Matzart Respekt schuldete, aber sie dachte nicht daran, von ihrem Schmerz, ihrer Verzweiflung, ihrer Leidenschaft oder was auch immer sie gepackt hatte, zu lassen. Sie stand mitten in meinem blühenden Garten wie ein Wintertag und schien diese Trübsal auch noch zu genießen.

Ich erzählte Wenz davon. Sein einziger Kommentar war, daß man das Weib nur einmal anständig »hernehmen« müßte. Und im übrigen hätte er diese hochadeligen Intrigen auf dem Lande satt und würde sich wirklich wünschen, wir gingen wieder in die Stadt, wo man sich richtig amüsieren könne ...

Meine nächste Idee war, Constanze einen Brief zu schicken und sie zu fragen, ob sie sich nicht um ihre Nachbarin kümmern könne. Es kostete mich einige Überwindung, das zu tun, aber schließlich ging es ja nicht um uns, sondern um eine dritte Person, die mir eigentlich völlig egal war, aber nun einmal zu einer Dame gehörte, die als einzige in Wernswald und Umgebung so etwas wie Haltung hatte. Außerdem waren die Mädchen rundum gemeinsam aufgewachsen. Sie konnten einander ruhig ein bißchen beistehen.

Zu meiner Überraschung antwortete Constanze auf meinen Brief. Er war sehr distanziert und hielt sich strikt an das Thema. Sie versprach zu tun, was in ihrer Macht stand. In den abschließenden Grußworten wünschte sie mir noch viel Glück in meinem weiteren Leben und betonte, daß ich mir um sie keine Sorgen zu machen brauchte. Ach Gott, was konnte ich daraufhin anderes tun als zurückzuschreiben!

Aus den Protokollen des Gerichts

Die Aussage der Jungfer Katharine, in Diensten derer von Ebenstein:

Schon um diese Zeit hat der Herr von Ebenstein im geheimen Kontakte zum Hause Seiberfeldt geknüpft. Das weiß ich.

Richter: Woher?

Jungfer Katharine: Man weiß, was in einem Haus vorgeht, in dem man in Diensten ist.

Richter: Sagt Sie da auch wirklich die Wahrheit? Das ist ein Gericht, wenn Sie versteht, was ich meine! Ihrem Beichtvater erzählt sie doch auch die Wahrheit, oder?

Jungfer Katharine: Natürlich. Vor Gott muß man die Wahrheit sagen. Das sagt Hochwürden Gruber jedem immer als erstes, wenn man sich in den Beichtstuhl kniet.

Richter: Und dann sagt Sie dem Hochwürden Gruber die Wahrheit? Dann erzählt Sie alles, was Sie weiß?

Jungfer Katharine: Natürlich!

Richter: So ist es löblich! Aber zu all dem kommen wir später.

Jungfer Katharine: Ich habe die Briefchen selbst überbracht.

Richter: Ja, ja, später.

Jungfer Katharine: Es ist nur niemandem aufgefallen, weil alle gedacht haben, ich besuche eine Freundin. Ich habe nämlich eine Freundin im Hause Seiberfeldt. Mit der bin ich mir so gut wie mit der Josephine, zum Beispiel.

Richter: Ich weiß – Dienstboten sind eine mächtige Familie.

Es kam zu einem längeren Briefwechsel in erstaunlich kurzen Intervallen. Unter Kathis eifriger Mithilfe brachten wir es auf drei Hin- und Hergänge pro Tag. Constanze bezichtigte mich, Frauen nicht zu verstehen (trotz eines gewissen Bemühens meinerseits). Ich erwiderte, daß es darum wohl auch nicht ginge. Constanze ließ mich wissen, daß sie mein Zorn Frauen gegenüber fast ängstige. Das fand ich ausgesucht lächerlich, auch wenn sie nicht wissen konnte, warum.

»Ihr könnt es nicht leugnen, Chérubin, Ihr seid immer auf die Frauen wütend, über die Ihr Euch Gedanken macht. Gott stehe dem Fräulein aus Rohrgach bei! Eine Frau tut besser daran, nicht Euer Interesse zu erregen. Nehmen wir zum Beispiel Marie.«

»Von Rohrgach will ich nichts mehr hören und Marie erregt nicht mein Interesse, sie scheint nur etwas neben sich zu stehen. Vielleicht ist das aber auch ein natürlicher Zustand. Frauen kommen sehr schnell aus dem Gleichgewicht und scheinen sich mit unendlicher Freude klein und schwer zu machen.«

»Aber das sind sie nicht!«

»Natürlich sind sie es nicht. Und daher verstehe ich auch die Rachsucht nicht, aus der sie alles um sich auf ein Mindestmaß bringen wollen.«

»Was wollt Ihr eigentlich? Frauen sollen sich doch ganz den Männern hingeben – in ihrer Liebe, ihrer Aufmerksamkeit, ihrem Begehren. Doch was ist mit unserer Wut, unserem Haß und unserer Enttäuschung? Davon wollt Ihr nichts wissen? Wenn alles Euren Weg geht, dann auch das. Ihr seid doch die Welt für uns – also fang auf, Welt!«

»Werte Freundin, nehmt es mir nicht übel, aber das ist bei weitem das Lächerlichste, das ich je gelesen habe.«

»Dann habt Ihr keine Ahnung von den Lächerlichkeiten, denen ich zur Zeit ausgesetzt bin. Wißt Ihr, daß der stumme Hohenschott fast jeden Tag bei uns ist?«

»Seid froh, daß es nicht Hohenschott, der Redende, ist!«

»Ihr müßt mir helfen!«

»Ich kann nicht.« Das ist nicht edel, aber es ist die Wahrheit. Endlich die Wahrheit.

Ich wartete den nächsten Brief nicht mehr ab. Statt dessen gab ich Wenz nach und fuhr schon am folgenden Tag mit ihm in die Stadt. Die Geschichte mit Constanze mußte ein Ende haben. Sonst würde es mein Ende sein.

Aus den Protokollen des Gerichts

Die Aussage eines Hausdieners, Hans gerufen:

Der Herr von Ebenstein hat mich in diesem Sommer für das Stadtpalais in Dienst genommen. Mit mir ist noch ein ganzer Satz neuer Dienstboten gekommen. Seine eigenen, die schon da waren, hat er zurück nach Kreuzbach geschickt. Warum weiß ich nicht. Das ist uns auch nichts angegangen.

Der Sommer war fortgeschritten und nicht die Jahreszeit, die einen Vornehmen unter normalen Umständen von seinen Landgütern fortlocken würde. Die Sonne stach, die Straßen stanken. Es war so heiß, daß sich sogar die Marmorböden im Palais lauwarm anfühlten. Immer wieder behauptete jemand, daß es bald regnen würde, aber es blieb bei der Behauptung.

Tagsüber waren die Straßen leer. Erst am Abend kamen die Menschen hervor, um das Nötigste zu erledigen. Die Nacht selbst barg schließlich keine Geheimnisse mehr, denn jeder hielt die Fenster sperrangelweit geöffnet, um etwas kühle Luft für den nächsten Tag einzufangen.

Wenz war die Sonne egal – er hatte nicht vorgehabt, sie sich anzusehen. Er trat umgehend mit seinen Freunden in Verbindung und führte mich in ihre Kreise ein. Es gab keine Diskussion darüber, wohin wir gehen sollten, sobald die Dämmerung kam: Außer dem Ballhaus gab es in Wernswald wenig, das sich für Vergnügungen eignete.

Wir trafen uns immer im großen Schankraum und bestellten sicherheitshalber gleich einmal einen Krug Wein pro Kopf und Nase. Die Bestellung wurde im Laufe des Abends etliche Male wiederholt, wobei ich nicht immer ganz Schritt halten konnte. Männliche Organe müssen in bezug auf Alkohol eine andere Konstitution haben als weibliche. Dagegen konnte ich schwerlich etwas ausrichten.

Wenzens Freunde waren vornehmlich junge Soldaten. Unter ihnen war er ein König. Was andere an ihm verachteten, liebten sie. Es waren nette Burschen, einfach und jung, kindlich und kindisch in Sprache und Haltung. Noch sah man ihnen weder den Beruf noch das Saufen an. Natürlich konnten sie mich nicht als einen der ihren nehmen, aber sie fühlten sich geehrt, mit mir an einem Tisch zu sitzen. Ich machte ihnen gern die Freude, denn sie waren unterhaltsam. Gut oder böse waren keine Kriterien. Die Burschen gaben mit Geschichten an, die ihnen in Friedenszeiten den Galgen beschert hätten. Sicher war einiges davon übertrieben, aber meistens sprachen sie von Dingen, die sie tatsächlich getan und erlebt hatten. Von Dingen, die ihnen angetan worden waren, erzählten sie nie. Es waren immer nur die anderen, die es knüppeldick abbekommen hatten. Und darauf wurde dann jedesmal kräftig angestoßen.

Ich konnte mir nicht vorstellen, daß aus solchen Kerlen noch viel mehr werden konnte als Henker und Kerkermeister.

Wenz sagte nichts zu den Prahlereien, ließ die Kinder reden und sah nur hin und wieder zu mir herüber. Ich war überzeugt, daß ich in diesen Momenten der Freund war, den er schon seit langem brauchte.

Wenn wir allein waren – das waren wir leider nicht oft –, versuchte ich mit ihm zu sprechen. Ich dachte, das täte ihm gut. Vielleicht wollte ich auch nur hören, daß *er* anders war als sie. Das war natürlich nicht so. Auch er hatte getötet. Auch er hatte vergewaltigt. Er war bloß schon älter und hatte es nicht mehr nötig zu prahlen. Das alles machte mich abgrundtief traurig.

»Manchmal ist es schwer zu glauben, daß Männer Menschen sind«, sagte ich.

»Sei nur nicht zu vornehm, Graf. Du kennst so was doch gar nicht. Krieg ist die Hölle. Da wird alles an dir hart.«

Er fand das wohl komisch, verkniff sich aber zum Glück sein dreckiges Lachen.

»Ach, komm, Graf – reicht es dir nicht, daß ich mich selber hasse? Mußt du das auch noch tun? Das war der Feind! Da sticht man zu, da schießt man drauf, da tut man Sachen ... Irgendwo muß man doch trennen, sonst wird man ja verrückt. Tu nicht so, als ob deine eigene Schwester darunter gewesen wäre.«

»Hätte ja auch ich selbst sein können.«

»Was?« Jetzt lachte er, wenn auch etwas verunsichert. »Du bist ein Spinner!«

»Ach ja? Das ganze Leben ist ein einziger Zufall. Ich hätte ja auch als Frau geboren sein können. Auf der anderen Seite der Front.«

Wenz hörte auf zu lachen und nahm einen kräftigen Schluck. Es lag plötzlich etwas in der Luft, was ihm gar nicht gefiel.

»Du bist ein kranker Bruder, Graf, nix für ungut!«

Er stemmte den Weinkrug noch einmal, daß der restliche Inhalt überschwappte, und prostete mir zu.

»Auf unsere Mütter, Graf – und auf unsere Väter – wer auch immer sie waren!«

Franz sah ich nur ein einziges Mal im Ballhaus, er schien seine sich selbst aufgebürdete Seriosität tatsächlich durchzuhalten. Zusammen mit Rudolf saß er in einer Ecke des Schankraums. Sie redeten angestrengt miteinander. Eigentlich hatte ich mir fest vorgenommen, Franz zu treffen, sobald ich in der Stadt wäre, aber irgendwie hatte es sich bis jetzt nicht ergeben. Ich überlegte aufzustehen und hinzugehen, aber er und Rudolf schienen keinerlei Aufmerksamkeit für ihre Umgebung zu haben. Es war anzunehmen, daß ich stören würde.

Ich mußte wohl länger überlegt und hinübergesehen haben. Einer der Knaben, die um mich herumsaßen, bemerkte jedenfalls meinen Blick.

»Perverses Pack!« zischte er – leiser, als es sonst seine Art war, aber es reichte, um die anderen miteinstimmen zu lassen.

Franz und Rudolf taten, als ob sie nichts merkten. Vielleicht waren sie auch wirklich zu weit weg. Ich war empört, aber ich sagte nichts. Wenn ich mich aufgeregt hätte, wäre es nur noch schlimmer geworden. Ich enthielt mich demonstrativ der Zustimmung, trank Wein und sah zu Wenz hinüber. Franz und Rudolf waren schließlich auch seine Freunde, und *er* hatte hier das Sagen. Wenz aber sagte nichts und lachte bloß.

Der Tag fand zunehmend hinter meinen zugezogenen Schlafzimmervorhängen statt. Luft und Licht schwanden aus meinem Leben, ebenso tiefer Schlaf und ordentliches Essen. Ich kotzte oft und war vor der Abenddämmerung selten in der Lage, mich souverän oder auch nur aufrecht zu bewegen.

Wenn wir nachts unterwegs waren, gab es viele Blicke, die uns folgten, aber nur wenige, an die ich mich erinnern konnte. Einer davon gehörte Giselle, die immer wieder im Ballhaus anzutreffen war. An ihrer Seite war stets irgendein Herr, der nicht auffallen wollte. Wenn sie mich sah, grüßte sie kaum merklich mit einem Nicken. Sie lächelte nur verhalten.

Wahrscheinlich blieb mir ihr Blick auch deshalb im Gedächtnis, weil Wenz, der doch gar nicht gemeint sein konnte, ihn stets erwiderte. Hatte er ein schlechtes Gewissen, weil er meinetwegen seine morgendlichen Meßbesuche aufgegeben hatte? Er konnte einfach nicht lassen von diesem Weib, wie sehr ihn auch alle anderen verspotteten. Was würde sein, wenn er endlich mit ihr zusammenkäme? Sie »hätte«, wie Männer das so schön ausdrückten. Wäre er dann beruhigt und gesättigt, vielleicht sogar enttäuscht? Ich konnte mir nicht vorstellen, daß Wenz sich für den Menschen Giselle interessierte. Er interessierte sich für die Frau, das war ungleich weniger als ein Mensch: eine Funktion. Ganz so, wie ich sein Freund von Stand war. O ja, davon wußte ich! Ich war nicht naiv. Das war ein Trost, der mir nie zuteil geworden war. Ich wußte, daß Wenz mich vorführte, mit mir angab in kindlicher Begeisterung und in aggressiver Arroganz. Ich war »der Graf, sein bester Freund«, der alles verstand und alles mitmachte, und so behandelte er mich auch.

Es war oft eine Qual, ihm als *sein bester Freund* zuzusehen. Er soff, er stritt, und er konnte einen solchen Blödsinn daherreden, daß ich mich am liebsten unter die Bänke verkrochen hätte, um das alles nicht zu hören. Wenn er zu den Huren im Badehaus wollte, gab ich ihm sogar noch das Geld, damit er keinen Ärger bekam, weil er nicht zahlen konnte, und paßte im Vorraum der Badestube auf sein Wams und seinen Degen auf, während er sich vergnügte.

Aber ich konnte keinen Augenblick von seiner Gegenwart lassen. Am liebsten hätte ich ihm noch befohlen, bei mir im Zimmer zu schlafen, wenn nicht schon allein der Gedanke daran zu aufregend gewesen wäre.

Einmal hatte er mich hochgehoben und in mein Schlafzimmer getragen, weil ich in einem Zustand war, der es mir nicht mehr erlaubte, Treppen zu steigen. Er legte mich auf das Bett – und ich schlief auf der Stelle ein. Der Traum, den ich anschließend träumte, war sehr süß. Vom realen Vollzug aber waren wir weiter entfernt denn je. Schließlich waren wir ja die besten Freunde.

Einige Abende nachdem ich Franz und Rudolf gesehen hatte, lief ich Rudolf allein am Tor des Ballhauses über den Weg. Ich grüßte ihn, da ich ihn nicht ignorieren konnte. Wenz hielt sich verlegen im Hintergrund.

»Macht sich gut, unser Bauer, in seiner neuen Aufgabe«, stänkerte Rudolf, als ob Wenz es nicht hören könnte. »Was für eine Beförderung! Ich habe ihm immer gesagt, daß ihn dieser Dienst ›befriedigen‹ werde.«

Rudolf lächelte. In seinen Augen hatte sich alles bestens gefügt.

»Im übrigen komme ich heute nur, um mich zu verabschieden. Bald werde ich dieses Loch verlassen.«

»Bravo, Rudolf. Ich habe nie daran gezweifelt, daß *du* Wernswald hinter dir lassen wirst.«

»Und ich bin nicht der einzige. Hat Franz es dir nicht erzählt?«

»Wir haben schon lange nicht mehr miteinander gesprochen. Ich kann mir allerdings nicht vorstellen, daß er seine Klara leichten Herzens zurücklassen wird.« Ich ließ mir die nächsten Worte auf der Zunge zergehen. »Immerhin ist sie guter Hoffnung.«

Rudolf hatte keine Chance, sein Entsetzen zu verbergen. Er wußte offensichtlich von nichts, gar nichts.

Wir betraten das Ballhaus, und die Nacht ging weiter – mit unseren Kumpanen, natürlich. Ich vergaß das Gespräch, Wenz nicht: Er blieb trotz reichlichen und schnellen Weingenusses ziemlich einsilbig. Stunden später ließen wir uns im Vorraum der Badestube nieder. Einige der Männer verschwanden hinter den Vorhängen, in der Hoffnung, endlich bessere Unterhaltung zu finden. Einer, der sein Maul immer am weitesten aufriß, versuchte förmlich mit Gewalt, mich auch in die dampfende Badestube hineinzuziehen.

»Na, Herr Graf, auch einmal die gemeinen Weiber kennenlernen? Die können es genauso gut wie die teuren und für ein paar Kreuzer extra machen die mehr, als Ihr Euch vorstellen könnt!«

Ich bekam eine Heidenangst. Jeden Abend hatte ich davor gezittert, daß es passieren würde. Diese Kerle waren es gewohnt, es voreinander zu treiben. Es war nur eine Frage der Zeit gewesen, bis sie auch den Grafen zum Vergleich auffordern würden.

Ich wehrte mich heftig gegen seine Umklammerung und trat dem Kerl so hart gegen das Bein, daß er hinfiel. Alle lachten. Er wurde puterrot, rappelte sich auf und setzte sich hin, ohne weitere Anstalten zu machen, selbst hinter den Vorhängen zu verschwinden. Offenbar war ihm jeglicher Appetit vergangen.

Wenz lachte, wenn auch etwas gedämpft, klopfte mir auf den Rücken und reichte dem Kerl und mir je einen Becher Wein.

»Na, jetzt beruhigt euch erst mal wieder.«

Ich atmete tief durch und trank, ohne diesen widerlichen Kerl auch nur eines Blickes zu würdigen.

In einem anderen Eck des Vorraums saß Rudolf mit dem Mann, den ich aus der Duellnacht und von der Jagd kannte. Beide hatten feuchte Haare. Ich mußte an Franz' Worte über die versteckten Treffpunkte Gleichgesinnter denken: »Viel Dampf. Viele Vorhänge. Viele Männer. Die meisten sind mit den Bademägden beschäftigt, und die anderen fallen nicht auf...«

Das Vergnügen schien sie nicht zusammengebracht zu haben. Rudolf redete sehr aufgeregt auf sein Gegenüber ein. Der Mann hörte schweigend zu.

»Toller Anblick, was, Graf? Haben wohl Ärger, unsere Süßen, was?«

Das war der Kerl, dem ich gegen das Bein getreten hatte, natürlich! Diese Revanche hatte er sich nicht entgehen lassen können. Ich wollte dem Burschen etwas entgegnen, etwas Schneidend-Witziges, etwas absolut Überlegenes, damit endlich Ruhe wäre. Aber ich war zu diesem Zeitpunkt schon zu besoffen.

»Das da drüben ist ein Freund. Ich kann hinschauen, solange ich will. Oder macht dir das Schwierigkeiten?«

»Nein, aber es könnte *dir* Schwierigkeiten machen, Graf.«

Jetzt war Vorsicht geboten.

»Es sind auch *seine* Freunde«, sagte ich kalt mit einem Seitenblick auf Wenz.

Wenz schwieg. Einer seiner Kumpane übernahm:

»Sind vielleicht seine Freunde, aber nur von vorn.«

Aus den Protokollen des Gerichts

Frage des Richters an den Zeugen Eugen Wenz, Unteroffizier der Armee Seiner Majestät:

Herr von Ebenstein hat den Kerl geschlagen?

Wenz: Ja.

Richter: Mit der flachen Hand von hinten auf den Schädel, sagt die Bedienung.

Wenz: Ich weiß es nicht mehr.

Richter: Und der Kerl schlug zurück?

Wenz: Ja.

Richter: Heftig?

Wenz: Ja.

Richter: Herr von Ebenstein ging zu Boden ...

Wenz: Ja.

Richter: ... und war verletzt.

Wenz: Ein bißchen.

Richter: Und Er hat geschlichtet und den Streit beendet.

Wenz: Ich war sein Leibwächter.

Richter: Aber kein sehr schneller, möchte ich sagen. Worum ging es bei dem Streit eigentlich?

Wenz: Weiß ich nicht mehr.

»Bist du wahnsinnig, Idiot?« brüllte Wenz über meinen benommenen Kopf hinweg. »Du kapierst wohl nicht, wer das ist, was? Das ist der Herr von Ebenstein! Er muß nur auf dich zeigen, und du bist tot.«

»Laß uns doch in Ruhe mit deinem feinen Herrn. Was ist der schon Besonderes?« brüllte der andere mit kippender Stimme zurück.

Wenz stieß den Burschen weg und zog mich an den Schultern

hoch. Ich jaulte auf, als er mich an jener packte, die der Kerl getroffen hatte. Wenz ignorierte das und hielt mich fest.

Hinter einem Schwarm aufgestörter Männer sah ich Rudolf und seinen Freund rasch den Raum verlassen.

»Ich bring das jetzt in Ordnung, du blöder Sack!« schrie Wenz seinem Kumpanen zu. »Und *du* sei mir gefälligst dankbar dafür!«

Wenz schleppte mich aus dem Ballhaus weg und brachte mich heim bis in mein Schlafzimmer.

Ein zweites Mal überschritt er die Schwelle, und ich war wieder nicht in der Lage, die Chance zu ergreifen. Nicht jetzt. Nicht in diesem Moment der Niederlage. Ich setzte mich aufs Bett. Er stand vor mir, beugte sich über mich und wollte mich untersuchen. Ich wehrte ab.

»Es ist nichts gebrochen. Ich kann die Schulter bewegen. Es tut nur höllisch weh. So ein blödes Schwein!«

Wenz sah mich durchdringend an.

Mir wurde ganz heiß, und der Schmerz in meiner Schulter pochte mit meinem Herzen um die Wette. Vielleicht war dies doch der richtige Moment? Mochten Männer nicht verletzliche, schwache Weiber?

Da holte Wenz aus und haute mit voller Wucht gegen meine Schulter. Ich schrie, daß die Dienstboten vor der Tür zusammenliefen.

»Hast du den Verstand verloren? Was soll das, du Schlächter?«

»Man muß so lange draufhauen, bis es nicht mehr weh tut, Graf. Laß dir das von einem alten Veteranen gesagt sein.«

»Du bist ja wahnsinnig!«

Die Dienstboten-Schritte verliefen sich langsam wieder am Gang. Offenbar war es ihnen Beruhigung genug, meine Stimme zu hören und mich lebendig zu wissen.

Wenz blieb vor mir stehen. Vielleicht hatte er ja ein bißchen Mitleid mit mir.

»Du weißt doch gar nicht, was Leiden ist, Gräflein«, sagte er schließlich.

*Das* war das letzte, was ich in diesem Augenblick hören wollte.

Von diesem Abend an blieb ich zu Hause und trank allein. Nicht nur, weil mein Arm in allen Farben schillerte – ich wußte vor allem nicht, wie ich dem Banditenpack aus dem Ballhaus entgegentreten sollte. Jetzt, da ich in ihren Augen ein weibischer Schwächling war.

Wenz leistete mir als braver Leibwächter Gesellschaft, aber sein Widerwillen war nur allzu offensichtlich. Ich gab ihn schließlich frei und ließ ihn zu seinen Kumpanen gehen.

Um mich zu trösten, lag und trank ich auf dem Bett und schaute aus dem Fenster hinaus auf den hellen Mond. Ich gab mich meinen zweitliebsten Wachträumen hin und stellte mir in allen Einzelheiten das großartige Fest vor, das ich bald auf Kreuzbach geben würde. Dort würde ich unumstritten im Mittelpunkt stehen, keiner würde dumm über mich reden oder mir drohen. Ich wußte, was eine perfekte Dramaturgie war, und ich würde mein Wissen nutzen, o ja! Die begeisterten Ovationen der Gäste konnte ich mir schon jetzt vorstellen. Manchmal waren sie in meinen Gedanken so überwältigend, daß ich mich noch im Liegen verbeugte und lächelte.

Nach einigen Nächten war diese schöne Phantasie schon wieder aufgebraucht. Meine Gedanken kehrten zurück ins Jetzt.

Ich stellte mir vor, wie Wenz bei seinen Kumpanen saß, ihre Reden über mich hinnahm und kein Wort sagte. Wie sie lachten, was sie über mich sagten. Wie sie mich verletzten, ohne daß ich mich wehren konnte.

*»Ist ja ein ziemlich zarter Knabe, der Graf. Lang, aber nichts dran!«*

*»Und mit dem Bart, das wird ja auch nichts mehr werden – ein Milchgesicht!«*

*»Und hast du den mal einen Degen halten sehen? Kaum zu glauben, steht da wie ein Opferlamm.«*

Und irgendwann dachte ich auch daran, daß Giselle im Ballhaus war …

Die Idee, daß Wenz es zustande bringen könnte, mit Giselle zu reden, war mir unerträglich. Er würde ihr von meiner Niederlage erzählen. Und sie ihm von jener, die ich bei ihr erlitten hatte. Sie würden gemeinsam lachen. Sie würden sich verstehen:

Dieser dumme, ehrgeizige Graf, der nirgends etwas zustande brachte. In der Nacht, in der mir dieser Gedanke gekommen war, blieb ich lauschend wach, um zu hören, wann Wenz heimkehren würde. Er kam kurz vor Sonnenaufgang, mit schweren Schritten und zwei bis drei dumpfen Zusammenstößen mit der Korridorwand. Er war vermutlich auch nicht besoffener, als wir es nächtelang gewesen waren, aber ich bildete mir ein, daß noch etwas anderes in seinem Gang lag. Er klang, als ob er etwas zu weich in den Knien wäre.

Das Ganze ließ mir keine Ruhe. Ich konnte unmöglich geradeheraus fragen, also schrieb ich eine Einladung, um mir Klarheit zu verschaffen:

*Sehr verehrte Mademoiselle Giselle! Ich würde mich freuen, Euch zu einem neuerlichen Abendessen einladen zu können, und hoffe, daß Eure vielgerühmten Künste diesmal auf ein besseres Echo stoßen werden. Enttäuscht mich nicht. In aufrichtiger Bewunderung. Ch.*

Aus den Protokollen des Gerichts
Die Aussage eines Hausdieners, Hans gerufen:

Der Herr hat mir den Brief gegeben und mich geschickt, damit ich ihn einer Frau Tschissel oder so persönlich übergebe. Nicht der Madame Debrimont hab ich ihn geben sollen, auf gar keinen Fall. Aber die ist eh daneben gestanden, wie die mit den roten Haaren den Brief aufgemacht hat. Sie haben was miteinander geredet, was ich nicht verstanden hab, und dann hat die Frau Tschissel gesagt, sie kommt eh.

Giselle sagte sofort zu. Eine solche Gelegenheit konnte sie sich natürlich nicht entgehen lassen.

Weit schwieriger war es, Wenz von seinem abendlichen Ausgang abzubringen. Ich sagte schließlich, daß ich eine Überraschung für ihn hätte, was diese eigentlich fast schon wieder verdarb. Er blieb, auch wenn er es kindisch fand. Ich glaube, es fiel sogar die Bemerkung »weibische Laune«.

Giselle traf gegen acht Uhr ein. Ich konnte sie bereits riechen, als ich von meinem Zimmer in den Hof hinuntersah. Ihr Parfum war der einzig frische Geruch in der beginnenden Sommernacht, die kaum Abkühlung bringen würde.

Auch Wenz mußte sie gerochen haben. Er stand auf dem oberen Absatz der Treppe, wo er als jemand, der niemals eine Wache hatte sein wollen, eigentlich nicht stehen sollte, und erwartete ihre Ankunft mit gleichgültigem Gesicht. Giselle raffte ihre Röcke, stieg die Stufen hinauf und passierte ihn und die Eingangstür mit kaum merklichem Zögern. Wenz verneigte sich. Es sah aus wie ein verunglücktes Salutieren. Als er den Kopf wieder hob, traf sein Blick mein Fenster. Ich machte einen Schritt zurück ins Dunkel und schloß rasch die Fensterläden.

Das Abendessen wurde im Festsaal serviert – kein intimer, aber ein um so eindrucksvollerer Rahmen. Die Speisen waren einfach und schmackhaft, diesmal ohne schwer zu öffnende Schalentiere.

Ich bestand darauf, daß Wenz an unserem Tisch Platz nahm. Giselle war offensichtlich etwas verwirrt, mit zwei Männern zu Abend zu essen. Zwar war sie professionell genug, um sich den Grund denken zu können, sie schien jedoch enttäuscht und auf seltsame Weise eingeschüchtert. Mit mir machte sie routiniert Konversation; zu Wenz sprach sie nur seitwärts und mit einem Blick aus den Augenwinkeln. Meine böse Ader schwoll an.

»Ihr glaubt ja gar nicht, wie sehr sich mein Freund Wenz freut, Euch zu sehen, werte Giselle. Man könnte sogar sagen, *er* hat mich erst auf Euch gebracht. Ja, Wenz, da schaust du, aber ohne dich hätte ich viel versäumt. Der Abend, den wir gemeinsam im Gedächtnis haben« – ich neigte mich dezent in Giselles Richtung –, »war sehr schön.«

Sie wußte es besser, war aber diskret genug, keine Miene zu verziehen.

»Wir haben dich hochleben lassen, Wenz. Damals konnte Mademoiselle Giselle sich nicht so richtig an dich erinnern, aber ich glaube, inzwischen weiß sie, von wem die Rede war.«

»Ich vergesse selten jemanden, Monsieur Chérubin, aber man möchte nicht immer alle Erinnerungen überall teilen.«

Wenz wollte aufstehen und murmelte etwas von einem Rundgang, der noch zu erledigen sei. Er hatte nicht verstanden, daß dies eine Antwort zu seinen Gunsten gewesen war.

»Wenz, wir brauchen heute keinen Rundgang. Mit Eurer Billigung werde ich mich übrigens nun zurückziehen. Leider bin ich heute etwas müde.«

Ich erhob mich. Wenz und Giselle ebenfalls. Keiner von beiden wußte, wie es weitergehen sollte, und sie wagten nicht, einander anzusehen.

»Es würde mich freuen, wenn Mademoiselle Giselle meinem Freund Wenz noch etwas Gesellschaft leisten könnte.«

Sie waren beide zu Salzsäulen erstarrt. Mir fiel gerade noch rechtzeitig ein, daß ich Giselle in einer Sache nicht im unklaren lassen durfte. »Der Dank für Eure reizende Gesellschaft wird im Foyer in einem Umschlag bereitliegen.«

Ich küßte Giselles Hand. Sie strafte mich mit Nichtachtung.

Ich verließ den Raum.

Natürlich sah ich zu. Ich konnte gar nicht anders. Die Gucklöcher dafür hatte ich eigenhändig in die beiden obersten Rosen der Tapetentür gebohrt.

Erst saßen sie sich mit ausweichenden Blicken gegenüber. Wenz schenkte sich in schneller Folge Wein nach und war bald nicht mehr nüchtern. Giselle machte schließlich die einleitenden Schritte. Es war nicht viel anders als bei unserem ersten Treffen, sie ging nur schneller und sachlicher vor. Wenz schien das nicht so zu empfinden. Er sah sie mit leuchtenden Augen an. Was dann geschah, war eigentlich nicht der Rede wert. Ich hatte gedacht, daß es mich erregen würde zuzusehen, aber es ließ mich kalt. Mehr noch: Es machte mich bitter. Auch wenn nichts Besonderes zu erkennen war – ich wußte, daß es ein Fehler gewesen war, die beiden zusammenzubringen. Meine schlimmsten Befürchtungen hatten sich erfüllt.

Nach dem Akt versuchte Wenz, Giselle noch ein wenig festzuhalten. Sie aber wehrte ab, wenn auch verhaltener, als es angebracht gewesen wäre, richtete Kleid und Frisur, gab ihm die Hand und ging. Ich hatte fast erwartet, daß sie das Kuvert mit dem Geld im Foyer liegenlassen würde, aber sie nahm es mit.

Nach diesem Abend war ich wütend auf Wenz. Natürlich war das ungerecht, aber er hatte meinen Erwartungen nicht entsprochen. Er war durchgefallen.

Es war anzunehmen, daß Wenz meine schlechte Laune dahingehend deutete, daß er mich bei Giselle *ausgestochen* hatte. Er versuchte großzügig, die Stimmung zu verbessern, indem er mich zu neuen Besuchen im Ballhaus überreden wollte.

»He«, sagte er fast liebevoll. »Du kannst mich doch nicht im Stich lassen. Die dumme Prügelei ist doch schon längst vergessen! Wie steh ich denn da ohne meinen Grafen?«

Ich schickte ihn alleine los und blieb auf meinem Zimmer, um mich immer wieder aufs neue zu betrinken.

Aus den Protokollen des Gerichts

Die Aussage des Hochwürden Gruber, Pfarrer zu Wernswald:

Herr von Ebenstein war lediglich eine gewisse Zeit aus der Gesellschaft verschwunden, alles andere zu behaupten, wäre maßlos übertrieben.

Richter: Er war also seltsam geworden?

Hochwürden Gruber: Nein, beileibe nicht! In der Wernswalder Gesellschaft wird niemand seltsam.

Richter: Aber die Freunde um ihn herum, die waren schon – seltsam.

Hochwürden Gruber: Ach, nicht jeder junge Mensch, der ab und zu über die Stränge schlägt, ist seltsam. Ich betone, es gab nichts, um das man sich hätte Sorgen machen müssen.

Richter: Dann wüßte ich nicht, warum wir hier zusammengekommen sind.

Hochwürden: Ein Irrtum. Ein schrecklicher Irrtum. Das wird sich noch herausstellen, seid versichert.

»Herr von Ebenstein! Ich hörte, Ihr seid in der Stadt, aber ich muß sagen ...« Hochwürden Gruber neigte sich von seinem Besuchersessel zu mir herüber und hob scherzhaft tadelnd den Zeigefinger »... man hat Euch in der Heiligen Messe vermißt.«

Wunderbar. Das hatte mir zu meinem Unglück noch gefehlt!

»So? Wer hat mich denn vermißt?«

»*Ich* habe Euch vermißt, mein Sohn.«

»Das ehrt mich, aber ich bin ein freier Mann.«

»Ihr seid ein freier Mann mit gewissen Verpflichtungen.«

Es wurde still im Salon. Ich nahm einen Schluck Wein, obwohl es noch sehr früh war. Früh nach meiner neuen Zeitrechnung, das heißt: Nachmittag.

Hochwürden Gruber mußte sich eine Bemerkung verbeißen.

»Eure plötzliche Abreise in die Stadt hat viele erstaunt. Es gibt Spekulationen, schließlich ist es nicht ganz leicht einzusehen, warum jemand im heißen Sommer sein herrliches Landgut verläßt, um in die dampfende Stadt zu ziehen.«

»Ihr seid doch auch hier.«

»Ich habe eine Aufgabe zu erfüllen.« Hochwürden Gruber sah mich bedeutungsvoll an. Ich nahm noch einen Schluck. Es reizte mich, ein wenig mit ihm zu spielen.

»Nun, Hochwürden, noch ist nichts entschieden. Die Qual der Wahl. Ihr seid doch immer am besten über mich informiert: Wer, glaubt Ihr, wird wohl die Glückliche werden?«

»Hoffentlich eine Dame, die Eure Freunde akzeptiert, an denen Euch ja ziemlich viel zu liegen scheint.«

»Was kümmern Euch meine Freunde?«

Hochwürden Gruber sah auf seine schönen Hände. Er war ganz ruhig.

»Die Leute reden, und was sie reden, kann Euch nicht gleichgültig sein. Wer weiß das wohl besser als ein Priester? Auf alle Fälle erregen Eure momentanen Lebensumstände ein Interesse, das Euch gefährlich werden kann.«

»Und was schlagt Ihr vor?« Ich füllte mein Glas erneut. »Sagt jetzt nichts von einer sofortigen standesgemäßen Verlobung. Das wäre wirklich zu plump, Hochwürden.« Ich trank, und er zählte mir jeden Schluck in den Mund.

»Ihr könntet zumindest an den *richtigen* Damen Interesse zeigen.«

»Das tue ich doch. Oder gilt eine gewisse Giselle nicht?«

»Nein, keineswegs.«

Ich mußte lachen.

Hochwürden Gruber sah mich lange an und schüttelte dann den Kopf.

»Ihr liebt es, mit dem Feuer zu spielen, ganz egal, was ich sage. Aber ich bitte Euch herzlich, wenigstens keine Funken überspringen zu lassen.« Er beugte sich vor. »Die Beziehungen der Hohenschotts und der Seiberfeldts sind von jeher sehr gut. Und wie es aussieht, werden sie durch eine sich anbahnende Verbindung noch besser werden. Es ist alles ausgehandelt. Da könnt Ihr Briefchen schicken, bis Ihr schwarz werdet.«

Ich starrte ihn an.

»Ich schreibe keine Briefchen an die Seiberfeldts.«

»Das habt Ihr aber getan. Und wir haben das Spiel beendet. Das richtige Wort ins richtige Ohr, eine Hoffnung vernichtet und schon sind die Dinge wieder im Lot. Seid also auf der Hut, wenn Ihr zurückkommt. Und Ihr werdet zurückkommen, wenn Euch an Eurem Leben liegt.«

Diesmal blieb mir das Lachen im Halse stecken.

»Wollt Ihr mich töten?« versuchte ich zu scherzen.

»Ein Leben ist mehr als der Leib.«

»Wer ist schon, was er scheint, Hochwürden? Sagt selbst: Wer ist das schon! Ein zu galanter Handgriff, zum Beispiel jener, mit dem Ihr Madame von Seiberfeldt in die Kutsche zu helfen pflegt – und die Welt denkt weiß Gott was. Wenn man es ihr nur eindringlich genug erzählt.«

Hochwürden Gruber erstarrte. »Sie wird es nicht glauben, die Welt.«

Ich lächelte, so zuckersüß ich konnte, und flüsterte dann möglichst giftig: »Sie weiß es bereits. Sie braucht nur noch einen Zeugen.«

Sein Blick durchbohrte mich.

»Seid Ihr Euch der Konsequenz Eures Handelns eigentlich bewußt?« Hochwürden Gruber stand auf und wandte sich zum Gehen.

Da tat ich etwas, was ich noch nie getan hatte. Ich kniete vor ihm hin, nahm seine Hand und küßte den Priesterring. Es war ein dreckiger Kuß, und die Speichelfäden klebten noch an dem Stein mit dem eingeritzten Kreuz, als Hochwürden Gruber die Hand wegzog.

»Ich glaube, wir haben Euch alle falsch eingeschätzt«, sagte er und wischte den Ring an seiner Soutane ab.

»Allerdings«, sagte ich.

Er würde nichts machen können. Priester und Frauen mußten auf ihren Ruf achten.

Briefe stapelten sich wieder auf meinem Frühstückstisch. Die Billetts waren von Rustinger, Bitzl, der alten Matzart, ein paar Damen aus Rohrgach, und sogar die Hohenschotts schickten eine Jagdeinladung. Jeder drückte seine große Hoffnung und Freude aus, mich bald wiederzusehen.

Das war verdächtig.

So geeint hatte ich die Wernswalder Gesellschaft noch nie erlebt. In mir keimte der Gedanke, daß nun doch befürchtet wurde, den einzigen respektablen Junggesellen von Stand an die niederen Umstände des Lebens zu verlieren. Wer ihnen diese Angst eingepflanzt hatte, konnte ich mir denken. Um so mehr, als kein einziger Seiberfeldt-Brief dabei war. Hochwürden Gruber ließ den anderen den Vortritt, um mich zu scheuchen. Schließlich hatte ja niemand etwas davon, wenn ich der Gesellschaft verlorenging.

Ich antwortete auf keinen einzigen der Briefe. Nur Herrn Bitzl und Herrn Rustinger schickte ich eine scharfe Note, weil es mich persönlich empörte, daß sie sich einspannen ließen. Ich teilte beiden fast gleichlautend mit, daß ich ihr Anliegen für vernachlässigbar hielte, sie sich um ihre eigenen Geschäfte kümmern und mich gefälligst in Ruhe lassen sollten – ich würde mein Leben genießen und ihnen strengstens empfehlen, selbiges auch zu tun.

Wenz lachte, als ich ihm die Briefe vorlas.

»Du hast eine gute Art, dich auszudrücken, Graf, alle Achtung. Wer so eine Zunge hat, braucht keine Schwert.«

»Wer mit dem Schwert nichts anfangen kann, braucht so eine Zunge. Rustinger kann das ertragen, der ist ein Mann, und es gibt kaum etwas, das ihn mehr an sich begeistert. Aber beim Bitzl kann ich die erhobenen Augenbrauen fast schon spüren!«

»Ach, halt dich lieber an mich. Die Leute fragen schon nach dir und verstehen gar nicht, warum ich dich nicht mehr mitbringe.«

»Will mich einer deiner Kumpane mal wieder zusammenschlagen, damit ich weiß, was ein richtiger Kerl ist?«

Wenz schnaubte verächtlich. »Blödsinn. Denen werde ich es schon zeigen. Immerhin hat's von denen keiner fertiggebracht, einen feinen Herren als Freund zu haben. Du brauchst dich vor niemandem zu fürchten. Auch nicht vor einem Herrn Bitzl. Weißt du eigentlich, daß der Vater vom Bitzl nicht unter deinem Rang war? Der hat aber die Mutter leider nie geheiratet. Bitzls ganze wunderbare Erziehung war umsonst. Die hohen Kreise, für die man so was lernt, die haben ihn nicht haben wollen. Er hat weggehen müssen, und irgendwie hat's ihn dann nach Wernswald verschlagen.«

»Damit war er wohl gestraft genug, würde ich sagen.«

»Hat ihn aber wieder keiner haben wollen. Madame Debrimont, die Gute, hat ihn schließlich aufgenommen. Sie hat ihn überallhin mitgeschleppt und mit den Kerlen, die fein sein wollen, bekannt gemacht. Und so ist er halt Lehrer geworden.«

Wenz machte eine Pause und wartete darauf, daß ich etwas sagte. Ich schwieg. Er ging mir auf die Nerven, wenn er sich das Maul über Leute zerriß, denen er nicht das Wasser reichen konnte.

»Na ja, man hat ja hierzulande ein ziemliches Bedürfnis nach guten Sitten, würde ich sagen, nicht wahr, Graf? Gespreizte Finger, gespreizte Reden, wahrscheinlich auch ab und zu gespreizte

Beine, aber was nutzt dem Bitzl das? Aus dem besten aller Ställe, der Herr, und doch nur ein Tanzlehrer, weil seine Mutter das Diplom verpaßt hat.«

Was mich am meisten ärgerte, war, daß Wenz diesen ganzen Tratsch nur von Giselle haben konnte.

Wenz zog wieder los, um sich die Nacht um die Ohren zu schlagen. Ich blieb allein zurück und dachte nach. Wenz war und blieb ein simples Gemüt, ein dummes Tier, das manchmal richtig bösartig wurde. Ich verachtete ihn, aber es fiel mir auch nichts ein, was mein Leben im Gegensatz zu seinem wertvoller machte. Was hatte es mir gebracht, mit Herrn Bitzl brillante Konversationen zu machen? Wenz ging sich heute einen ansaufen und würde glücklich sein. Ich blieb daheim und grübelte. Er redete mit Giselle, ich führte Selbstgespräche. Er kam vermutlich dazu, seinen Spaß zu haben, ich ganz sicher nicht.

Aus den Protokollen des Gerichts

Die Aussage des Herrn Picher, wohnhaft in der Dreilauffer Gasse:

Ja ja, der ist schon wieder aufgetaucht in der Meute, der Herr Graf, hat gar nicht so lange gedauert. Mein Lieber, da ging es rund! Wir haben fast keine Nacht Ruhe gehabt. Ich meine, wenn man am Ballhaus wohnt, ist man manches gewohnt, aber das war schlimmer als alles, was ich gekannt habe. Und das, wo wir noch nicht einmal die Fenster zumachen konnten, weil es so heiß war! Der eine Kerl, der Wenz oder wie der heißt, war der ärgste. Der hat das Sagen gehabt. Das war ein Lärm in der Gasse! Nichts wie Singen und Brüllen und Raufhändel und zerbrochene Fenster.

Richter: Und hat sich denn keiner in der Nachbarschaft aufgeregt?

Herr Picher: O doch, jede Nacht hat jemand die Fenster aufgerissen und geschimpft. Sogar die eine vom Haus von der Madame Debrimont hat runtergeschaut! Versteckt zwar – weil, welche Frau läßt sich schon gerne anschauen, wenn sie verschlafen ist, und die war eigentlich nicht schön, wenn sie nicht hergerichtet war, aber der Graf hat sie gleich gesehen und laut »Giselle!« gebrüllt.

Richter: Hat Er sicher gehört, daß er *diesen* Namen gerufen hat?

Herr Picher: Ja.

Richter: Und sie?

Herr Picher: War gleich wieder weg vom Fenster.

Richter: Hat sich denn keiner bei der Obrigkeit beschwert?

Herr Picher: Schon, aber was hätten die Constabler denn tun sollen? Es war halt der Herr von Ebenstein. Der große Kerl da hat's oft genug zu unseren Fenstern raufgeschrien, wenn einer mal was gesagt hat.

Richter: Und hat Er sich gewundert, daß ein Graf in einer solchen Gesellschaft in der Nacht durch die Straßen zieht?

Herr Picher: Natürlich, das haben sich alle. Wie kann man sich nur so herablassen, sage ich! Und wenn's drauf angekommen ist, hat er auch noch alle Manieren vergessen und war ärger als der große Kerl und der ganze Haufen. Da hat er sogar Leute angepöbelt, Männer und Frauen, lauter Leute, die ihm gar nichts getan haben. Hat ja geheißen, daß er das schon mit seinen Dienstboten so gemacht hat, na bitte, er war ja der Herr, aber so? Ganz fremde Leute?

Nein, das war nicht richtig. Ich pöbelte keine fremden Leute an, nur solche, die ich kannte, diese aber, so laut ich konnte. Keiner, der in der Nacht am Ballhaus vorbeihuschen wollte, entkam mir. Im Suff brüllte ich allen hinterher, was ich über sie wußte. Es war wunderbar, es war befreiend, es war ein bißchen Rache für das unendliche Stillhalten, seitdem ich in diesem gottverfluchten Nest gelandet war. Da glotzte Wenz, der meine Rückkehr noch immer kaum fassen konnte, da schauten die Kumpane. Ich brüllte und brüllte, und oft klang meine Stimme gegen Morgengrauen mehr nach einem unglücklichen Maultier als nach einem Menschen. Ich war aber nicht nur laut, ich war auch ekelhaft bissig. Speziell meine Bemerkungen über Giselle, die ich zu ihrem

Fenster hinaufrief, trieben Wenz zur Weißglut: über die großen Gefühle und die kleinen Lügen; über den alltäglichen Verrat der Weiber und ganz speziell jenen ihres Gewerbes. Ich zweifelte trotzdem keinen Augenblick daran, daß jeder einzelne von den Kerlen auf allen vieren in das Haus der Debrimont gekrochen wäre, wenn Giselle nur ein Fingerchen aus ihrem Fenster gestreckt hätte ...

Der Höhepunkt und Abschluß meines Lebens als brüllendes Maultier ereignete sich an jenem Abend, an dem ich plötzlich ganz deutlich spürte, daß mir dieses Leben nicht gut tat. Mir war schlecht, mir war schwindlig, ich war schon wieder arg besoffen, und mein Körper ertrug das langsam nicht mehr. Es waren kaum Leute rund um das Ballhaus unterwegs, was wahrscheinlich auch an unserer dauernden Anwesenheit dort lag.

Und dann kam einer direkt auf uns zu. In Begleitung eines Fräuleins! Wir fingen schon von ferne an zu pfeifen und Derbheiten zu rufen, aber die beiden gingen immer weiter auf uns zu. Mehr noch: Sie gingen genau auf mich zu. Das erschreckte mich, und meine Brüllerei fiel nicht ganz so laut aus wie sonst. Die Stimme kippte mir wie bei einer schlecht gespielten Flöte um. Die Kumpane lachten und klopften mir auf den Rücken, wie einem, der sich verschluckt hat. Ich wehrte wütend ab und wandte mich den frechen Passanten zu.

»Ihr glaubt wohl auch, die Straße gehört Euch allein, was, mein Herr? Wie unfein! Man sollte dieser Dame bessere Gesellschaft wünschen.«

Der Herr hob den Kopf und nahm seinen Hut ab. Das Fräulein lugte unter der Kapuze seines Umhangs hervor. Mich traf der Schlag: Herr Bitzl in Begleitung der Marie von Matzart.

Die Kumpanen grölten weiter.

»Guten Abend, Herr von Ebenstein«, sagte Herr Bitzl. »Es freut mich, Euch in einer so fröhlichen Runde zu sehen. Verzeiht, wenn ich mich Euch nicht anschließen kann, aber ich bringe gerade Fräulein von Matzart nach Hause. Wir kommen von einem nachbarlichen Fest, Fräulein Marie fühlt sich nicht wohl, und uns trennen nur noch ein paar Schritte von ihrem Heim – bitte laßt uns passieren.«

Die Kumpane wurden etwas leiser. Es war ihnen peinlich, mich plötzlich so mit meinesgleichen zu sehen. Sie hatten keine Ahnung, wie peinlich *mir* das erst war!

Ich zupfte verlegen an meiner derangierten Jacke und rückte den Hut zurecht. Marie sah mich an wie ein ekelerregendes Insekt. Dann senkte sie ihren Blick.

Wenz stieß mich in den Rücken. »Na, Graf, was ist denn? Ist das nicht dein Tanzlehrer? Weißt du nicht mehr, was ich dir von ihm erzählt habe?«

Und ich erzählte alles, was ich von Bitzl wußte. Die Kumpane um mich jubelten.

Marie sah Herrn Bitzl erschreckt an, dieser behielt die Ruhe. Seine Augen waren ganz kalt. Die Kumpel waren irritiert, weil Herr Bitzl sich offenbar nicht einschüchtern ließ. Schließlich gaben sie den Weg frei. Herr Bitzl nahm Marie beim Arm und schritt durch unser Spalier hindurch. Als er schon einige Meter weiter war, drehte er sich um, verbeugte sich und sagte:

»Gute Nacht, Herr von Ebenstein. Es war kein Vergnügen, Euch so getroffen zu haben.«

Wenig später hörte ich, daß Marie nicht mehr in Wernswald war. Sie mußte zu ihrer Tante zurückgekehrt sein. Mich packte die Panik. Was immer ich mir hier in der Stadt herausnahm – ich wollte nicht, daß es sich bis zu den Landgütern und deren Bewohnern herumsprach. Dies hier war die eine Welt, das dort eine andere. Gott bewahre, daß sie sich mischten! Allein, wenn ich daran dachte, daß Constanze davon erfahren könnte!

Also schrieb ich lange Briefe an Marie und Herrn Bitzl, in ihrer Zerknirschtheit fast poetisch. Ich erhielt keine Antwort. Nach einigen weiteren Versuchen bekam ich lediglich ein Bündel mit meinen Briefen an Herrn Bitzl retour. Die alte Mademoiselle Matzart ließ sie schicken und entschuldigte sich, daß die Schreiben leider nicht dem Adressaten zu übergeben gewesen seien. Er sei zu ihrem tiefen Kummer mit unbekanntem Ziel abgereist. Sie glaube, er wäre nun endlich seinem Herzen gefolgt und wieder zurück in die Residenzstadt gegangen. Marie im übrigen bedanke sich für meine Briefe und würde sie bald beantworten.

Nun gut, das bedeutete, daß zumindest eine unmittelbare Bedrohung meiner Person ausgeräumt war. Wie es mit Marie weitergehen würde, mußte ich im Auge behalten.

Ich wartete ungeduldig auf ein Zeichen von ihr und hoffte inständig auf Verständnis und eine Geste des Verzeihens. Aber es landeten nur Postsendungen von Herrn Rustinger auf meinem Frühstückstisch. Er schickte nichts als die jeweils fälligen Abrechnungen zur Abzeichnung. Keine Kommentare, keine Begleitzeilen. Die Linien, auf die ich meine Unterschriften setzen sollte, waren stets rot unterstrichen.

Wenz fand diese Entwicklung großartig. Keine Verzögerungen mehr, wenn er hinunter auf die Straße wollte. Nichts, was seiner Ungeduld im Wege stand, zum nächsten Weinkrug ins Ballhaus zu kommen. Er war auf der Gewinnerseite, und das ließ er mich spüren. Jetzt war die Zeit gekommen, dem Grafen, seinem besten Freund, rechtes Benehmen nach seinem Geschmack beizubringen. Jetzt war es an ihm, mir Unterricht in Lebenstauglichkeit zu geben.

»Hab dich nicht so!« sagte er. »Und red nicht so. Und hör auf, dich wie eine Puppe auf dem Theater zu benehmen. Die Kerle im Ballhaus lachen schon.«

»Hast du nicht gesagt, die sollen froh sein, daß ich zurückgekommen bin? Und was soll das überhaupt heißen, daß ich mich komisch benehme?«

»Allein schon, wie du dich bewegst! Da ist so ein Krampf dahinter. Das hast du von Anfang an gehabt, seit ich dich kenne, und das kann einen wahnsinnig machen.«

»Das ist die pure Eleganz.«

»Eleganz? Am Arsch! Das kannst du vielleicht deinen Hochwohlgeborenen reindrücken. Oder dem Bitzl. Ich will es mit einem echten Menschen zu tun haben, wo ich nicht dreimal überlegen muß, wie ich ihm die Hand gebe und was ich wann zu ihm sagen soll.«

»Schön zu hören, wie wohl du dich in meiner Gesellschaft fühlst.«

Wenz verlor jedes Maß. Seine Sauferei überstieg jede Vernunft. Selbst neben seinem Bett stand ein Weinkrug. Die Dienerschaft, die bis jetzt äußerst devot gewesen war, begann sich leise darüber zu beschweren, daß sie ständig »Dreck« aus seinem Zimmer wischen mußte und daß Wenz in der Sommerhitze nicht gut roch: »Das Bett werden wir wohl im Herbst verbrennen müssen.«

Falls man mich in halbwegs guter Laune ansprach, zuckte ich über solche Bemerkungen die Achseln. Falls nicht, brüllte ich wie ein Stier. Meine Stimme war recht kräftig geworden, was ganz im Gegensatz zu meiner sonstigen physischen Verfassung stand. An Waffengänge oder ähnliche Übungen ließ sich in diesem Zustand nicht einmal mehr denken.

Ich wünschte mir, bewußtlos wie Wenz sein zu können, aber mein Körper vertrug die Mengen Wein und Schnaps nicht, die dazu nötig waren. Ich mußte aufhören damit und für uns beide wach bleiben. Wenn Wenz sich halb krank trank, pflegte ich ihn. Wenn er als Leibwächter nicht um mich sein konnte, entschuldigte ich ihn. Wenn er randalierte, zahlte ich Reparaturen und Schweigegeld. Wenn mir kolportiert wurde, daß er schlecht hinter meinem Rücken sprach, nahm ich an, das sei gelogen.

Als Dank für meine Fürsorge öffnete sich Wenz mir gegenüber schließlich. Er platzte wie eine überreife Frucht, und das war gar nicht so angenehm. Der verdammte Krieg sprudelte aus ihm heraus, blutiger und grauenhafter als alles, was seine Kumpane je erzählt hatten. Er redete, schluchzte, brüllte, klagte, daß immer einer käme, der alles kaputtmachte. Alles, was man liebe.

»Diese Hände da sind nichts wert. Wenn's drauf ankommt, können sie nichts retten. Meine Hände können nichts retten.«

Er weinte ziemlich viel in dieser Zeit. Er brach wegen jeder Kleinigkeit in Tränen aus. Am Anfang rührte es mich. Mit der Zeit ging es mir auf die Nerven. Seine Tränen rochen nach

Schnaps. Er schimpfte über den Krieg, die Generäle, den König. Er schimpfte über seinen Vater, der ein feiges Schwein gewesen sei. Er schimpfte über die Frauen, denen er immer den Helden hatte vormachen müssen, bis sie ihn vor die Türe setzten, weil sie ihn anmaßend oder langweilig fanden. Und er schimpfte über mich, weil ich ihn nicht in Ruhe ließe und überhaupt ein Feind sei, vor dem man sich hüten sollte. Letzteres pflegte er dann immer wieder unter noch mehr Tränen zurückzunehmen.

»Du bist mein Freund, mein einziger! Das weißt du doch!«

Ein Freund – natürlich. Wen sonst hätte er noch um sich gehabt, der sich seine Ausführungen anhörte, die der Alkohol verworren und endlos werden ließ.

»Jeder kämpft, wie er kann. Im Krieg und in der Liebe. Nichts für ungut, Graf, du bist vielleicht ein guter Mensch, aber was hab ich davon? Ich meine, was kommt für mich heraus, wenn man alles zusammenzählt?«

Und dann weinte er wieder und nannte mich seinen besten Freund.

Wenz schaffte es bald nicht mehr, aus dem Haus zu kommen. Er hatte Angst, daß die anderen ihn in seinem jämmerlichen Zustand in Fetzen reißen würden.

Ich hatte jedoch nicht vor, den restlichen Sommer eingeschlossen mit einer kranken Seele zu verbringen. Ich ging abends ohne Wenz aus und mied das Ballhaus, wo das Banditenpack und Giselle waren. Statt dessen besuchte ich die Wirtschaft, die ich immer mit Franz frequentiert hatte.

Dort traf ich Rudolf, den es offenbar auch nicht mehr ins Ballhaus zog. Wir ignorierten einander zuerst, aber da wir die einzigen in der Schank waren, die allein tranken, war es lächerlich. Wernswald war zu klein, um einander aus dem Weg zu gehen. Also setzten wir uns zueinander und waren beide überrascht, daß wir so einfach miteinander plaudern konnten.

»Schön, Klara ist schwanger«, konstatierte Rudolf ganz nüchtern. »Das war doch vorauszusehen, so versessen wie Franz nun einmal ist, nicht weiter aufzufallen. Ob die Constabler sich davon ablenken lassen, werden wir sehen. Aber diese Frau wird ihn verschlucken. Sie schwillt nach allen Seiten an, ist weinerlich und – ach, es ist mir eigentlich egal, hörst du. Oft genug habe ich seine Eskapaden hingenommen. Jetzt weiß ich, was ich zu tun habe. Ich sage es in aller Ruhe und ohne Sentimentalitäten: Ich gehe. Ein paar Wochen noch, dann habe ich meinen Marschbefehl. Im Herbst werde ich schon in den Schützengräben sein.«

»Gratulation. Das freut mich.«

»Ich bleibe nicht in diesem Nest hängen, koste es, was es wolle. Eher erschieße ich mich, als daß mich diese Bauern und tollwütigen Spießbürger drankriegen.«

Aus den Protokollen des Gerichts

Die Aussage des Herrn Rustinger, Verwalter auf den Ländereien zu Kreuzbach, in Diensten derer von Ebenstein:

Ja, gut, es gibt nichts zu leugnen. In diesen Wochen in der Stadt hat er über die Stränge geschlagen. Aber ich habe nie daran gezweifelt, daß Herr von Ebenstein wiederkehren wird. Manche Söhne gehen nicht verloren.

*Ich hoffe, Ihr befindet Euch wohl, Herr von Ebenstein, und übersende Euch wieder die fälligen Abrechnungen mit der üblichen Bitte um Kenntnisnahme Eurerseits. Hier neigt sich schon alles unter den reifenden Früchten. Die Felder sind abgeerntet, Euer Garten ist schöner als alles, was man von Mademoiselle von Matzarts berühmter Terrasse aus sehen kann. Wenn die Hitze bleibt, wird leider vieles verbrannt sein, bis Ihr wiederkehrt, was schade wäre. Euer ergebenster Rustinger.*

Ich bekam eine unendliche Sehnsucht nach Kreuzbach. Und mir fiel das wunderbare Fest ein, das ich ja geben wollte, voller Glanz und Erhabenheit. So anders als mein Leben derzeit war ...

Ich ließ den Brief sinken und seufzte. Im Nebenzimmer grunzte Wenz im Schlaf, und ich dachte daran, wie es sein würde, wenn er wieder aufwachte. Welche Geschichten er mir erzählen würde. Welche Steine er wieder von seiner Seele auf meine wälzen würde.

Der Entschluß fiel mir nicht schwer.

Ich rief die vernünftigste der Dienstboten und übertrug ihr die Aufsicht über das Palais. Nominell erklärte ich Wenz zum Hausverwalter – ich wollte ihn nicht beleidigen, aber auch nicht mitnehmen. Daß er über diese Abschiebung enttäuscht sein würde, nahm ich in Kauf. Das war nur eine erste Maßnahme. Später würde ich mir überlegen, was weiter mit ihm zu geschehen hätte.

Ich ließ das Nötigste packen, die Kutsche anspannen, und bevor es Abend wurde, war ich wieder in Kreuzbach.

Aus den Protokollen des Gerichts

Die Aussage des Herrn Rustinger, Verwalter auf den Ländereien zu Kreuzbach, in Diensten derer von Ebenstein:

Ich führte Herrn von Ebenstein durch die Gartenanlage, die – so muß ich zugeben – sehr schön geworden war. Ebenmaß tut der Seele gut und ist auch dem Geist zuträglich. Ich konnte sehen, wie Herr von Ebenstein im Gehen durchatmete, auch wenn es ihn förmlich zu schmerzen schien. Sodann nahm er ein herzhaftes Abendmahl zu sich und ging zu Bett – ich nehme an, zum ersten Mal seit langer Zeit am Abend statt im Morgengrauen.

Richter: Die Rohheit, die er sich da in der Stadt zugelegt hatte, wich also wieder von ihm?

Herr Rustinger: Ja – wenn sie denn wirklich je so schlimm gewesen war ...

Was ist so ein »wildes Leben« denn schon: wenig Schlaf, zu viel trinken, mächtig kotzen und immer das Gefühl haben, daß einen der eigene Leib bald nicht mehr trägt. Ich beschloß, ein vernünftiger Mensch zu werden, und das fiel mir nicht schwer. Nichts weitet die Brust so sehr wie die Befreiung von einer Last. Und Wenz war eine Last gewesen, von der ich jetzt befreit war wie von einem bösen Geist. Es freute mich, in Herrn Rustingers Blicken wieder einen gewissen Stolz zu sehen.

»Bei allem Respekt, Herr von Ebenstein, wir haben noch einmal Glück gehabt. Ich habe keine Sorge, daß sich doch noch alles zum Besten wenden wird.«

»Ich bin auch sehr dankbar dafür. Mehr als Ihr wissen könnt, glaubt mir.«

Rustinger versuchte ein Lächeln, was bei seiner gewohnt strengen Miene eher schief ausfiel.

Ich lebte feudal, aß viel, schlief viel, war viel zu Pferde und versuchte mich wieder in Übungen zur Leibesstärkung. Es war anstrengender, als es je zuvor gewesen war. Ich ließ es nach einigen Versuchen bleiben und sah lieber meinem Bauch beim Wachsen zu. Hohenschott ließ mir Einladungen zur Jagd, zu Ausritten und dergleichen zukommen. Aus Andeutungen entnahm ich, daß der Ruf meiner städtischen Aktivitäten bis zu ihm gedrungen war, und wenn er sie auch zutiefst dekadent finden mußte, so schienen sie ihn zumindest beeindruckt zu haben. Vielleicht erkannte er in mir eine Art von Jäger, nur in einem anderen Revier.

»Und was Mademoiselle Constanze betrifft...«, fragte er eines Tages bei einer zufälligen Begegnung zu Pferde.

»Ich habe keine Absichten.«

»Gut. Damit wäre ja alles geklärt.«

Ich schrieb der alten Matzart einen freundlich-nachbarlichen Brief und fragte nebenbei, wie es Marie ginge. Die alte Matzart antwortete herzlich und entschuldigte sich sogar dafür, daß ihre Nichte noch nicht auf meine Briefe geantwortet habe.

»Aber sie ist zur Zeit nicht in der Verfassung, die ihr eine ausgedehnte Korrespondenz erlauben würde. Sie leidet an einem nervösen Fieber, aber ich habe Grund zu der Annahme, daß sie sich bald erholen wird. Wie sehr vermisse ich in solchen Momenten die tröstliche Gegenwart von Herrn Bitzl, der mir so viele Jahre eine Stütze gewesen ist.«

Ich war unsäglich erleichtert. Wenigstens war nichts von meinem Dreck bis zur alten Mademoiselle geschwappt. Ich war noch immer der gute junge Herr Chérubin, ein bißchen wild vielleicht, aber durchaus vertrauenswürdig. Die alte Matzart lud mich sogar zu einer gemeinsamen Tasse Kaffee auf der legendären Terrasse ein.

Ich nahm die Einladung an, aus schlechtem Gewissen sowie um den Marie-Busch noch etwas abzuklopfen. Außerdem wollte ich einmal die Matzartsche Terrasse in ihrer vollen Pracht sehen, wenn ich schon einen ganzen Garten hatte bauen lassen, um ihre Aussicht auszustechen.

Umsonst, mußte ich leider zugeben, als ich dort stand und in die Landschaft hinausschaute.

Der Garten der Matzarts war unübertroffen. Die Sommersonne hatte nur geringen Schaden angerichtet dank eines klugen Bewässerungssystems, das sich ihr Gärtner ausgedacht hatte. Ein ähnliches Prinzip hatte auch meinen Garten vor dem Verdorren gerettet, aber trotzdem war das Ergebnis nicht so prachtvoll wie jenes, das ich hier vor Augen hatte.

»Ein paar Jahrzehnte Vergangenheit und ein gewisses Maß an Vernachlässigung, und auch Euer Garten wird dieses Flair haben, Herr von Ebenstein. Habt Geduld.«

»Oh, das ist so ziemlich das letzte, was ich habe.«

Diener brachten zwei Stühle. Wir setzten uns.

»Ihr seht ein bißchen erschöpft aus«, sagte die alte Matzart. »Und Ihr seht älter aus.«

»Keine Jugend hält ewig.« Wir genossen für einige Momente schweigend die Aussicht. »Wie geht es übrigens Marie?«

Die alte Matzart holte leicht Luft. Ich hatte schon ganz vergessen, wie es sich anfühlte, ein Mieder zu tragen, aber wenn ich sah, wie die Frauen gar nicht recht atmen konnten, spürte ich wieder den Druck auf meiner Brust.

»Es geht ihr nicht gut«, sagte die alte Mademoiselle schließlich.

»Das tut mir leid«, sagte ich und meinte es auch so. »Glaubt Ihr, eine Einladung zu dem großen Fest, das ich geben werde, könnte eine Aufmunterung für sie sein?«

»Vielleicht. Hoffentlich. Sie liebt schöne Feste – und ich auch!

Aber ich weiß nicht, ob ich sie dazu bewegen kann, eine Einladung anzunehmen. Sie liebt ihren Schmerz allzu sehr.«

»Verständlich, in ihrem Alter ...«

»Constanze ist bei ihr, um sie etwas aufzuheitern, aber es würde mich wundern, wenn es ihr gelänge.«

»Constanze ist hier?«

Mademoiselle von Matzart war etwas überrascht über den alarmierten Ton in meiner Stimme.

»Ja, natürlich, warum sollten die Mädchen einander nicht besuchen? Sie sind zusammen aufgewachsen. Sie schreiben sich oft.«

»Ist Hohenschott auch da?«

Sie sah mich befremdet an, dann verstand sie.

»Nein, nein. Das ist eine Sache unter Frauen, da läuft kein Verehrer hinterher.«

»Dann bin ich ja froh, daß ich ehrenhalber anwesend sein darf.«

»Nun – Ihr seid irgendwie anders.«

Das klang seltsam, so, wie sie das sagte.

Aus einem Zimmer über der Terrasse hörte man plötzlich ein heftiges Weinen.

Die Matzart stand abrupt auf, und ich mit ihr. Wir sahen zu der Fensterreihe hinauf, die auf den Garten hinausging, wobei natürlich nur die Matzart wissen konnte, welches Fenster es war. Zwei Frauen liefen durch den Salon auf die Terrassentür zu. Eine davon war eine Dienstbotin.

»Mademoiselle, kommt bitte schnell! Es fängt schon wieder an.«

»Entschuldigt mich!« sagte die alte Matzart und verschwand so rasch es ging mit der Dienstbotin ins Haus.

In der Tür blieb Constanze zurück. Sie sah erschrocken aus. War es wegen Marie? Oder meinetwegen?

Ich verbeugte mich. Sie verzichtete auf den Knicks und sagte nur: »Manchmal wünschte ich fast, ich könnte auch so weinen.«

Ich starrte sie an, während sie aus der Tür trat, an mir vorbeiging und sich auf den leeren Stuhl der alten Matzart setzte. Sie deutete auf den zweiten Stuhl.

»Setzt Euch doch, es ist so ungemütlich, wenn Ihr da herumsteht.«

Sie schien nicht böse oder beleidigt, so wie ich sie zuletzt immer erlebt hatte.

»Könnt Ihr mir sagen, was hier eigentlich los ist, Constanze?«

»Ach, was eben so passiert, wenn eine Frau ihren Kopf verliert. Die arme Marie hat etwas unglückselig Dummes getan, das sie wahrscheinlich ein Leben lang verfolgen wird. Sie hat ihre Ehre verloren.«

Das waren offene Worte aus dem Mund einer höheren Tochter. Ich konnte mir kaum vorstellen, daß sie wußte, was sie da sagte.

Sie nahm mein Entsetzen gelassen.

»Chérubin! Tut nicht so, als ob Ihr nie etwas von den Gerüchten gehört hättet. Sogar im Salon meiner Mutter hat man darüber gesprochen.«

»Marie ist doch nicht tatsächlich mit Himmsbiegel durchgebrannt?«

»Nein, so weit ist es gar nicht gekommen. Sie hat sich eines frühen Morgens, kurz nachdem sie Herr Bitzl von einem Fest heimgebracht hat, aus dem Staub gemacht. Direkt von Wernswald in die Residenzstadt. Ich weiß gar nicht, woher sie das Geld für die Reise gehabt hat. Sie muß es dem Majordomus aus der Haushaltskasse gestohlen haben. Kaum angekommen, hat sie die Schwester gleich wieder rausgeworfen. Der werte Herr Himmsbiegel hat sich nicht einmal die Mühe des Erscheinens gemacht.«

War es das? War damit schon *die Ehre verloren?* Ich traute mich nicht nachzufragen. Arme Marie, wenn dem so war, hatte sie von ihrer verlorenen Ehre aber herzlich wenig gehabt!

»Es wird schon wieder Gras über die Sache wachsen«, versuchte ich es mit einem Lächeln abzutun.

»Ich weiß nicht. Vielleicht.«

»Sie wird wieder lachen. Ich werde sie auf mein Fest einladen.«

»Das ist sehr gütig von Euch. Sie wird wohl nicht sehr viele Einladungen bekommen in nächster Zeit.«

Constanze sah verändert aus, aber das war mein Blick auf sie vielleicht auch. Sie schien nicht mehr ernst und starr – sie bewahrte Haltung über einer leichten Müdigkeit. Auf eine gewisse Art war sie in diesem Zustand zugänglicher als je zuvor. Sie streckte sogar ihre Hand aus und berührte die meine, als sie wieder zu sprechen anfing.

»Wie geht es Euch, mon Cousin. Es ist schön, Euch wiederzusehen.«

»Es ist schön, *Euch* zu sehen. Es geht mir nun ganz gut. Ich war allerdings weiter weg von mir denn je.«

Kein Argumentieren, kein Rechten. Ich konnte mich nicht erinnern, jemals so offen mit ihr gesprochen zu haben. Wahrscheinlich war auch ich milder geworden. Wir schwiegen wieder und sahen auf den Garten hinaus, ganz wie die alte Matzart und ich vorhin.

»Man will uns verheiraten, mich und Elise«, platzte es plötzlich aus Constanze heraus.

Ich mußte lachen.

»Das ist aber keine besonders große Neuigkeit, wenn ich mir diese Bemerkung erlauben darf.«

»Und? Werdet Ihr meine Schwester nehmen?«

Ich zuckte mit den Achseln. So eine direkte Frage machte mich verlegen. Constanze blieb gefaßt.

»Ihr seid also wirklich mit einem Fräulein aus Rohrgach liiert, wie mir Hochwürden Gruber gesagt hat?«

»Unsinn, es gibt kein Rohrgacher Fräulein.«

»Dann sehe ich kein Hindernis. Ihr würdet uns behilflich sein, und für Euch wäre es kein Schaden. Unsere Ländereien grenzen aneinander, und in meiner Familie gibt es keinen männlichen Erben. Der Gewinn für alle Seiten wäre beträchtlich.«

»Das sollen die Gründe sein, Elise zu heiraten?«

»Ihr könnt auch mich haben, wenn Ihr wollt. Darum geht es nicht. Nun, was denkt Ihr?«

Stille.

»Ich fühle mich geschmeichelt, aber ich denke nicht, daß es möglich sein wird. Die Dinge sind nicht immer so, wie sie scheinen.«

»Worin seht Ihr das Problem? Von Natur aus ist alles einfach.«

»Au contraire, ma Cousine, das sagt man nur, weil man sich an die Ausweglosigkeit gewöhnt hat. *Meine* Natur ist etwas anders.«

Constanze wurde rot.

»Eure Natur ist mir egal. Die kann man ohnehin nicht ändern. Es gibt andere Dinge, die mein Herz fesseln, und das ist mehr wert als alles andere.«

Wir sahen uns nicht an. Wir saßen nur dicht nebeneinander, die Hände auf den Armlehnen, die Stühle aneinandergerückt. Wenn ich den kleinen Finger bewegt hätte, würde ich sie berührt haben.

»Glaubt Ihr wirklich, daß das Herz siegt, Constanze, so wie uns das die Dichter in den Romanen besingen? Daß die Natur eines Menschen, seine Leidenschaften und Begierden befriedigt werden können, ohne daß wir Niederlagen erleiden oder Niederlagen zufügen?«

Sie wurde tiefrot.

»Ich weiß nicht, was Ihr meint.«

»Schade, Constanze, schade.«

Aus den Protokollen des Gerichts

Die Aussage des Herrn Rustinger, Verwalter auf den Ländereien zu Kreuzbach, in Diensten derer von Ebenstein:

In seinem Herzen ist Herr von Ebenstein ein ausgesprochen vornehmer Mensch, der Freude an der Gesellschaft hat und keine Hintergedanken hegt. Er ist eigentlich ein großzügiger Mensch.

Richter: »Eigentlich« beschäftigt uns hier nicht. Wie war Herr von Ebenstein wirklich? Mich überzeugt sein plötzlicher Wandel nicht. Es ist nicht schwer, von der Tugend abzufallen, aber wieder auf ihre erforderliche Höhe zu kommen ... das ist nicht einfach, und ich habe es in den wenigsten Fällen beobachten können. War Herrn von Ebensteins Gemüt nach seiner Rückkehr aus der Stadt immer »balanciert«, wie Ihr das so schön ausdrückt? Was war zum Beispiel mit diesem Fest?

Herr Rustinger: Das Fest, das er geben wollte, hat ihn sehr beschäftigt.

Richter: Und das muß Euch als Verwalter der Güter doch ziemlich betroffen haben? Immerhin kostet so ein Fest etwas.

Herr Rustinger: Ausgaben sind kein Thema in unserem Haus.

»Wir geben, mit Verlaub, zur Zeit wesentlich mehr Geld aus, als wir einnehmen«, sagte Herr Rustinger und konnte mit *wir* unmöglich sich selbst meinen. »Unsere Rücklagen sind stark zurückgegangen, und die große Hitze dieses Sommers hat der Ernte geschadet. In der Zeit Eurer Abwesenheit ist das meiste auf den Feldern verbrannt, und wir können praktisch keine Einnahmen erwarten. Ihr braucht mich nicht so entsetzt anzuschauen: Ich habe Euch die Abrechnungen in die Stadt nachgeschickt. Wenn es dann noch im Herbst regnet, dann bekommen Wein und Obst die Fäule, und der Garten benötigt erfahrungsgemäß nach dem ersten Winter ohnehin eine Aufforstung, die sehr teuer werden kann. Und was das nächste Jahr bringen wird – wer kann das sagen?«

»Ich verstehe nicht ganz, Herr Rustinger. Ich bin doch, wie man so sagt, reich?«

»Ihr besitzt Land. Ihr besitzt Kreuzbach und das Stadtpalais. Aber Eure Geldvorräte sind fast am Ende. Natürlich könntet Ihr einiges verkaufen, aber das wäre nicht ratsam. Euer Ruf würde leiden. Ihr lächelt – ich rede nicht von *diesem* Ruf. Der ist bestenfalls für Salontratsch interessant. Ein Mann muß in vielerlei Hinsicht etwas wert sein. Zieht nur nicht die Augenbrauen hoch, ich weiß, wovon ich spreche. Geld kommt zu Geld, und wo keines mehr ist, kann man lange warten.«

Ich lächelte, spürte aber, wie meine Gesichtszüge versteinerten.

»Herr Rustinger, nichts für ungut, ich finde Eure Sorge schmeichelnd, aber unpassend. Zugegeben, dies war ein anstrengendes Jahr. Das nächste, versichere ich Euch, wird anders sein. Was mich angeht, ist vieles vorbei.«

»Ich wäre schon zufrieden, wenn es zumindest etwas mehr

Entschlußfreudigkeit Eurerseits gäbe. Rohrgach bleibt uns nicht ewig gewogen, wenn Ihr versteht, was ich meine.«

»Nun, was glaubt Ihr, sei der Sinn meines Festes?« versuchte ich ihn zu beruhigen. »Ich sage Euch: Es wird sich rentieren.«

Herr Rustinger seufzte.

»Ich hoffe, Ihr wißt, was Ihr tut.«

Oh, wenn es etwas gab, womit ich mich auskannte, dann das! Es würde das großartigste Fest überhaupt werden! Beeindruckend! Überwältigend! Es würde die Wernswalder stumm machen – jene von Stand, die dabei sein würden, und jene ohne Stand, denen davon erzählt werden würde. Ich kannte genügend Rührstücke, in denen der Bösewicht geläutert zum Himmel auffährt. Der Himmel konnte warten, aber der Rest würde bestens in Szene gesetzt werden.

Selbstverständlich leitete ich die Vorbereitungen selbst. Ich ließ sie alle vorsprechen: Komödianten und Sänger, Gaukler und sogar eine Truppe von Kunstreitern. Wer nicht anreisen wollte, um sich zu präsentieren, wurde erst gar nicht in Betracht gezogen. Nur die Besten kamen für meinen Abend in Frage. Und jene, die mich nicht kannten.

Ich plante die Begleitmusik zum Empfang, zum Essen und zum Feuerwerk über dem Kreuzbach. Ich wählte das Geschirr aus und die Stoffe, die auf den Tischen drapiert werden sollten. Ich bestellte bei Herrn Diegel die passenden Düfte zum Versprühen – im Spätsommer wollte ich mich nicht mehr allein auf die Blumen verlassen.

Einladungen wurden verschickt, die Zusagen kamen umgehend. Es waren mehr, als ich erhofft hatte. Offiziell hatte es mich seit dem Ball im Palais nicht gegeben – diese einmalige Gelegenheit zur Besichtigung mußte wohl genutzt werden. Die Antwortschreiben strömten nur so herein:

*»Es wird uns eine Ehre sein, auf Kreuzbach zu erscheinen.«*

*»Ganz besonders unsere Tochter freut sich auf das Fest.«*

*»Wir haben schon viel von der Gastfreundschaft auf Kreuzbach gehört und werden sie gern in Anspruch nehmen.«*

*»Diese Einladung ist uns eine große Ehre.«*

*»Du glaubst ja nicht, wie froh ich über jede Abwechslung bin. Solange ich nur dieses Haus verlassen kann ...«*

Der letzte Brief war von Franz. Er war so verzweifelt, daß er mein Mitleid erregte. Ich schrieb zurück, daß er mich jederzeit besuchen könne. Franz ritt im Hof von Kreuzbach ein, bevor mein Brief angekommen sein konnte.

Er war fett geworden, was mich freute: Ich hatte die Genugtuung, nicht allein in die Breite zu wachsen und noch dazu den besseren Schneider zu haben. Franzens Freßsucht übertraf allerdings meinen Appetit bei weitem. Er fing an zu essen, sobald er im Gästezimmer Platz genommen hatte.

»Klara? Ich sage dir, du hast keine Ahnung, was aus Frauen werden kann. Sie war ein Huhn. Jetzt ist sie ein Wal. Solche ...« Er traute sich gar nicht, es auszusprechen, und machte nur große hohle Hände vor seinem Brustkorb. »Es ist grauenhaft. Sie ist aufgeschwemmt wie eine Wasserleiche. Und geil wie eine Katze.«

»Frauen sind auch nur Menschen, Franz!«

»Bist du dir da so sicher?«

Ja. Leider.

»Was willst du von mir? Wie kann ich dir helfen, Franz? Du hast dir das alles selbst ausgesucht.«

»Ausgesucht? Du bist gut. Was soll man denn machen, wenn einen ständig die Constabler umschleichen. Der Reunig behält mich bis auf den heutigen Tag im Auge. Ich hatte gedacht, daß du mich besser verstehst. Trotz allem.«

»Was heißt: trotz allem?«

»Ich wäre nicht gekommen, wenn ich nicht gewußt hätte, daß du allein bist. Daß Wenz in der Stadt ist. Er und sein ganzer Haufen. Das war kein Umgang für dich. Da stehst du drüber wie ein Gott.«

»Wie ein Ganymed auf Adlerschwingen?«

Franz hörte zu essen auf und wischte sich die Finger an der Serviette ab.

»Ganymed war wenigstens nicht grausam. Du bist es schon.«

»Du kennst meinen Standpunkt. Ich glaube, wir können dieses Gespräch jetzt beenden.«

Franz war davon keineswegs so überzeugt. »Es gibt eine Menge Rederei über dich und deine Freunde, mein Lieber, und wenn ich auch weiß, wie bösartig Menschen sein können, so stimmt mich doch manches, nun ja, nachdenklich. Ich kenne Männer und ihre Spiele. Was soll ich zum Beispiel davon halten, wenn sich zwei Männer eine Frau teilen? Wenn sie in ein und denselben Leib kriechen? Das hat doch auch etwas von einem seltsamen *Zusammentreffen.«*

Ich war so verblüfft, daß es einen Moment brauchte, bis ich etwas sagte. »Ich habe keine Frau, die ich teile.«

»Nein? Alle Welt redet von diesem rothaarigen Frauenzimmer in deinem Palais.«

»Giselle? Eine einmalige Sache. Rein professionell. Was sie tut, ist ihr Problem.«

»*Einmalig* ist gut. Sie ist sehr oft in deinem Palais, mein Lieber. Sie wohnt quasi schon dort, heißt es.«

Er legte die Serviette zur Seite, schob den letzten Teller von sich und versuchte so etwas wie einen Augenaufschlag.

»Verzeihung, ich wußte nicht, daß du davon nichts weißt.«

Als Franz zurück in die Stadt ritt, begleitete ich ihn. Offiziell, um nach dem Rechten zu sehen. Inoffiziell auch.

Aus den Protokollen des Gerichts

Frage des Richters an den Zeugen Eugen Wenz, Unteroffizier der Armee Seiner Majestät:

Hat Er in Seiner Eigenschaft als Verwalter des Palais den Herrn von Ebenstein oft gesehen?

Wenz: Nein.

Richter: Keine Feiern mehr, weder mit Freunden noch gemeinsam?

Wenz: Nein.

Richter: Hat es auch keinen Kontakt zu Leuten gegeben, mit denen Er gedient hat?

Wenz: Zu wem bitte genau?

Richter: Ich denke da an Rudolf von der Hall und Franz von Leutgeb.

Wenz: Aber nein!!! Mit denen haben wir nie etwas zu schaffen gehabt!

Als ich ankam, war das Palais leer. Es roch nicht gut, aber das traf auf die gesamte Stadt zu, wenn man gerade vom Land kam.

Das Personal war erschrocken, mich zu sehen. Mit verschämten Gesten räumten sie Tabakreste, leere Gläser und Teller weg. Es sah nicht so aus, als ob sich Wenz in meiner Abwesenheit gelangweilt hätte. Wo »der Herr Verwalter« zur Zeit war, wußte niemand.

Ich ließ mir frische Kleider und etwas zu essen bringen und wartete im Salon, bis er kam.

Das war erst gegen vier Uhr früh – eine normale Zeit in unseren besten Tagen. Er war verwundert, mich zu sehen, wirkte aber in keiner Weise betreten.

»Ach, der Graf – was für eine Ehre! Du kommst und gehst wie ein Geist.«

»Das scheint dich aber nicht sonderlich zu schrecken.«

»Warum auch? Ich habe nichts zu verbergen. *Ich* lasse meine Freunde nicht im Stich.«

»Das sieht man. Es scheinen dich ja einige besucht zu haben.«

»Ein Mann ist ungern allein auf seinem Posten. Es sind ja auch *deine* Freunde, Graf, wenn du dich erinnern magst?«

»Ich kenne viele Leute, und sie sollen mir alle recht sein – solange du nicht auch noch ein paar Freundinnen anschleppst! Es wird schon genug geredet. Man muß aus diesem Haus kein Bordell machen.«

»Ich bitte dich, Graf. Ich bringe keine Weiber hierher. Die klauen doch nur, wenn du schläfst.«

Er war verlegen, ich konnte es sehen. Der elende Hund hatte also doch ein schlechtes Gewissen!

»Es müssen ja nicht immer die einschlägigen Damen sein, Wenz.«

Ich musterte ihn. Er wich meinem Blick aus, nahm den

Weinkrug, den ihm ein verschlafener Dienstbote gebracht hatte, und setzte sich mir gegenüber auf einen seidenbezogenen Stuhl.

»Ich mag die *einschlägigen Damen*, Graf, du kennst mich ja. Diese Weiber wissen genau, was sie wollen, die kennen sich aus. Keine Lügen, keine Getue. Wenn ich bezahle, weiß ich, was ich kriege: nicht weniger, aber auch, Gott bewahre, nicht mehr.« Wenz lachte, prostete mir zu und trank.

Ich war mir sicher, daß er log. Giselle residierte hier, da konnte er herumreden, was er wollte. Trieben sie es miteinander? Schlecht für meinen Seelenfrieden! Sprachen Sie miteinander? Schlecht für meinen Ruf: Eine Indiskretion von Giselle, und ich war quasi *kastriert*. Und wenn dann noch irgendwo die gehässige alte Debrimont mitspielte – Gnade mir Gott!

Ich blieb ein paar Tage, in der Hoffnung, doch noch etwas aus Wenz herauszubringen, aber das hätte ich mir sparen können. Um nicht mit völlig leeren Händen heimzukommen, tätigte ich wenigstens ein paar Einkäufe für mein Fest und gab weitere Bestellungen auf. Dann kehrte ich zurück aufs Land. Die Nachteile der Stadt waren zu spürbar, wenn man nicht vorhatte, ihren Verlockungen zu erliegen. Gemäß meinem Auftrag mußte Wenz künftig einmal pro Woche Rapport auf Kreuzbach machen. Das war zwar lächerlich, weil sich natürlich nichts im Palais zutrug, das des Rapportierens wert gewesen wäre, aber ich wollte ihn nicht aus den Augen verlieren und mußte seinen Status und sein Gehalt rechtfertigen. Herr Rustinger war in dieser Hinsicht in letzter Zeit recht kleinlich geworden.

Aus den Protokollen des Gerichts

Frage des Richters an Herrn Diegel, Apotheker und Händler von Chemikalien zu Wernswald:

Herr Diegel, wir kommen nun zu einem heiklen Punkt, aber habt auch Ihr damals von den Gerüchten gehört?

Herr Diegel: Nein.

Richter: Wißt Ihr, welche Gerüchte ich meine? Sie sind durch die ganze Stadt gelaufen.

Herr Diegel: Nein, ich verstehe gar nicht, warum Ihr mir eine solche Frage stellt. Ich könnte Euch so viel anderes von den Leuten von Stand erzählen. Ich bin da ein und aus gegangen und habe wahrhaft anderes zu tun gehabt, als auf den Pöbel zu hören.

Richter: Euer Schwiegersohn war involviert und noch einige andere Herren.

Herr Diegel: Nein, wirklich nicht. Mit solchen Dingen befasse ich mich nicht. Ich bin ein ehrbarer Bürger, der alles seiner eigenen Hände Arbeit zu verdanken hat. Mein Schwiegersohn hat zu guter Letzt ja seine Strafe bekommen, und das wird schon seine Richtigkeit haben. Aber was die Leute reden – da muß man drüberstehen!

»Eine Hure bewirft uns mit Dreck!«

Wenz' neueste Berichterstattung ähnelte dem Gebrüll eines tollwütigen Tiers. »Ich drehe ihr den Hals um!«

Wie schön! Hatte es also endlich den Krach gegeben, der in jeder noch so bedeutungslosen »Liebe« unumgänglich war? Zerbrach gerade diese entzückende Verbindung zwischen einem Menschen und einem anderen, stellte sich nun endlich wieder der Naturzustand der Einsamkeit her?

Weit gefehlt. Wenz hatte eine andere Hure gemeint.

»Die Debrimont, das alte schlaffe Weibsstück, zerreißt sich das Maul. Sie schüttet Dreck aus über Dinge, die sie nicht versteht. Was weiß eine verräterische Hure schon von Freundschaft?!«

»Worüber mokiert sie sich denn? Hat einer die Zeche bei ihren Schützlingen geprellt?«

»Woher soll ich das wissen? Sie scheint zu wenig Kunden zu haben. Zumindest unter unseresgleichen. Sie behauptet, wir seien uns selbst genug! In der Armee käme das ja öfter vor! Deckslochhure, gottverfluchte! Wer weiß, wie lange die das schon herumerzählt. Wahrscheinlich weiß es inzwischen die ganze Stadt!«

Mir wurde heiß und kalt. Noch verstand ich nicht, wie schlimm es werden konnte, aber ich ahnte, daß sich die Schlinge langsam zuzog, wogegen ich mich wohl kaum überzeugend wehren konnte – sogar die alte Mademoiselle von Matzart hatte gesagt, daß sie mich *anders* fände!

»Sag doch was, Graf! Tu was! Man weiß ja gar nicht mehr, wo man hinschauen soll. Überall starren einen die Leute an. Die werden uns dafür noch hängen!«

»Hör auf, so herumzubrüllen, das hilft uns jetzt auch nicht! Laß mich gefälligst nachdenken!«

Wenz machte den Mund auf – und wieder zu. Er sah mich an und wartete.

*»Wir werden Euch in Stücke reißen! In tausend kleine Stücke!«* Man konnte gegen die alte Debrimont sagen, was man wollte: Ihre Versprechen hielt sie ...

»Und? Was kommt raus bei deinem Nachdenken?«

»Woher kann die Debrimont das alles wissen?«

»Da gibt's nichts zu wissen!«

»Irgend jemand muß ihr etwas erzählt haben. Jemand, der mit uns in Verbindung steht – mit uns und der Debrimont ...«

Wenz wurde still. Er wußte, daß ich nur eine Person meinen konnte. Ich hätte ihn erschlagen können. Jetzt und auf der Stelle. Es hatte eigentlich nicht so sehr mit diesem Skandal zu tun – die Debrimont hatte doch schon lange mehr gewußt als wir alle zusammen –, aber Wenz' Miene sprach Bände. Er war also mit Giselle zusammengewesen, und er hatte mit ihr über mich geredet. Über mich und meine Freunde Franz und Rudolf ...

Er sah mich kurz an und senkte seinen Blick.

»Jetzt komm schon, Graf – du hast doch auch deinen Spaß mit ihr gehabt, oder?«

Ich dachte daran, wie ich das Tischtuch im Blauen Salon vom Tisch gezogen hatte. Die Verwüstung am Boden. Die bezahlte Lüge.

»He, hast du nicht auch deinen Spaß gehabt, Graf?« Wenz wurde wieder lauter.

Ich fühlte mich taub und müde.

»Und? Sollen wir uns deshalb duellieren? Das löst nicht das Problem mit Franz und Rudolf.«

»Da gibt es kein Problem! Das waren nur blöde Redereien. Die kommen immer wieder vor. Na und? Sind ja selbst schuld. Immer diese Mißverständlichkeiten. Ich weiß nur eins: Ich gehöre nicht dazu! Ich hab nichts zu verstecken!«

Ich schon.

Ich mußte wieder in die Stadt fahren. Offiziell, um als großer Herr aufzutreten und die bestellten Feuerwerke für das Fest abzuholen. Inoffiziell, um mir selbst ein Bild von dieser heiklen Situation zu machen. Niemand ist stärker in Gefahr als ein Lügner, der die Wahrheit um sich herum nicht mehr kennt.

Ich betrat Diegels Geschäft, um nach meiner Bestellung zu fragen, mußte mich aber von einem Lehrjungen bedienen lassen, da der Chef angeblich nicht da war. Franz sei ebenfalls, so sagte man mir, bei einem Kunden außerhalb der Stadt.

Rudolf, so wußte ich nach einer kurzen Rast in der früher gemeinsam frequentierten Gastwirtschaft, war auf Manöver. Ich konnte nicht abschätzen, ob das eine Maßnahme der beiden gegen die Gerüchte war, oder ob es die Entwicklung zwischen den beiden widerspiegelte.

Als ich bei Klara vorsprechen wollte, wurde ich abgewiesen. Ihr Vater sei bei ihr, hieß es, um ihr beizustehen: Sie fühle sich nicht wohl, was in ihrem Zustand nur natürlich sei. Im Weggehen hörte ich ihre Stimme trotzdem bis auf die Straße hinunter. Sie schien mit ihrem Vater einiges zu bereden zu haben, und beide waren dabei im Ton etwas laut und ziemlich gewöhnlich.

Im Ballhaus war es leerer und leiser als sonst, sogar am Abend war wenig los. Es gab kaum Unterhaltungen unter den Männern, und schon gar nicht mit mir.

Aus den Protokollen des Gerichts

Frage des Richters an den Zeugen Eugen Wenz, Unteroffizier der Armee Seiner Majestät:

Und das Gerede hat ihm nichts ausgemacht?

Wenz: Nein. Einen Soldaten haut so was nicht um.
Richter: Gut weggesteckt also?
Wenz: Ja.

Wenz war in dieser Zeit erstaunlich oft nüchtern. Das kam vor allem daher, daß auch mit ihm keiner mehr trinken gehen wollte. Was in ihm vorging, wußte ich nicht, und es interessierte mich auch nicht besonders. Ich hatte eine Heidenangst vor dem, was sich da zusammenbraute, und wollte so schnell wie möglich so weit wie möglich von all dem weg sein.

Aber es fing zu regnen an ...

Der Himmel wurde schwarz und blau und dunkelgelb, und dann ging es los und hörte nicht mehr auf. Ein Gewitter kam nach dem nächsten, immer lauter, immer heftiger, der Regen wuchs sich zur Sintflut aus. Das war der Regen, von dem Herr Rustinger gesprochen hatte. Der Regen, der Obst und Wein verderben lassen und mich, so wie die Dinge lagen, ruinieren konnte.

Auch mein schönes Fest, das mich doch rehabilitieren sollte, drohte ins Wasser zu fallen. Schon in der Stadt gab es nichts als Dreck und Matsch, und wie es vor den Stadtmauern aussah, wollte man gar nicht wissen. Mein Kutscher weigerte sich, nach Kreuzbach zu fahren, da er nicht für unser Leib und Leben garantieren könne. Erst vor ein paar Tagen, so sagte er, seien ein paar Händler, die unbedingt weiterziehen wollten, mit ihren Wagen in den Straßengraben gekippt und hätten sich samt ihren Rössern den Hals gebrochen. Von seinem Standpunkt aus hatte der Mann ja recht. Daß ich mir unter Umständen lieber den Hals gebrochen hätte, als in Wernswald meiner eigenen Hexenverbrennung beizuwohnen, konnte ich ihm ja schlecht erklären.

Ich mußte also im Palais bleiben. In Wenz' Nähe und in der Nähe der Gerüchte.

Ich versuchte, es mir in dieser Katastrophe so gemütlich wie möglich zu machen. Während der Regen gegen die Fenster prasselte, ließ ich im Salon das Feuer anmachen, um die Feuchtigkeit zu vertreiben, orderte Wein und Tabak und versuchte zu lesen oder Patiencen zu legen.

Wenz vermied jedes Zusammentreffen. Wenn wir uns auf den Korridoren begegneten, nickte er mir nur kurz zu und ging schnell weiter. Das konnte mir zwar recht sein, aber traurig machte es mich trotzdem.

An einem Abend, als der Regen ganz besonders stark strömte und alles kalt und klamm wurde, kam Wenz schließlich doch zu mir in den Salon. Wahrscheinlich war es ihm in seinem Zimmer zu kühl geworden, und in die Küche zu den Dienstboten würde er sich kaum setzen wollen.

Natürlich hätte ich ihn einfach hinauswerfen können, aber da saß er, schlecht beleuchtet vom Feuer und den wenigen Kerzen, und sah mich an. Ein roher Klotz, aber einer, dem eine Sentimentalität anhaftete, die mir das Herz brach.

Ich klappte das Buch zu, und wir redeten, als ob es nie etwas Böses zwischen uns gegeben hätte. Ich soll verflucht sein, aber der alte Zauber fing wieder zu wirken an. Es gab eine Tiefe in den Blicken, einen anderen Ton in unseren Stimmen, irgend etwas, das von mehr Verständnis zeugte, als es mit den anderen Menschen möglich war. Wenz kämpfte dagegen an, weil es in dieser Situation das letzte war, was er fühlen wollte. Ich kämpfte dagegen an, weil es lächerlich spät dafür war, nach allem, was wir schon durchgemacht hatten.

Wir ließen Wein kommen und tranken beide zuviel, und die Gespräche wurden zentnerschwer von Wahrheiten und Enthüllungen. Wenz erzählte endlich von sich und Giselle und meinte, daß es ein Fehler gewesen sei, aber daß er diesen Fehler immer wieder machen würde.

»Ich kann es einfach nicht glauben, daß eine Frau so eine Komödiantin sein kann. Ich gebe ihr Geld und glaube doch, ich kriege ihr Herz dafür. Was bin ich für ein Trottel! Und der allergrößte Trottel bin ich, wenn ich glaube, es tut mir nicht weh ...«

Er sah mich an, weil er nun ähnliche Enthüllungen von mir erwartete. Ich lächelte und spürte zugleich einen Stich in meiner Brust.

»Du kriegst auch kein Herz, mein Lieber, wenn du ein Herz gibst. Das sind alles dumme Lügengeschichten für junge Mädchen, um sie herumzukriegen.«

Ich konnte ihn nicht länger anschauen und blickte auf den Boden.

»Aber immerhin ist sie zu dir gekommen, mein guter Wenz. Zu besonderen Konditionen, nehme ich an, denn ihre regulären Preise sind hoch. Ich kenne sie. Und ich kenne dein Gehalt.«

Wir versuchten beide ein Lachen.

»Was weiß ich«, sagte Wenz. »Dumm nur, daß ich's nicht offener gemacht habe. Dann hättest du mich vielleicht umgebracht, aber das hier ...« – er machte eine kreisende Kopfbewegung, die das tratschende Wernswald umfaßte – »... hätten wir uns erspart.«

Ich schenkte uns beiden nach und war von mir selbst beeindruckt, wie ruhig ich all seine Reden von Giselle hinnahm. Aber sie berührten mich tatsächlich nicht. Das, was wir miteinander hatten, betraf eine Giselle nicht.

»Ach, laß gut sein, Wenz. Die Leute reimen sich ohnehin zusammen, was sie wollen. Uns mögen sie nicht, wir gehören nicht dazu, also: sssst, Rübe ab!«

»Wird schon einen Grund haben, warum wir zwei uns gefunden haben, was, Graf?«

Wir stießen an und tranken, bis Wenz weit nach Mitternacht einfach umfiel. Er sah aus wie tot, atmete aber tief und regelmäßig.

Ich faßte seinen Arm und rüttelte ihn, weil ich dachte, daß es wohl nicht gesund sein könne, derart erhitzt von Wein und Reden in dem kalten Salon einzuschlafen.

Er rührte sich nicht.

Ich beugte mich über ihn ... Es gibt kein Gefühl, das sich mit jenem vergleichen läßt, das ein warmer atmender Menschenkörper hervorruft. Es brennt durch jeden Stoff hindurch bis auf die nackte Haut. Es fährt durch das Fleisch, es fährt bis in die Knochen. Es akzeptiert keinen Widerstand, und es ist der einzige gute Grund, sich zu ergeben. Ich hatte Wenz mit einer leichten

Ohrfeige wecken wollen. Statt dessen küßte ich ihn auf die Stirn. Auf den Haaransatz. Das Ohr. Das Kinn. Den Mund.

Und so tot er war – er erwiderte meine Küsse. Daran gab es keinen Zweifel. Ich kenne Lippen. Ich kenne Zungen. Ich kenne ihren Geschmack und ihre Bewegungen.

Da machte er die Augen auf – und im selben Augenblick war er auf den Füßen und rannte voller Entsetzen in die Nacht hinaus, wo es stürmte und krachte wie beim Weltuntergang.

Ich blieb zurück, betrank mich noch etwas mehr und ging schlafen.

Habe ich kein Herz?

Schon lange nicht mehr. Wie sonst hätte ich überleben können?

Am Morgen war Wenz wieder da, als ich im Salon beim Frühstück saß. Klatschnaß hinterließ er Pfützen, deren Ränder man auf ewig in den Teppichen sehen würde. Er sagte kein Wort, als er an der Tür zum Salon vorbeiging. Mir wäre auch nichts eingefallen.

Ich nahm seine Wiederkehr ohne Genugtuung zur Kenntnis. Wo sonst hätte er auch bleiben sollen?

# *Der letzte Ritter*

Endlich ließ der Regen etwas nach. Mein Kutscher beschwor noch immer die Gefahren der Landstraße, wenn ich von meiner gewünschten Rückkehr nach Kreuzbach sprach, aber ich ignorierte das. Wer war hier schließlich der Herr – er oder ich? Und wer war noch immer in Gefahr – er oder ich?

Der Weg gestaltete sich tatsächlich mühsam. Alle paar Meter versank die Kutsche im Morast und mußte mühsam herausgezogen werden. Ich hatte keine Lust, jedes Mal auszusteigen und mich dem Regen preiszugeben, also blieb ich sitzen, schaukelte in dem Holzkasten hin und her und fühlte mich gegen Ende der Fahrt ziemlich elend.

Im Schloß angekommen, zog ich mich sofort zurück und blieb für mindestens eine Woche im Bett. Einen Teil der Zeit stellte ich mich schlafend. Den Rest verschlief ich tatsächlich.

Als ich die Augen öffnete, war der Himmel blau, die Sonne strahlte, und ein Spätsommer kündigte sich an, wie ihn sonst nur die Dichter besingen.

Ich stand auf und war guter Dinge. Als erstes gab ich Anweisung, die Dienerschaft des Palais für den Sommer zu entlohnen und zu entlassen. Wenz beurlaubte ich mit einer ansehnlichen Summe und hoffte, er würde verstehen. Dann schickte ich die altgedienten Dienstboten in die Stadt, um alles aufzuräumen.

Und endlich konnte ich mich meinem Fest widmen! Man kann den Leuten nicht das Reden verbieten, aber man kann ihnen etwas an die Hand geben, das sie erst einmal eine Weile beschäftigt. Wenn ich es fertigbrachte, nur hell genug zu glänzen, war ich meinen Feinden wieder ein ganzes Stück voraus. Eine andere Gelegenheit, Land zu gewinnen, würde sich so schnell nicht bieten ...

Aus den Protokollen des Gerichts

Die Aussage des Herrn von Hohenschott, Ludwig:

Das Fest, das muß man ganz unter uns sagen, war, ungeachtet dessen, was später geschah, recht gelungen. Ganz Wernswald gab sich die Ehre, und alle haben sich amüsiert. Es ist erstaunlich, wieviel Herr von Ebenstein von Gauklern und ähnlichem versteht. Die Komödianten waren so gut, daß man sie dreimal durch den Park ziehen ließ und Diener mitschickte, die sie von beiden Seiten mit Münzen bewarfen. Schön, vielleicht ist man in unserer Gegend auch ein wenig ahnungslos in solchen Dingen, und Madame Debrimont, die als einzige Fachkenntnis hätte haben können, war nicht eingeladen. Mademoiselle von Matzart und ihre Nichte Marie, die doch des öfteren in der Residenzstadt sind, haben sich jedoch einigermaßen amüsiert, was in Anbetracht ihrer Lage durchaus auf eine hohe Qualität der Unterhaltung schließen läßt. Es war übrigens sehr großherzig von Herrn von Ebenstein, eine Einladung an die Matzarts auszusprechen, die zu diesem Zeitpunkt nicht oft gesellschaftlichen Ereignissen beiwohnten. Leutgebs Frau hat sich mit Unpäßlichkeit entschuldigt, was man nach all der Aufregung verstehen kann, und er selbst ist auch nicht gekommen. Vielleicht wegen dem häßlichen Gerede, das es noch immer gab, vielleicht aber auch, weil er sonst wahrscheinlich seinen Schwiegervater hätte mitnehmen müssen. Der war übrigens beleidigt, weil er nicht eingeladen war, hieß es. Rudolf von der Hall war nicht da. Die Familie derer von Seiberfeldt war zur Gänze anwesend, und mit ihnen war auch Hochwürden Gruber gekommen. Es waren auch einige Familien aus Rohrgach anwesend, aber die kannte ich nicht.

Richter: Ich danke für Eure genaue Aufzählung, Herr von Hohenschott. Gab es noch etwas Außergewöhnliches von dem berühmten Fest zu berichten, das für diesen Prozeß von Bedeutung sein könnte?

Ludwig von Hohenschott: Die Gästeliste hatte ihre Seltsamkeiten. Es hieß, daß auch Ebensteins Mätresse auftauchte, eine gewisse Giselle, die eigentlich nicht in die Gesellschaft eingeführt ist, aber ich persönlich habe sie nicht gesehen. Aus einer gewissen Großzügigkeit heraus waren sogar sein Maler und der Gärtner zu Gast – ich glaube, der kam von Mademoiselle von Matzart –, aber die beiden haben, so glaube ich, das Fest nicht genossen.«

Richter: Danke, Herr von Hohenschott. Danke.

Gegen Mitternacht, als es schon etwas kühler wurde, aber alle noch von Tanz und Wein erhitzt waren, trat endlich Frastalli, *der* Frastalli, auf die Bühne des »Grünen Theaters«. Mitten in der kunstvollen Arena aus Hecken und Bäumen (denen die vergangenen Unwetter Gott sei Dank nicht so viel angehabt hatten wie Rustingers Obstbäumen), beleuchtet von Fackeln und Laternen, hob er zu singen an. Und seine Stimme war schöner als alles, was die Natur je hätte hervorbringen können …

Ich hatte den Kastraten extra aus der Residenzstadt anreisen lassen, und er erhielt eine fürstliche Gage, die einen nicht unwesentlichen Teil der gesamten Kosten ausmachte und ein Vielfaches dessen war, was ich je als Komödiantin verdient hatte. Darüber hinaus war er hysterisch und überheblich, wie man es von einer Diva erwartete, und was das Äußere betraf, überhaupt eine Zumutung mit seinem Kugelbauch und den viel zu dünnen Beinen.

Aber diese Stimme!

In ihr lag eine solche Sehnsucht, eine solche Hingabe, eine solche Liebe, wie es im normalen Leben gar nicht vorkommen kann.

Es wurde ganz still. Die Gäste hörten sogar zu essen auf und nippten nicht einmal mehr an ihren Gläsern. Niemand wollte den Zauber dieses schier uneinlösbaren Versprechens zerstören.

Als Hausherr hatte ich einen Ehrenplatz genau vor der Bühne, nahm dort aber nicht Platz. In diesem Moment wollte ich nicht angeschaut werden. Der Abend war ein Triumph gewesen, ein Tritt auf die Köpfe aller Schlangen, die sich erhoben hatten, diese Musik jedoch zwang mich zu Boden. Es gab nichts, an dem sich mein Schmerz festmachen ließ, er wanderte ziellos in mir umher, aber er war so stark, daß er mich fast erstickte. Es war so schrecklich, immer überleben zu müssen. Ich biß die Zähne zusammen und biß und biß und biß, aber die Tränen stiegen so hoch, daß man sie in meinen Augen sehen mußte. So wandte ich mein Gesicht ab.

> Niemand weiß, wie schwer mir's fällt,
> Flammen in der Brust zu hegen
> Und sie dennoch für die Welt
> Nicht ans helle Licht zu legen.
> Feuer läßt sich nicht verhehlen,
> Denn sein Glanz ist allzu klar,
> Und die Glut verletzter Seelen
> Macht sich selber offenbar.
> Armseliger, was hilft dein Lieben?
> Du liebest, was nicht lieben kann.
> Des Hungers Wut hat dich getrieben,
> Doch rührst du böse Dinge an:
> Die Schönheit, die dein Herze sucht,
> Ist des verbot'nen Baumes Frucht.

Die Stimme des Kastraten tötete mich.

Ich drehte mich um und verließ die hypnotisierte Menge.

Aus den Protokollen des Gerichts

Frage des Richters an Hochwürden Gruber, Pfarrer zu Wernswald:

Eines würde mich jetzt aber noch interessieren, und ich frage Euch das als einen, der Herrn von Ebenstein doch gut kennt: Zeigten sich bei diesem Fest noch weitere Zeichen der Verrohung an dem jungen Herren? Setzten sich die Unarten, die er sich offenbar im Sommer zugelegt hatte, fort?

Hochwürden Gruber: Mitnichten! Was immer geredet wurde – er zeigte sich als der empfindsame und aufmerksame Mann, als den wir ihn alle schätzengelernt hatten.

Richter: Kein Wolf im Schafspelz? Besonders was sein Betragen Frauen allen Standes gegenüber betraf?

Hochwürden Gruber: Das sind infame Unterstellungen.

Richter: War Mademoiselle Elise während des Festes bei Herrn von Ebenstein?

Hochwürden Gruber: Natürlich, die beiden jungen Menschen haben sich blendend unterhalten. Mademoiselle Elise war hocherfreut, Herrn von Ebenstein wieder zurückgekehrt zu sehen. Die jungen Leute schienen besonders innig miteinander, innerhalb der Grenzen des Anstands, natürlich.

Richter: Und Mademoiselle Constanze?

Hochwürden Gruber: Sie war bei ihren Eltern. Außerdem hat sie der junge Herr von Hohenschott zum Fest begleitet und den ganzen Abend unterhalten. (Im Auditorium wird gelacht.) Nun, man muß ja nicht immer reden, um sich zu unterhalten.

Als Herr Rustinger an mich herantrat, dachte ich schon, er wolle mich zu den Rohrgacher Familien treiben oder mich zumindest von Elises klettenhafter Präsenz erlösen. Das kleine Biest hatte sich kurz nach Frastallis Darbietung an meine Fersen geheftet und war weder mit Einsilbigkeit noch mit Ruppigkeit zu vertreiben gewesen. Was immer ich sagte, sie lachte dazu und hakte sich bei mir unter, als ob ich ihr einen Antrag gemacht hätte. Die werte Frau Mama und Hochwürden Gruber standen dabei und strahlten. Ein Alptraum.

Aber Herr Rustinger hatte mir etwas mitzuteilen.

»Da ist eine junge Dame im Schloßhof, die Euch sprechen will«, flüsterte er mir ins Ohr.

Ich löste mich von der Seiberfeldt-Partei mit einer überaus höflichen Verbeugung, die trotzdem Enttäuschung auslöste, und folgte Herrn Rustinger, der Richtung Schloßhof ausschritt.

»Noch eine Dame, Herr Rustinger? Nur immer her damit.«

Er fand die Bemerkung nicht lustig.

»Es ist nicht wirklich eine Dame. Sie nennt sich Susette, eine Schauspielerin. Sie ist mit der Gauklertruppe gekommen und sagt, daß sie Euch kennt.«

Diese Anspielung auf meine dunkle Vergangenheit war dem Guten sichtlich unangenehm. Er konnte nicht die leiseste Ahnung haben, wie unangenehm sie *mir* erst war! Es gab nur eine Susette, die mich kennen konnte ...

Ich bahnte mir den Weg durch die Menge. Im Schloßhof war alles ausgestorben. Nur ein Feuer, um das sich bis vor kurzem die Kutscher der Herrschaften versammelt hatten, brannte noch. Die Gestalt, die hinter dem Feuer stand, knickste nicht, als sie mich sah.

»'n Abend, der Graf.«

Sie war es also. Na gut. Das hatte wohl eines Tages so kommen müssen.

Ich umrundete das Feuer und packte Susette hart am Arm. Ich hatte keine Hemmungen. Ein dummes Stück Weib würde mir nicht zur Nemesis werden! Sie war zu verblüfft, um sich zu wehren. Mein Aussehen mußte veränderter sein, als ich dachte.

Ein paar Dienstboten liefen über den Hof. Sie sahen uns, tuschelten und liefen schneller weiter. Das hatte mir gefehlt: noch mehr Tratsch! Ich schleppte Susette aus dem Hof weg, die Schloßtreppe hinauf und in die Vorhalle – keinem bestimmten Ziel zu, nur weg von den Leuten.

»Jetzt bist du also wirklich ein Graf«, zischte sie, während ich sie zog und zerrte. »Schau sich das einer an. Man sollte es nicht für möglich halten.«

»Warum bist du hier?« fauchte ich sie an.

»Du hast doch Komödianten gesucht! Also, da bin ich – lach gefälligst! Man hört Gerüchte über Gerüchte. Das plötzliche Verschwinden einer Person, ein plötzliches Wiederauftauchen einer anderen. Ein dünner, hochaufgeschossener Knabe, der Chérubin heißen soll und so furchtbar hungrige Augen hat. Der in feiner Gesellschaft Reden schwingt, die viel von seinen alten Rollen haben.«

»Halt den Mund!« Doch sie hörte nicht auf. Da kamen schon

wieder Dienstmädchen aus der Küche, die neugierig schauten. Blitzartig packte ich Susette und schob uns beide in den äußersten Winkel der Vorhalle, wo das Licht der Fackeln nicht hinreichte.

Ich mußte mir etwas einfallen lassen – dieses Weib konnte in einem Augenblick meine Existenz ruinieren!

Was blieb mir übrig? Ich zerrte sie zu der Tür, die zum alten Turm hinaufführte. Dort war mit Sicherheit niemand. Ich stieß die Tür auf und schob Susette die steile Treppe hinauf. Sie wehrte sich, aber es nützte ihr nichts.

Oben auf dem Turm angekommen, schubste ich sie unsanft auf die Plattform hinaus. Der Widerschein des entfernten Festes war bis hier oben zu sehen. Man hörte leises Lachen, Plaudern und die Musik der Komödiantentruppe. Susette richtete sich auf und blickte sich um.

»Was für einen Ausblick man von hier hat! Du hast es geschafft, Chérubin! Ein Leben wie im Traum. So gut bist du in Frauenkleidern nie gewesen.«

»Halt keine Reden! Was willst du?«

»Deine Stimme – erstaunlich! Man könnte dich wirklich für einen Mann halten.«

»Ich war immer besser, als ihr alle geglaubt habt.«

Sie schnaubte verächtlich.

»Du bist halt eine Laune der Natur und hast das unglaubliche Glück, dich jetzt selbst spielen zu dürfen.«

Sie sah mich an, den Kopf in den Nacken geworfen. So hatte sie immer ihre Kammerkätzchen gespielt.

»Wieviel bedeutet dir denn dein neues Leben, Herr Chérubin?«

»Ah, so ist das also.« Ich lachte verächtlich. »Du kannst mich nicht erpressen! Man wird dir nicht glauben, du Schlampe. Ich bin, was sie glauben wollen. Das ist das beste aller möglichen Theater. Dagegen spielst du nicht an. Du bist nichts weiter als ein kleines Stück Dreck.«

Sie lächelte zuckersüß. Das hier war ein ziemlich böses Spiel.

»Wie du mich haßt! Du bist weniger Mann geworden, als du

denkst. Du bist eine Frau wie ich, nur leider bist du darin nicht so gut wie ich!«

Susette ließ ihr helles Zofenlachen erklingen und drehte sich wieder zu einer der Schießscharten um.

Ich trat hinter sie.

»Du bist eine miese Kreatur, Susette. Du bist alles, wofür ich Frauen verachte.«

Sie lachte wieder.

»Ich habe alles, worum du Frauen beneidest!«

Ich packte sie mit einer Hand bei der Schulter, mit der anderen an ihrer Hüfte.

Sie wehrte sich.

»Laß das, du perverse Sau!«

Ich hob sie mit einem Ruck hoch. Meine Hand rutschte von den Schultern in ihren Nacken. Ich hielt sie wie eine Puppe. Ihre Bemühungen, sich freizukämpfen, waren lächerlich. Auch die kläglichen Reste meiner Kräftigungsübungen machten mich noch immer viel zu stark für sie.

Sie wurde panisch, kratzte, biß, trat nach mir. Ich hob sie höher und drückte sie durch eines der kleinen Fenster. Für einen Moment verkeilte sie sich in der Maueröffnung. Ich drückte sie mit meinem ganzen Gewicht hinaus.

Etwas krachte.

Ich glaube, es war einer ihrer Arme.

Der Schmerz mußte groß sein. Sie schnappte nach Luft und ließ jeden Widerstand fahren.

Ich ließ sie fallen.

Sie fiel wie ein Stein.

Einmal, zweimal schlug sie gegen die Turmmauer, die dem Fest abgewandt war. Dann klatschte sie auf das Wasser und versank im schwarzen Fluß.

Das Feuerwerk explodierte am Himmel und spiegelte sich im Kreuzbach, der noch leicht in Bewegung war. Der Wind trug ein paar Ahs und Ohs der faszinierten Gäste herauf. Wie schade, daß ich jetzt nicht mitten unter ihnen sein konnte, um ihre Komplimente für das gelungene Spektakel entgegenzunehmen.

Ich ging zurück auf das Fest und spürte nichts. Alles, woran ich denken konnte, war, daß ich es mir nicht verderben lassen wollte. Wer wußte, wie viele Möglichkeiten des Triumphes mir noch bleiben würden?

Herr Rustinger folgte mir mit Blicken. Schließlich trat er an mich heran und fragte aus dem Mundwinkel, ob er etwas für mich tun könne – bezüglich der Mademoiselle ...

»Die ist fort«, sagte ich wie im Traum. »Nicht mehr zu halten gewesen.«

Die hergerichteten Zimmer und Betten wurden nicht benötigt. Das Fest dauerte bis in den Morgen, sogar die Zu-Jungen und Zu-Alten blieben wach, um nichts zu versäumen. Erst als der Himmel grau wurde und kühler Dunst aus den Wäldern kam, brach man auf.

Die Seiberfeldts, Constanze eingeschlossen, waren wohl etwas enttäuscht über meine Geistesabwesenheit. Herr Rustinger mußte mit ansehen, wie die Rohrgacher Familien gingen, ohne daß eine Favoritin auszumachen gewesen wäre. Die Hohenschotts beschnüffelten noch im Abgang alles mit Mißtrauen, als ob sie es nicht glauben könnten, daß ich diesen Abend mit Bravour überlebt hatte.

Das Personal begann aufzuräumen, während die Sonne langsam aufging. Ich nahm einen letzten Schnaps, verabschiedete mich und ging zu Bett.

Erstaunlicherweise konnte ich nach dieser Nacht schlafen, nur meine Träume waren etwas wirr. Ich warf Susette wieder und wieder den Turm hinab, aber es geschah ihr nichts, was mich erleichterte. Und so warf ich Hochwürden Gruber, Constanze, Wenz und die Herren Rustinger und Bitzl sowie die ganze Kumpanei aus der Stadt gleich noch hinterher.

Ich wachte auf und war glücklich. Ein neuer Morgen, und ich hatte somit einen ganzen Tag verschlafen.

Die Erkenntnis, daß meine Unschuld nur ein Traum gewesen, und was immer ich getan hatte, unumkehrbar war, beschlich mich erst allmählich. Ich erschrak. Ich war entsetzt. Ich wurde zornig: Das war doch nicht gerecht! Warum geschah so etwas immer mir? Hatten andere Erben auch solche Unannehmlichkeiten?

Aus den Protokollen des Gerichts

Frage des Richters an Herrn von Hohenschott, Ludwig:

Richter: Das Gerede wurde doch nach dem Fest nicht weniger. Es verzweigte sich lediglich.

Ludwig von Hohenschott: Oh, das ist wahr! Man wußte schon gar nicht mehr, was man zuerst bereden sollte, sobald die Sprache auf Herrn von Ebenstein kam.

Richter: Und kam sie das oft?

Ludwig von Hohenschott: Natürlich. Jetzt, wo ihn so viele wieder mit eigenen Augen gesehen und erlebt hatten, gab es eben etliche Meinungen mehr zu diesem Thema.

Richter: Zu welchem Thema?

Ludwig von Hohenschott: Nun, sagen wir – zu seinem Umgang ...

Man hatte mich mit einer Frau gesehen, die offenbar keine Dame von Stand gewesen war – soviel war sicher, und ich konnte Gift darauf nehmen, daß diese Sache längst in den Dienstbotenkreisen kursierte. Beim Fest war ja nicht nur mein eigener Haushalt anwesend gewesen, sondern auch noch die mitgebrachte Dienerschaft meiner Gäste. Die tratschten alle miteinander, und es konnte nicht lange dauern, bis sich das Gerede auch zu den Herrschaften durchfraß. Vielleicht war das aber auch gar nicht so schlecht, da ich immerhin mit einer Frau gesehen worden war. Eigentlich war es sogar sehr gut, denn alle Welt würde es für um so überzeugender halten, da ich in flagranti erwischt worden war. Das Problem war nur, daß es diese Frau nicht mehr gab und ich Ersatz für sie finden mußte, bevor Fragen gestellt werden konnten.

Die Auswahl war nicht groß. Ich war zwar umgeben von Frauen, die samt und sonders nicht ehrlich waren, aber eine Lügnerin war noch lange keine Komplizin. Die einzige, die gemeinsame Sache mit mir gemacht hätte, wäre Constanze gewesen, die wiederum log aber nicht, um keinen Preis der Welt.

Schön, sie hatte unsere Treffen geheimgehalten, aber das war etwas ganz anderes.

Ich kannte eigentlich nur eine Frau, die eine solche Rolle übernehmen konnte. Sie war sehr gefährlich, aber vielleicht konnte ich sie zähmen, indem ich ihr versprach, was sie nicht hatte: Freiheit und das Geld, das ihr diese ermöglichen würde.

Ich schickte nach ihr und bestellte sie nach Kreuzbach. Sie kam sofort. Schließlich war ich einer ihrer besten Kunden.

»Es ist immer wieder schön, Euch zu sehen, Mademoiselle Giselle.«

»Ganz meinerseits.« Giselle neigte kurz den Kopf und lächelte. Ich kniff die Augen zusammen und musterte sie. Nein, bei hellem Licht konnte man sie nicht mit Susette verwechseln, aber vielleicht ging die Koketterie, die einer gewissen Art von Frauen gemeinsam war, als Ähnlichkeit durch. Zumindest, wenn man von schlechter Beleuchtung und einer flüchtigen Begegnung ausging. Ich mußte es nur mit allem Nachdruck behaupten, dann würden die Leute es schon glauben.

»Giselle, was hieltet Ihr davon, wenn ich Euch sagte, daß ich das Alleinsein satt habe und gern mehr Gesellschaft hätte?«

»Ich würde Euch empfehlen zu heiraten. War nicht eben erst das große Fest zur Brautschau? Sagt bloß, Ihr habt schon wieder kein passendes Fräulein gefunden?« Sie zog eine Augenbraue hoch und lächelte verwegen.

»Giselle, ich kenne alle Gerüchte um meine Person, aber sie kümmern mich nicht. Ich will meine Freiheit genießen – mit Euch, wenn es Euch gefällt!«

»Ihr wollt meine Dienste diesmal wirklich in Anspruch nehmen?«

Ihr Blick machte mich wahnsinnig.

»Warum nicht? Ich bin kein Anfänger in diesen Dingen, nur mein *Zustand* schwankt etwas ... Vielleicht ändert sich das, wenn ich Euch ständig in meiner Nähe habe. Jeden Tag, rund um die Uhr. Solange ich es mir leisten kann.«

Sie überlegte.

»Ich binde mich ungern, das bin ich nicht gewohnt.«

»Wollt Ihr Rücksprache mit der werten Debrimont halten?«

»Nein, Madame Debrimont weiß noch nicht einmal, daß ich hier bin!«

»Ich verspreche Euch, Giselle, wenn Ihr eine Weile bei mir bleibt, werdet Ihr frei sein. Nie wieder zurück zur alten Debrimont und ihren willfährigen Lemuren. Ihr könntet gehen, wohin immer Ihr wollt.«

»Seid nicht naiv, Graf.«

»Ich bin nicht naiv, ich bin reich.«

Ich bot ihr eine Summe an, die sie nicht ausschlagen konnte. Es arbeitete in ihr mit aller Macht. Es war eine teure Niederlage, die ich ihr beibrachte, aber sie war unausweichlich. Wer würde nicht frei sein wollen?

»Aber ich halte zweierlei fest, Graf: Ich werde nicht nach Kreuzbach ziehen – hier auf dem Lande würde ich mich zu Tode langweilen. Und es ist eine Miete, kein Kauf.«

Aus den Protokollen des Gerichts

Die Aussage des Herrn Diegel, Apotheker und Händler von Chemikalien zu Wernswald:

Und da ist es dann losgegangen, wenn Ihr mich fragt. Das hat nichts mit meinem Schwiegersohn zu tun gehabt oder so etwas. (Im Auditorium wird gelacht.) Ich verbitte mir das! Das ist Dreck!

Richter: Beruhige Er sich – und Ruhe im Saal, sonst ziehe ich andere Saiten auf.

Herr Diegel: Er hat sich mit Frauen umgeben, mit denen er tun konnte, was er wollte. Und hat sich mit Leuten gemein gemacht, die weder Stand noch Ehre respektieren. In einer solchen Gesellschaft kann ein Herr nur untergehen.

Richter: Mit Verlaub – aber die Gesellschaft Seines Schwiegersohns hätte Herrn von Ebenstein doch ebenso in Schwierigkeiten gebracht, wie wir mittlerweile wissen. Eventuell in noch viel schlimmere.

Herr Diegel: Was soll das heißen? Wenn sie ihm gleich den

Kopf abgehackt hätten, wäre unserer Gemeinde viel Aufruhr und Schande erspart geblieben – oder?

Richter: Herr Diegel, beherrsche Er sich!

Ich wollte nicht in die Stadt, weiß Gott. Auf keinen Fall wäre ich von selbst dorthin gegangen, aber Giselle ließ mir keine Wahl. Ich brauchte sie für meine Sicherheit, also mußte ich gehorchen. Es war eine schwere Niederlage, die sie mir beibrachte, aber sie war unausweichlich.

Das Unerfreulichste gleich zuerst: Wenz war, trotz seiner Beurlaubung, noch immer im Palais. Das überraschte mich nicht, da seine möglichen Wege in die Zukunft seit unserem letzten Zusammentreffen kaum mannigfaltiger geworden waren. Er folgte all meinen Anweisungen freundlich, aber in jeglicher Hinsicht nüchtern und zurückhaltend. Wenn er etwas darüber hinaus zeigte, so war es Pflichteifer. In die Augen sahen wir einander nie.

Als Giselle kam und den Platz an meiner Seite einnahm, erwartete ich zumindest eine gewisse Reaktion von Wenz, aber er hielt sich zurück. Er schien unser Gespräch über sie vergessen zu haben – sowie alles andere, was in dieser Nacht stattgefunden hatte. Wenz begegnete Giselle verdächtig wenig. Diese wiederum pflegte dank ihrer Profession einen souveränen Umgang mit Wenz und behandelte ihn mit großer Selbstverständlichkeit als den Domestiken, der er ja war.

Meine »Mätresse« begleitete mich von nun an weithin sichtbar auf Ausfahrten und leistete mir an den Abenden in meinem Salon vor den Augen sämtlicher Dienstboten Gesellschaft. Zumindest einen Abend in der Woche ließen wir uns gemeinsam im Ballhaus sehen.

Natürlich nahm ich Giselle zu keinen gesellschaftlichen Empfängen mit oder stellte sie irgend jemandem von Stand vor. Man mußte es ja nicht übertreiben. Was sich Giselle bei all dem dachte, weiß ich nicht. Wenn Menschen auch mit ihren Körpern sprechen, so schwieg Giselle mit dem ihren beharrlich. Ob Wenz litt? Wahrscheinlich. Hoffentlich. So hätte das ganze noch einen amüsanten Aspekt gehabt.

Aus den Protokollen des Gerichts

Frage des Richters an den Zeugen Eugen Wenz, Unteroffizier der Armee Seiner Majestät:

Er hat nicht bemerkt, daß sein Herr immer mehr eine Gefahr für sein eigen Leib und Seele sowie die der anderen wurde?

Wenz: Nein.

Richter: Es hat keine Auseinandersetzungen im Haus gegeben?

Wenz: Nein.

Richter: Keine Auftritte zwischen Ihm und seinem Herrn zum Beispiel?

Wenz: Nein!!

Richter: Kurz – es gab nie einen Grund, sich zu schlagen?

Wenz: Wer so was sagt, ist ein Trottel.

Das Übermaß an Unruhe begann sich zu rächen. In jedem Zimmer eine Person, die ich selbst gerufen hatte. Ich konnte mich nirgendwohin zurückziehen, obwohl mir nicht gut war. Ich war müde, ich hatte sagenhafte Kopfschmerzen, und mein Kreuz tat mir zum Zerreißen weh. Meine Haut war grau und teigig. Wider besseres Wissen und ohne Appetit fraß ich alles mögliche in mich hinein, auch wenn ich immer daran denken mußte, daß ich wohl bald so fett wie Franz sein würde.

Ich legte mich ins Bett, schlief den ganzen Tag und döste in der Nacht. Wenz und Giselle schickte ich auf diverse Wege, die sie möglichst weit weg von mir und voneinander führten. In meinen Träumen schafften sie es trotzdem irgendwie immer, zueinanderzukommen. Einmal sah ich ihre Körper es miteinander treiben wie Blasbälge und Hämmer. Es schüttelte mich, so wild waren ihre Bewegungen.

Ich wachte auf und spürte mein Herz wie wild klopfen. Da waren Schritte. Wenz' Schritte! Mein Zimmer lag genau in der Mitte jenes Gangs, an dessen einem Ende mein Leibwächter und an dessen anderem meine Mätresse logierten – Wenz' Schritte kamen genau vom falschen Ende.

Ich sprang aus dem Bett und riß die Tür auf. Der Mond schien hell in den Gang. Wenz, der genau vor meiner Tür stand, fuhr zurück und fiel gegen die gegenüberliegende Wand.

»Bist du wahnsinnig, wie du einen erschreckst!«

»Was soll das in meinem Haus? Könnt ihr nicht für eine Sekunde voneinander lassen! Es geht um meinen Kopf, aber dir ist alles egal! Ich bezahle sie mit allem, was ich habe, und ihr treibt es wie die Karnickel!«

Ich trat die Tür zu Giselles Zimmer auf. Sie schrie im Dunkeln auf. Ich zerrte sie heraus aus ihrem Bett, und sie krallte sich in meinen Arm.

»Bist du verrückt, du kranker Hund. Laß mich sofort los!«

Ich packte sie beim Kragen ihres Nachthemdes und zog sie über den Boden hinaus auf den Gang. Ein Tischchen kippte um, Porzellan zerbrach. Sie kreischte schrill und schlug nach mir. Wenz klebte an der Wand und konnte es nicht fassen.

»Da, schau sie dir an!«

Ich riß ihren Kopf hoch.

»Sie ist nicht mehr jung, und schön war sie noch nie. Geduld und Kunst machen so ein Gesicht, und dahinter ist nichts! Idiot!«

Da schlug Wenz nach meinem Gesicht, und wenn ich mich nicht weggedreht hätte, besäße ich wahrscheinlich keines mehr.

So wischte seine Faust nur über meine linke Wange. Trotzdem quoll Blut hervor. Ich ließ Giselle auf den Boden fallen.

»Du ekelhafter Hundsfott!« schrie sie, sprang auf und lief wieder in ihr Zimmer. Die Tür knallte hinter ihr zu, daß die Wände wackelten. Man hörte sie heulen, es klang, als müsse sie sich übergeben.

Wenz war ziemlich still geworden. Er sprach ganz leise zu mir.

»Bist du ein Ehrenmann, Graf?«

»Das hast du nicht zu fragen. Du bist ein Bauer. Es ist noch gar nicht so lange her, da hat so etwas wie du mir gehört wie ein Stück Vieh.«

»Du kannst reden, was du willst: Du bist ein Betrüger, ein Dieb, ein Schwätzer. Du bist kein Herr, da kannst du erzählen, was du willst! Du bist kein Erbe!«

»Erbe? So mancher kommt auf die Welt, und alles gehört ihm. Er braucht dafür nichts zu tun. Aber ich, *ich* habe alles dafür gegeben. Es gibt niemanden, der mehr Erbe ist als ich!«

»Duellierst du dich mit mir oder nicht? Du bist meinesgleichen. Und ich fordere dich!«

»Der Schlag soll uns treffen, wenn wir uns wegen einer Hure bekriegen. Denk dran, wieviel wir gemeinsam haben! Mehr, als sie es je verstehen kann!« Ich begann zu schluchzen.

»Sie braucht nichts zu verstehen. Ich trete für sie ein.«

»Und ich gegen sie? Sie ist mir doch völlig egal.«

»Dann tritt für dich ein.«

»Ich bin mir doch auch völlig egal.«

»Mir aber nicht. Ich hasse dich.«

Aus den Protokollen des Gerichts

Die Aussage des Herrn Reunig, Kommandierender der Constabler von Wernswald:

Ich meine: Man soll nicht glauben, daß man sich alles erlauben kann und immer ungeschoren davonkommt. Seine Launen, seine Sauferei, seine Kumpane, mit denen er dauernd zusammen war, und dann noch dieses zweifelhafte Weib, das er sich angeblich nur zum Quälen gehalten hat. Keine Freunde unter seinesgleichen, keine ernsthaften Verbindungen zu einer Frau von Stand, noch nicht einmal das geringste Interesse daran. Das sind die Zeichen eines Libertins, eines Gesellschaftsfeindes, eines Defätisten.

Richter: Die öffentliche Meinung lautete so?

Herr Reunig: Ich würde sagen, er ist den Leuten ein Ärgernis geworden.

Duelle pflegen im Morgengrauen stattzufinden, vor allem deshalb, weil sie verboten sind. Das Gesetz, so scheint die allgemeine Überzeugung zu sein, steht später auf.

In unserem Fall war es so früh, daß der Nebel noch über den Wiesen stand und es ganz und gar Herbst war. Sobald die Sonne hervorkäme, würde es wieder warm und spätsommerlich werden, aber das würde mich unter Umständen bald nicht mehr kümmern.

Ich hatte die ganze Nacht nicht geschlafen und eine gute Flasche Wein sowie einige Schnäpse getrunken. Das und die Idee, daß ich sterben könnte, stimmten mich melancholisch. Die Toten, hatte Maler Berthold gesagt, hatten alle ihren Platz. Auch eine Art von Zuhause. Vielleicht sollte ich mich darauf freuen.

Wenz und ich waren uns einig, daß alles so geheim sein sollte wie nur irgend möglich, also gab es keine Sekundanten. Abgesehen davon: wen hatten wir schon außer uns?

Die Waffe der Wahl war der Degen. Egal.

Meine Unterlegenheit war besiegelt.

Wenz wartete schon, als ich kam. Wir legten die Mäntel ab, zogen blank und gingen in Stellung. Mir war erbärmlich kalt, im Nebel, betrunken und völlig übernächtigt. Ich zitterte so sehr, daß der Degen von selbst klirrte.

Es ging ein paarmal hin und her. Wenz drosch mit Eifer auf mich ein. Ich hielt wie ein Schlafwandler dagegen. Wozu sich farcehalber wehren? Warum nicht gleich ein selbstverständliches Resultat herstellen?

Ich fiel rücklings hin. Wenz holte aus. Ich hob den Arm nicht zur Abwehr. Ich blieb einfach liegen, hielt den Atem an und starrte auf seine Klinge.

Gleich würde ich frei sein.

Wenz schlug nicht zu. Statt dessen brüllte er mit überschnappender Stimme:

»Wehr dich, du Arsch!«

Ich schüttelte den Kopf.

Ich fing unwillkürlich an zu weinen.

»Willst du mich zu deinem Henker machen, du Schwein?«

Die Tränen waren heiß, als sie über meine Wangen liefen. Ich schloß die Augen, sank in das Gras zurück und weinte und weinte.

»Du krankes, blödes Schwein!«

Es kam kein Laut mehr aus mir heraus. So traurig, so todtraurig und verlassen war ich noch nie im Leben gewesen. In keinem, das ich je geführt hatte.

Als ich die Augen wieder aufschlug, war Wenz fort. Seinen Degen hatte er zu meinen Füßen hingeworfen. Ich blieb noch eine Weile liegen und wartete, daß der Schmerz nachließ, aber er hörte nicht auf. Schließlich stand ich auf, nahm die Degen und meinen Mantel und wankte heim. Es tobte ein Schmerz in mir, so entfesselt, so atemraubend, so viel größer als ich. Es war unmöglich, mir vorzustellen, daß es nach diesem Schmerz noch etwas geben konnte.

Als ich in das Palais kam, wurde ich sogleich von besorgten Dienstbotenblicken empfangen. Ich kümmerte mich nicht darum, ging an ihnen vorbei, hinauf in mein Zimmer und warf mich aufs Bett.

Für einen Moment blieb ich starr liegen und schaute zum Betthimmel hinauf. Ich glaube, ich hörte sogar zu atmen auf. Nach einer Weile dachte ich, daß ich für den Rest meines Lebens hier liegenbleiben würde, mich allem verweigern, so daß die Welt nicht an meinem Schmerz zweifeln konnte.

Im selben Augenblick wußte ich, daß dies kompletter Blödsinn war und ich den Bereich der Ehrlichkeit schon wieder verlassen hatte. Ich war auf dem Weg zurück ins Leben. Aber ich war zu erschöpft, um darüber enttäuscht zu sein.

Mein Körper, gespannt bis zum Platzen – platzte! Die Regel, die schon längst nicht mehr diesen Namen verdient hatte, brach wie eine Sintflut los, so daß mir kaum Zeit blieb, irgendwelche Fetzen an mich zu raffen, um sie aufzufangen. Das Blut floß aus meinem Körper wie aus einer umgedrehten Flasche. Mir wurde schwindlig und schwach. Es wurde so schlimm, daß ich daran dachte, einen Arzt holen zu lassen, auch auf die Gefahr hin, daß nun alles auffliegen würde. Dann aber beschloß ich, den Dingen ihren Lauf zu lassen und einfach zu sterben, wie ich es ohnehin vorgehabt hatte. Ich sperrte mich in meinem Zimmer ein und wartete.

Aus den Protokollen des Gerichts

Die Aussage des Herrn Reunig, Kommandierender der Constabler von Wernswald:

Ab einem gewissen Punkt ist es dann losgebrochen. Es ist mir immer ein Dorn im Auge gewesen, daß sich solche Dinge in unserer Stadt abspielen. Dann gab es endlich Verhaftungen. Es gab Verhöre. Ein Verdächtiger entzog sich durch Selbstmord der Justiz.

Richter: Dabei ging es allerdings, soweit ich informiert bin, um Hochverrat in Offizierskreisen. Das hatte nichts mit Herrn von Ebenstein zu tun.

Herr Reunig: Nicht direkt jedenfalls, aber viele Dinge wurden bei unseren Untersuchungen aufgewirbelt, und da hat dann schon ein bißchen was auf ihn abgefärbt. Immerhin hatte er zu all diesen Leuten enge Kontakte.

»Und dann habt Ihr also bei Franz von Leutgeb und Rudolf von der Hall gelebt ...«

Die Constabler waren zu mir gekommen. Da ich nicht gestorben war und nur mehr tropfte, hatte ich sie empfangen müssen. Ich saß dem Kommandierenden gegenüber, relativ aufrecht, und mir war kaum mehr schwindlig.

»Ich habe für kurze Zeit bei ihnen gewohnt.«

Kathi machte sich im Vorraum zu schaffen. Ich hätte sie gern weggeschickt, aber ich kam nicht dazu. Der Kommandierende dachte nicht daran, mir auch nur für eine Sekunde seine Aufmerksamkeit zu entziehen.

»Ihr wißt, was man von ihnen sagt?«

»Es wird viel geredet. Ich möchte gar nicht wissen, was Er schon alles über mich gehört hat!«

»Man kann nie genug über einen Mann wissen. Den bewußten Herren haftet ein gewisser Ruf an ... Habt Ihr eine Meinung dazu?«

»Ich wüßte nicht, welche.«

»Aber Ihr verteidigt sie auch nicht.«

»Jeder steht für sich selbst.«

»Ihr wißt, was ihnen vorgeworfen wird?«

Ich winkte müde mit der linken Hand.

»Verschone Er mich damit.«

»Aber zu Eurem Wohlbefinden werdet Ihr wohl eine Meinung haben? Ihr seht, mit Verlaub, nicht gut aus.«

»Es ging mir nie besser.«

Es wäre mir noch wohler in meiner Haut gewesen, wenn ich gewußt hätte, warum der Constabler gekommen war. Ich hatte mittlerweile so viel zu verheimlichen, so viel zu bereuen und so viele Menschen gegen mich, daß ich gar nicht mehr wußte, wogegen ich momentan am beharrlichsten anlügen sollte.

»Es heißt, Ihr hättet Euch verletzt. In einem Kampf, der weder Euren Standessitten noch dem Gesetz entspricht.«

Ach, wenn es nur *darum* ging – das war ja geradezu enttäuschend. Damit konnte er mir keine Angst machen. Ich lehnte mich in meinem Sessel zurück.

»Das ist alles nur Gerede, aber das verletzt nicht.«

»Es scheint immerhin Blut geflossen zu sein. Man hat Fetzen in dem Misthaufen hinter Eurer Küche gefunden, die waren ganz durchweicht.«

Ich lachte laut auf, ich konnte nicht anders.

»Herr Kommandierender! Gratulation an den Kerl aus Eurer Truppe, der die Fetzen aus dem Mist gezogen hat! Ich versichere Ihm: Das ist kein Blut aus meiner Seite.«

Ich lachte weiter. Es war zu absurd.

»Ein Arzt könnte eine Verwundung leicht feststellen.«

Ich biß mir auf die Lippen, um den armen Constabler nicht vollends zu verwirren.

»Ein Arzt rührt mich nicht an. Die Quacksalber von Wernswald bringen selbst mehr Krankheiten mit sich, als zehn von ihnen heilen könnten.«

Der Constabler sagte nichts. Die Ehrverteidigung der hiesigen Mediziner wäre schwierig gewesen.

»Herr Kommandierender, denke Er doch logisch! Wenn an dem Gerede etwas dran wäre, dann müßte doch *ich*, der Geschädigte, ein Interesse an einer Anzeige haben. Ich bin aber heil! Darüber lege ich jede eidesstattliche Erklärung ab, die Er will.«

Der Constabler sah mich lange an und dachte nach.

»Und wo ist Euer Leibwächter hin? Man hat ihn schon seit einigen Tagen nicht mehr gesehen.«

»Wie kommt Er jetzt darauf? Er hat wirklich sprunghafte Gedanken. Ich habe ihn Wein kaufen geschickt.«

»Schon wieder?«

»Ich trinke gern. Nehme Er mich dafür fest, wenn er will.«

»Eure Lokalrunden und die Leute, mit denen Ihr sie zu halten pflegt, sind bekannt, Herr von Ebenstein. Auch nicht gerade standesgemäß. Es heißt, Ihr hättet Eure Kumpane aus dem Ballhaus sogar im Palais empfangen.«

»Ich habe niemanden von diesen Leuten eingeladen!« Diesmal war ich ehrlich empört. »Fiele mir nicht im Traum ein, sie in mein Haus zu lassen!«

»Sie waren aber da. Sie wurden gesehen.«

»Dann haben sie vielleicht meinen Verwalter besucht.«

»Herrn Rustinger?«

»Nein, Herrn Wenz. Er ist nicht nur mein Leibwächter, er hat auch die Aufsicht über das Stadtpalais.«

»Ein schneller Aufstieg. Ist er denn so zuverlässig?«

Ich wußte nicht, was ich sagen sollte. Wer weiß, was Wenz in meiner Abwesenheit getrieben hatte. Die Kerle aus dem Ballhaus konnten unter seiner Obhut tatsächlich ein- und ausgegangen sein, das war ihm zuzutrauen, und es war nicht einzusehen, warum ich dafür geradestehen sollte.

»Er tut, was er kann«, antwortete ich schließlich.

Der Kommandierende lächelte.

»Es ist selten, daß ein Herr seinem Bediensteten so zugetan ist.«

»Loyalität ist unter Männern eine Tugend, die allen Seiten gut ansteht.«

»Und sie scheint Euch viel wert zu sein. Jedenfalls scheint sie bei Euch jedem Verhältnis zu den Frauen übergeordnet. Ich habe jedenfalls kein Zeichen irgendeiner nennenswerten Bekanntschaft gefunden.«

Er lächelte breit und breiter, während es für mich eng und enger wurde.

»Und von einer Giselle hat Er nichts gehört? Das wundert mich.«

»Doch, Sie schien Euch jedoch nicht sonderlich am Herzen gelegen zu sein, so, wie Ihr mit ihr umgegangen seid.«

Das war ja zum Wahnsinnigwerden! Hatte er vor, mich wegen meiner Bekanntschaft mit den Offizieren und Soldaten zu verhören? Wollte er wissen, wie ich zu Wenz stand? Oder wie ich zu Männern und Frauen allgemein stand?

»Seid ehrlich, Herr Reunig: Das Herz ist kaum der Körperteil, an dem einem solche Frauen liegen . . .«

Der Constabler reagierte nicht auf meinen Herrenwitz.

»Ich habe das Frauenzimmer persönlich bei Madame Debrimont aufgesucht und einiges zu hören bekommen: Sie sagt, Ihr wäret ein kranker Kauz, fern aller Anstandsregeln; Ihr würdet Menschen wie Puppen behandeln und hättet keinen Respekt vor irgend etwas in der Welt. Und Ihr hättet sie mißhandelt, da Ihr zu anderem nicht fähig seid.«

»Giselle ist eine Hure – ich glaube kaum, daß sie sich so gewählt ausgedrückt hat. Kann es nicht eher sein, daß Er das von einer gewissen Madame Debrimont hat?«

Er zögerte mit seiner Antwort einen Atemzug zu lang.

»Vielleicht hat es die betreffende Person nicht in dieser Form gesagt, aber sie hat keinen Grund zu lügen, und ein Mann verstellt sich bei einer Hure im allgemeinen nicht.«

»Es gibt Dinge, die mich eben mehr fesseln als eine Giselle.«

»Gerade das versuche ich herauszufinden . . .«

Jetzt steckte ich fest. Kein Vor, kein Zurück und selbst von seitwärts, meiner liebsten Richtung, sah ich keine Rettung. Also: Improvisation. Jetzt. »Mein Geist weilt bei einer anderen.«

»Und bei wem?«

Mir fiel sofort Constanze ein, aber das schien eine unerhörte

Preisgabe zu sein. Meine Gedanken gingen ein Haus weiter. Also dann, Schicksal, nimm deinen Lauf... »Elise von Seiberfeldt« – der Name entkam mir mit einem echten Seufzer –, »wir sind so gut wie verlobt, aber ich erbitte äußerste Diskretion. Niemand weiß etwas davon, nicht einmal ihre Eltern.«

Kathi, von der bis jetzt nur ein gebeugter Rücken zu sehen gewesen war, richtete sich auf und glotzte unverhohlen durch die Tür. Dann lächelte sie und verschwand ganz plötzlich. Ich ahnte Schlimmes, aber aufspringen und sie zurückhalten war unmöglich.

Der Kommandierende schien enttäuscht und ärgerlich. Was immer er sich von mir erwartet und erhofft hatte – das war es nicht gewesen.

»Das klingt, mit Verlaub, nicht sehr glaubhaft, Herr von Ebenstein, aber wir wollen es fürs erste zu Protokoll nehmen und uns verabschieden. Es gibt noch viele Fragen zu stellen.«

Wir standen auf und verbeugten uns voreinander. Dann ging Reunig. Seine Reitsporen kratzten über den schönen Boden des Salons.

Als ich in den Hof schaute, um den Constablern nachzusehen, entdeckte ich Kathi bereits mit wehendem Mantel auf der Straße. Meine neueste Lüge würde umgehen wie die Pest. Stegreif war noch nie meine Stärke gewesen.

Aus den Protokollen des Gerichts

Die Aussage der Mademoiselle Elise von Seiberfeldt:

Ich habe doch gesagt, daß es Liebe war. Er hat mir schon früher Briefe geschickt, wißt Ihr? Immer wieder.

Richter: Ich weiß, die zahlreichen Wege der Jungfer Katharine – davon haben wir schon früher gehört.

Mademoiselle Elise: Es waren sehr viele Briefe, und sie waren alle für mich.

Richter: Worüber habt Ihr denn, mit Verlaub, über all die Zeit mit Herrn von Ebenstein korrespondiert?

Mademoiselle Elise (schweigt länger): Darüber möchte ich nicht sprechen.

Richter: Hat er mit diesen Briefen Euer Herz gewonnen?

Mademoiselle Elise: Ja.

Richter: Es waren also schöne Briefe?

Mademoiselle Elise: Ja.

Richter: Habt Ihr darüber auch mit Hochwürden Gruber gesprochen?

Mademoiselle Elise: Nein! Diese Briefe waren ja nur für mich. Ich habe auch meine Geheimnisse.

Richter: Und die Untersuchung durch die Constabler?

Mademoiselle Elise: Über Gerede muß Liebe erhaben sein.

Richter: Das war kein Gerede, Mademoiselle, bei allem Respekt, das war eine polizeiliche Untersuchung.

Mademoiselle Elise: Auch darüber sind wir gestanden. Herr von Ebenstein war und ist ein nobler Herr.

Dienstboten und ihr Gerede: Es hatte mich zu dem gemacht, was ich war, und jetzt zerstörte es mich. Ich wußte nicht, wem im einzelnen Kathi Rapport gemacht hatte, aber als ich mich gerade in die relative Sicherheit von Kreuzbach zurückziehen wollte, stürmten die entscheidenden Personen bereits das Palais und mich: Hochwürden Gruber und Madame von Seiberfeldt standen mit Tränen in den Augen im Salon und fielen mir abwechselnd um den Hals. Sie mußten in einer unglaublichen Geschwindigkeit gereist sein, um mich abfangen zu können.

Aus Hochwürden Gruber platzte es nur so heraus, daß er immer gewußt hatte, daß mein guter Kern über alle Widrigkeiten siegen würde und daß er sich darin nicht getäuscht hätte, trotz aller Distanz, die zwischen uns gekommen wäre. Und Madame von Seiberfeldt rief ein ums andere Mal händeringend aus:

»Meine Tochter, mein Gott, meine Tochter. Ich kann es gar nicht glauben!«

Ich selbst war zu keiner vernünftigen Äußerung mehr fähig. Elise, das Glückskind, war natürlich auch dabei. Sie saß auf dem Sofa und sah mich an. Ihr Gesicht war leer, ihr Rücken gerade. Zwischendurch strich sie den Rock mit einer gar nicht so mädchenhaften Geste zurecht. *So, das wäre das!* sagte die Handbewegung. Die praktische Durchführung sollten ruhig Hochwürden und die liebe Mama besorgen. Sie konnte warten, bis ihr die reife Frucht in den Schoß fiel.

Nachdem ich genug geherzt und gedrückt war, nahm Madame von Seiberfeldt eine erste Inspektion meines Hauses vor, schnüffelte, prüfte, berechnete, nahm Maß. Elise blieb stumm auf dem Sofa sitzen und sah mich mit einem Lächeln an, das mich schaudern ließ. Es ist für einen geangelten Fisch wahrlich besser, gleich den Schädel eingeschlagen zu bekommen, als langsam zu ersticken.

»Wie schön, mein Sohn«, sagte Hochwürden Gruber, der vor mir stehengeblieben war, »daß Ihr wieder zurückgefunden habt. Wir waren nicht sicher, ob Ihr noch einmal auf den rechten Weg kommen würdet.«

Ich zuckte mit den Achseln, noch immer benommen von dem Ansturm, aber seine Selbstzufriedenheit ärgerte mich.

»Und jetzt habe ich ihn also gefunden? Ihr kennt meine Wankelmütigkeit. Ich könnte meine Entscheidung wieder ändern.«

Hochwürden Gruber lächelte eisern. »Ihr würdet Mademoiselle Elise sehr enttäuschen. Sie mag als ruhiges Wesen erscheinen, aber ich versichere Euch, sie liebt Euch mit aller Besessenheit ihres Alters. Ich kenne ihre Beichten.«

Wir sahen beide zu Elise hinüber. Ich konnte mir gut vorstellen, was er meinte.

Ich wandte mich wieder an Hochwürden Gruber. »Für die Träume eines Backfischs kann ich nichts. Ich bin ihr nie zu nahe getreten.«

»Das wissen wir, und das ehrt Euch. Aber das muß Euch nicht im besten Licht erscheinen lassen. Ihr wißt doch, was die Constabler interessiert?«

Er drohte mir also unverhohlen. Offenbar hielt er es nicht einmal mehr für nötig, um den heißen Brei herumzuschleichen. Das machte mir mehr angst als seine Worte.

»Woher wißt *Ihr* denn, was die Constabler interessiert? Das habe ja nicht einmal *ich* richtig verstanden! Hört Ihr denn so sehr auf Gerüchte? Oder vielleicht sogar auf Kathi, ein weiteres Eurer Beichtkinder und treues Schäfchen Eurer Herde, und eine, wie ich zur Zeit schmerzhaft erfahre, immer bereite Botin, wenn es um Dinge geht, die Euch von Nutzen sind?!«

»Hütet Euch, so zu sprechen! Das Schäfchen hat bei den Constablern für Euch ausgesagt, ebenso wie ihre Freundin Josephine – die Dienstmagd aus dem Hause Leutgeb, falls Ihr Euch noch erinnern wollt. Sie sind im Zweifel zu mir gekommen, und ich habe ihnen geraten, welches Zeugnis sie ablegen sollen.«

Ich schnaubte verächtlich, aber mein Atem zitterte zu sehr, als daß er meine innere Erregung hätte verbergen können.

»Tatsächlich? Wird Kathi auch über meine Korrespondenz mit dem Hause Seiberfeldt reden? Und was wäre, wenn Constanze selbst anfangen würde, davon zu erzählen – das wäre doch eine eindrucksvolle Widerlegung aller Gerüchte über meine angebliche *Widernatürlichkeit*, dargebracht von einer Dame von Stand!«

Ich selbst hätte Constanze gern aus all diesem Dreck herausgehalten, doch in dieser Situation mußte sie einspringen ... Ich witterte Morgenluft.

Hochwürden Gruber schmunzelte verdächtig und zerstörte diese aufkeimende Hoffnung gleich wieder.

»Constanze wird überhaupt nichts sagen. Immerhin habt Ihr Euch zu ihrer Schwester bekannt. Und davor gab es die Dame aus Rohrgach. Was denkt Ihr: Wie oft soll sie sich noch zurückweisen lassen, bevor sie Euch die Treue aufkündigt?«

»Blödsinn. Ich habe ihr schon längst gesagt, daß es nie eine Rohrgacherin gegeben hat, und sie wird genauso verstehen, daß das mit Elise nichts zu bedeuten hat.«

»Nein, das wird sie nicht. Mit manchen Menschen sollte man besser nicht spielen, wißt Ihr? Und auch Schweigen kann eine Rache sein.«

Mir wurde eiskalt, aber ich gab nicht auf.

»Und was wird Elise zu den Briefen sagen? Sie wird wohl kaum akzeptieren, daß ihr Bräutigam in spe mit ihrer Schwester korrespondiert hat!«

»Sie wird einfach sagen, daß die Briefe an sie selbst gerichtet waren. Glaubt Ihr, sie würde laut etwas anderes verkünden, wenn sie endlich einmal ihrer großen Schwester eine Beute wegschnappen kann? Man soll die wunderbare Macht der Eifersucht nicht unterschätzen, Herr von Ebenstein.«

Mein Hirn tat einen letzten verzweifelten Satz – immerhin hatte *ich* noch Constanzes Briefe an mich. Aber was hatte sie geschrieben? Ich erinnerte mich dunkel – daß ich ein unzuverlässiger Mensch, ein Egoist und ein Frauenhasser sei ... Vielleicht sollte ich diese Idee lieber nicht weiterverfolgen.

»Laßt gut sein, Herr von Ebenstein. Ihr habt uns lange in Atem gehalten, aber zuletzt sind doch viele Hunde des Hasen Tod.«

Ich sah den Boden an, auf dem ich stand. Er schien sich immer weiter von mir zu entfernen.

Hochwürden Gruber machte noch einen Schritt auf mich zu und packte meine Schultern. Er hielt mich so fest, daß ich nicht einmal meinen Kopf abwenden konnte.

»Herr Reunig ist ein Mann mit Prinzipien, vergeßt das nicht. Wenn er einmal auf die Fährte des Lasters gesetzt wurde, gibt er so schnell nicht auf. Da wird kein Gras drüber wachsen, diesmal nicht, mein lieber Herr von Ebenstein! Und vergeßt nicht: Was immer Kathi und Josephine bei den Constablern ausgesagt haben – sie könnten sich jederzeit eines anderen besinnen. Wer würde Euch nach all den Vorkommnissen denn noch glauben? Im Moment stehen die Worte der beiden Dienstboten gegen Leutgeb und Hall. Ein Atemzug, und sie wenden sich gegen Euch.«

»Wie bitte? Die beiden Weiber haben gegen Franz und Rudolf ausgesagt?«

»Wäre es Euch lieber, sie hätten gegen Euch gesprochen?«

Es blieb bei der Verlobung. Kein Ausweg, keine Rettung. Nicht einmal Herr Rustinger, dem ich mit dem schnellsten Boten einen herzzerreißenden Brief zukommen ließ, wollte mir helfen.

»Ihr wißt selbst, wie sehr ich den Seiberfeldts mißtraue, aber dies ist unsere letzte Chance. Selbst gesetzt den Fall, daß alles gutgeht und der Verdacht gegen Euch abgewendet werden kann – wer würde Euch außer den Seiberfeldts noch haben wollen? Das Gerede hat sich bis nach Rohrgach durchgefressen und ist dort womöglich noch schlimmer als hier. Das nächste Jahr werden wir finanziell nicht überleben – also seid vernünftig und tragt es wie ein Mann!«

Das war's eigentlich. Ich mußte nur noch brav den Weg bis zu meiner endgültigen Vernichtung zu Ende gehen. Es war alles ganz leicht; abwärts braucht es keine Anstrengung.

Entweder würde es zur öffentlichen Entdeckung meines wahren Wesens kommen – dann war ich ein Fall für den Scharfrichter. Oder es würde zu einer privaten Entdeckung meines wahren Wesens kommen – dann war ich für den Rest meines Lebens in der Hand der Seiberfeldts. Beide Möglichkeiten waren ein Todesurteil, wobei ich das erstere wegen seiner barmherzigen Schnelligkeit vorgezogen hätte.

Meine zunehmend schwindenden Kräfte verwendete ich darauf, mich gegen eine große Verlobungsfeier zu verwahren. Madame von Seiberfeldt war offensichtlich enttäuscht, respektierte aber schließlich meinen Wunsch. Wahrscheinlich hatte ihr auch Hochwürden Gruber von einem Fest abgeraten. Er hatte, was das Gesellschaftliche betraf, noch immer mehr Verstand als Geltungssucht.

Die Schwiegermutter in spe verausgabte sich zum Ausgleich in kalligraphisch einwandfreien Bekanntmachungsbilletts, deren Text von Herrn Fieders kam. Es störte mich zwar, daß er der Hauspoet von Madame Debrimont war, aber seit Herrn Bitzls Weggang waren in Wernswald Menschen mit höherer Ausdrucksfähigkeit rar geworden.

Zu der Verlobungsfeier kamen also nur einige Verwandte der Braut. Herr von Seiberfeldt, den man ob des besonderen Anlasses wieder einmal an die Öffentlichkeit gelassen hatte, drückte in Abständen meine Hand. Elise saß so dicht neben mir, daß ihr Kleid ständig mein Knie berührte. Constanze sah mich über die prachtvolle Tafel hinweg unbewegt an. Die beiden Hohenschotts, die nun wohl auch bald zu meiner erweiterten Familie gehören würden, strahlten. Es hatte sich in ihrem Sinne gelöst. Eigentlich hatte sich alles für alle gelöst. Eine perfekte Sache, dachte ich, sie hätte mir früher einfallen sollen.

Nachdem die Tafel aufgehoben worden war, wechselten die Damen zum Tee in den Weißen Salon, die Herren zogen sich zu einem Glas Portwein in den Roten Salon zurück. Ich ging als letzter dem männlichen Pulk hinterher und war erstaunt, als plötzlich Constanze vor mir im Türrahmen stand und mir den Weg versperrte.

»Ihr seid hier falsch«, sagte ich. »Die Damen gehen dort hinüber.«

»Ich weiß, wohin ich gehöre, aber ich möchte einmal für zwei Augenblicke mit Euch reden können.«

Das paßte mir gar nicht. Ich wollte jetzt nicht aus meiner Lethargie gerissen werden. Um Gottes willen – jetzt nur keine Gefühle!

»Man wird uns sehen, Constanze, geht lieber.«

Sie drehte sich kurz um und sah über ihre Schulter.

»Die sind brav vorgegangen. Sogar dem jungen Hohenschott ist die Aussicht auf eine gut gestopfte Pfeife wichtiger, als zu schauen, was ich mache.«

Sie drehte sich wieder zu mir.

»Und jetzt sagt mir: Was soll diese Farce?«

»Das ist leider keine Farce, Constanze, das ist ein Trauerspiel.«

»Nicht nur für Euch, seid versichert. Ich bleibe nämlich übrig und muß nun nehmen, was kommt.«

Ihre Stimme schwankte, was nicht nur ihr peinlich war. Ich hatte nicht vor, sie zu mir durchdringen zu lassen.

»Das ist Euer Los, ganz wie das aller höheren Töchter. Tut nicht so, als ob es je eine andere Option gegeben hätte.«

»Ich dachte, es hätte sie gegeben.«

»Es hätte eine Variante gegeben, Constanze, aber nie im Leben eine Alternative.«

Meine Schwiegerfamilie in spe zog praktisch über Nacht im Palais ein. Madame von Seiberfeldt wollte nützlich sein, Hochwürden Gruber hilfreich, Elise an meiner Seite und Constanze, von der ich so etwas nie gedacht hätte, nicht zurückbleiben.

Es wurden Ausflüge gemacht, Gedichte gelesen und lauter Dinge angestellt, von denen man annahm, daß sie romantisch seien und zu mir passen würden. An sämtlichen Abenden wurde musiziert und mitunter sogar Theater gespielt. Sie waren alle so unsagbar schlecht, daß ich nicht umhin konnte, zumindest bei den Proben alle Rollen selbst zu übernehmen: die Götter, die Bösewichte, die Heldin, den Helden und ab und zu auch das Pferd des Helden. Manchmal endeten diese Proben in stiller Betretenheit, weil ich mich über ein gesundes Maß hinaus verausgabte.

Constanze, die stets zugegen war, nutzte jede Gelegenheit, arrogant und beleidigt über dem Geschehen zu thronen. Du wirst es schon noch lernen, dachte ich, als ich aus dem Abgrund zu ihr aufsah: Nicht alle Fäden laufen über dich, auch du wirst zur Nebensache werden, genau wie ich. Sie werden über dich drübermarschieren und dich zerstören, und dann kannst du dir deine ganzen schönen Sterne sonstwo hinstecken. Wer fragt schon danach, was du für ein Mensch bist, solange du ein gutes Weib abgibst, meine Liebe. Ich glaube niemandem, wenn er sagt, er würde den Menschen, die er liebt, Besseres wünschen als sich selbst.

Aus den Protokollen des Gerichts

Die Aussage des Herrn Reunig, Kommandierender der Constabler von Wernswald:

Gegen Herrn von Ebenstein fanden sich zu guter Letzt keine triftigen Beschuldigungen. Er war definitiv kein Mann von Ehre, aber das allein ist nicht gegen das Gesetz. Es gab Interesse daran, den Grafen der Gesellschaft zu erhalten, und einige Herrschaften von tadellosem Ruf verwandten sich für ihn. Es ging mir nur darum, die richtigen Leute zu fangen, um aus Wernswald wieder eine ehrbare Stadt zu machen, und mit Gottes Hilfe haben wir das dann ja auch geschafft.

Die Hochzeit wurde fürs kommende Frühjahr festgelegt: Der Zeitraum der Verlobung war somit angemessen, und man würde obendrein zum glänzenden Fest mit dem passenden Wetter rechnen dürfen. Madame Seiberfeldt plante bereits einen Triumphbogen in *meinem* Garten – und das war erst der Anfang! Die Seiberfeldts hatten genug Geld, um ein Fest zu geben, das meines bei weitem in den Schatten stellen würde.

Wie sollte ich das überleben?

»Er wird hängen, bei Gott! Und keine vorgehaltene Hand wird ihn mehr schützen. Endlich haben ein paar ehrbare Leute ihre Stimme erhoben und zu Protokoll gegeben, was da wirklich los ist! Ganz recht so: verhaften, ab in den Kerker, kurzen Prozeß – und Kopf ab, bevor er noch mehr Schaden anrichten kann! Ein paar Kumpane sind ihm schon vorangegangen. Jawoll, zur Hölle mit dem ganzen dreckigen Gesindel. Würde mich nicht wundern, wenn es da noch mehr gäbe von dem Geschmeiß.«

»Der Junge, der Ehrgeizling, war ohnehin drauf und dran, sich über alle Berge zu machen. Von wegen Versetzung! Aber wie die Constabler gekommen sind, hat er sich gleich erschossen.«

»Ja, gut so! Solange sie den da gekriegt haben! Der war der Übelste, haben sie gesagt. Der mit seinen Knaben. Was für eine Schande! Der Diegel und seine Tochter werden jetzt die Nase auch etwas tiefer tragen müssen. Die mit ihrer angeheirateten adeligen Verwandtschaft. Ha, jetzt sehen die, was sie sich da eingebrockt haben. Kann mir doch keiner sagen, daß die gar nichts gemerkt haben. Ich meine, na ja, die arme Frau, in dem Zustand. Andererseits: Wer weiß, wer ihr den Gefallen wirklich getan hat?«

Und sie lachten und lachten und lachten.

Ich hatte nichts davon gehört. Und natürlich hatte mir niemand aus meiner unmittelbaren Umgebung davon erzählt. Erst als ich eines sehr frühen Morgens die Dienstboten im Hof reden hörte, erfuhr ich, was passiert war: Sie hatten Franz geschnappt! Wie grausam gut sich das doch für meine liebe Familie traf. Links und rechts brannte das Feuer in Wernswald alles weg, was dem Objekt ihrer Begierde gefährlich werden konnte. Nur das Objekt selbst retteten sie. Und ich konnte gar nichts dagegen tun.

Als es Mittag wurde, schlich ich mich aus dem Haus. Man hatte die Stände auf dem Marktplatz an den Rand versetzt, damit jeder, der kam, freie Sicht hatte auf das Schafott, das genau vor dem Gasthaus »Zur Post« stand. Und alle, alle waren sie gekommen zum Gaffen. Öffentliche Hinrichtungen gab es schließlich nicht so oft in Wernswald. Reunig patrouillierte mit seiner Mannschaft auf und ab, um die Menge in Schach zu halten.

Das Volk johlte, als der Delinquent herbeigeführt wurde. »Hochverrat« hatte es offiziell geheißen, aber alle wußten, was wirklich los war: Das hier war viel besser als ein langweiliger Hochverrat! Das hier war ein gut zu Ende gebrachter Skandal: Der Hauptfigur gewährte man einen großen Auftritt. Der alte Kerl, der sie alle verführt hatte mit seiner Verderbtheit, ein geiles herzloses Ungeheuer, das nichts anderes gekannt hatte als sein Vergnügen ... Wenn man das Wort »alt« wegließ, klang es wie eine Beschreibung meiner Person.

Die Constabler bahnten Franz einen Weg durch eine höhnende, spuckende Menge. Er war nur mit schwarzer Hose und weißem Hemd bekleidet, beides aus besseren Tagen und daher zu klein für seine jetzige Erscheinung. Ich hätte ihn nicht mehr als den Mann erkannt, der vor langer langer Zeit bei einem Frühstück in seinem Salon zu mir gesagt hatte:

*»Bleibt bei uns, Chérubin.«*

Ob er Rudolfs Selbstmord mitangesehen hatte?

Ob er wußte, wer ihn verraten hatte?

Ein Priester ging neben Franz (es war nicht Hochwürden Gruber). Er betete pflichtgemäß, aber es war kaum anzunehmen, daß seine Worte Franz noch erreichten.

Auf dem Schafott gaben die Offiziellen die letzten Anweisungen.

Franz kniete nieder und legte den Kopf auf den Block.

Der Henker sah ihn kurz an, dann brüllte er seinen Gehilfen aus Leibeskräften an: »Und das Hemd? Wie oft soll ich's dir noch sagen: das Hemd!«

Die Menge wurde schlagartig still. Der Gehilfe, der vergessen hatte, den Hals des Delinquenten zu entblößen, versank im Bretterboden. Da riß der Henker das Hemd eigenhändig mit einem Ruck herunter und warf es beiseite. Franz rührte sich kaum. Die Menge hielt den Atem an.

Der Henker hob das Schwert, wog es noch einmal in der Hand, packte es mit beiden Händen und holte weit über seinen Kopf aus. Dann sauste die Klinge herab.

Franz' Kopf blieb noch für einen Augenblick auf der Kante des Blocks hängen. Dann kippte er nach vorn in den Korb.

Die Zuschauer jubelten.

Ich stand, den Hut tief ins Gesicht gezogen, mitten unter ihnen und zitterte.

Ich habe ihn nicht verraten. Ich habe niemanden verraten. Ich habe nur keine Wahl gehabt.

Die Menge klatschte noch begeistert, während der Henker das Schwert aus dem Block zog.

Als zwei Knechte kamen und die Leiche wegschafften, löste sich die Versammlung langsam auf.

Ich drehte mich um und ging, aber ich kam nicht weit.

Da stand Wenz mitten auf der Straße und teilte die abziehende Menschenmenge in zwei Ströme. Er war vollkommen verheult und versuchte erst gar nicht, es zu verbergen. Er sah mich im selben Moment wie ich ihn.

»Dir ist das alles egal, nicht wahr?«

Sein Atem verriet es aus großer Entfernung: Er war vollkommen betrunken.

»Dir kann man den besten Freund erschlagen, und es ist dir scheißegal.«

»Er war nicht mein bester Freund.«

Ich versuchte, an ihm vorbeizukommen, doch Wenz machte einen Schritt zur Seite, um mir den Weg zu verstellen. Ich senkte den Kopf, damit der Hut seinen Blick auffing.

»Und wer ist dann dein bester Freund, Herr Graf? Jeder hat einen besten Freund, jemanden, der ihm am nächsten steht.«

Ich stand vor ihm mit gesenktem Kopf.

»Ich könnte zurückkommen, Graf. Ich *möchte* zurückkommen.«

»Besten Dank, aber es ist billiger, wenn ich mir die Leute selbst vom Leibe halte.«

Ich drückte mich an ihm vorbei und ging einfach weiter.

Reunigs Blick folgte mir. Ich ignorierte ihn und verschwand in meinem Palais.

Aus den Protokollen des Gerichts

Die Aussage des Herrn Reunig, Kommandierender der Constabler von Wernswald:

Die Bürger waren sehr froh, daß die Ruhe in Wernswald wiederhergestellt war, und die Herrschaften selbstverständlich auch. Wir hätten uns nur gewünscht, daß diese Ruhe ein wenig länger angedauert hätte.

Richter: Hätte sich das folgende Unglück denn nicht verhindern lassen? Es hat so viele Zeichen gegeben, so viele Warnungen – aus einem bösen Menschen wird nun mal kein guter, egal, wer für ihn eintritt. Kurz: Warum hat man Herrn von Ebenstein nicht verhaftet?

Herr Reunig: Man kann niemanden bloß auf Verdacht festnehmen, Euer Ehren, das muß ich Euch doch nicht sagen. Und wer hat schon geahnt, daß er ausgerechnet in der Familie, die so schön zu ihm gehalten hat, zuschlagen würde wie ein Wolf!

Richter: Hatte er denn zuvor Erbarmen gehabt mit den Menschen, die ihm nahestanden?

Die Sonne verschwand nun endgültig. Es wurde nebelig und kalt. Was immer ich an neuen Finten zu meiner Befreiung ausgedacht hatte, war fehlgeschlagen. Ich glaube, Hochwürden Gruber lachte nur noch über mich. Nicht einmal Flucht war mehr möglich. Die Postkutsche ging zwar um diese Jahreszeit noch regelmäßig, aber bei ihrer Abfahrt waren stets die Constabler da. Wenn ich es unter Mühen schaffte, an den wachsamen Augen meiner Familie vorbeizukommen, konnte ich darauf wetten, daß spätestens auf dem Marktplatz der Kommandierende auftauchte. Hatten ihn die Seiberfeldts informiert? Tat er nur seine Pflicht, die ihn hieß, mich im Auge zu behalten? Oder trieb ihn seine eigene Bösartigkeit, gegen *Leute wie mich* vorzugehen?

Das war nur eine andere Art von Gefängnis.

Im Palais ließ ich derweil sämtliche Kamine in Betrieb nehmen und machte es mir den Umständen entsprechend in meiner »Todeszelle« gemütlich. Elise war, so oft sie konnte, bei mir und hielt meine Hand in gieriger Umklammerung. Ihre schmalen Mädchenringe drückten gegen meine Fingergelenke, daß es schmerzte, und wahrscheinlich hätten sie noch gegen ganz andere Körperstellen gedrückt, wenn uns nicht Constanze mit ihrer regelmäßigen Präsenz gezügelt hätte. Sie dachte nicht daran, ihrer kleinen Schwester Dinge durchgehen zu lassen, die Hochwürden Gruber und ihre Mutter im Sinne der bevorstehenden Vereinigung unserer Familien zu übersehen gewillt waren. Sie mischte sich ein, sie wies uns zurecht, und ich konnte mir gar nicht vorstellen, daß sie neben ihrer Gouvernantenrolle noch einen Augenblick Zeit für andere Tätigkeiten hatte.

»Was machen die Sterne, Constanze?« fragte ich einmal.

»Sie sind noch da, nehme ich an«, lautete ihre eiskalte Antwort.

»Und sie sehen alles.«

Manchmal wurde es Elise zu bunt. Dann ließ sie sogar meine Hand fahren und lief zu ihrer Mutter, um sich über ihre Schwester zu beschweren. Das wäre die Chance gewesen, ein paar Atemzüge für mich zu haben, aber Constanze dachte nicht daran, sie mir zu gewähren. Sobald Elise aus dem Zimmer war, überschüttete sie mich sofort mit Vorwürfen.

»Mit der Zeit hört man einiges über Euch, mon Cousin. Ich

habe die Gerüchte nie glauben wollen, aber je mehr ich mich mit Euch beschäftige, desto tiefer wate ich im Sumpf.«

»Was für ein Aufwand an Zeit und Aufmerksamkeit. Ich fühle mich geschmeichelt.«

Es gefiel mir inzwischen, sie zu verletzen. Damit zerstörte ich die letzte Sache in meinem Leben, die einmal schön gewesen war.

»Und wie soll das jetzt Eurer Ansicht nach weitergehen?«

Ich lehnte mich in meinen Ohrensessel zurück und seufzte mit einem Lächeln, das vermutlich ein wenig irre war.

»Ich weiß es nicht, Constanze. Es kümmert mich nicht mehr.«

Für einen Augenblick sah es so aus, als ob sie zu weinen anfangen würde.

»Es ist schrecklich, wie Ihr das sagt! So kenne ich Euch nicht. Ist Euch denn alles egal?«

Ich antwortete fest und sicher und ohne einen Funken Zynismus: »Ja.«

Da weinte sie tatsächlich. Ich schaute sie an und empfand nichts.

»Wie eiskalt Eure Augen sind!« brachte Constanze schluchzend hervor. »Wenn Ihr je eine Seele gehabt habt, dann habt Ihr sie inzwischen längst verkauft.«

»Wenn die Seele alles ist, was einem die Welt zugesteht, so hat man nicht viel, meine Liebe. Ich wollte mich nicht damit zufrieden geben und konnte sie gar nicht schnell genug loswerden. Vielleicht würde das ja auch Euch helfen!«

Constanzes Tränen versiegten. Schlagartig wurde aus ihrer Verzweiflung blanker Haß.

»Das alles wird Euch noch leid tun, mon Cousin. Ihr werdet mich vielleicht los. Aber Ihr werdet mich nicht so schnell vergessen.«

Danach sah ich Constanze für längere Zeit nicht mehr. Das nächste, was ich hörte, war, daß sie sich mit Johann von Hohenschott verlobt hätte. Sie, so hieß es, habe die Entscheidung aus freien Stücken gefällt und bestehe auf ihrer raschen Durchführung.

Was für ein lächerlicher Verrat! Glaubte sie wirklich, daß sie mich damit treffen konnte? Nun gut, sollte sie die Suppe auslöffeln, die sie sich eingebrockt hatte, diese Neunmalkluge ...

Mutter Seiberfeldt nahm die zweite Verlobung en passant zur Kenntnis, stellte aber die Bedingung, daß Constanze nach Elise heiraten müsse. Zwei Hochzeiten ließen sich nicht auf einmal organisieren und bezahlen – und ihr Interesse galt ganz offenkundig stärker der Hochzeit, die *mich* zum Schwiegersohn machte.

Aus den Protokollen des Gerichts

Die Aussage der Mademoiselle Elise von Seiberfeldt:

Ein für allemal: Ich weiß, was meine Schwester sagt. Ich kenne ihre Anschuldigungen zur Genüge. Aber ich wüßte gar nicht, wann sich Herr von Ebenstein hätte übel betragen sollen. Es war Advent, da gibt es viele Einladungen zwischen den Familien. Es verging fast kein Tag, ohne daß wir nicht zusammengewesen wären und gemeinsam Besuche abgestattet hätten. Kleine Diners, Kartenspiele, Rezitations- und Liederabende. Die Damen fertigten Strohgestecke für die Pfarrei an, die Herren diskutierten mit Hochwürden Gruber über die Fortschritte in der Gemeinde. Es war eine sehr friedliche Zeit, möchte ich betonen.

O ja, wir waren eine einzige große Familie: die Ebensteins, die Seiberfeldts, die Hohenschotts. Es hatte sich zusammengefügt, was zusammengehörte. Sogar die Matzarts hatte man großzügig wieder in den honorigen Kreis aufgenommen. Marie ging einfach neben ihrer Tante her, ohne spezielle Haltung, freundlich und abwesend. Ich sah sie an und dachte mir: Was für ein Opfertier! Die ganze Schönheit, die ganze Wildheit – für nichts und wieder nichts.

Elise beobachtete mich voller Eifersucht. Jeder Blick, der nicht sie traf, war ein Verbrechen, das sofort geahndet wurde, indem sie sich unausstehlich betrug. Mir blieb, um des lieben Friedens willen, nichts anderes übrig, als im Schweiße meines Angesichts immer wieder ihr Wohlwollen zu erringen.

»Findet Ihr mich schön?« fragte Elise mich eines Abends, und ich ahnte Fürchterliches.

»Aber ja.«

»Entfache ich Leidenschaft in Euch?«

Ich mußte lachen.

»Steht so etwas in den Romanen, die Ihr lest? Aber, aber, ich bin entsetzt.«

Elise reagierte trotzig.

»Ich weiß viel mehr, als die Nonnen glauben.«

Ach, sie war eine gute Tochter. Sie wußte zum Glück nichts. Und ihr Romanwissen konnte mich wohl kaum in Bedrängnis bringen.

Doch Elise war eitel und sich ihres Besitzes sehr sicher. Sie wollte von den verbotenen Früchten kosten, weil sie ihr zustanden. Meine werte Verlobte fing an, mich zu bedrängen. Sie fing an, mir zu drohen. Sogar während der Adventsandachten flüsterte sie mir nichts anderes ins Ohr. Da hinderte sie auch keine Mutter Seiberfeldt, die dekorativ und weithin sichtbar mit uns in der ersten Kirchenbankreihe saß. Elise flüsterte und flüsterte, und ich wußte schon gar nicht mehr, wohin ich in der halbleeren Kirche schauen sollte ...

Ich entschied mich schließlich, es ihr zu geben. Erstens, weil ich keine andere Wahl hatte. Zweitens, weil ich ihr endlich einmal zeigen wollte, wer hier der Mann im Hause war. Es würde natürlich nicht ganz so ausfallen, wie sie es sich vorstellte.

Nach einem Diner, das zum Abschluß mit köstlichen Lebkuchen und Punsch aufwartete, zog ich, schon nicht mehr ganz nüchtern, die Abenteuerlustige, ungesehen von den anderen, eng an mich und flüsterte ihr ins Ohr:

»Wenn Ihr mich liebt, dann kommt heute um Mitternacht in den Stall!«

Elise erbebte. Sie errötete. Sie seufzte. Sie nickte.

»O ja! Ich werde kommen!« hauchte sie und drückte schon wieder schmerzhaft meine Hand.

Ich hätte ihr diese verfluchten Ringe mitsamt den Fingern

ausreißen mögen. Was für eine blöde Kuh! Der gewählte Ort war weiß Gott richtig.

Sobald die vorweihnachtliche Runde zerstreut und im Haus alles zu Bett gegangen war, nahm ich noch einen Schluck, der nicht wirklich notwendig gewesen wäre, und schlich mich in den Stall. Dort war es warm und stickig von den Ausdünstungen der Tiere.

Elise war bereits da und starrte mich erwartungsvoll an. Ich küßte sie nicht, ich war auch nicht zärtlich zu ihr. Lügen dieser Art habe ich noch nie ausstehen können. Ich zeigte ihr, was man mit ihrem Organ machen konnte, ohne die Abwesenheit eines anderen bei mir zu verraten.

Sie nahm alles hin, wie es kam und vertraute darauf, daß es gut und richtig war. Ihre Mutter hatte sie gut abgerichtet, vielleicht waren aber auch die Geschichten, die sie las, noch viel dümmer, als ich angenommen hatte.

Das erste Mal seit langer Zeit spürte ich wieder ein Gefühl von Macht. Es war zwar klein und schäbig im Vergleich zu wirklicher Macht, aber ich geriet völlig außer mich. Erst als Elise ganz leise und verschämt zu weinen anfing, ließ ich von ihr ab.

»Geht!« schnauzte ich sie an. »Jetzt!«

Sie raffte ihr Kleid vor der Brust zusammen, nahm ihre Schuhe und lief mit bloßen Füßen auf den verschneiten Hof hinaus. Wahrscheinlich dachte sie, auch das gehöre dazu.

Hatte mich diese Episode erregt? Ja. Hatte sie mich befriedigt? Nein, dazu ist Gewalt zu platonisch.

Elise jedenfalls trat mir nach dieser Nacht nie mehr zu nahe, aber sie schien stolz darauf zu sein, mich tapfer ertragen zu haben. Es hätte mich nicht gewundert, wenn sie das Ganze als eine bestandene Mutprobe betrachtet hätte. Ihre Schwester war immerhin nie so weit gegangen.

Das Ros war entsprungen, der Herr war da, Madame von Seiberfeldt beschloß, diese Gelegenheit zu nutzen, um mich aus der Stadt wegzubringen und das zugehörige Fest in meiner Kapelle zu begehen. Und die gesamte Familie kam mit – alle, alle, alle.

Sie brachten mich gleichsam in Ketten zurück nach Kreuzbach, donnerten mit ihren Kutschen durch meinen frostüberzogenen Garten und nahmen mir mit einem Handstreich das Letzte weg, das noch mein gewesen war. Die Krähen, die hoch auf dem alten Turm saßen, krächzten dazu, und Herr Rustinger stand frierend im Tor zum Schloßhof und sah uns entgegen, die Hände auf dem Rücken, als ob man ihn gefesselt hätte.

»Frohe Weihnachten!« rief er, als die Gesellschaft nah genug war, und die Worte standen ihm als kalter Dampf vor dem Mund.

Gott kommt hierzulande in einer trostlosen Jahreszeit.

Hochwürden Gruber zelebrierte die Messe in der Schloßkapelle.

Es herrschte allgemeine Ergriffenheit. Ich wünschte zutiefst, besoffen zu sein, aber zu meinem Entsetzen war ich stocknüchtern. In diesem Zustand spürte ich die Kälte in der Kapelle so sehr, daß ich trotz aller Kohlenpfannen unter den Bänken vor lauter Zittern kaum stillsitzen konnte. Ich versuchte, mich ruhiger zu verhalten, damit ich nicht alle Blicke auf mich zog, und suchte Ablenkung. Ich fand die Bilder an den Wänden. Bertholds Bilder. Jene, die er gemalt hatte, als er sich noch getraut hatte, die Wahrheit zu sagen.

Ich starrte sie an und versank darin.

Auf einmal sah ich, wie sich etwas unter der Farbe bewegte. Es knirschte und bröckelte, und es schälten sich Visionen vor mir aus der Wand, als ob ich direkt in Bertholds Kopf schaute: Da war die gepeinigte Jungfrau im Stall und der drohende Engel im Himmel, einem Feuerwerk gleich. Da war die Gemeinschaft der Heiligen mit blutenden Herzen und abgeschlagenen Köpfen, und ein jeder hielt sein eigenes Folterinstrument in der Hand. Und über allem saß Gott auf seinem Eisthron und rührte sich nicht.

Auch mein Porträt war da, mitten unter den Heiligen, auf einem Sessel saß ich, die Hände auf den Lehnen, den Mund zu einem stummen Schrei geöffnet. Die anderen Himmelsgestalten rissen mit mir ihre Münder auf, aber aus den ihren kamen Töne – ein Brüllen, ein Stöhnen, ein Heulen, grauenhafter als die Hölle selbst, ein Schreien wie von geprügelten Rössern. Wir waren die Figuren aus den Erzählungen von Wenz' Kumpanen, den Kriegskindern: blutüberströmt, zerfetzt, gedemütigt, nie wieder zu heilen, untröstlich.

Mitten in der Predigt sprang ich auf. Ich wollte nicht abwarten, bis sich auch noch Brot und Wein in Leib und Blut verwandelten! Ich versuchte hinauszukommen. Die Familie erstarrte. Hochwürden Gruber verstummte. Nur Herr Rustinger war rechtzeitig aufgestanden, um mir den Weg zu versperren.

»Wo wollt Ihr hin?« rief er. Zum Flüstern war er zu empört.

»Das ist die Hölle!« schrie ich.

Alle hatten sich umgedreht und starrten mich an.

»Reißt Euch zusammen! Ihr habt Pflichten zu erfüllen wie jeder andere auch. Es gibt Verträge. Es gibt Gesetze. Glaubt Ihr, Ihr könnt immer ohne sie auskommen? Werdet endlich erwachsen, und benehmt Euch wie ein Mann!«

Hochwürden Gruber hatte die Arme wie zur Beschwichtigung ausgebreitet, aber die Geste fand keine Würdigung. Niemand sah in seine Richtung. Er stand vor seinem Altar wie ein Kerzenleuchter.

Ich brüllte Herrn Rustinger an. Das Echo in der Kapelle war prächtig. Meine Stimme kam von überall her, und sie war mir fremd. Ich klang tatsächlich wie ein Mann.

*Aber das kann nicht meine Stimme sein! Ich bin kein Mann!*

Ich verlor völlig den Verstand.

»Ich wünsche Euch alle zur Hölle! *Ihr* gehört dorthin, nicht ich! Kein Stück gebe ich Euch von meinem Besitz! Keine Hochzeit! Ihr würdet mich töten, sobald ihr Land und Titel habt!«

Ich bekam einen Lachanfall. Dann wurde es schwarz um mich.

Als das Licht zurückkam, lag ich auf dem eiskalten Steinboden, und Madame von Seiberfeldt hielt mir ein Riechfläschchen unter die Nase. Es stank bestialisch, fast wie Schwefel. Und dann, ganz kurz, sah ich Constanzes Gesicht über mir: Es war schneeweiß vor Entsetzen. Das tat mir leid.

Aus den Protokollen des Gerichts

Die Aussage der Jungfer Katharine, in Diensten derer von Ebenstein:

Nach Weihnachten war der Herr krank, richtig krank. Komisch war er nicht, nein, es hatte ihn nur ein böses Fieber erwischt. Das ist vielleicht schon in ihm dringesteckt, vielleicht hat er sich deshalb so aufgeführt, wer kann es wissen? Man hat alle Herrschaften weggeschickt, damit sie das Fieber nicht auch noch kriegen. Nur der Hochwürden Gruber und die Madame von Seiberfeldt sind dageblieben und haben am Krankenbett gewacht. Der Arzt vom alten Herrn von Ebenstein ist dann gekommen und hat seinen Puls gefühlt und so. Er ist noch von der alten Schule, sehr dezent. Er hat dem Herrn heiße Suppe und viel Ruhe verordnet. Außerdem hat sich der Herr selbst noch jeden Empfang von Briefen verbeten. Das war aber eigentlich überflüssig, denn zu der Zeit hat ihm eh keiner mehr geschrieben …

Nur einmal kam ein Brief von Constanze. Es war ein böser Brief, in dem sie mich ein letztes Mal der Egozentrik, Rückgratlosigkeit, Unbeherrschtheit und Grausamkeit beschuldigte. Ich antwortete nicht mehr.

Es folgte schließlich der Morgen, an dem es an das Schloßtor klopfte. Das Echo der Schläge dröhnte bis in mein Zimmer und weckte mich aus tiefstem Schlaf.

Dann standen wieder einmal die Constabler vor mir. Ich solle umgehend in meine Kleider steigen. Man wolle mich mitnehmen.

»Ich bin krank. Das wird Er doch wahrscheinlich wissen, Herr Reunig – wie Er doch das meiste über mich weiß!«

»Ich muß Ihn trotzdem mitnehmen.«

»Und was ist diesmal?«

»Das weiß Er wohl besser als wir!«

»Mein Gott, geht das schon wieder los mit diesen alten Geschichten? Der Leutgeb ist tot, der Hall ist tot. Was wollt Ihr denn noch?«

Der Kammerdiener brachte mir hastig Hosen und Rock, die ich über mein langes Nachthemd zog.

»Neue Geschichten. Es wird immer neue Geschichten mit Ihm geben, bis an Sein Ende, das habe ich von Anfang an gewußt.«

Ich ließ mir die Schuhe anziehen.

»Wie redet Er denn mit mir? Tut Ihm die frühe Stunde nicht gut?«

»Er hat keinen Grund, sich Impertinenzen herauszunehmen! Er ist nicht nur ein Lump, was wir schon immer gewußt haben, Er ist auch ein Frauenschänder!«

»Ich bin ein – was?«

Ich bekam einen Lachkrampf.

»Er findet das also lustig?«

»Allerdings. Er weiß ja gar nicht, was für einen ausgesuchten Schwachsinn Er daherredet. Wie heißt denn die Glückliche?«

»Mademoiselle Constanze von Seiberfeldt.«

Ich hörte auf zu lachen. Das war nicht mehr lustig.

»Da packt Ihn wieder der Ernst, was? Hat Er gedacht, daß alle Seine schlechten Taten verdeckt bleiben? Diesmal hat Er den Bogen überspannt. Diesmal bricht es Ihm das Genick!«

Ich wurde ganz ernst.

»Ich habe Constanze von Seiberfeldt nie etwas Böses angetan. Wer kann denn so etwas behaupten?«

»Das Fräulein selbst.«

Man führte mich ab. Auf dem Schloßhof und auf den Straßen war niemand, der das Schauspiel hätte beobachten können. So betrachtet, war mir die frühe Stunde nicht unrecht.

In Wernswald brachte man mich ins Stadtgefängnis. Man wagte es zwar nicht, mich in eine gewöhnliche Zelle zu werfen, aber meine Unterkunft war trostlos und kalt genug. Wenn ich mit jemandem mein Schicksal bereden wollte, blieben mir nur die Ratten und Hochwürden Gruber, der jeden Tag kam, um mir zu versichern, daß von ihm und Madame von Seiberfeldt alles Menschenmögliche zu meiner Hilfe getan würde.

»Aber es ist schwierig, das kann ich nicht verschweigen. Wir wissen nicht, was in Constanze gefahren ist. Sie ist auch nicht mehr unter unserer Obhut. Sie hat sich zu den Schwestern ins Kloster begeben und wartet dort den Prozeß ab.«

»Was soll das heißen? Sie haßt das Kloster.«

»Sie wird eintreten.«

»Das ist doch verrückt. Was sagen denn die Hohenschotts dazu?«

»Nun, offiziell steht Johann von Hohenschott zu seiner Verlobten und beabsichtigt, Euch zu töten.«

»Da wird man ihm wohl zuvorkommen.«

»Inoffiziell denkt er gar nicht daran, eine berührte Frau zu heiraten.«

»Ihr glaubt doch nicht ernsthaft, daß sein Bruder, der Redner, das zulassen wird? Niemals! Schließlich ist ja das Land zum Glück unberührt geblieben.«

Der Prozeß wurde rasch anberaumt. Bei einem solchen Skandal wollte man die Leute nicht zu lange warten lassen.

Früher hatten Prozesse auf dem Schloß der jeweils herrschenden Familie stattgefunden, was für die meisten Beteiligten bequemer gewesen wäre. Jetzt war ihr Platz in der Stadtkanzlei. Das war ein kleiner Raum, der bei weitem nicht alle faßte, die dabeisein wollten. Die Menge war so dicht und strahlte so viel Hitze aus, daß mir das erste Mal seit Tagen wieder warm wurde.

»Ihr seid Chérubin von Ebenstein, Sohn des Robert von Ebenstein, Enkel von Albrecht von Ebenstein?«

»Ja.«

»Geboren in Neu-Frankreich.«

»Ja.«

»In welchem Jahr?«

»Das weiß ich nicht.«

»Und von welcher Mutter?«

»Das weiß ich nicht. Die Frau starb bei meiner Geburt.«

»Kennt Er diese Dame?«

Constanze saß mir gegenüber hinter den Schranken. Sie war schmaler geworden und so blaß, wie es nur Theaterschminke bewirken konnte, da konnte man mir nichts vormachen. Ihre Kleidung war schon fast die einer Novizin, was ebenfalls ein treffliches Kostüm war.

Sie sah kein einziges Mal zu mir herüber.

Aus den Protokollen des Gerichts

Frage des Richters an Herrn Chérubin, Graf von Ebenstein:

Nachdem wir nun alles über Euch gehört haben – über Euren Charakter, Eure Geschichte, die Menschen um Euch und Euer Betragen – frage ich Euch, Herr von Ebenstein: Was habt Ihr zu all dem zu sagen?

Herr von Ebenstein: Nichts. Gar nichts.

Das Urteil war schnell gefällt. Der Richter verfügte, daß man mir den Kopf abschlagen würde.

Die Menge jubelte.

Ich war verblüfft. Während all meiner Leben war mir der Tod immer als ein gnädiger Ausweg erschienen. Aber daß er mir einmal von jemand anderem oktroyiert werden könnte ...

Ich sah zu Constanze hinüber, aber sie starrte nur stur aus dem Fenster.

Madame von Seiberfeldt fiel in Ohnmacht und dabei direkt in die Arme von Hochwürden Gruber. Elise ließ allen Anstand fahren, drehte sich zu ihrer Schwester um und drosch mit dem Fächer auf sie ein:

»Alles immer nur für dich, dich, dich. Geh in dein Kloster und werd alt und häßlich!«

Ich wurde wieder in meine Zelle geführt.

Ich weinte nicht. Die Idee zu sterben war einfach zu absurd.

Herr Rustinger brachte mir meine Henkersmahlzeit von Kreuzbach: eine Flasche Wein, ein knusprig gebratenes Huhn, frisches Brot und einige Kohlenpfannen, um mich noch einmal ordentlich zu wärmen.

Er war ehrlich verzweifelt.

»Wie hätte ich Euch helfen können? Wie kann man jemandem helfen, der sich selbst so sehr ins Elend verrennt? Wenn Ihr Euch nur von diesen entsetzlichen Familien ferngehalten und Euch mehr um das Fräulein in Rohrgach gekümmert hättet ...«

»Ach, Herr Rustinger, ich bitte Euch: Es hat nie eine Rohrgacherin gegeben!«

»Nein?«

»Nein.«

Er schien maßlos enttäuscht, auch wenn es jetzt keinen Unterschied mehr machte.

Es tat mir leid, aber damit hatte ich zumindest die vorletzte Lüge zwischen uns ausgeräumt. Für einen Moment fragte ich mich, wer nun alles erben würde. Die Antwort war nicht schwer: Ich war ein Verbrecher – es würde alles zurück an die Krone fallen, an den König.

Der Herr hat's gegeben, der Herr hat's genommen.

In der Nacht, als man begann, das Schafott zu bauen, stand eine sehr junge Wache vor meiner Tür. Ich erkannte den Knaben erst nicht, aber als er ständig meinem Blick auswich, wurde mir klar, daß es einer von Wenzens Kumpanen war – der jüngste von allen, der mit den grauenhaftesten Kriegsgeschichten.

»Herr, laßt mich«, sagte er und wand sich. »Ich darf Euch nicht kennen. Es tut mir sehr leid.«

Durch mein vergittertes Fenster hörte ich es eifrig hämmern.

»Das also wird aus einem stolzen Soldaten: ein Kerkermeister.«

Die Zimmermannsleute draußen riefen und fluchten: Der schwere Richtblock wurde auf die Bretter des Schafotts gezogen.

»Ein Mann muß von etwas leben, Herr. Der Krieg ist vorbei. Endlich ist Frieden. Sie haben jemanden gesucht, und dann haben sie halt mich genommen. Ich kann froh sein.«

Die Zimmerleute lachten. Der Richtblock war offenbar an seinem Platz.

»Jetzt sind wir also beide im Gefängnis gelandet. Da können wir aber stolz auf uns sein. Weißt du eigentlich, wieso ich hier bin?«

»Ich habe dazu keine Meinung, Herr.«

Er starrte vor sich hin.

Das Hämmern vor meinem Fenster ging weiter. Wahrscheinlich befestigten sie jetzt die Stufen, die ich hinaufsteigen würde.

»Wir können beide hier heraus, wenn du mir hilfst.«

Der Bursche wollte erst nicht verstehen. Dann erschrak er.

»Ich darf Euch nicht laufenlassen. Unmöglich! Da riskier ich zuviel.«

Die Zimmermannsleute hämmerten und hämmerten.

Ich blickte mich um und dann an mir herab. Ich hatte nichts mehr, was für die Bestechung taugte. Ringe, Münzen, Schnallen, Knöpfe waren für andere Vergünstigungen draufgegangen. Es gab nur mehr ein einziges wertvolles Schmuckstück.

»Nimm das da! Es ist alles, was ich habe.«

»Ein Wappenring? Was soll ich damit?«

»Er ist aus Gold und Edelsteinen. Brich die Steine heraus, schmelze das Gold ein und verkaufe das ganze Zeug zu einem guten Preis. Das ist mehr wert als ein Jahr Dienst hier in diesem schrecklichen Kerker. Nimm den Ring, und du bist frei.«

Der Bursche zögerte. Dann griff er zu. Er war glücklich und der Rest reine Formsache.

Als es Mitternacht wurde, sperrte er meine Zelle auf und brachte mich zu einer Seitenpforte, durch die wir beide verschwanden. Er drückte mir ein Bündel Kleider in die Hand.

»Zieht das an, und tragt das Tuch um den Kopf. Euer Gesicht kennt man ja bis nach Rohrgach.«

Ich wickelte das Bündel auf: Es waren die Kleider einer Bauersfrau.

Die Pointe war gut. Der Bursche klopfte mir auf die Schulter.

»Ist ja nur, bis Ihr von da weg seid. Dann könnt Ihr den Weiberrock verbrennen.«

Wir trennten uns grußlos.

Also mußte ich wohl gehen. Jetzt. Sofort. Endgültig. Und verschwinden, ganz wie es vor langer Zeit ohnehin mein Plan gewesen war. Ich würde Kreuzbach nicht mehr wiedersehen.

Ich würde meinen schönen Garten nicht mehr wiedersehen. Ich würde mich von niemandem mit den besten Empfehlungen verabschieden können. Kein Stammsitz mehr, kein Geld, keine Felder, keine Stallungen, keine Pächter mit ihren Söhnen, keine Nachbarn mit ihrem Neid. Ich würde wieder eine Vagabundin sein, die nichts hatte, um darauf stolz zu sein. Ich war also wieder dort, wo ich angefangen hatte, ohne etwas dazugewonnen zu haben. Erfahrung? Scheiß auf die Erfahrung!

Der Mond schien, es war kalt und die Straße von dünnem Schnee bedeckt. Ich fror, aber damit ließ sich vorerst leben.

Die Stadttore zu passieren war nicht schwer. Alle Wachen saßen in ihrer Torstube und hielten sich mit Schnaps warm. Als ich den Riegel zurückschob und die Pforte öffnete, schauten sie nicht einmal auf.

Dann nahm ich die Landstraße. Das war kein sicherer Weg für eine Frau, aber daran dachte ich gar nicht mehr. Ich war ihn schon zu oft als Graf entlanggeritten.

Bis zum Morgengrauen war ich auf der Höhe von Kreuzbach. Ich ließ es hinter mir. Nie hätte ich gedacht, daß mein Herz davon so schwer werden würde. Aber ich mußte weitergehen.

Die Sonne zeigte sich. Wo der kalte Wind nicht hinkam, verwandelte sich der Schnee in Matsch. Ich sah in der Ferne die Dächer der Gastwirtschaft aus jenen Tagen, als ich noch eine Komödiantin gewesen war. Als ich den Besoffenen getroffen, erschlagen und mir sein Leben genommen hatte.

Ich ging weiter.

Links von mir begannen jetzt Mauern. Als die Glocken ganz in der Nähe zu Mittag läuteten, wußte ich, daß sie zum Nonnenkloster gehörten.

Ich hätte einfach weitergehen können. Nichts zwang mich, stehenzubleiben und an die Pforte zu klopfen. Aber bevor ich dieses Spiel verließ, wollte ich etwas tun, was eine Figur niemals kann – ich wollte fragen: Warum?

Eine Nonne öffnete. Sie sah mich seltsam an, sagte aber kein Wort. Ich verlangte Mademoiselle Constanze zu sehen.

Die Nonne führte mich in ein Gewölbe und hieß mich warten. Es war der alte Besuchertrakt.

Ich setzte mich auf eine Holzbank und strich meinen Rock gerade. Eine fremde Geste, ein fremdes Gefühl. Das war nicht mehr *ich*.

Hinter einem vergitterten Bogen quietschte eine Tür. Constanze trat heraus. Hinter ihr glühten Flammen an der Wand, rundherum waren Rosen und Engel. Es mußte Bertholds alte Zelle sein.

Ich stand von der Holzbank auf und ging auf Constanze zu. Der Rocksaum berührte beim Gehen schwingend meine Knöchel. Ich kam mir nackt vor. Vollkommen nackt.

Constanze zuckte nicht mit der Wimper, als sie mich sah. Sie nahm einen Sessel und setzte sich dicht an das Besuchergitter. Ich nahm auf dem Schemel gegenüber Platz.

Die Nonne wartete im Hintergrund. Sie schien nervös. Constanze winkte sie weg. Was konnte harmloser sein als ein Gespräch zwischen zwei Frauen?

Jetzt waren wir allein.

Ich wagte ihr nicht in die Augen zu sehen und wartete darauf, daß Constanze etwas sagen würde. Sie schwieg.

»Schau mich an«, sagte ich nach einer unendlichen Zeit leise. »Du weißt, ich kann dich nicht vergewaltigt haben. Ich bin doch wie du. Warum tust du mir das an?«

Ihre Antwort war kalt.

»Du hast mich verraten. Den Rest hätte schon mein lieber Mann besorgt.« Sie sprang auf und wollte zurück in ihre Kammer.

»Geh jetzt nicht, Constanze! Immerhin riskiere ich hier mein gottverfluchtes Leben! Also bitte etwas Respekt!«

Sie setzte sich energisch wieder hin. »Respekt? Weißt du, was du bist?! Du bist ein doppelter Verräter: ein Verräter und eine Verräterin! Du hast dich verkleidet, damit du über allen stehen kannst. Du verachtest jeden!«

»Da ist nicht wahr! Ich wollte auch nur überleben!«

»Und ich? Wie überlebe ich? Wie überleben jene, die nicht so gut in Hosen passen wie du?«

Ich sah sie an und war für einige Augenblicke still. »Ich weiß es nicht«, sagte ich schließlich. »Sonst hätte ich es ja versucht.«

»Ach, du trittst für niemanden ein. Nicht einmal für dich selbst.«

Die Tür am Ende des Ganges öffnete sich. Die Nonne war wieder da. Sie zeigte auf mich.

Hinter ihr standen Herr Reunig und seine Constabler.

Sie grinsten.

»Da haben wir ihn ja, den Grafen. Versteckt unter Weiberröcken, ganz wie das zu ihm paßt!«

»Rette mich«, sagte Constanze, ganz leise, ganz sanft. »Und du wirst selbst gerettet werden.«

Ich stand auf.

Niemals zuvor in meinem Leben hatte ich je eine Charakterrolle übernommen. Dies war also ein Debüt.

»Meine Herren«, sagte ich, und meine Stimme zitterte nur leicht, »ich stehe ganz zu Eurer Verfügung.«

Die Sonne schien noch immer, als man mich zum Schafott führte. Wahrscheinlich war es auch wieder kalt, denn allen stand ein Schleier vor dem Mund. Ich spürte die Kälte nicht, auch wenn ich nur in Hemd und Hosen war.

Alle waren da, auf den Balkonen, auf den Tribünen rund um den Platz und auf den billigen Stehplätzen – ich hatte deutlich mehr Publikum als Franz.

Es gab vereinzelt Tränen, das glaubte ich zumindest, als ich hinübersah zu Madame von Seiberfeldt und Elise. Es gab selbstgefällige Gesichter, böse Grinser, geriebene Hände, erhobene Zeigefinger. Die Hohenschotts hatten es schon immer gewußt, seit Generationen wahrscheinlich. Die Herren, die bei ihnen waren, blickten hoch erhobenen Hauptes um sich.

Die Damen wisperten und verstecken ihre Gesichter und Hände hinter den Pelzmuffen. Die alte Matzart und Marie waren nicht dabei. Ich sah das als ein Zeichen ihres Erbarmens an.

Die Debrimont hingegen thronte weithin sichtbar auf dem Balkon ihres Hauses. Sie war allein. Keiner ihrer Lemuren wagte sich ans Tageslicht.

Und ganz hinten am Platz, da stand Wenz. Auch er hatte niemanden bei sich. Keiner seiner Kumpane war gekommen. Er weinte. Er war betrunken. Alles wie immer.

Ein Abschiedswort, schnell ein Abschiedswort, schoß es durch meinen Kopf. Noch hatte ich ihn, aber es war nichts Nennenswertes dabei.

Hochwürden Gruber, der mich schon im Gefängnis mit Gebeten begleitet hatte, redete auf mich ein. Ich glaubte für einen Moment, er wolle noch immer versuchen, mich mit Elise zu verheiraten.

Ich kniete nieder. Man hatte mir die Haare abgeschnitten und die Hände auf dem Rücken zusammengebunden, damit nichts in die Quere kommen konnte.

Der Scharfrichter trat hinter mich.

Aus dem Augenwinkel sah ich Constanze. Sie hatte einen Platz vis-à-vis des Schafotts. Sollte sie nur sehen, wie sich ihre Rache vollzog. So blaß, wie sie war, schien ihr das nicht zu bekommen.

Der Scharfrichter wog sein Schwert in der Hand – und stellte es beiseite.

»Schon wieder«, knurrte er. »Wie oft soll ich dir noch sagen ...«

Er griff mir an den Kragen ... Mein Gott, er reißt mir das Hemd herunter! Er wird meine Brust entblößen ...

Ich schloß die Augen.

Den Schrei hörte ich nur von ferne. Die donnernden Schritte über die Stufen und den Holzboden schon etwas näher. Es waren keine großen Füße, aber das hohle Podest dröhnte davon.

»Nein!!! Tut es nicht! Er ist unschuldig!«

Der Scharfrichter hielt inne und blickte sich um. Ich folgte seinem Blick, soweit ich das konnte.

Constanze stand hinter uns. Sie atmete schwer und schien sich zu Tode zu fürchten. Ich kannte diese Furcht. Es war Lampenfieber.

»Meine Eltern, liebe Freunde, Bürger dieser Stadt!«

Ihre Stimme kippte, aber sie sprach weiter.

»Es steht mir nicht zu, etwas von Euch zu verlangen. Ich habe schon genug Barmherzigkeit von Euch erfahren. Und doch muß ich nun sprechen, denn mein Herz läßt mich nicht schweigen. Dieser Mann hat an mir gesündigt. Ich vergebe ihm, denn das ist meine Christenpflicht. Aber ich vergebe ihm auch, weil ich ihn liebe – innig, aufrichtig und reinen Herzens. Er hat meine Liebe mißbraucht, aber er ist eben auch nur ein Mann aus Fleisch und Blut. Wer wollte es ihm übelnehmen? Und ich, nun ja, war vielleicht doch nicht ganz so widerständig, wie es angebracht gewesen wäre.«

Sie war nicht gut. Aber junge Mädchen pflegen zu gefallen.

»Vergebt mir, Vater« – sie wandte sich zu Hochwürden Gruber um –, »vergebt uns beiden. Als Buße erkläre ich mich bereit, diesen Mann zu heiraten, wie es eigentlich schon immer unser geheimer Wunsch gewesen war, den aber gewisse Umstände vereitelt haben. Herr von Ebenstein wird gut für mich sorgen und ich, als sein Weib, werde alles tun, um sein stürmisches Gemüt zu besänftigen und ihn wieder auf den Weg der Tugend zu führen. Wir werden ein Paar sein, und es wird gut sein.«

Zuerst war es ganz still.

Dann hörte man erste Schluchzer und vereinzelt Applaus. Nach und nach fiel die gesamte Meute ein, und schließlich brauste Begeisterung auf! Selbst der Scharfrichter weinte! Seine Tränen fielen in meinen Nacken und waren so heiß, daß ich erst jetzt die Kälte des Wintertages bemerkte.

»Du glücklicher Hundesohn«, schluchzte er. »Du bist so ein richtiger Sauhund!«

Der Applaus tobte.

Ich erhob mich, löste meine Fesseln, schob den Henker beiseite, ergriff Constanzes Hand und verbeugte mich. Das war ich so gewohnt. Constanze machte neben mir einen artigen Knicks und lächelte.

»Du hast mich gerettet!« flüsterte ich aus dem Mundwinkel.

»Ich habe mich selbst gerettet!« flüsterte sie zurück.

»Und die Ehre?«

Wir richteten uns auf und verbeugten uns wieder.

»Scheiß auf die Ehre«, sagte Constanze.

»Weiber!« sagte ich.

Wir hatten überlebt.

Wir hatten gesiegt.

Und weiter?

Nichts weiter.

Wir werden ziemlich viel lügen.

Wir werden ziemlich gut leben.

Und wenn wir tot sind, kriegt den Rest irgendein Neffe, den Elise für irgendeinen Mann auf die Welt bringen wird.

Wir haben allerdings nicht vor, sehr viel übrig zu lassen ...

Kein Erbe.

Keine Tradition.

Keine Nachwelt.

Buch zu und Ende.

Diese Geschichte hat keine Moral.

Wenn sie eine hätte, wäre darin kein Platz für mich.

Das Lied auf Seite 228 basiert – in freier Bearbeitung durch die Autorin – auf den Gedichten ›Niemand weiß, wie schwer mir's fällt‹ und ›Armseliger / was hilfft dich doch dein lieben?‹ von Christian Hofmann von Hofmannswaldau (25.12.1617–18.4.1679)